KB129269

아
홉
소리나무가
물었다

아홉 소리나무가 물었다

조선희 장편소설

네오픽션

•
•
•

옛날에 소리나무 놀이가 있었다.
마을에 소리나무들이 찾아오면
놀이 가담자들은 소리나무들과 얼굴을 마주하고
몇 날 며칠을 두드리며 놀았다.
놀이가 끝나면 소리나무들은 물었다.
내가 누구야?
마을을 떠날 때,
소리나무들은 질문에 대답한 사람들을 데려갔다.

1

택시 한 대가 도동 마을로 향하는 국도로 접어들었다. 운전 중인 남자는 며칠째 편두통에 시달리고 있었다. 그는 지난 몇 년간 자주 머리가 아팠는데 거기엔 분명한 이유가 있었다. 하지만 이건 그것과 상관없는 두통이었다. 원인 불명의 통증이 왼쪽 관자놀이 언저리를 콕콕 쪼아댈 때마다 그의 뇌는 주머니 속에 든 치즈 덩어리처럼 흔들렸다.

병원에 한번 가봐야 할까? 어쩌면 그럴 필요가 없을지도 모른다. 단순히 신경성일 수도 있다. 오랫동안 그를 괴롭혔던 수수께끼의 답을 찾았다. 그러느라고 머리를 너무 혹사시켰다. 지속적으로 불시에 찾아오던 그 두통에 비하면 이 정도는 참을 만했다. 모든 일이 마무리되고 나면 실컷 잠이나 자야겠다. 그러고 나면 말끔하게 나아 있을 것이다.

남자는 약간 들뜬 상태였다. 이제 그 지긋지긋하고 끔찍한 놀이에서 나갈 수 있게 되었다. 그 전에 먼저 친구들을 만나 지금까지 알아낸 것들을 말해줘야 한다. 전화벨이 울렸다. 남자의 아내였다. 서둘러 출발하느라 남자는 아내에게 전화하는 것을 깜빡 잊었다.

"어디야? 언제 들어와?"

"오늘 못 들어가. 지금 고향 가는 길이야."

"거긴 왜?"

아내의 목소리가 예민해졌다. 남자는 심각해지면 생겨나는 아내 이마의 주름을 떠올렸다. 그는 별일 아니라는 듯 가볍게 말했다.

"어, 오랜만에 어릴 때 친구가 왔다기에 잠깐 얼굴 좀 보려고."

"그게 누군데?"

"말해도 당신은 잘 몰라."

"내 말은, 얼마나 중요한 친구이기에 굳이 이 밤에 거길 가야만 하는 거냐고?"

걱정에 화가 잔뜩 보태진 아내의 반응을 남자는 이해했다. 아내에게 그 친구의 신상은 중요하지 않았다. 아내가 꺼리는 것은 그가 고향에 간다는 사실이었다.

"그냥 너무 오랫동안 만나지 못했던 친구라서 그래."

아내는 남편이 평소답지 않다고 생각했다. 남편은 고등학생때 도동 마을에서 일어난 어떤 사건에 연루되었고, 그 때문에 가족과 함께 고향을 떠날 수밖에 없었다. 그리고 다시는 고향으로 돌아가지 않았다. 아내는 그 사건이 궁금했다. 하지만 남편의 가족은 그 사건에 대해 자세히 모르는 것 같았고 당사자인 남편은 입을 다물었다. 그 사건의 후유증인지 남편은 자주 악몽에 시달렸다. 아내가 남편을 조르고 졸라서 들을 수 있었던 말은 딱 한마디뿐이었다.

'거기 무서운 것이 있어.'

그 무서운 것이 무엇인지는 죽어도 말하지 않으려 했다.

'그게 뭔지는 제발 묻지 마. 그냥 옛날이야기의 한 구절 같은 거야. 그러니까…… 구미호가 말하잖아, 나를 봤다고 아무에게도 이야기하지 말라고. 난 그러겠다고 맹세했고 계속 그 맹세를 지켜야 해.'

아내는 질겁했다.

'그게 무슨 소리야? 당신 혹시 어릴 때 구미호라도 본 거야?'

'그건 아니고, 아무튼 말하면 안 돼. 말하면 나도 내가 어떻게 될지 몰라.'

남편은 뭔지 모를 그것을 무서워했다. 그런데 이제 와 새삼스럽게 그 무서운 것이 있는 고향 마을로 친구를 보러 간다니. 아내는 불길한 예감이 들었다.

"여보, 가지 마. 친구를 꼭 고향에서 봐야 하는 건 아니잖아."

"괜찮아."

"괜찮다니?"

"이제 다 끝났다고."

"뭐가 끝났다는 건데……? 여보, 알아듣게 말해줘. 나 무서워."

"이야기하자면 길어. 다녀와서 말해줄게. 운전해야 돼. 응?"

아내도 알고 있었다. 아무리 궁금해도 지금 자초지종을 듣자고 밤길 운전하는 사람의 전화를 붙들고 매달리는 것은 멍청한 짓이었다. 아내가 더 묻지도, 전화를 끊지도 못하자 남자는 달랬다.

"걱정할 거 없으니까 그냥 기다리고 있어. 금방 올라갈게."

"알았어. 조심해. 도착하면 전화하고."

마지못해 아내가 전화를 끊었다. 남자는 차창을 열었다. 여름밤의 후덥지근한 바람이 훅 끼쳐 들었다. 살갗에 닿는 바람의 감촉이 남자의 오래된 기억을 불러왔다. 억지로 묻어두었던 그리움과 공포가 뒤죽박죽 밀려들었다. 남자는 묘한 감정에 사로잡혔다. 어둠에 묻힌 산과 들판의 정경이 점점 눈에 익은 것으로 변해갔다. 차창을 닫고 백미러를 흘끔 본 남자의 심장이 철렁 내려앉았다.

뒷좌석에 누군가 앉아 있었다. 자신과 똑같은 얼굴을 한 그것. 놈의 등장은 늘 이런 식이었다. 아무 때나 불쑥불쑥 찾아오는 불청객. 남자는 매 순간 언제 그것과 마주칠까 두려워하며 살았다. 하지만 지금은 그것을 기다리던 중이었다.

"물어봐, 얼마든지 대답해줄 테니까. 이걸로 넌 영원히 내 앞에서 꺼지는 거야."

그것이 피식 웃었다. 득의만만한 재수 없는 미소. 저 미소는 마땅히 남자가 보여야 했다. 남자는 수수께끼의 답을 알아냈다. 그러므로 이 놀이의 승자는 자신이었다. 그런데 선수를 빼앗겼다. 남자는 자기 얼굴이 자기를 향해 짓는 그런 표정들에 어떤 의미가 담겨 있다는 것을 안다. 그것은 마치 제가 승자인 양 거만하게 웃고 있었다. 남자는 바짝 긴장했다. 상황이 자신의 예상과 다르게 흘러갈 수도 있다는 생각이 문득 들었다.

갑자기 그것이 운전석 쪽으로 상체를 기울였다. 남자는 화들짝 놀라 급브레이크를 밟고 갓길에 차를 댔다. 남자가 돌아보려는 순간 그것이 남자의 목을 두 손으로 꽉 움켜잡았다. 숨이 막히면서 비명은커녕 신음조차 낼 수 없었다. 남자는 버둥거리며 속으로 외쳤다.

'뭐 하는 거야, 질문을 해! 네가 누구냐고 물으란 말이야!'

그러나 그것은 남자와 똑같은 목소리로 질문이 아닌 선고를 내렸다.

―가자! 놀이는 끝났다. 내가 이겼다. 이제 이 세상에서 넌 없어진다. 너는 가고 나는 돌아온다. 네 자리는 내 자리가 된다. 네 기억도 내 것이 된다. 나는 네가 된다.

'무슨 소리야? 넌 질문을 하지 않았고 난 대답을 하지 않았어. 놀이는 아직 끝나지 않았다고.'

남자는 제 목을 누르고 있는 그것의 손을 떼어내려고 안간힘을 썼지만 갈고리처럼 휜 단단한 손가락은 꿈쩍도 하지 않았다.

―넌 규칙을 어겼다. 실격이다.

'아니야, 난 누구에게도 이 놀이에 대해 말하지 않았어. 규칙을 어긴 적이 없다고. 그러니까 질문을 해. 내가 답을 말할 수 있게 질문을 하라고…….'

남자의 호흡이 점점 가빠졌다.

'……이럴 수는 없어. 간신히 놀이에서 빠져나갈 수 있게 됐

는데…….'

남자는 손을 더듬어 휴대전화를 집어 들었다. 힘겹게 패턴을 풀고 전화번호 목록을 열어 번호 하나를 눌렀다. 신호가 갔다. 전화기 너머에서 누군가 답했다.

"여보세요?"

남자는 말을 하고 싶었지만 어떤 소리도 낼 수 없었다. 놀라울 정도로 센 악력을 지닌 밧줄 같은 손이 그의 목을 조이고 있었다. 남자의 손에서 휴대전화가 떨어졌다. 전화기 너머에서 한참이나 남자의 이름을 부르던 목소리가 사라지고 전화가 끊겼다. 하지만 곧 다시 전화벨이 울렸다. 남자는 어떻게든 전화를 받으려고 몸을 꿈틀거렸다.

그 순간 우드득 소리와 함께 남자의 목뼈가 부러졌다. 남자의 몸이 축 늘어졌다. 저항이 멈추자 그것은 남자에게서 손을 떼고 차에서 내렸다. 운전석의 문을 열고 능숙하게 안전벨트를 풀었다. 그리고 남자의 뒷덜미를 잡아 밖으로 끌어낸 후 땅바닥에 바로 눕혔다. 그것은 남자의 머리를 쓰다듬으며 다정하게 말했다.

─끔찍하게 아프겠지만 금방 잊게 될 거야.

그것은 남자의 턱을 들어 올리고 입을 벌렸다. 그것의 길쭉한 손가락들이 집게처럼 남자의 혀를 위아래로 찍듯이 집고서 쑥 잡아당겼다. 남자의 혀가 순식간에 찢겨 나오며 입안에 피가 찰박찰박 고였다. 고통 때문에 남자가 경련을 일으켰다. 비명은 나오지 않았다. 턱을 타고 줄줄 흘러내린 피는 흙바닥에 고이는가 싶더니 그대로 스며들어 흔적도 남지 않았다.

그것은 피범벅이 된 혀를 허공으로 던졌다. 갓길 근처의 울창한 나무들이 먹이를 채 가려는 듯 다투어 가지를 내밀었다. 어느 나뭇잎이 남자의 혀를 말아 감췄는지 알 수 없었다.

그것이 남자의 한쪽 발목을 잡고 돌아서서 어딘가로 걸어가기 시작했다. 질질 끌려가는 남자의 머리가 돌맹이에 이리저리 툭툭 걸렸다. 부러진 목뼈가 덜컥덜컥 소리를 냈다. 옷이 말려 올라가고 찢기며 맨살이 드러났다. 날카로운 잡목 가지와 거친 흙바닥에 사정없이 찔리고 쓸린 피부는 이내 상처와 멍투성이가 되었다.

두통이 사라졌다. 아니, 어디에서도 통증은 느껴지지 않았다. 남자는 자신이 죽었는지 살았는지 알 수 없었다. 머릿속은 안개가 낀 듯 모호했고 육신의 무게는 저만치 흩어져가는데 이상하게도 소리만큼은 선명하게 들렸다.

멀리서 개 짖는 소리, 자동차 달리는 소리, 벌레가 윙윙 나는 소리, 더운 바람 소리, 자신의 뼈가 덜그럭거리는 소리, 수풀을 차고 땅을 누르는 무겁고 아득한 발소리……. 문득, 남자의 침침한 시야에 움직이는 세 개의 검은 발이 보였다.

깨진 머리의 상처나 찢긴 혀뿌리에서 시작된 부패는 곧 떠도는 그의 생각에까지 전염될 것이다. 그렇게 모두 썩어서 흙과 먼지가 되어 사라지는 것이다. 다 끝났다. 그럼에도 남자는 여전히 찜찜했다. 이 찜찜한 구석이 자신의 것인지 아니면 놈의 것인지 알 수 없어서 더욱 찜찜했다. 어쨌든 이제 남자는 자신이 살던 세상으로 돌아갈 수 없게 되었다. 그가 졌다.

* * *

　이튿날 아침, 도동 마을로 들어오는 국도변 갓길에서 문이 활짝 열린 빈 택시가 발견되었다. 경찰은 사라진 운전자의 신원을 확보했다.

　정국수. 32세. 주소지는 서울시 구의동.

　차량 안팎은 깨끗했고 파손된 부분이나 고장도 없었다. 미터기는 꺼져 있었고 승객은 타고 있지 않았던 것으로 보였다. 하지만 무슨 일이 있기는 했던 것 같았다. 조수석 밑에 운전자의 휴대전화가 떨어져 있었다. 그리고 차량 주변에서 이상한 것이 발견되었다. 크고 길쭉한 세 개의 눌림 자국.

　그것은 동그란 형태의 단이나 용기를 받치는 발처럼 균형 잡힌 모양으로 찍혀 있었다. 그 세 개의 눌림 자국은 도로를 가로질러 길 없는 산 쪽으로 향했다. 아스팔트 노면이 푹푹 팬 것을 보면 엄청난 무게를 지닌 무언가가 남긴 자국일 터였다. 세 개의 눌림 자국에 드러난 연속적인 규칙성은 마치 삼족(三足) 보행의 흔적 같았다. 그 자국은 산비탈을 오르는 도중 갑자기 끊겼다.

　"찾아봐."

　중산시 동부 서의 차강효 형사가 후배 김도한에게 손짓했다. 김도한이 수풀을 헤집으며 주변을 살피는 동안 차강효는 쪼그리고 앉아서 그 이상하기 짝이 없는 자국들을 물끄러미 들여다보았다. 조금 후에 김도한이 차강효 쪽으로 걸어오며 말했다.

　"없어요. 거기서 하늘로 솟았나 봐요."

"땅으로 꺼졌을 수도 있지."

차강효가 허리를 펴며 일어섰다.

"아뇨, 땅으로 꺼졌다면 꺼진 흔적이 남아 있어야죠. 근데 없잖아요. 하늘로 솟았거나 그대로 사라졌어요."

"그게 말이 되냐?"

"다른 추정은 불가능하거든요. 제가 봤을 땐 이 자국이 운전자를 납치했어요."

"그러니까 네 말은 이 자국이 운전자를 납치해 이 자리에서 사라졌거나 하늘로 솟아올랐다는 거지?"

"선배님 말씀 들으니까 딱 외계인 짓인데요."

"이제 이상하다는 거 알겠지?"

"하지만 불가능한 것을 모두 제한 후에 남은 것은 아무리 불가능해 보여도 가능한 것으로 봐야 한다고 했어요."

"셜록 홈스가 그랬지. 근데 그 불가능해 보이는 가능은 알고 보면 불가능이 아니란 소리야. 하늘로 솟은 것도 땅으로 꺼진 것도 아니라면……."

차강효는 눈앞에 서 있는 나무를 보았다. 공중에서 한쪽 다리를 접고 있는 듯한, 가지의 변형이 심한 물푸레나무였다. 차강효가 물푸레나무에게 물었다.

"너냐?"

김도한이 한숨을 내쉬었다.

"왜? 어디 사는지도 모르는 외계인보다는 현장에서 모른 척하고 있는 이놈이 더 그럴듯하잖아."

"제가 잘못했어요."

김도한은 고개를 내저으며 비탈을 내려갔다.

"어디 가?"

"차량 다시 살펴보려고요."

김도한이 가버리자 차강효는 물푸레나무에게 다시 말을 걸었다.

"너 지금 좀 쩔렸지? 내가 말이야, 너희가 사람한테 가끔 속임수 쓰는 걸 알거든. 예전에 한번 된통 당한 적이 있어서 말이지. 뭐, 아님 말고. 어쨌든 네가 뭘 보긴 봤을 텐데 입이 없으니 물어도 대답을 할 수는 없겠다. 아니, 눈이 없어서 못 봤으려나⋯⋯. 자, 그럼 이제 어떻게 된 건지 하나씩 풀어볼까."

차강효는 정국수의 휴대전화를 켜고 통화 내역을 살폈다. 정국수는 전날 밤 10시 43분, 노종목이라는 상대에게 전화를 걸었다. 그런데 어떤 이유에선지 전화가 끊겼고, 2분 후인 10시 45분에 이번에는 노종목 쪽에서 전화가 왔다. 하지만 정국수는 노종목의 전화를 받지 않았다.

노종목은 그 후에도 여러 차례 전화를 했지만 모두 부재중 기록으로 남았다. 그러니까 어젯밤 10시 43분에서 45분 사이, 정국수에게 전화를 받을 수 없는 무슨 일이 생긴 것이다. 차강효는 마지막 통화자인 노종목에게 전화를 걸었다.

2

이틀 전.

딱!

어디선가 날아온 콩알 하나가 뒤통수에 명중했다. 깜짝 놀라 돌아보는 순간 또 다른 콩알이 날아와 이번엔 귓불을 때렸다. 맞은 자리가 불에 덴 듯 아팠다. 연속으로 이어진 공격은 내가 표적이라는 뜻이었다. 실수가 아니라 고의다. 나는 들고 있던 종이 상자를 내려놓고 바닥에 떨어진 콩알을 집어 들었다. 콩알이 아니라 BB탄이었다. 순간, 아픈 것도 아픈 것이었지만 분노가 울컥 솟았다.

"누구야?"

버럭 소리치며 시선을 돌리자 열서너 살가량의 사내아이가 골목 모퉁이 뒤로 얼른 머리를 감췄다.

"너 이 자식!"

아이의 뒤를 쫓기 시작했다. 달음박질 선수가 따로 없었다. 어느새 아이와의 거리가 저만치 벌어졌다. 절대 잡히지 않을 거라는 확신이 들었는지 아이가 슬금슬금 돌아보며 속도를 늦췄다. 그러다가 나를 향해 히죽 웃었다. 그냥 보내줄까 하던 참에 아이의 사악한 웃음을 보자 눈이 뒤집혔다.

하지만 곧 멈춰 섰다. 아이가 들고 있는 물건을 알아보았던 것이다. 저것 때문에 나는 하루아침에 회사에서 쫓겨났다. 저 고가의 수입 장난감은 회사의 전략적 홍보와 저돌적 영업으로 작년 하반기 십대 남자아이들 사이에서 대유행을 일으켰다. 그때 나는 거의 매일 백화점과 대형 마트의 매장으로 출근해 더 많은 사람들이 저 총기형 장난감을 사도록 권했다.

그런데 얼마 전 저 물건이 사고를 일으켰다. 열두 살 오빠가 아홉 살 여동생에게 총질을 해 한쪽 눈을 실명시킨 것이다. 해외 사이트에서 저 물건이 15세 이상 연령 제한 상품으로 판매되고 있다는 것이 밝혀지면서 피해자의 부모가 회사를 고소했다. 매스컴을 통해 사태가 알려지고 사람들의 비난이 쏟아졌다. 전 제품 불매운동으로 확산될 조짐이 보이자 회사는 서둘러 희생양을 찾았다. 그리고 그 희생양에게 모든 죄를 덮어쓰고 장렬하게 전사하도록 지시를 내렸다.

'근데 그게 왜 나야?'

나는 억울했다. 제품 상자 겉면에는 사람을 향해 쏘면 안 된다는 명확한 경고문이 붙어 있었다. 매장에서도 나는 장난감일지언정 총기류라는 점, 그 위험성에 대해 일일이 주의를 주었다.

18

그러므로 잘못을 저지른 쪽은 경고를 보지도 듣지도 않은 저들이었다. 더구나 그 제품의 연령 제한을 15세에서 12세로 낮춘 것은 김 부장의 독단이었다. 나는 처음부터 반대했다. 하지만 김 부장은 펄펄 뛰며 부정했다.

'무슨 소리야, 박 팀장이 총괄 책임자잖아!'

동료들은 내 앞에서는 김 부장이 나쁜 놈이라고 떠들었지만 정작 김 부장 앞에서는 하나같이 입을 다물었다. 한 사람이 책임지고 사태를 수습한다. 하지만 그 한 사람은 얼마든지 두 사람이나 세 사람으로 늘어날 수 있다. 각자 자리를 보존하려면 그들도 어쩔 수 없었던 것이다.

'게다가 피해자의 엄마가 박 팀장을 지목했어. 하마터면 박 팀장 감옥 갈 뻔했다고. 회사가 합의금 잔뜩 먹여서 이쯤에서 마무리해준 걸 다행으로 여겨.'

피해자의 엄마는 내가 그 제품을 판매한 것만 기억했을 뿐 주의 사항을 일러준 것에 대해서는 까맣게 잊었다. 그녀뿐 아니라 대부분의 사람들이 내 말보다는 내 얼굴을 기억했다. 그러니까 내가 말을 잘해서 영업의 귀재가 된 것이 아니라는 뜻이다.

나는 본디 말수가 적고, 다른 사람 앞에 나서는 성격도 아니었다. 하지만 사람들은 반듯하고 단정한 내 인상을 마음에 들어했고 자발적으로 신뢰를 주었다. 덕분에 또래에 비해 빠른 승진과 높은 연봉으로 나름 성공한 축에 들었지만, 추락은 순식간이었다. 하루아침에 나는 직장을 잃었고 개념 없는 인간으로 전락했다.

'통장에 섭섭지 않게 들어갔어. 그러니까 괜한 소문 퍼뜨려서 일 크게 만들지 마. 무슨 뜻인지 알지?'

김 부장 그 개자식을 어떻게 하지? 어떻게도 할 수 없었다. 저 꼬맹이 역시 마찬가지다. 자업자득이었다. 내가 팔았던 무기에 내가 당한 것이다. 나는 공허한 마음으로 발길을 돌렸다. 집으로 돌아온 후에야 종이 상자를 길바닥에 버려두고 왔다는 것을 깨달았다. 그 상자에는 오늘부로 회사를 그만두며 가지고 나온 사무실 잡동사니들이 담겨 있었다.

됐어, 그까짓 것들 가져와서 뭐 할 건데. 만사 귀찮아진 나는 침대에 벌렁 드러누웠다. 이제 장난감 팔러 다니는 일은 영원히 빠이빠이다. 사실 나는 장난감에 별 흥미가 없었다. 어릴 때에도 주로 책이나 문서를 뒤적이며 시간을 보냈다. 그 시절의 꿈과 공상을 여태 지니고 있었다면 나는 아버지의 전철을 밟았을 것이다. 막연한 자유와 존재하지 않는 사랑 쪼가리에 매달려 허덕거리며 끊임없이 누군가에게 손을 벌리는 삶.

아버지처럼 되지 않기 위해 나는 꿈을 버리고 현실을 택했다. 악착같이 공부했고 미친 듯이 일했다. 서른두 살, 아직 창창한 나이지만 인생의 3분의 1이 지나갔다. 세상의 천만 분의 1도 보지 못했는데 시간은 저 알 바 아니라는 듯 무자비하게 흘러갔다. 나는 내가 보지 못한 나머지 세상 따위 관심 없었다. 내 시선은 언제나 한곳을 향해 있었다. 고향 도동 마을.

하지만 그곳으로 돌아갈 생각은 없었다. 남겨두고 온 기억이 너무도 아프고 괴상했기 때문이다. 배에서 꾸르륵 소리가 났다.

그러고 보니 아침부터 커피 말고는 먹은 게 없었다. 밥을 먹으러 나가는 길에 혹시나 싶어 종이 상자를 내려놓았던 곳으로 가보 았지만 벌써 누가 집어 갔는지 없어졌다.

아파트 단지를 나와 주택가의 한적한 골목길을 걸어가고 있 는데 뒤에서 바람이 불어왔다. 바람은 지나가는 것이다. 그런데 이 바람은 계속 휘파람 소리를 내며 내 뒤를 맴돌았다. 기분이 영 이상해 걸음을 멈추고 돌아보았다. 한낮의 정적 속에서 나는 길 가운데 홀로 덩그러니 서 있었다. 묘한 두려움이 엄습했다. 서둘러 도로로 나가는 길 쪽으로 걸음을 옮겼다. 휘파람 소리가 따라붙었다. 대체 내 뒤에 뭐가 있는 거야?

다시 돌아보는 순간, 누군가를 본 것 같았다. 불현듯 그 누군 가가 누구인지 알 것 같다는 생각이 들었다. 오금이 저리면서 무 릎에서 힘이 풀렸다. 등골을 따라 식은땀 한 방울이 흘러내렸다. 심장이 쿵쿵 뛰기 시작했다. 등 뒤에서 귀에 익은 목소리가 내 이름을 불렀다.

─박태이이이이이…….

나는 소스라쳐 무작정 달리기 시작했다.

휘이이, 휘이이, 휘이이…….

휘파람 소리가 끝없이 따라왔다. 아무리 달려도 휘파람 소리 를 떼어낼 수 없었다. 젠장, 마음대로 해! 나는 숨을 헐떡이며 멈 춰 섰다. 어느새 그것이 내 앞을 가로막고 서 있었다. 그것의 하 반신을 가린 검은 장상(長裳) 아래로 앞코가 들린 세 개의 크고 길쭉한 발이 보였다. 그것이 술래처럼 외쳤다.

─찾았다!

나는 반사적으로 고개를 들고 **그것**을 보았다. 나와 똑같이 생긴 **그것**의 얼굴을 확인한 순간, 온몸의 피가 증발한 것처럼 정신이 아득해졌다. **그것**은 더 이상 내게 얼굴을 감추지 않았다. 내 얼굴을 한 **그것**이 물었다.

─내가 누구야?

프랑켄슈타인 박사의 손에서 방금 되살아난 시신의 입에서나 나올 법한 질문이었다. 하마터면 난데, 하고 말할 뻔했다. 영락없는 나였다. 하지만 내가 나이니 저것은 나일 수가 없었다. 나는 더듬거리며 말했다.

"모…… 몰라."

─아니, 넌 알고 있어. 말해봐, 내가 누구야?

"알 게 뭐야, 내 흉내를 내봐야 넌 내가 아니야."

─하지만 난 너와 얼굴이 똑같지.

"네가 내 얼굴을 훔친 거잖아."

그것이 키득거리며 턱을 들었다. 쭉 뻗어 올라간 **그것**의 목에 핏줄처럼 보이는 것들이 툭툭 불거져 나왔다. 피부색이 짙어지면서 벌거벗은 상반신 전체에 기묘한 형태의 결이 생겼다.

─누가 훔친 쪽인지는 아무도 모르지.

"닥치고 사라져, 이 가짜야!"

─놀이는 아직 끝나지 않았다.

나와 마주 선 **그것**의 키가 한 뼘쯤 커졌다. 내 얼굴이 나를 바라보며 싱긋 웃었다. 나는 절대로 짓지 않는 표정이었다. 익숙하면서도 낯선 그 얼굴이 너무도 섬뜩해 갑자기 속이 메스꺼워졌다.

─나를 잘 봐, 내가 누구야?

그것이 두 손을 펼쳐 내 머리 위로 뻗었다. 비정상적으로 길쭉
하고 끝이 뾰족한 손가락들이 금방이라도 내 몸을 꿰뚫을 것처
럼 위협적으로 움직였다. 수틀리면 놈은 내게 상처를 줄 수도 있
었다. 하지만 질문에 대답할 때까지는 절대 나를 죽일 수 없다.

내가 누구냐고 묻는 그것의 질문이 반복되었다. 나는 눈을 감
고 귀를 틀어막았다. 웅얼거리며 공기를 자극하는 그것의 목소
리가 사방에서 뱅글뱅글 돌았다. 어지러웠다. 그것의 말소리에
서 불편한 주파수라도 발산되는 듯 뇌의 한구석이 욱신거렸다.
머리가 깨질 듯 아팠다. 나는 비틀거리며 뒷걸음쳤다.

그 순간 놈이 바로 내 뒤로 왔다. 그것이 내가 가려고 하는 방
향으로 움직였다. 한번 마주치면 달아날 수 없다는 것을 새삼 깨
달았다. 대답을 하지 않으면 이 고통을 고스란히 견뎌야 하는 것
이다.

그때 바지 주머니 속에서 전화벨이 울렸다. 나는 정신없이 휴
대전화를 꺼냈다. 어느새 그것의 목소리는 들리지 않았다. 눈을
뜨고 주변을 살폈다. 한낮의 태양이 뜨거웠고 골목길에는 아무
도 없었다. 그제야 나는 한껏 졸아든 가슴에 가두고 있던 숨을
내뱉으며 통화 버튼을 눌렀다.

"왜 이렇게 전화를 안 받아?"

종목이었다.

"어, 그게……."

나는 얼른 말을 잇지 못하고 머뭇거렸다. 아직 진정되지 않은 심장이 벌떡벌떡 뛰었다.

"너 내키지 않겠지만 내려와서 나 좀 보자."

정신이 퍼뜩 들었다. 15년 전 도동 마을을 떠난 후 종목은 한 번도 내게 고향에 내려오라고 한 적이 없었다. 만날 일이 있으면 그가 서울로 왔다. 나는 그의 급작스러운 호출이 방금 일어난 일과 관련 있다는 것을 알았다.

"이곳 사람들을 의식할 때가 아니야. 놀이가 다시 시작됐어."

전화기를 쥔 손이 바들바들 떨렸다. 종목이 말했다.

"그것이 국수를 찾아냈다고."

"무슨 소리야? 국수를 만났어?"

국수와는 고등학교 때 헤어진 후로 지금껏 만나기는커녕 통화도 한 적 없다. 서울에서 택시 운전을 하고 있다는 소문만 전해 들었을 뿐이다.

"아니, 얼마 전에 갑자기 전화가 왔어. 그것이 자길 찾아냈다면서 넌 어떠냐고 묻더라."

"……방금 봤어."

"결국……."

종목의 입에서 절망의 큰 숨이 터져 나왔다. 15년 전 그 일이 기어이 부메랑이 되어 돌아온 것이다. 산을 오르면 내려가야 하고 머리를 빗으면 머리카락이 떨어진다. 나는 두 번 다시 고향으로 돌아가지 않을 작정이었지만 이렇게 됐으니 돌아가지 않을 수 없었다. 머릿속에 말뚝처럼 박혀 있던 김이알의 말이 떠올랐다.

'한번 시작된 놀이는 도중에 그만둘 수 없어.'

죽어라 묻어두었던 공포가 한꺼번에 달려들었다. 나는 살면서 많은 것을 후회했다. 그중에서 가장 후회하는 것은 아버지의 아들로 태어난 것이 아니라 친구들과 함께 그것을, 그 끔찍한 것을 불러낸 일이다. 불려 온 그것은 친구들 중 하나를 데려갔다. 그렇게 한 아이가 사라지고 다들 뿔뿔이 흩어졌다. 무서웠다. 그것이 나를 찾아내지 못하기를 소망했다. 그대로 잊히기를 바랐다. 그러나 이제 더는 놀이를 피할 수 없게 되었다.

15년 전 놀이가 시작되고 연서가 사라졌을 때 달아나지 말았어야 했다. 하지만 당시 우리는 열일곱 살 고등학생에 불과했다. 겁에 질려 있었고 무슨 일이 벌어졌는지 제대로 알지 못했다. 우리는 그저 어른들이 어떻게든 해줄 거라고, 경찰이 알아서 수습해줄 거라고 믿었다. 그러면서도 경찰과 어른들의 이런저런 질문에는 끝끝내 모른다고만 대답했다. 그때 우리가 무슨 말을 할 수 있었을까. 무슨 말을 했다 한들 누가 믿어줬을까? 연서의 실종은 그렇게 경찰의 미결 사건 파일로만 남았다.

* * *

구부러진 안길을 돌자 완화수방(浣花水房)의 현판이 보였다. 내 할아버지인 박산의 필체로 새겨진 현판이었다. 완화수방의 담장 바깥쪽을 따라 팥꽃나무들이 무성했다. 예전에 마을 사람들은 이곳을 방문할 때마다 좋은 차를 대접받았다. 그래서 팥꽃

나무가 있는 이 집을 완화수방이라고 불렀는데, 할아버지가 그 이름을 귀히 여겨 현판을 만들어 달았다.

중산시 도동 마을은 150년 이상 된 고가들이 모여 있는 한옥촌이다. 다른 유명 한옥 마을들에 비해 한참 늦었지만 최근 들어 이곳도 시대의 흐름에 따라 한옥 민박촌으로 거듭나는 중이었다. 관광객을 받기 위해 도동 마을의 가옥들은 이런저런 방식으로 내부를 개량하고 시설을 갖춰나갔다. 그러나 완화수방만은 안팎으로 옛 모습 그대로였다.

내 아버지인 박한주는 워낙 게을러서 민박을 칠 만한 위인이 되지 못했다. 민박은커녕 관리하기 귀찮다는 이유로 집을 방치했다. 젊었을 때부터 이렇다 할 직업 없이 전국을 떠돌던 한량이 어쩌다 보니 완화수방에 정착하기는 했으나 영 적응하지 못한 것이다. 아버지는 마을 여기저기를 기웃거리며 쏘다니느라 집에는 거의 붙어 있지 않았다. 아마 지금도 마을 어딘가에서 술에 절어 흥청거리고 있을 터다. 나는 집에 내려오는 것을 아버지에게 알리지 않았다. 가급적 아버지와는 부딪치지 않았으면 하는 바람에서였다.

대문은 열려 있었다. 도동 마을에서는 본래 대문을 잠그지 않는 것이 전통이었다. 15년 만에 돌아온 고향 집이지만 나는 가볍게 둘러보는 정도도 하지 않고 사랑채 옆으로 난 샛문을 지나 곧장 서당채로 향했다. 내 증조부 때까지 그곳은 마을의 서당이었다. 서당채에는 할아버지의 서재가 있었다. 어린 시절 완화수방에서 내가 제일 좋아했던 곳이다. 서재 문은 크고 무거운 자물쇠로 잠겨 있었다. 문을 부수지 않는 한 열 방법이 없었다. 나는 낙담한 채 서당채를 나왔다.

고적한 옛집 구석구석으로 땅거미가 내리고 있었다. 마당 수돗가에서 흐르는 물줄기에 입을 대고 목을 축였다. 비릿한 쇳내가 입안을 감돌았다. 물맛은 전혀 변하지 않았다. 아버지를 포함해 이 집에 속한 다른 모든 것들도 그렇게 멈춰 있었다. 서까래는 내가 떠난 이후 단 한 번도 닦은 적이 없는 듯 먼지로 시커멨고 찢긴 창호지와 깨진 기와도 내가 기억하는 대로였다.

안살림을 하는 여자의 손길이 끊어진 지 오래인 집. 완화수방의 여자들은 언제나 남편보다 먼저 죽었다. 어머니도 할머니도 그 몹쓸 전통에서 벗어나지 못했다. 어머니는 위암 말기로 손을 쓸 수 없는 지경에 이를 때까지 참고 또 참았다. 아팠지만 아프다고 하소연할 남편도 없었다. 할아버지는 나날이 말라가는 어머니에게 어디가 아프냐고 물었다. 그때마다 어머니는 소화가 되지 않아서 그런다고, 별거 아니라고 대답했다. 할아버지는 병원에 가보라고 했고 직접 병원에 데려가려고도 했다. 어머니는 극구 마다하며 시내 약국에서 소화제와 진통제만 사다 먹었다. 한창 나이였던 어머니는 자신이 중병에 걸렸을 거라고는 꿈에도 생각하지 않았다. 암세포는 젊을수록 왕성하게 퍼져나가기 마련으로, 죽음은 순식간에 들이닥쳤다.

어머니가 죽은 후 완화수방에는 남자 셋만 남았다. 그래도 할아버지는 주기적으로 사람을 사서 집을 손보고 청소도 했다. 평소에는 이웃의 오씨 부부가 완화수방의 살림을 살펴주었다. 오씨 부부는 할아버지가 돌아가신 후, 딸과 합가한다며 마을을 떠났다. 완화수방은 아버지와 함께 버려졌다.

아버지는 열여덟 살에 폐결핵으로 당신 어머니를 잃었다. 그 나이면 남자들은 대개 어머니에게서 독립한 후다. 나는 아홉 살에 어머니를 잃었다. 아직 어머니의 손이 필요한 시기였다. 상실감이 컸다. 뱃속에 바람이 든 아버지는 집을 떠나 세상을 떠돌았고 어머니는 나를 떠나 저승으로 가버렸다. 나는 늙은 할아버지와 고택의 품에서 외롭게 자랐다. 그래도 그 시절엔 친구들이 있었다. 이젠 다 떠나고 종목만 남았지만.

나는 종목에게 전화를 했다.

"도착했어. 같이 저녁이나 먹자."

"어…… 오늘은 안 돼. 내일 보자."

"당장 안 보면 죽을 것처럼 굴기에 전화 끊고 바로 출발했는데 왜 내일이야? 별 스케줄도 없는 놈이……."

"나 무시하냐?"

"어머니 일 아니면 나부터 봐."

"엄마 일이야. 그럼 밥 잘 먹어라. 나중에 다시 전화할게."

내가 뭐라 할 새도 없이 종목은 전화를 끊어버렸다. 학교 다닐 때 나는 자주 그의 집에서 밥을 얻어먹었다. 밥상 앞에서 종목의 어머니는 많이 먹으라며 내 머리를 쓰다듬어주곤 했다. 가끔은 어깨를 토닥였고 등을 쓸어주기도 했다. 그럴 때마다 그녀의 손끝에서 뜨거운 혈연의 기운이라도 흘러나오는 것처럼 온몸에 온기가 돌았다. 그녀의 아들이 된 것 같았다. 가족이란 이런 거지, 하는 막연한 감정이 울컥 올라왔다. 내게도 혈연으로 이어진 아버지가 있었다. 하지만 아버지에게는 결코 기대할 수 없는 손길이었다. 그래서 종목이 어머니를 들먹이면 나는 어쩔 수 없이 약해졌다.

밥을 먹자고 밖으로 나가려니 번거로웠다. 부엌에 들어가 라면이라도 있는지 찾아보았다. 라면은 없고 쌀독에 쌀이 제법 차 있었다. 밥만 지으면 나머지도 해결될 듯했다. 장독에는 묵은 장들이, 텃밭에는 돌보지 않아도 그럭저럭 자라는 고추며 깻잎이 있었다. 자취를 오래 한 터라 끼니 준비하는 데에는 익숙했다. 툇마루에 대강 상을 차려놓고 막 수저를 드는데 아버지가 들어섰다.

"왔냐? 내 밥도 퍼라."

아버지는 마루 끝에 엉덩이를 걸치며 밥상을 자기 앞으로 끌어당겼다. 술 냄새가 풍겼다. 내가 고향으로 걸음하지 않는 동안 아버지 역시 나를 보러 온 적이 없다. 15년 만의 상봉이었지만 우리는 서로 반가워하지 않았다. 아버지의 인형 같은 얼굴에는 아무 표정도 담겨 있지 않았다. 표정을 숨긴 것인지 주름 제거술로 잃어버린 것인지 알 수 없었다.

팽팽하게 당겨진 피부는 밀떡처럼 매끈하고 보드라워 보였다. 시간을 거스르고 있는 아버지의 얼굴은 이기적이었다. 자식이 태어나고 아내는 엄마가 되고, 그 아내가 죽고 자식도 떠났지만 아버지는 여전히 자신의 청춘을 끝내려 하지 않았다. 내 시선을 의식한 아버지가 말했다.

"뭘 그리 빤히 보냐?"

"더는 손대지 말아요. 그런다고 나이를 거꾸로 먹는 건 아니니까."

"내가 실제로 몇 살인지는 상관없어. 여자들 눈에 몇 살로 보이느냐가 중요하지."

"그 나이에 아직 여잘 만나고 싶어요?"

"당연한 거 아니냐? 내가 마누라 없이 산 세월이 얼만데. 너처럼 젊은 놈만 여자가 필요한 게 아니야."

"전 여자 필요 없어요. 여자 만날 여유도 없고요."

"왜 여유가 없어?"

"됐어요."

나는 아버지와 이런 이야기를 나누는 것이 싫었다.

"못났다. 근데…… 넌 얼굴이 좀 변했구나."

아버지가 내 얼굴을 흘끔거리며 시샘하듯 말했다.

"15년 전과 똑같을 수는 없죠."

"하긴 내가 널 마지막으로 본 게 열일곱 살 때였으니까."

소년에서 청년이 되는 동안 나는 내 얼굴이 어떻게 바뀌었는지 알지 못했다. 거울을 통해 보는 내 얼굴은 언제나 내 얼굴이었다. 하지만 15년 만에 보는 아버지의 눈에는 변화가 확연한 모양이었다.

불안으로 떨리는 손을 주머니에 찔러 넣은 채 아버지를 향해 노골적인 냉소를 드러내던 십대의 나는 이제 없다. 아버지와 마주한 지금의 나는 어른이다. 우리는 완전히 뒤바뀐 모습으로 재회했다. 술에 절어 뼈만 앙상하게 남은 아버지의 모습은 사실 좀 충격이었다. 세상을 멋대로 떠돌던 시절의 아버지는 풍채가 좋았다. 완화수방이 아버지에게는 감옥이었을까.

"내 밥은?"

"없어요. 그냥 계시던 데서 주는 밥 드시지 뭐하러 왔어요?"

"그렇잖아도 마을 회관에서 할망구들이 밥 먹고 가라 했는데 뿌리쳤다. 종목이가 너 내려왔다고 알려주더라. 그래서 너랑 밥 한 끼 하려고 부랴부랴 온 거지. 근데 반찬이 이게 뭐냐, 고기라도 좀 끊어 오지 빈손이었냐?"

아버지는 반찬 투정으로 시작해 그동안 모아뒀던 온갖 불평들을 늘어놓았다. 나는 무관심한 얼굴로 흘려들었다. 어차피 이런 인간이지 생각하며 살았다.

갑자기 아버지가 어깨를 드러내고 보란 듯이 멍 자국을 디밀었다.

"여기 암만해도 삐끗한 것 같아. 내가 오늘 김 씨네 창고 치우는 거 돕는다고 힘 좀 썼거든. 그런데⋯⋯."

"지금 뭐 하시는 거예요?"

"뭐 하긴, 너한테 나 아픈 데 보여주는 거잖아."

나는 어이가 없었다.

"그런 짓을 왜 하는데요?"

아버지가 눈을 끔뻑거리다가 말했다.

"가족에게 아픈 곳을 보여준다는 건 관심과 위로를 받고 싶다는 뜻이야."

"가족? 우리가 언제부터 가족이었는데요? 아니, 가족이 뭔지는 알아요? 가장으로서 뭔가를 책임져본 적은 있고?"

"그게 무슨 상관이냐. 어쨌든 난 네 아버지고 우린 가족이야. 너도 슬슬 나이가 드니까 내 생각이 나서 이렇게 들여다보러 온 거잖아."

"정말 기도 안 차는 소릴 하시네. 시끄러워요."

아버지는 내가 화를 내든 말든 아랑곳하지 않고 계속했다.

"아니면 네가 여기 무슨 일로 왔겠냐?"

"아버지와는 상관없어요."

"그래? 그럼 회사에서 잘렸냐? 뉴스 보니까 꽤 시끄럽던데."

나는 뜨끔했지만 태연하게 말했다.

"다 수습됐어요. 그냥 종목이 좀 만나러 온 거예요."

"오늘 수요일인데, 출근은?"

밥알을 씹던 내 얼굴이 절로 찌그러졌다.

"월차 냈어요."

"그 삭막한 전쟁터에서 그런 거 함부로 내도 되는 거냐?"

"아무리 삭막한 전쟁터라도 똥은 싸야죠."

"여기 똥 싸러 왔냐? 다들 여기 변소 끔찍해하는데."

도동 마을에서 아직 수세식 화장실을 갖추지 못한 집은 완화수방뿐이었다.

"말 나온 김에 변소나 고치게 돈 좀 다오. 그럼 나도 이웃들처럼 민박이나 치며 살아보려니."

"보내드렸잖아요. 것도 1년에 두 번씩 꼬박꼬박요. 근데 매번 화장실이 아니라 다른 걸 고쳤다던데요."

"그래서 또 주면 어디가 덧나냐. 남의 집 자식들은 제 부모한테 너처럼 그렇게 쪼잔하지 않아."

아버지가 못마땅하다는 어조로 쏘아붙였다.

"저도 아버질 남의 집 아버지와 비교할 수 있지만 참고 있거든요. 그리고 제가 아버지한테 보내드리는 돈은 결코 쪼잔한 액수가 아닐 텐데요."

"그게 몇 푼이나 된다고……."

"그런 말 하실 자격 없어요. 아버진 몇 푼은커녕 돈이라곤 벌어본 적도, 줘본 적도 없으니까. 여태 제 돈으로 노름하고 술 마시고 얼굴 고치고 동네 여자들에게 허세 부리며 살았던 주제에 지금 저한테 돈타령하는 거 창피하지도 않아요?"

"주제? 그래! 너 잘났다, 이 새끼야! 그래서 너 혼자 그 밥 다 처먹을 거냐?"

말문이 막힌 아버지는 버럭 화를 내며 내가 먹고 있던 밥을 그릇째 덥석 집어 갔다. 나는 수저를 놓고 일어서며 말했다.

"밥솥에 밥 있어요."

"없다면서……?"

아버지가 한풀 꺾인 얼굴로 나를 올려다보았다.

"됐고요, 여기서 주무실 거예요?"

"뭐, 너랑 한잔할 것 같으면……."

"전 들어가서 잘 거예요. 피곤해요."

"그럼 나라도 한잔하게 술값 좀 다오."

아버지는 기껏 뺏어 간 내 밥그릇에는 손도 대지 않고 밥상을 한쪽으로 밀어냈다. 나와 밥 한 끼 하러 온 건 확실히 아니었다. 실망스러울 것도 없었다. 이 작자에게 자식은 돈 뜯는 대상, 그 이상도 그 이하도 아닐 테니. 지갑에서 5만 원짜리 두 장을 꺼내 내밀었다. 돈을 주면 아버지는 술 마시러 나갈 것이다. 그럼 더는 아버지와 함께 있지 않아도 된다. 남은 밥도 마저 먹을 수 있다.

아버지가 돈을 힐끗 보더니 불만스러운 얼굴로 말했다.

"그러지 말고 카드 하나 주지."

"그게 얼마나 멍청한 짓인지 아버지도 알고 나도 알죠. 어깨가 나갔다면서요? 근데 무슨 술을 얼마나 마시려고요?"

아버지는 이때다 하고 덧붙였다.

"그래, 병원비도 좀 주라."

나는 지갑에 있는 현금을 모두 털어주며 말했다.

"자, 이제 가세요. 그리고 저 여기 며칠 있을 거예요."

내가 이렇게 말했으니 아버지는 알아서 다른 곳에서 지낼 것이다. 나나 아버지나 한 지붕 밑에 있기 불편한 것은 마찬가지일 테니.

"알았다. 그럼 그동안 난 회관에 있을 테니 필요하면 그쪽으로 와라."

나는 대답하지 않았다. 여태 살면서 아버지가 필요했던 적은 없다. 앞으로도 그럴 것이다. 아버지는 지폐들을 바지 주머니에 쑤셔 넣고 대문을 나섰다.

* * *

　다음 날 오전, 시내 카페에서 종목을 만났다. 종목은 주머니가 잔뜩 달린 헐렁한 카키색 반바지에 샌들을 신고 가슴팍에 검은색 주머니가 달린 암녹색 티셔츠와 오렌지색 등산용 조끼를 입고 나타났다. 내가 그를 머리부터 발끝까지 훑자 종목이 픽 웃으며 말했다.

　"세지 마라."

　"그게 내 맘대로 안 돼."

　종목을 만나면 나도 모르게 그가 입고 있는 옷의 주머니가 몇 개인지부터 셌다.

　"장사하는 사람은 주머니가 많아야 편해."

　학교 다닐 때도 그는 주머니가 많은 복장을 하고 다녔다. 그의 주머니에서는 뭐든 필요한 것들이 나왔다. 스카치테이프, 압정, 안약, 목장갑, 반창고, 볼펜, 문구용 칼 같은 것들. 나는 만물 주머니를 달고 있는 그의 마음속을 진작 읽었다. 하루빨리 모든 것을 갖춘 어른 남자가 되고 싶었던 것이다. 그래야 자기 아버지에게 맞설 수 있을 테니까.

　"가게는 어때?"

　"그냥 그렇지, 뭐."

　종목은 고개가 앞쪽으로 쏠린 것에 맞춰 입술도 살짝 튀어나왔다. 가만있으면 저절로 윗입술이 들려 앞니 두 개가 희끗하게 보이는 것이 어딘가 토끼 같은 인상을 주었다. 나이를 먹어도 그 인상은 변하지 않았다.

나와 종목은 지난 15년간 가끔 얼굴을 보며 살았다. 하지만 다른 친구들은 만나지 않았다. 연서가 실종된 후 일곱 명의 놀이 가담자들은 한자리에 모인 적이 없다. 채팅방, 동창회, 연말 모임 등 단체로 묶이는 활동은 어떤 것도 하지 않았다. SNS상에도 절대 다녀간 흔적을 남기지 않았다. 그렇게라도 눈에 보이는 과거의 끈을 끊어내려 했다. 그럼에도 우리는 고향에 남은 종목을 중심으로 여전히 연결되어 있었다. 언제라도 종목을 통해 다시 모일 수 있었던 것이다.

"회사 일은 잘 수습되고 있어?"

"내가 잘리는 걸로 마무리됐어."

"뭐?"

"우리 아버지에게는 암말 마라. 어제처럼 쓸데없는 소리 흘리면 다신 너 안 볼 거야."

"그 정도로 정신 줄이 꼬이진 않았어. 어젠 오랜만의 귀향이니까 아버지와의 상봉 자리가 필요할 것 같아 얘기한 거지."

"고맙다. 네 덕에 완전 미쳐버리는 줄 알았다."

"안 미쳤잖아. 그럼 됐지, 뭐."

잠시 침묵이 흘렀다. 우리는 각자의 앞에 있는 아이스커피만 홀짝였다. 지난 15년간 그것에 관한 이야기는 가급적 피해왔다. 나에게는 그것을 불러온 주모자라는 가책이 있었다. 종목은 괜히 그것을 입에 담았다가 다른 친구들이 발각될까 꺼렸다. 우리는 그것이 언제 어디서 나타날지 알 수 없었다. 그것은 낮과 밤을 가리지 않았다. 잠긴 문도 소용없었다. 종목은 **그것**과 대면할 때마다 수명이 조금씩 갉아먹히는 것 같다고 했다.

"너야말로 안 미치고 여태 잘 버텼다. **그것**에 비하면 아버지쯤이야 얼마든지 참아낼 수 있지. 미안하다, 그때 널 두고 우리만 달아나서."

종목은 놀이 가담자들 중에서 유일하게 도동 마을을 뜨지 못했다. 어머니 때문이었다. 종목의 어머니는 수십 년간 몸담고 있던 시장을 떠나 낯선 곳에서 새 삶을 시작할 엄두를 내지 못했다. 게다가 어디로 가든 기어이 남편이 찾아낼 것을 알고 있었다. 남편이 살아 있는 한 그녀의 삶은 달라질 수 없었다. 그래도 아들만은 놓아주려고 했다.

하지만 종목은 어머니를 두고 고향을 떠날 수 없었다. 자신이 떠난 후에 어머니가 어떻게 살게 될지 훤히 보였기 때문이다. 그는 어머니의 발목을 잡고 있는 아버지를 죽이고서라도 이곳을 뜨고 싶었지만, 그럴 수 없었으므로 아버지든 그 자신이든 어느 한쪽이 죽는 날까지 버텨보기로 했다. 종목은 그때 선택해야 했다. 어머니와 자신 중에서 누구를 지킬 것인지. 그는 어머니를 선택했다.

"나야 뭐, 사정이 그랬으니까. 덕분에 앞으론 내가 심적으로 너네보다 유리해졌지. 15년간 시달리면서 단련이 됐는지 제법 익숙해졌거든."

"익숙해져?"

나는 진심으로 궁금했다. 종목의 눈가에 주름이 잡혔다. 웃으려고 했던 것인지 찡그리려고 했던 것인지 알 수 없었다.

"솔직히 말해줘? 그럼 절망스러울 텐데."

"됐어, 이미 말했어."

"마음 단단히 먹어. 절대 익숙해질 수 없는 공포니까. 아니, 점점 더 커지지. 놈이 왔다 갈 때마다 놈의 다음 등장을 생각하게 돼. 매 순간 긴장하고 두려워하며 신경을 곤두세우게 되지."

"대체 어떻게 견딘 거야?"

"그냥 참았어. 다른 방법은 없으니까."

종목이 얼마나 힘든 시간을 보냈는지 이제는 알 것 같았다. 나는 어제 처음 그것과 마주했다. 숨도 잘 쉬어지지 않는 공포를 참느라 몸이 산산조각이 날 것처럼 들썩였다. 꿩처럼 머리만이라도 묻고 싶었다. 그러나 옴짝달싹 못 한 채 내가 아닌 내 얼굴을 강제로 봐야만 했다. 끔찍한 두통을 참으며 그것의 질문에 대답하지 않기 위해 버텨야 했다. 종목의 말대로 다른 방법은 없었다. 그런 고통과 공포를 종목은 지난 15년간 반복해서 겪은 것이다.

"너도 힘든 시간 보낸 거 알아. 연서 그렇게 되고……."

"연서 이야긴 하지 말자."

종목은 고개를 끄덕였다. 연서가 나의 가장 아픈 부분이라는 것을 알기 때문이다.

"근데 국수는 언제 발각된 거야?"

"한 5년 됐대."

"그럼 5년이나 시달리다가 너한테 전화한 거라고?"

"응."

"그 자식도 참······."

"무던하지. 암튼 **그것**을 피해 모두 마을을 떠났는데 **그것**이 국수나 너를 찾았다면 다른 애들도 금방이야. 이러면 더는 도동 마을을 떠나 있을 이유가 없어."

"그래서 어쩔 작정인데?"

"다 불러 모아서 놀이를 끝내야지."

"어떻게?"

"국수가 놀이를 끝낼 단서를 찾았다고 했어."

"정말? 그게 뭔데?"

의외의 소식에, 자포자기하고 있던 내 마음에 일말의 희망이 번졌다.

"자세한 건 나도 몰라. 국수가 조만간 내려와서 직접 이야기하겠다고 했어. 그동안 우리도 뭔가 방법을 강구해보자. 그게 만약 도플갱어 같은 거라면······."

"그건 아니야."

"내가 좀 찾아봤는데 공통점이 없지는 않아. 도플갱어와 만나면 둘 중 하나는 죽어야 하지. **그것**이 원하는 것도 마찬가지야. 똑같은 얼굴을 가진 나를 제거하고 제가 세상에 남으려는 거."

"그럼 넌 15년 전에 죽었어야 해. 난 어제 죽었어야 하고. 그건 도플갱어 같은 게 아니야. 너도 알잖아."

"그래, 알아. 그건 15년 전에 우리가 불러들인, 세 발 달린 **그것**이지. 근데 그게 도대체 뭐냐고?"

"그건 김이알만이 설명할 수 있어. 일단 김이알부터 찾자."

"어떻게? 너도 알다시피 김이알은 연서가 사라지고 마을이 뒤숭숭할 때 돌내리를 떠났어. 그 후로 한 번도 돌아오지 않았지. 석수 일은 영 그만둔 것 같아. 어디로 수소문해야 할지도 모르겠고."

"그럼 김이알의 집은 지금 비어 있겠네?"

"응, 너희 다 떠난 후로 내가 여러 번 들여다봤어. 돌내리 사람들한테도 물어봤지. 지난 15년간 석수장이의 집에 사람이 드나드는 것은 물론이고 밤에 불이 켜진 걸 본 사람도 없어."

"그러니까 거기만큼 숨기 좋은 곳도 없단 뜻이지. 가보자, 내 눈으로 확인해야겠어."

"꼭 그래야겠다면. 차 가져왔지?"

"아니, 버스 타고 왔는데."

"왜?"

"머리가 너무 복잡해서."

"그래, 괜히 딴생각하면서 운전하다가 사고라도 내면 큰일이지. 기다려, 내 차 가져올게."

종목은 남은 커피를 모두 들이켜고 자리에서 일어섰다.

"차? 너 언제부터 차가 있었냐?"

"하나 장만했다, 네 차보다 큰 놈으로."

종목은 별다른 직업 없이 도동 마을 재래시장에서 채소 가게를 하는 어머니의 일을 돕고 있었다. 사람들은 그가 어머니의 가게를 차지하고 거기서 뜯어낸 돈으로 술집이나 들락거리며 사는 것이 딱 제 아버지라고 손가락질했다. 그건 사실이 아니었다.

종목이 악착같이 가게에 붙어 있는 것은 어머니가 또다시 아버지에게 모든 것을 빼앗기지 않도록 지키기 위해서였다. 그래서 가게도 집도 모두 그의 명의로 돌려놨다. 어머니의 전대도 그가 관리했다.

하지만 남 말하기 좋아하는 사람들은 종목이 어머니의 집과 가게를 가로챘다고 비난했다. 어머니가 사정을 설명해도 사람들은 믿지 않았다. 오히려 타이르듯 말했다. 아들 그만 감싸고 정신 차려, 그 아버지에 그 아들이야. 그들은 종목이 눈 뜨고 못 봐줄 정도로 엉망진창 술에 취해서 아무에게나 시비 거는 것을 보아왔다. 사실은 시비가 아니라 말을 걸었던 것이지만, 혼자 있는 것이 두려워 사람들 사이를 배회했던 것뿐이지만.

종목은 그것이 언제 등장할지 알 수 없어 늘 무서웠다. 하지만 그가 처한 상황을 알지 못하는 사람들의 눈에는 그저 어머니의 집과 가게를 꿰차고 술이나 처마시는 백수 망나니일 뿐이었다. 그들은 자신들이 본 것을 믿었다. 그들 눈에 종목은 영락없는 제 아버지의 판박이였다.

종목이 카페 앞 도로변으로 낡은 트럭을 몰고 왔다. 나는 조수석에 오르며 말했다.

"가는 길에 재호에게 들르자."

덜컹거리는 트럭에 앉아 지난날 친구들과 자전거를 타고 지났던 길을 바라보고 있자니 가슴이 먹먹해졌다. 앞으로 벌어질 일을 모른 채 밤공기를 가르며 달렸던 그 순백의 시절은 이제 영원히 되돌릴 수 없는 과거가 되었다.

종목이 물었다.

"여기 내려와 정착할 생각은 없고?"

"전혀."

"아버지 때문에?"

나는 대답 대신 물었다.

"네 아버진 어때?"

"똑같아. 뭐, 힘이 좀 빠지긴 했어. 이제 그만 반성할 때도 됐지 싶은데 그 인간은 반성이 뭔지 몰라. 절대 자기 행동을 되돌아보지 않거든. 여전히 시도 때도 없이 그 염치없는 얼굴을 내미는데 내가 아주 환장한다."

동계천을 가로지른 석교를 지나 20분쯤 달리자 양 갈래 길이 나왔다. 우측 언덕배기를 넘으면 돌내리 입구였다. 종목이 말했다.

"김이알은 대체 왜 종적을 감춘 걸까? 판을 벌였으면 놀이가 끝날 때까지 지켜보며 즐겨야지."

"우릴 골탕 먹이려고. 도움을 구할 사람이 자기밖에 없다는 것을 아니까. 아니면 우리처럼 달아난 것이거나. 엄밀히 말하면 김이알도 이 놀이의 가담자잖아."

"그놈이 미친놈이야."

"아니, 내가 미친놈이었어. 내가 할아버지의 기록을 보고 눈이 뒤집혀서…… 결국 이렇게 된 거지."

"멍청한 소리 하지 마. 넌 그냥 재호를 위해, 가만히 있을 수 없었던 거야. 우리 역시 마찬가지였고."

* * *

할아버지는 마을에서 존경받는 어른이었다. 젊은 시절에는 기자 생활을 했고 서울의 모 신문사 편집국장으로 있다가 퇴직한 후 완화수방으로 내려와 글도 쓰고 기고도 하고 텃밭도 가꾸며 유유자적 지냈다. 15년 전 그날, 나는 우연히 할아버지의 서재 책상 위에 놓여 있던 그 공책의 기록을 읽었다. 단순한 호기심이었다. 그저 할아버지의 일기장인 줄 알았다.

하지만 공책에 쓰인 내용은 일기가 아니었다. 그것은 할아버지가 어린 시절 보고 들은 어떤 기이한 사건에 관한 기록이었다. 할아버지는 기억을 더듬어가며 사건을 재구성하고 그에 관해 조사한 사실과 사건을 꼼꼼히 적어두었다.

그 기록의 첫 장을 읽자마자 머릿속에서 번개가 쳤다. 나는 운명의 문 앞에 섰음을 직감했다. 문을 여는 열쇠를 손에 쥔 채로 말이다. 망설이지도 돌아보지도 않았다. 나는 거침없이 나아갈 준비가 되어 있었고 결과나 후회 같은 건 생각해본 적도 없었다. 내가 알게 된 것이 이후 나의 모든 것을 송두리째 바꿀 수 있다는 것도.

1924년, 나는 여덟 살이었다. 이제 돌이켜 생각해보니 참으로 어렴풋하고 모호했던 시절이다. 하지만 그날 밤 내가 들었던 누님들의 대화만큼은 기묘하리만치 선명한 목소리로 내 기억에 남아 있다. 이는 아마도 그 기이한 대화를 들은 지 얼마 되지 않아 사건이 일어났기 때문일 것이다.

누님들이 나눴던 그날 밤의 대화는 잔편들에 지나지 않아 나는 오랫동안 그 맥락을 완전히 이해하지 못했다. 그래서인지 내 머릿속에는 자나 깨나 그 잔편들이 맴돌았다. 내가 기자가 되어야겠다고 결심한 이유 중에는 그 잔편들을 추적해서 온전한 이야기를 완성하고픈 소망도 있었다.

나이가 들면 어려서 애매해 보였던 부분들이 절로 명확해진다. 연륜의 눈이란 이런 것이로구나 하고 새삼 깨닫게 되는 것이다. 그러나 백 년도 살지 못한 내 눈이 수천 혹은 수만 년의 시간을 살아낸 그것의 눈만 하랴 싶어 갑자기 두려워진다.

그것은 우리를 잘 알지만 우리는 그것을 모른다. 그러므로 내가 눈곱만큼이나마 이해한 그것의 진실을 몇 자라도 남겨두는 것은 우리를 위한 도리를 다하기 위함이다.

내게는 나이 차가 열 살가량 나는 누님이 있었다. 경난 누님은 동계천 석교 건너에 사는 권가 효순 누님과 둘도 없는 친구였다.

박가와 권가는 동계천을 경계로 각기 동성(同姓) 마을을 이루고 살았는데 일제강점기 때 저들 편한 대로 행정 개편을 실시해 합쳐진 이후 지금은 모두 도동 마을로 불린다.

시절이 어수선하고 일제의 지속된 경제 수탈로 집집마다 집안 꼴이 말이 아니었다. 그럼에도 어머니는, 여자도 험난한 시절을 헤쳐가려면 무조건 배워야 한다며 경난 누님을 학교에 보냈다.

평소 경난 누님과 단짝 친구로 지내던 효순 누님도 제 집안 어른들을 졸라, 두 누님은 같은 학교에 다니게 되었다. 영국 선교사가 세운 그 여학교는 이제 남아 있지 않다. 신사참배를 거부해 폐교되었기 때문이다.

효순 누님은 자주 우리 집에 들러 경난 누님과 공부했고 가끔은 자고 가기도 했다. 효순 누님이 집에 오면 경난 누님은 나와 놀아주지 않았다. 그때마다 나는 심통이 나서 못된 장난으로 두 누님을 괴롭히곤 했다. 이제 와 당시 내가 저질렀던 그 우매한 짓들을 후회해봐야 무슨 소용일까. 세월이 가고 두 누님도 간 지 오래니 그저 한스러울 따름이다.

경난 누님도 효순 누님의 집에 자주 갔다. 사실 경난 누님은 효순 누님이 우리 집에 오기보다 자신이 그 집으로 가기를 더 좋아했다. 왜냐하면 효순 누님의 네 살 위 오라버니인 승현 형님을 몹시 따르고 동경하여 그 얼굴 보기를 늘 갈망하였기 때문이다.

경난 누님이 그리 변고를 당하지 않았더라면 승현 형님과 가약을 맺었을 것이다. 본디 양쪽 집안 어른들의 내왕이 잦았기에 어릴 때부터 두 누님과 형님은 자연스레 어울렸다. 효순 누님 역시 경난 누님을 올케 삼고자 했다.

그런데 어느 날 갑자기 경난 누님이 사라졌다. 우리 집에서는 효순 누님을 다그칠 수밖에 없었다. 저녁나절 함께 산보를 나섰다가 효순 누님 혼자 돌아왔으니 말이다. 하지만 효순 누님은 백치 같은 얼굴로 고개만 저을 뿐 끝끝내 입을 다물었다.

그 일 이후 권가는 서둘러 효순 누님을 서울로 시집보냈다. 아마도 도동 마을에서의 일은 하루빨리 잊고 새 삶을 시작하라는 의도였을 것이다. 낯선 집에서 시가의 어른들을 모시며 새 식구들에게 적응하노라면 마음이 고단할 터이니 다른 생각을 할 틈이 없지 않겠는가.

나는 이제 효순 누님을 원망하지 않는다. 당시 효순 누님의 그 넋 나간 얼굴은 공포로 인해 정신이 산산이 부서진 탓이었다. 효순 누님은 경난 누님에게 무슨 일이 일어났는지 알았지만 차마 말을 할 수 없었기에 입을 다문 것이다. 말해봐야 어차피 아무도 믿어주지 않았을 것이다.

내가 진작 효순 누님을 찾아뵈었어야 했다. 하지만 나는 평생 효순 누님을 보러 가지 않았다. 어쩌다 보니 그리되었다. 솔직히 말하자면 두려웠다. 진실을 듣는 것이 무서워서 피했던 것은 살면서 그것이 유일했다. 이는 내가 어린 시절 우연히 엿들었던 두 누님의 대화가 평생 내 기억 속에 선명한 그늘을 드리우고 있었던 탓이다.

그때 나는 두 누님이 이불 속에 숨어서 몰래 쌀강정을 먹고 있다고 여겼다. 쌀강정이라니, 그런 시절에 그런 턱도 없는 생각을 했다니 참으로 부끄럽기 그지없다.

나는 누님들이 먹을 것을 두고 나를 따돌렸다는 생각에 화가 났다. 하여 다짜고짜 누님 방으로 들어가려다 멈칫했다. 다시 들어보니 쌀강정 씹는 소리가 아니라 효순 누님이 훌쩍이며 우는 소리였다.

내 누님이 울었다면 필시 승현 형님 때문이었겠지만 효순 누님이 울 일은 뭐란 말인가. 효순 누님은 겁에 질려 있었고 그녀를 달래는 경난 누님의 목소리도 떨리고 있었다.

나는 그 자리에 우두커니 선 채 방문 너머에서 들려오는 소리에 귀를 기울였다. 두 누님의 대화 내용이 궁금하기도 했지만, 한편으로 두 누님의 대화가 어른들의 귀에 들어가지 않도록 지키려는 의도도 있었다.

누군가 나타나면 내가 여기 장지문 밖에서 얼른 기척을 낸다. 그러면 두 누님의 대화는 끊길 터였다. 나의 계획은 이러했다. 두 누님의 은밀한 대화 내용을 엿들은 후 어른들께 고하겠노라 위협하며 누님들을 내 마음대로 부리는 것이다.

효순 누님이 말했다.

"버선코처럼 앞이 뾰족하게 들린 발이었어. 그런데 두 발이 아니라 세 발이었다고."

"그러니까 그건 소리나무의 발이었을 거야."

경난 누님은 자기 입으로 말해놓고도 믿기지 않는다는 듯 중얼거렸다.

"정말 그것이 불려 오다니……."

"정말 그것일까?"

"그 애한테 물어봤는데 그렇다고 했어."

"그럼 이제 우린 어떻게 되는 거야?"

"그 애는 그것이 우리를 도와줄 거라고 했어. 그것은 크고 강한 힘을 가졌고 불러준 이의 삶을 완전히 달라지게 할 수 있다고도 했지."

"하지만 나는 무서워. 그 세 발 달린 소리나무도, 그 애도 모두 무서워졌어. 지난번에 우연히 그 애 뒤에 서 있었는데 말이야, 바람이 불어와 머리칼이 날리고 목덜미가 드러났는데 거기서 흉측하게 생긴 작은 얼굴이 나를 노려보며 웃고 있었어."

"알아, 나도 본 적 있어. 하지만 그건 그냥 사람 얼굴처럼 생긴 얼룩점일 뿐이야."

말은 그렇게 했지만 경난 누님의 목소리는 동요하고 있었다. 아마도 덩달아 이상하다고 맞장구를 치는 것보다는 아니라고 부정하는 것이 덜 무서웠기 때문이리라.

"솔직히 난 이제 그 애의 정체마저 의심스러워. 그 애가 악의를 갖고 우릴 끌어들인 게 분명해."

효순 누님이 흐느끼기 시작했다. 경난 누님은 효순 누님을 다독이며 애써 씩씩한 어조로 말했다.

"날이 밝으면 돌내리로 가서 김이알에게 물어보자. 김이알이 머리잖아. 그러니까 그가 다 설명해줄 거야. 그 애에 대해서도 말이야."

두 누님은 목덜미에 사람 얼굴 모양의 얼룩점이 있는 친구에 대해, 그 친구와 함께 벌인 이상한 놀이에 대해서 이야기했다. 그 놀이는 돌내리 석수 김이알의 집에서 매일 밤 은밀히 벌어지고 있었다.

당시 나는 그것을 그저 놀이로만 알았다. 물론 어딘가 비밀스럽고 알쏭달쏭하게 들리긴 했다. 하지만 그 놀이는 내가 생각했던 것보다 훨씬 더 복잡하고 기괴한 것이었다.

기록에 등장하는 이름들은 대체로 내가 아는 사람들이었다. 할아버지의 누나, 그러니까 박경난은 나의 고모할머니다. 권효순이란 이름은 들어본 적 없지만 동계천 석교 건너에 사는 권승현이 누군지는 알았다. 그는 할아버지의 오랜 친구로 이미 수년 전에 세상을 떠났다.

돌내리 석수 김이알은 근방에서 제법 유명한 자였다. 1924년에 돌내리의 석수로 등장했던 그는 당시에도 여전히 돌내리 석수 김이알로 같은 마을 같은 장소에서 살고 있었다. 물론 백여 년의 시간이 지났으므로 같은 사람일 수는 없었다. 돌내리의 석수 김이알은 대대로 가업을 잇는 이가 그 이름까지 물려받는 전통에 따른 호칭 같은 것이었다.

기록에 등장하는 인물들 중 내가 전혀 알 수 없었던 사람은 하나뿐이었다. 고모할머니, 권효순과 함께 놀이를 했던 그 애, 목덜미에 사람 얼굴 모양의 얼룩점이 있는 여자…….

목덜미에 얼룩점이 있다는, 누님들 또래의 그 여자에 대해서는 나중에 조사해보았는데 도동 마을과 돌내리 사람들은 물론이고 근방 누구도 아는 이가 없었다.

하지만 나는 그 여자의 실재를 의심하지 않는다. 보고도 믿기지 않았지만 그 여자가 내 눈앞에 모습을 드러낸 적이 있기 때문이다.

그때 나는 세 발 달린 소리나무가 무엇인지 알지 못했다. 하지만 지난 수십 년간 끈질기게 조사한 끝에 이제 그 정체를 조금이나마 알게 되었다.

그것은 오래된 구전에서 시작된다. 지방에 따라 조금씩 차이가 있지만 이야기의 요지는 다음과 같다.

옛날에 폭우를 뚫고 들리는 정체불명의 나무 두드리는 소리가 있었다. 마을 사람들이 소리를 따라가보니 세 개의 발을 가진 까만 나무둥치 하나가 있었다.

처음엔 하나뿐이었는데 어느 날 하나가 둘이 되고 둘이 셋이 되어 마침내 아홉이 모였다. 밤마다 소리나무가 울리고 얼마 후 나무둥치들은 아홉이 여덟이 되고 여덟이 일곱이 되더니 마침내 처음 나타났을 때처럼 하나만 남았다. 그리고 어느 날 그 하나마저 사라졌다.

그 이야기의 숨은 의미를 깨달았을 때 나는 소스라치게 놀랐다. 이는 나무가 제 발로 오고 간다는 뜻이었다. 여기서 나는 마침내 그날 밤 두 누님의 대화에 등장했던 그 이상한 놀이에 대해 몇 가지를 알아낼 수 있었다.

아홉 개의 소리나무를 두드려 그것을 불러내는 놀이.

불려 온 그것은 자신을 두드려 깨운 자가 할 수 없는 일을 대신 해준다.

그것은 앞코가 뾰족한 세 개의 검은 발을 가졌다. 그것은 크고 강하다. 하지만 그것은……

여기까지 읽었을 때 할아버지가 서재로 들어왔다. 할아버지는 내가 보던 공책을 거칠게 덮어 잡아챘다. 공책을 쥔 할아버지의 손등에 푸른 힘줄이 툭툭 튀어나왔다. 할아버지가 물었다.

"어디까지 읽었느냐?"

나는 솔직하게 대답했다. 그리고 물었다. 목덜미에 얼룩점이 있는 그 여자가 누구인지, 이 놀이가 불러오는 그것이 무엇인지.

할아버지는 언제나 내 질문에 호의적이었다. 하지만 그날 할아버지가 보인 태도는 평소와 달랐다. 나를 바라보는 할아버지의 시선에는 원망과 노여움이 담겨 있었다. 나뿐 아니라 다른 누구에게도 보인 적 없는 눈빛이었다. 그토록 할아버지의 속을 썩였던 아버지에게조차도. 호된 야단을 듣겠구나 싶었는데 할아버지는 그 기록에 대해서는 어떤 이야기도 하고 싶지 않다는 듯 짧게 말했다.

"이 공책의 내용에 관해서는 알려고 하지 마라. 그리고 앞으로 넌 내 서재에 들어올 수 없다."

나는 그 공책을 다시 볼 수 없었다. 할아버지의 허락 없이 공책을 훔쳐본 것은 잘못일 수 있었다. 화가 난 할아버지가 그 벌로 서재 출입을 금할 수도 있었다. 하지만 서재 문에 자물쇠까지 달리자 나는 어리둥절해졌다. 암만 생각해도 할아버지의 반응은 과했다.

소년들에게 그 같은 금지는 반항거리가 된다. 그러므로 반드시 어기고 넘어서야 하는 관문이 되는 것이다. 소년들은 성인식이 치러지는 숲에 무엇이 있는지 모른 채 출발한다. 무사히 통과

하면 어른이 된다는 것만 알 뿐이다.

나는 무모한 시도를 결심했다. 비록 짧은 내용이었으나 할아버지의 기록에서 읽었던 이야기는 이미 내 머릿속에 깊이 각인되어 있었다. 그것이 무엇이든 간에 불러올 작정이었다. 내가 할 수 없는 일을 그것이 대신 해줄 거라는 근거 없는 확신은 나날이 더해졌다. 재호를 죽인 놈들에게 복수를 해야 했다. 그러려면 그 놈들을 대적할, 더 센 누군가가 필요했다.

* * *

재호의 무덤 위에 소주를 흩뿌리며 종목이 말했다.

"그러고 보니 재호하고는 술도 한잔 못 해봤네. 기억나냐, 우리가 작당해서 술판 벌일 때마다 재호가 징징거리며 말렸던 거? 얘들아, 안 돼. 우리 미성년자잖아. 이거 치우자. 대신 내가 너네 먹고 싶은 거 다 살게."

종목은 재호의 말투를 흉내 내며 키득거렸다.

"순진했지."

"살아 있었으면 지금은 재호가 우리 중에서 술이 제일 셌을 거야. 그 자식 아버지가 술 상무였잖아. 1년 열두 달을 그렇게 마셔댔는데도 끄떡없었지. 우리 아버진 소주 한 병만 들어가도 개가 돼서 다 때려 부쉈는데 재호 아버진 신선이 되어 지갑을 통째로 열었잖아. 뭐 먹고 싶냐, 우리 아들들 먹고 싶은 거 내가 다 사준다, 하시면서 말이야."

"호인이셨지."

나는 고개를 숙인 채 중얼거렸다. 종목이 혀를 차며 아쉬워했다.

"아까운 놈, 그렇게 가지 않았으면 엄청 성공할 놈이었는데. 공부 잘했지, 얼굴 잘생겼지, 돈 잘 썼지, 뭐 하나 빠지는 게 없었잖아."

"응."

내 대꾸가 내내 짧다는 것을 종목이 그제야 알아챘다.

"미안하다. 친구를 둘이나 잃은 네 앞에서⋯⋯."

"연서와 재호, 모두 네 친구이기도 했어."

"그래도 너만 하겠냐."

종목은 내 어깨를 두드리며 한숨을 내쉬었다.

* * *

재호의 죽음은 이빨들이라고 불렸던 질 나쁜 아이들 때문이었다. 이빨들은 모두 우리보다 한두 살 많았고 거기에 이런저런 말썽을 일으키며 한두 해씩 꿇은 전적들이 있었다. 다섯 명의 이빨들은 대개 몰려다녔는데 그중 누구 하나가 혼자 있다고 해도 다들 가급적이면 피해 다녔다.

심성이 온순하고 선했던 재호는 친구들에게 아낌없이 베푸는 타입이었다. 게다가 다른 사람의 허물을 감싸주며 매사 좋게 덮고 가려는 그 성격 때문에 건드려도 후환이 없다는 것을 이빨들은 금방 알았다. 더할 나위 없이 훌륭한 타깃이었다.

이빨들은 중학교 때부터 재호를 물고 늘어졌다. 고등학생이 된 후에도 재호는 이빨들에게서 벗어날 수 없었다. 하지만 괴롭힘의 정도가 점점 더 가혹해지자 용기를 내어 맞서기로 했다. 그는 대화로 문제를 해결할 수 있기를 바랐다. 날 때부터 나쁜 사람은 없다, 그러므로 진심은 모든 사람에게 통한다고 믿었던 것이다. 그러나 세상엔 천성이 악한 자들이 있고, 진심이라고 다 통하는 것도 아니었다.

"이제는 그만해요. 언제까지 이렇게 살 거예요? 이건 옳지 않아요."

"어디가 옳지 않냐? 인생이란 게 원래 이렇게 더불어 사는 거잖아. 그러니까 우린 앞으로도 쭉 이렇게 너한테 빨대 꽂고 살 거야."

"다른 사람을 착취하고 괴롭히는 건 더불어 사는 게 아니에요. 아직 늦지 않았어요. 이제 형들도 정신 차리고……."

"뭐야? 이게 누구보고 정신 차리라는 거야! 너부터 정신 차려, 이 새끼야."

이빨들은 재호를 두들겨 패며 말했다.

"야, 이 빙신아, 우리가 왜 이빨이라고 불리는 줄 알아? 한번 물면 절대 놓지 않기 때문이야. 우린 영원히 너한테 붙어살기로 했다고."

재호는 이를 악물고 부정했다.

"꿈 깨. 절대 그렇게 되지 않을 거니까."

재호가 간절하면 간절할수록 이빨들은 재미있다는 듯 킬킬거렸다.

"지금 우리 얼굴 보면서 그딴 소리가 나오냐? 졸업하면 땡일 줄 알았지? 근데 아니잖아. 네가 어딜 가든 우린 항상 네 주변에 있을 거야."

재호는 달리는 기차를 향해 뛰어들었다. 절대 그렇게 되지 않을 거라고 했던 그의 말은 그렇게 지켜졌다. 외아들을 잃은 어머니는 슬픔을 이기지 못하고 삶을 버렸다. 홀로 남겨진 아버지는 술에 취한 채 한겨울 길바닥에서 얼어 죽었다. 지갑은 털렸고 구타당한 흔적이 있었다. 한 가족이 박살 났다. 재호의 아버지는 어쩌면 아들의 복수를 하려다 실패한 것일지도 몰랐다. 이빨들이 그에게 폭력을 가했을까? 물증은 찾을 수 없었고 진실은 그대로 묻혔다.

* * *

종목이 말했다.

"자식, 죽지 말고 도와달라고 소리를 지르지. 그렇게까지 당하면서 대체 왜 말을 안 한 거야? 적어도 태이 너한테는 털어놓을 법도 했잖아. 아니다, 그랬다간 너까지 이빨들에게 물릴까 싶어 입을 다문 거겠지. 내가 알았어야 했어. 그랬으면 절대 재호가 그렇게 가도록 놔두지 않았을 거야."

"아냐, 내가……."

나는 말을 잇지 못하고 삼켰다.

"네가 뭘? 자책하지 마. 네가 무심했던 게 아니야. 재호 그 자식이 말하지 않았는데 네가 어떻게 알아? 됐어, 그 자식이 친구를 친구로 여기지 않았어. 다 그 자식이 잘못한 거야."

종목은 한숨을 푹푹 내쉬며 푸른 무덤을 향해 한탄했다.

"야, 이 머저리 같은 놈아. 때가 되면 입장이 바뀔 수 있다는 것을 생각했어야지. 세상에 영원히 지속되는 순간은 없어. 그냥 악착같이 살았으면 지금쯤은 틀림없이 그 쓰레기들을 밟아주고도 남을 자리에 섰을 텐데, 대체 어쩌자고……. 진짜 한숨밖에 안 나온다."

"그만해. 그건 시간이 흘러야 깨달을 수 있는 거잖아. 일을 당하는 그 순간은 언제나 막다른 절벽이니까, 재호도 그랬을 거야. 그래서 다른 생각을 할 수가 없었던 거지."

나는 씁쓸한 얼굴로 말했다.

재호가 죽고 사정이 드러났지만 가해자들에게 내릴 수 있는 대단한 처벌이란 없었다. 그들에겐 도의적 책임뿐이었다. 그러므로 반성문이나 몇 장 쓰고 아무 일 없었다는 듯 살아나갈 터였다. 혹여 어른이 된 그들이 지난날의 잘못을 후회하고 개과천선한다—도저히 그럴 것처럼 보이지 않았지만—해도 재호는 다시 살아 돌아올 수 없었다.

나로서는 도저히 받아들일 수 없는 부당함이었다. 나는 죽어도 이빨들을 용서할 수 없었다. 마음속에 그들에 대한 원한이 차

곡차곡 쌓여갔다. 그것이 차고 또 차서 넘쳐흐를 때쯤 하필 그 기록을 보게 된 것은 결코 우연이 아니었다.

그건 내게 주어진 사명이었다. 나는 내 삶의 전부를 바쳐서라도 친구의 죽음에 대한 복수를 하겠다고 결심했다. 부당함은 하루빨리 제거되는 것이 마땅했다. 이 세상에서 아무도 이빨들에게 벌을 줄 수 없다면 다른 세상의 손이라도 빌려야 하지 않겠나.

서재 출입을 금지당하고 기록을 볼 수 없게 되었지만 방법은 있었다. 나는 내가 옳은 일을 하고 있다고 여겼다. 그래서 김이 알을 찾아갔다.

3

　15년 전, 6월의 여름 햇볕이 몹시도 뜨거웠던 어느 금요일 오
후, 학교 수업이 끝나자마자 나는 자전거를 타고 돌내리로 향했
다. 동계천 석교 위를 지나는데 수면에 외다리를 박고 서 있는
허수아비가 보였다. 저게 왜 저기 있지? 내 눈에만 엉뚱하게 보
이는 것이 아니었던 모양이다. 흰 원피스를 입은 젊은 여자가 천
변에 서서 그 허수아비를 물끄러미 보고 있었다.
　그때 챙 넓은 낡은 모자를 삐뚜름하게 쓴 허수아비의 머리가
갑자기 끄덕끄덕 움직였다. 뭐지? 흠칫 놀란 나는 석교 중간에
서 자전거를 멈췄다. 잘못 본 걸까? 하지만 곧이어 내 눈앞에 기
묘한 광경이 펼쳐졌다.
　허수아비를 바라보던 여자의 고개가 왼쪽으로 기울었다. 그
러자 허수아비의 머리도 여자를 따라 같은 방향으로 움직였다.
여자의 고개가 오른쪽으로 기울자 허수아비도 그쪽으로 머리를

기울였다. 허수아비가 여자의 행동을 따라 하고 있었던 것이다. 허수아비와 여자가 마주 선 채 고개를 끄덕끄덕, 양손을 까닥까닥, 어깨를 들썩들썩 움직였다.

허수아비가 걸친 허름한 블라우스부터 양팔 끝에 묶인 낡은 목면 장갑까지는 허깨비가 쥐고 있는 텅 빈 봉지 같았다. 하지만 춤추듯 움직이는 여자의 가녀린 흰 손과 부드러운 어깨가 내 마음을 설레게 했다. 가슴이 두근거렸다. 아랫배 쪽에서 꿈틀거리는 욕망에 나는 당황했고 뺨이 달아올랐다.

갑자기 여자가 석교 쪽으로 고개를 돌렸다. 여자와 눈이 마주쳤다. 여자는 내가 거기서 지켜보는 것을 진작 알고 있었다는 듯 살그머니 웃어 보였다. 인형처럼 교묘하고 아름다운 얼굴이었다. 심장이 찌르르 울렸다. 감전이라도 된 듯 아주 잠깐 동안 몸에 경련이 오면서 팔다리가 움직여지지 않았다. 그러다가 정신이 퍼뜩 들었다.

다음 순간 허수아비와 여자는 어디에도 보이지 않았다. 방금 내가 본 것이 무엇인지 알 수 없었다. 어쩌면 뜨거운 공기와 눈부신 여름빛이 어우러져 생겨난 찰나의 환영에 홀린 걸지도……. 나는 뭐가 뭔지 알 수 없는 혼란함을 추스르며 서둘러 자전거를 몰고 그 자리를 떠났다.

김이알의 집 앞에 도착한 나는 본채로 들어가는 대문이 닫혀 있는 것을 보고 다른 출입구를 찾았다. 주위를 둘러본 후 자전거를 끌고 석물들이 늘어서 있는 담장을 따라 오른쪽 길로 올라갔다. 모퉁이를 돌자 석물들이 빽빽하게 둘러선 공터 안쪽에 목조 가건물이 보였다. 석수장이의 작업장인 듯했다.

때마침 삼십대 중반으로 보이는 남자가 석물들 사이에서 걸어 나왔다. 검은색 차이니스칼라 셔츠에 밝은 회색 슈트 차림의 남자는 패션 카탈로그를 찍다가 빠져나온 모델처럼 세련된 맵시를 지녔다. 단정하게 손질된 머리칼, 그을림 없는 피부, 목에 두른 은색 스카프는 지혜의 고급 단계에서 획득한 증표처럼 그의 기품을 돋보이게 했다. 이런 시골에서 볼 수 있는 타입의 사람이 아니었다. 서울에서 내려온 손님인가? 나는 잠시 얼이 빠져 그를 멍하니 쳐다보고만 있었다. 나를 발견한 남자가 물었다.

"학생이 이런 곳에 무슨 일이야?"

낮고 조용한 목소리였다.

"어, 저기…… 김이알 씨를 찾아왔는데요. 안에 계신가요?"

나는 더듬거리고 말했다.

"내가 김이알인데."

당신이 김이알이라고? 내가 생각했던 석수장이의 모습이 전혀 아니었다. 뭔가 속은 기분이 들었다. 하지만 그가 김이알이었다. 동굴처럼 깊은 눈매가 인상적이었다. 오랜 시간 빛을 거부해온 듯 그 눈동자에 드리워진 그늘은 모호하고 무거웠다. 어쨌든 인사부터 했다.

"안녕하세요?"

나는 거두절미하고 소리나무에 대해 묻고 싶었지만 참았다. 그것에 관해 물었을 때, 나에게 늘 관대했던 할아버지가 처음으

로 화를 내며 입을 다물었다. 하물며 낯선 사람이 아닌가. 김이
알이 뭘 알고 있든 순순히 대답해줄 리가 없었다.

"인사는 됐고, 용건이 뭐지?"

친절한 말투는 아니었다. 그렇다고 무례하게 들리지도 않았다.

"그러니까…… 오늘 하룻밤 여기 머물 수 있을까요?"

음, 내가 지금 뭔 소릴 하고 있는 거야? 뭐라고 대답해야 할지
몰라 그냥 나오는 대로 뱉은 말이었다. 나는 김이알의 눈치를 살
폈다. 그는 미동 없는 시선으로 나를 빤히 보고 있었다. 당시의
나는 알지 못했다. 그 몇 초간 김이알이 내 밑바닥까지 들여다보
았다는 것을.

"머물 곳이 필요하면 학교로 돌아가. 다니는 학교가 여기서
그리 멀지도 않잖아."

김이알은 내가 입고 있는 교복을 알아보았다. 그것 말고 또 뭘
알아봤을까. 나는 불안해졌다. 김이알이 어떤 사람인지 좀 알아
보고 올 것을 그랬다고 후회했다. 김이알이라는 이름만 들었지
그에 대해서는 전혀 아는 바가 없었다.

낯선 남자는 속을 알 수 없는 깊은 시선으로 나를 보고 있었
다. 영혼이 한 꺼풀씩 끝도 없이 벗겨지는 기분이었다. 그럼에도
그에 대해서는 어떤 것도 파악할 수 없었다. 내가 느꼈던 이질감
이 지방색 같은 것이 아니라는 사실을 깨달았다. 그는 세상 모든
수수께끼를 품은 듯 정체불명의 모호한 기운에 감싸여 있었다.
어딘가 다른 세상에서 온 사람 같았다.

"부탁드려요."

"돌내리 사람은 아닌 것 같고, 도동 마을에서 왔나?"

"네."

"그럼 석수장이의 집은 절대 낯선 사람을 들이지 않는다는 것을 알 텐데."

그렇지, 나는 또 한 번 아차 싶었다. 김이알의 사택은 철저하게 감춰져 있었다. 방문자들은 작업장 가건물에 있는 사무실에서 그를 만났다. 아무도 그의 집 대문을 넘지 못했다. 사람은커녕 개 한 마리도 들이지 않는 집이었다. 김이알은 가족도 없고 결혼도 하지 않았다. 사람들과 어울려 술자리를 하는 일도 없고 친구를 만들지도 않았다. 해가 지면 그는 문을 꼭 걸어 잠근 집에서 홀로 밤을 보냈다.

사람들은 그의 집에 숨겨진 보물이나 시체에 대해 수군거렸다. 나는 김이알의 비밀이 무엇인지 알 것 같았다. 할아버지의 기록에 등장하는 바로 그 소리나무다. 세 발로 걸어다니는 나무 둥치들. 그런 괴상한 것이 사람들 눈에 띄면 곤란하지.

"알아요. 근데 제가 올 여름방학 체험 활동지로 여길 골랐거든요. 괜찮으시다면 학교에 보고서를 제출할 생각인데……."

"그럴 생각 없다는 거 알아."

"네?"

"알고 싶은 게 뭐야?"

"어, 그러니까 여기 일 전반에 관해서……."

"……는 전혀 궁금한 얼굴이 아닌데."

"아니, 그게…… 어……."

머릿속이 빙빙 돌았다. 뭐라도 핑계를 대야 하는데 아무것도 떠오르지 않았다.

"그게 뭔지 영 모르겠다면 돌아가서 다시 생각해봐. 난 지금 약속이 있어서 나가봐야 하니까."

"언제 돌아오시는데요?"

"그리 오래 걸리진 않을 거야."

"그럼…… 여기서 기다리면서 생각해도 될까요?"

"그러든지. 자전거는 거기 세워두고 따라와."

김이알은 나를 데리고 작업장 뒤쪽으로 가더니 본채와 연결된 중문을 열고 집 안으로 안내했다. 앞마당에 들어서자 나무 한 그루 없는 땅에 깔린 굵은 모래가 작은 유리알처럼 빛나고 있었다. 본디 한옥의 앞마당은 나무가 있으면 빈곤할 곤(困)이 되기 때문에 비워놓는다. 전통을 따르는 김이알의 정갈한 공간이 눈앞에 보란 듯이 열려 있었다. 나는 의아하다는 얼굴로 김이알을 보았다. 그러자 그가 물었다.

"왜?"

"저야말로 왜냐고 묻고 싶은데요. 집에 낯선 사람을 들이지 않는다면서요? 근데 이렇게 보여주시니까……."

"내가 뭘 보여줬는데? 뭘 보긴 봤어?"

"아뇨, 하지만……."

"아무 데도 기웃거리지 말고 그냥 딱 이 자리에서 기다려. 특히 내 작업장은 절대 들여다보지 말고."

나는 그러겠다고 대답했지만 속으로는 다른 생각을 하고 있었다. 아무래도 나를 일부러 작업장에서 떼어놓은 것 같았기 때문이다. 집이 아니라 작업장에 뭔가 있는 것이다. 김이알의 경고가 되레 내 의심과 호기심을 부추겼다.

김이알이 나가자마자 나는 서둘러 작업장으로 돌아갔다. 가건물 안으로 들어서자 그토록 시끄럽던 매미 소리가 뭐에 놀라기라도 한 듯 갑자기 뚝 끊겼다. 묘한 정적 속에서 갖은 형상의 돌조각들이 차고 묵직한 시선으로 나를 주시했다. 나는 경미한 압박감을 느꼈다.

할아버지의 기록에서 고모할머니 박경난은 말했다. 김이알이 머리라고. 머리가 무엇을 의미하는지는 알 수 없었으나 그 지칭은 특별하고 압도적이었다. 그래서인지 머리라 불린 석수 김이알이 돌먼지를 하얗게 뒤집어쓴 채 굳은살 박인 단단한 손으로 망치와 정을 쥐고 돌의 가슴을 내리치는 모습이 절로 그려졌다.

쩡, 하고 내리찍으면 돌이 눈을 번쩍 뜨고 일어난다. 상상만으로도 온몸에 전율이 일었다. 관 뚜껑을 열고 시신의 가슴에 말뚝을 박는 순간, 죽은 자가 벌떡 깨어나는 것과 다르지 않았다. 그것은 영원한 죽음을 맞는 삶의 찰나였다. 돌은 살아 있는 존재로 거듭나거나 혹은 깨지고 부서져 먼지가 된다. 머리는 그렇게 죽음과 생명을 가름하는 조물주인 것이다.

그런 쓸데없는 상상을 떨치고 돌아서는데 조경용 탑과 석주(石柱), 석인(石人), 석수(石獸) 등 온갖 석물들이 한데 어우러진 뒤쪽에서 누군가 얼핏 움직이는 것이 보였다. 아무도 없는 줄 알았던 나는 당황했다.

"죄송합니다, 멋대로 들어와서."

나는 서둘러 나가려고 했다. 그때, 그들이 석물들 뒤에서 슬며시 모습을 드러냈다. 암갈색 피부의 벌거벗은 상반신, 항아리의 배처럼 둥근 곡선을 그린 검은 장삼 자락 밑으로 앞코가 뾰족하게 들린 세 개의 검은 발. 나는 긴가민가했다. 내 눈을 믿을 수가 없었다. 그들은 대리석과 화강석, 오석과 애석으로 어우러진 돌무더기를 기어올라 풀쩍풀쩍 뛰는 걸음으로 다가왔다.

단단한 것이 연이어 돌에 부딪치는 소리가 마치 수백 톤의 자갈을 쏟아붓는 것처럼 요란했다. 돌내리는 돌이 내리는 소리가 들리는 곳이라고 하여 붙은 지명이었다. 그 소리는 대대로 이 마을에 작업장을 둔 석수장이의 돌 찍는 소리를 가리킨다고 했다. 하지만 나는 깨달았다. 그 소리는 석수장이가 내는 것이 아니었다는 사실을.

그런데 암만해도 그들의 얼굴을 볼 수가 없었다. 내가 시선을 주는 순간 그들은 석물들 사이로 교묘하게 얼굴을 감췄다. 내가 어떤 자의 얼굴 보기를 놓치고 다른 자의 얼굴로 시선을 돌리면 어느새 놓친 자의 얼굴이 슬그머니 나타났다. 다시 돌아보면 그 얼굴은 눈 깜짝할 사이에 석물들 뒤로 숨었다. 어찌나 빨리 움직이는지 시선이 따라잡지 못했다.

갑자기 시커먼 그림자 하나가 내 얼굴을 한입에 삼킬 것처럼 정면에서 덮쳐 왔다. 나는 비명을 내지르며 한 발짝 물러섰다. 뒤꿈치에 뭔가 채면서 그 자리에 주저앉았다. 돌바닥에 부딪친 엉덩이가 얼얼했다. 그 순간 모든 것이 사라졌다. 그들의 모습과

발 구르는 소리는 일시적인 환시와 환청이었던 듯 다시금 한여름의 정적 속으로 돌아왔다.

그제야 공포가 밀려들었다. 온몸이 덜덜 떨리며 숨이 가빠졌다. 나는 허둥지둥 일어나 돌아서다가 뭔가와 부딪쳤다. 코끝에 닿은 것이 너무 가까이 있어 순간 정확히 보이지 않았다. 이윽고 나는 그것이 누군가의 얼굴이라는 것을 알아차렸다.

곤충의 날개처럼 가느다란 그물 무늬로 뒤덮인 피부, 어쩌면 무늬가 아니라 결인 것 같기도 했다. 암청색, 황금색, 적갈색, 흑갈색, 황갈색, 황토색…… 무표정한 그 얼굴의 피부색은 시시각각 변했다. 눈썹은 없고 이마뼈가 도드라졌다. 움푹 팬 고랑처럼 깊고 긴 눈구멍 속에 눈동자는 담겨 있지 않았다. 그저 깊이 모를 어둠뿐.

그 얼굴이 비스듬히 고개를 기울여 갸우뚱 움직였다. 마치 나에게 '너 누구야?'라고 물어보는 어린아이의 고갯짓 같았다. 나는 그저 신음만 흘리며 그 얼굴을 밀어내려 손을 내저었다. 그러나 내 손은 허공을 휘저었고 나와 마주했던 얼굴은 신기루처럼 사라졌다. 다리가 후들거려 한 발짝도 걸을 수 없었다. 식은땀으로 범벅이 된 차가운 몸이 제풀에 다시 주저앉고 말았다.

"내 작업장을 들여다보지 말라고 했을 텐데."

나는 화들짝 놀라 고개를 들었다. 외출했던 김이알이 출입문 앞에 서 있었다. 언제 돌아왔을까? 오래 걸리지 않을 거라고 했지만 이렇듯 금방 돌아올 줄은 몰랐다. 한 시간도 지나지 않았다. 이 정도 시간 안에 다녀올 수 있는 곳은 돌내리나 도동 마을

뿐이다. 공들여 차려입은 것이 아깝다. 그보다 타이밍이 절묘했다. 어쩌면 외출하는 척하고 내가 작업장 안을 들여다보기를 기다리고 있었던 건 아닐까.

나는 그 순간 분명 김이알을 의심했다. 하지만 온갖 불가사의한 이야기의 한복판을 장악하고 있는 김이알의 존재에 혹해 이내 다시 판단력을 잃었다. 지는 해를 등지고 선 김이알의 모습은 고목처럼 크고 어두웠다.

"죄송해요."

"혹시 뭘 봤나?"

김이알의 물음에 나는 얼른 대답하지 못하고 어깨만 으쓱였다. 서재에서 기록을 읽다가 들켰을 때 할아버지는 물었다. 어디까지 읽었느냐고. 나는 솔직하게 대답했다. 그 결과 다시는 그 기록을 볼 수 없게 되었다.

"아뇨, 아무것도."

"봤군."

김이알은 확신했다. 그 순간 나야말로 확신했다. 내가 무엇을 봤는지 김이알이 알고 있다는 것을. 더는 둘러댈 필요가 없었다.

"그게……."

그런데 내가 꺼내려는 말을 김이알이 잘랐다.

"꿈을 꾼 거야. 감히 상돌 위에 앉아 졸았으니 그런 묘한 게 보일 수밖에. 그만 일어나."

"상돌요?"

"지금 네가 앉아 있는 그 돌, 가끔 무례한 자들에게 악몽을 꾸게 하지. 그럼 정신을 차리고 벌떡 일어나게 되거든."

그게 모두 꿈이었다고? 그럴 리가 없잖아. 내가 상돌 위에 주저앉은 것은 놀라서 뒷걸음치다가 발이 돌에 걸렸기 때문이다. 상돌에 엉덩방아를 찧기 전에 이미 그들을 보았다. 그러니까 꿈이 아닌 것이다. 나는 냉정해지려고 애쓰며 일어섰다.

"아뇨, 전 졸지 않았어요. 그러니까 제가 본 그것들은 꿈이 아니라 바로 여기 있는 거예요."

나는 처음 그것들이 모습을 드러냈던 쪽으로 반신반의하며 걸어갔다. 석물들 뒤로 돌아가자 정말 그것들이 거기 있었다. 입이 쩍 벌어졌다. 언뜻 보기에 허리부터 잘린 사람의 하반신이 서 있는 것 같았다.

높이 1미터가량 되는 여덟 개의 나무둥치. 배가 둥그렇게 튀어나온 항아리 형상으로 가마솥처럼 새까맸으며 주름으로 뒤덮인 표면은 윤기가 흘러 반질거렸다. 하단부에는 버선을 신은 듯 앞코가 뾰족한 세 개의 발이 달려 있었다.

형태와 색, 크기가 모두 같아 전혀 구분이 가지 않았다. 오직 여덟 나무가 저마다 내민 세 개의 발 품새만이 다를 뿐이었다. 함께 어울려 춤을 추다가 동시에 멈춰버린 것 같은 발놀림. 서로의 등을 바라보며 돌다가 그대로 멈추라는 지시를 받으면 절대 움직일 수 없는 놀이. 그 발놀림들은 놀이가 다시 시작되면 다음 동작으로 이어질 생생한 연속성을 품고 있었다.

"이거예요, 이걸 봤어요! 이거 소리나무죠?"

나는 흥분해서 외쳤다. 내 뒤로 김이알이 다가와 섰다.

"소리나무에 대해 알고 있어?"

비밀을 들킨 그가 목소리를 낮췄다. 나는 잠시 대답을 골랐다. 김이알은 소리나무에 대해 알려지는 것을 바라지 않는 것 같았다. 죽어라 감추고 있는 것을 보면 필시 그런 것이다. 그러므로 누군가 기록을 남겼다는 것을 알면 탐탁지 않을 것이다. 나는 할아버지의 기록에 대해서는 말하지 않기로 했다. 대신 기록에 인용된 옛 구전을 들먹였다.

"그런 구전이 있긴 하지. 그래서 넌 그 구전을 어디서 봤는데?"

"책에서 봤어요."

"무슨 책?"

"잘 기억나지 않아요. 아마 할아버지의 서재에서 본 옛날 책들 중 하나였을 거예요."

"네 할아버지가 누구지?"

"어……."

나는 말문이 막혔다. 말해도 될까? 말하지 않으면 어쩔 거야. 거짓말로 둘러댈 수는 없었다. 도동 마을과 돌내리는 그리 멀지 않다. 그가 알고자 하면 금방 밝혀질 것이다.

"완화수방의……."

"박산의 손자로군."

김이알이 나를 머리부터 발끝까지 훑으며 고개를 끄덕였다. 그는 마을에서 존경받는 어른의 이름을 아무런 경칭 없이 불렀다. 마치 오래전부터 알고 있던 친구처럼.

"너, 뭘 알고 온 거야?"

"네?"

"네가 소리나무에 대해 알고 있는 것과 오늘의 방문이 결코 무관하지 않은 것 같은데, 이들이 나한테 있다는 건 어떻게 알았지? 뭐 들은 거라도 있나?"

"누구로부터 뭘 들어요?"

"글쎄, 너에게 그런 이야길 해줄 사람이 누굴까?"

"할아버진 저에게 이야기해준 것이 없어요."

그건 사실이었다. 이야기해주기는커녕 불같이 화난 눈빛으로 나를 서재에서 추방했다.

"전 그냥 이곳이 가진 비밀이 궁금했을 뿐이에요. 돌내리의 석수가 절대 집에 외부인을 들이지 않는 이유요. 근데 그 비밀이 바로 이거였네요."

"잘도 둘러대는군. 그래, 이들이 내 비밀인 건 맞아. 비밀이라서 세상에 알려지기를 원하지 않는 거고. 문제가 좀 있는 놈들이거든."

"무슨 문제요?"

"알려고 하지 마. 운이 좋다면 뭔가를 얻을 수 있겠지만 그래도 위험해."

"뭘 얻게 되는데요?"

"뭘 얻든 위험하다고."

"상관없어요. 말해줘요. 아님 제가 여기 비밀을 온 동네에 풀어버릴 거예요. 분명히 말하는데 저들이 움직이는 걸 봤어요."

"본 대로 믿는 놈이군. 좋을 대로 해. 어차피 아무도 네 말을 믿지 않을 테니까. 가만, 이것들 그새 자리가 바뀌었군."

자리가 바뀌었다? 정말?

내 표정을 본 김이알이 피식 웃었다.

"거봐, 목격자도 오락가락하는 판에 사람들이 잘도 그런 터무니없는 소릴 믿겠다."

속내를 들킨 내 얼굴이 찌푸려졌다.

"얼굴 펴. 얘들이 움직였다면서? 그럼 자리가 바뀔 수도 있지. 그리고 정말 자리가 바뀌었네."

방금 김이알이 소리나무가 움직였다는 것을 인정했다. 나는 진실을 확인받고도 여전히 애매한 기분에 허덕이며 물었다.

"자리가 바뀌면 어떻게 되는데요?"

"뭐, 딱히 무슨 일이 벌어지진 않아. 늘 가와 나 사이에 있었는데 갑자기 다와 라 사이에 있게 되면 어색하잖아. 그리고 이건 소리나무야. 두드려서 소리를 냈을 때 소리의 조화에 미묘한 차이가 생기지. 일단 이놈을 저쪽으로 옮겨줄 수 있겠어?"

나는 김이알이 가리킨 나무둥치를 들어보려 했지만 꿈쩍도 하지 않았다. 내가 씩씩대는 걸 보고 김이알이 다가와 한쪽을 잡아주었다. 그러자 몸체가 살짝 들리며 한쪽 발이 떨어졌다. 그렇게 비스듬히 기울여 옆으로 굴려보려 했으나 더는 움직일 수 없었다. 설사 굴릴 수 있다 해도 다른 발들이 걸렸다. 완전히 눕혀서 굴려볼까도 생각했지만 다시 일으켜 세울 수 없을 것 같았다. 아니, 그 전에 눕힐 수나 있을지 몰랐다.

소리나무는 끔찍하게 무거웠다. 마치 천 근짜리 쇠 추를 품고 있는 것 같았다. 이것들에게 밟히면 뼈가 크래커처럼 부서지리라. 가만, 굳이 이럴 필요가 있나? 나는 나무둥치에서 손을 떼며 말했다.

"그냥 제 발로 자기 자리를 찾아가라고 해요."

"정말 나무가 제 발로 움직일 수 있다고 생각해?"

한쪽으로 기운 채 꿈쩍도 하지 않던 소리나무가 김이알의 손끝에서 흔들거렸다. 뭐지? 어떻게 된 거야? 나무가 스스로 움직여준 건가, 아니면 저자의 힘이 장사인가? 그럼 좀 전엔 일부러 무거운 척한 거야? 김이알이 나를 놀리고 있었다. 아니면 시험하고 있거나.

"아니면요? 저 본 대로 믿는 놈 맞아요. 게다가 모두 아홉 나무여야 하는데 하나가 보이질 않잖아요. 그 하나는 틀림없이 제 발로 어딘가 돌아다니고 있겠죠."

"그런 일이 두렵진 않나?"

"두렵지 않아요."

"그럼 버틸 수 있겠군."

"버틸 수 있으면요?"

"이들을 두드려 아주 재미난 놀이를 시작할 수 있지. 소리나무의 소리는 그것을 불러내거든. 그것은 네가 원하는 것을 이뤄줄 수 있어."

"그것이 뭔데요?"

"궁금하면 네 눈으로 직접 확인해. 하지만 말했다시피 이 놀이는 아주 위험한 거야. 불려 온 그것이 널 이 세상에서 사라지게 할 수도 있거든.”

“그것이 절 죽이나요? 아니면 다른 세상으로 끌고 가요?”

그건 사라진 고모할머니의 행방과 관련된 이야기였다. 김이알은 목까지 잠그고 있던 셔츠의 첫 단추를 풀며 말했다.

“죽이기도 하고 숨기기도 하지. 근데 말이야, 내가 아는 한 여기 말고 다른 세상은 없어. 다른 것은 있지만.”

“다른 것?”

“그래, 다른 것. 이 세상에 다른 것이 있을 수밖에 없는 것은 결국 여기 말고 다른 세상은 없다는 뜻이지. 있다면 그것이 굳이 이 세상의 삶에 끼어들 이유가 없잖아.”

“그것이 끼어들면 어떻게 돼요?”

“삶이 바뀌지.”

“대체 그것이 뭐죠?”

김이알은 눈을 가늘게 뜨고 나를 내려다보며 말했다.

“그것이 뭐든, 명심해. 우리 삶은 여기에 있고 어디로도 도망칠 수 없다는 것을.”

“죽음으로 달아날 수 있죠. 죽으면 끝이니까요.”

“그건 마무리가 아니라 절단이지. 삶이 낸 문제에 죽음으로 답하는 건 모두를 엿 먹이는 짓이야. 안 그래?”

김이알은 마치 재호의 죽음이 내게 어떤 영향을 미쳤는지 알고 있는 것처럼 말했다. 재호가 죽음을 택했을 때 나는 엄청난 한 방을 맞고 오물까지 뒤집어쓴 기분이었다. 그건 아니었다. 분명코 그건 옳은 선택이 아니었다.

"그럼 어쩌라는 거예요, 물러설 데가 없는데?"

"세상엔 삶을 유지하거나 탈출할 편법들이 얼마든지 있어. 그 것을 불러내는 것도 그중 하나라고 할 수 있지. 내 힘으로 도저 히 해낼 수 없는 일이 있다면 그것의 힘을 빌려. 그럼 가능해져."

"어떻게요?"

"소리나무의 소리는 어둠을 부르는 동시에 새벽을 부르는 소 리야. 어둠이 멀어지고 새벽이 다가오고 다시 어둠이 몰려오는 시간의 흐름은 정해져 있지. 누구도 되돌릴 수 없어. 하지만 보 상을 받을 수는 있는데……."

김이알은 내 눈을 들여다보며 마치 최면을 거는 듯 나른한 어 조로 말을 이었다.

"복수도 가능하지."

그래, 복수. 김이알은 내가 가장 갈망하는 단어를 꼭 집어냈 다. 맞아, 그게 바로 내가 하고 싶었던 거야. 복수!

"네 앞에 완전히 다른 세상이 열릴 거야. 전혀 다른 시각으로 세상을 보게 될 테니까. 하지만 모든 일엔 대가가 따르지."

나는 김이알의 이야기를 한 치의 의심 없이 받아들였다. 보지 않았다면 믿지 않았을 것이다. 하지만 나는 보았다. 나무가 제 발로 움직였다. 그런 마당에 그 나무의 소리가 뭔가를 불러온다 는 것도 믿지 못할 이유가 없었다.

거기서 나는 다시 한 번 김이알의 저의를 의심했어야 했다. 외 부인에게 절대 개방하지 않는다는 사택의 문을 활짝 열어 나를 비밀 속으로 끌어들인 것, 굳이 작업장을 들여다보지 말라는 말을 남겨 내 호기심을 자극한 것, 이는 모두 김이알이 고의로 제 비밀을 드러내어 믿을 수 없는 것을 믿게 하려는 의도였다. 하지만 나는 김이알이 말하는 그것이라는 존재에 혹해 판단력이 사라져버렸다.

"어떤 대가요?"

"대가는 너 자신이야."

"저요?"

"거창하게 들리겠지만 별거 아니야. 그것을 불러오면 당연히 그것이 네 삶에 끼어들겠지. 하지만 네 자리를 잘 지키고 있으면 네 삶은 흔들리지 않아."

"저만 제 자리를 잘 지키고 있으면 된단 말이죠."

"감당할 수 있겠어?"

"아마도요. 아니, 할 수 있어요."

자신 있었다. 왜냐하면 그때 나의 의지는 오직 앞으로 행할 정당한 복수만을 향해 있었기 때문이다. 나는 가까이 있는 소리나무를 툭 쳐보았다. 아무런 소리도 나지 않았다. 김이알이 말했다.

"이 나무들 중 하나는 머리 나무야. 머리가 먼저 울려야 해. 그럼 그 소리를 듣고 다른 놈들도 따라 울리지. 이들은 서로 공명하거든."

김이알이 머리라고 했으니 그 머리 나무를 울리는 건 김이알일 것이다.

"저한테 소리 내는 법을 가르쳐줄 수 있어요?"

"정말 이들의 손을 빌리고 싶어?"

나는 고개를 끄덕였다. 이미 모든 비밀을 털어놓은 김이알은 오래 생각하지 않았다.

"네가 머리 나무의 계승자가 되겠다면 가르쳐주지."

"머리 나무의 계승자요?"

"머리 나무 두드리는 법을 아는 사람이 나뿐이라서 말이야. 사람 일이란 게 어떻게 될지 모르잖아."

나는 곰곰이 생각해보았다. 그리 나쁘지 않게 들렸다. 소리나무들은 그것을 불러올 수 있는 장치라 했다. 소리나무들을 깨울 수 있는 것은 오직 머리 나무뿐이고. 그러니까 머리 나무의 계승자라는 건 결국 소리나무들을 다루는 권한을 물려받는 자였다.

"좋아요. 어떻게 하면 되죠?"

"너와 내가 있으니 여섯 사람이 더 필요해."

"일곱이 아니고요? 그래야 아홉이 맞춰지잖아요."

"아홉 번째 소리나무에 대해서는 신경 쓰지 마. 때가 되면 제 발로 찾아올 테니까. 그보다 넌 사람 모으는 데 집중해. 너희가 모이고 내게 오는 것을 끝까지 비밀에 부칠 수 있는 입들이어야 한다."

"알았어요. 그런데 그……쪽을 뭐라고 불러요? 선생님? 아저씨? 형? 김이알 씨?"

"뭐라고 불러도 이상할 거야."

"그러네요. 왜 그렇죠?"

대답 대신 김이알의 입가에 알 수 없는 미소가 어렸다.

"형으로 할게요. 괜찮죠?"

"상관없어."

1924년에 벌어졌던 그 기이한 놀이는 그렇게 다시 시작되었다. 나는 제일 먼저 종목의 의중을 물었다. 종목은 일종의 강령회처럼 들리는 이 수상쩍은 모임을 탐탁지 않게 여겼지만 그래도 동참해주었다. 나와 종목은 신중하게 상의한 후 함께 어울려 다니던 친구들 중 입이 무거운 국수와 명진을 골랐다. 국수는 용주를 끌어들였고, 나는 또 소꿉친구인 연서를, 연서는 단짝 친구인 열리를 데려왔다.

나를 제외하고 아무도 이 놀이에 대해 심각하게 생각하지 않았다. 다들 비밀스러운 모임 자체에 혹했다. 놀이를 위해 침묵을 맹세한 신의의 관계, 친구의 복수라는 대의적 명분, 그들에게 이 모임은 은밀한 정의의 집단이었다.

해가 질 무렵이면 우리는 자전거를 끌고 두셋씩 짝을 지어 조용히 도동 마을을 빠져나갔다. 조심했지만 우리의 이탈은 곧 사람들의 입에 오르내리기 시작했다. 할아버지가 나를 불렀다.

"요즘 밤마다 어딜 다니는 게냐?"

"그냥 자전거를 타는 건데요."

"돌내리 방향으로 간다고 들었다."

"동계천 석교를 지나서 권가촌을 둘러 가 돌내리 못 미쳐서 다시 돌아오는 코스예요."

"그보다 훨씬 많은 시간이 들고 있는 것으로 안다."

"애들하고 놀다 보면 그렇게 돼요."

"정말 그게 다인 게냐?"

"그럼요."

"석수장이의 집 쪽으로는 절대 가지 마라."

"그쪽으로는 갈 일 없어요."

속으로 뜨끔했지만 나는 태연하게 대답했다. 어쩔 수 없었다.

* * *

우리는 재호에게 작별 인사를 하고 다시 트럭에 올랐다. 트럭이 돌내리 초입에 자리한 당산나무를 지나 우회로로 접어들었다. 길은 병풍처럼 둘러친 산자락을 굽이굽이 돌며 깊숙이 이어졌다. 지난날 우리는 석수장이의 작업장에서 매일 밤 소리나무를 두드렸다. 돌내리 사람들은 밤이면 산에서 들려오는 어렴풋한 그 소리를 들었을 것이다. 하지만 그쪽으로는 늘 소음이 있었다. 돌을 찍고 부수는 소리, 갈고 쪼는 소리, 두드리고 깨는 소리……. 때문에 거기에 나무 두드리는 소리가 더해졌어도 그냥 그러려니 했을 것이다.

오르막 산모퉁이를 돌자 길이 평평해졌다. 굳게 닫혀 있는 암적색 대문 앞에 트럭을 세우고 차에서 내렸다. 작업장으로 향하는 담장을 따라 줄줄이 서 있는 석물들을 보고 있자니 잠시 멈춰버린 시간 속으로 들어온 것 같았다. 내가 기억하고 있던 예전 풍경 그대로였다. 종목이 잠긴 대문을 두드리며 크게 외쳤다.

"계십니까?"

몇 번이고 소리쳐 물어도 대답이 없었다. 종목은 거봐라 하듯 말했다.

"봐, 비어 있다니까."

"작업장 쪽으로 가보자."

내가 걸음을 옮기려는데 갑자기 대문이 슥 열리며 안에서 스무 살 전후로 보이는 젊은 여자가 고개를 내밀었다. 종목이 화들짝 놀라 물었다.

"누구세요?"

"그건 제 질문인데요. 누구세요?"

여자는 종목을 흘끗 보곤 내 쪽으로 시선을 돌렸다.

"김이알 씨를 뵈러 왔는데요."

내가 대답했다.

"그 사람 여기 없어요. 집 비운 지 오래됐어요."

그 사람이라고 말하는 것이 어쩐지 격의 없음을 넘어 무례하게 들렸다. 대체 이 여자는 누굴까? 김이알의 친척인가? 그런데 여자가 낯이 익었다. 분명 어디선가 본 듯한 얼굴이었다. 그래, 15년 전 동계천 석교를 지나다가 보았던 여자, 천변에서 허수아비를 움직였던 흰 원피스의 여자.

그 여자를 떠올리자 가슴이 쿵쿵 뛰기 시작했다. 아니다. 그건 환영이었다. 눈 깜짝할 사이에 사라져버렸으니까. 실재라면 더더욱 그 여자일 수 없었다. 15년 전에 눈앞의 여자는 고작해야 대여섯 살이었을 테니. 아마 가지런히 내린 앞머리와 흰 원피스를 입은 것이 비슷해 그런 착각이 든 모양이었다.

"어디 갔는데요?"

내가 묻자 여자는 고개를 살랑살랑 저었다.

"나도 몰라요. 때가 되면 돌아오겠죠."

"근데 그쪽은 누구세요?"

종목이 물었다. 여자가 미소를 지으며 대답했다.

"가족쯤으로 해두죠."

"김이알 씨는 가족이 없는 걸로 아는데요."

"그러니까 가족쯤으로 해두겠다고요."

"가족이라는 거예요, 아니라는 거예요?"

종목이 다그치듯 묻자 여자는 입을 다문 채 우리를 빤히 쳐다보았다. 여자의 시선이 돌처럼 느껴졌다. 그녀의 얼굴은 여전히 웃고 있었지만 그 눈은 웃고 있지 않았다. 여자가 말했다.

"나도 몰라요. 그 사람 마음에 달렸어요."

"그게 뭔 소리야?"

종목이 복잡한 건 딱 질색이라는 듯 얼굴을 찡그렸다. 그는 잠깐 생각해보더니 다시 물었다.

"혹시 결혼할 사이 같은 거예요? 아니지, 그러기엔 나이 차가 너무 나는데."

그러고는 고개를 갸웃거렸다.

"나이 차가 너무 나요?"

여자가 물었다.

"내가 보기엔 거의 아버지와 딸인데요."

여자는 웃음을 터뜨렸다. 이번엔 진심으로 웃는 것 같았다.

"내가 몇 살인지도 모르면서."

"그래도 보면 대강 알 수 있죠."

"글쎄요, 우리도 그렇게 봤다가 가끔 당해요."

"당하다니요?"

"속는다고요. 난 창아예요. 나도 당신들처럼 그 사람을 기다리고 있어요."

"당신이 여기서 기다리고 있는 것을 김이알 씨도 알아요?"

내 물음에 창아는 고개를 끄덕이다가 말했다.

"날 보러 반드시 돌아올 거예요. 돌아와야 하고요."

그녀는 확신하고 있었다. 속을 전혀 드러내지 않던 그녀의 아름다운 얼굴이 살짝 흐트러졌다. 이건 있을 수 없는 일이라는 듯 어이없어하는 것을 느낄 수 있었다. 그녀가 일순 드러낸 그 감정은 한때 김이알에게 대단한 대접을 받았다는 의미 같았다. 김이알, 네가 감히 나에게 어떻게 이럴 수 있어? 그래서 원망하고 실망하고 화가 났지만 그럼에도 여전히 그의 마음을 믿고 있는 것이다.

물론 그녀의 말을 그냥 그대로 받아들일 일은 아니었다. 내가 알기로 김이알에게는 여자가 없었다. 그는 비밀과 결혼했다. 하지만 그의 속사정을 누가 알 수 있을까. 우리는 그에 대해 아는 것이 아무것도 없었다. 김이알이 마음을 주었을지도 모르는 이 여자에 대해서도.

나는 창아에게서 눈을 뗄 수가 없었다. 마치 운명이 잡아당기는 것처럼 속수무책 이끌렸다. 처음 김이알을 만났을 때 느꼈던 은밀하고 신비로운 수수께끼의 그림자가 그녀 주변에서도 어른거렸다. 나는 또다시 불가사의한 함정에 빠지는 것을 경계해야 했다.

"한때는 여기서 그와 함께 석수장이나 하면서 살아볼까도 했는데……."

"그쪽이 여기서 석수를 할 거라고? 이런 산골에서?"

종목이 의혹을 드러냈다. 그도 나와 같은 것을 의심하고 있었다. 그녀가 석수를 할 수 있느냐가 아니라 이 여자가 진짜 김이알의 여자냐는 것이다. 하지만 창아는 곧이곧대로 들었다.

"돌이 부르면 누구라도 할 수 있어요. 김이알이 그랬어요."

창아가 호칭 없이 김이알의 이름을 불렀다. 그만큼 가깝고 동등한 사이라는 뜻이다. 옹호하고자 하는 감정이 담겨서인지 그 사람이라고 부를 때와 달리 다정하게 들렸다. 게다가 그 순간 그녀의 표정은 마치 김이알이 세상의 전부라고 믿는 어린애처럼 천진해졌다.

나도 한때 김이알을 동경했다. 김이알의 현자 같은 말투와 깊고 단단한 시선에 홀려 모든 의혹을 흘려버린 채 그의 말을 맹신하고 따랐다. 하지만 일이 터지자 그는 내뺐고 우리는 버려졌다. 창아도 우리와 같은 처지인 모양이었다. 동정이 일었다. 아무것도 모른 채 김이알만을 바라보았던 그 시절의 우리와 다르지 않아서. 너도 우리처럼 속은 거야, 그렇게 말해주고 싶었다. 하지만 그녀는 인정하지 않을 것이다. 나도 우리 사정을 설명하기는 곤란했다. 창아가 새까만 눈동자를 반짝이며 말했다.

"김이알이 석수 일 배울 때 너무 힘들고 외로워서 도망간 적이 있대요. 사람이 그리워서. 그런데 막상 세상에 나가보니 돌 같은 사람도 많더래요. 아무리 대화해도 말이 통하지 않고 마음이 동하지 않는 사람들 말이에요. 마치 벽에 대고 이야기하는 것처럼 답답했대요. 그래서 하루는 돌 같은 사람이나 돌이나 다를 게 뭔가 싶어 돌에 대고 떠들었는데 돌이 대꾸를 하더래요."

"어디 세상에 돌만 말을 할 수 있겠어, 안 그래?"

종목이 코웃음을 치며 나를 돌아보았다.

"돌이든 나무든 그딴 게 들리면 저나 실컷 듣지 그 미친놈의 새끼가 우리한테까지……."

"그만해."

나는 종목의 욕지거리를 자르며 휴대전화를 꺼냈다.

"창아 씨라고 했죠? 전화번호 좀 알려줘요."

"전화 없어요. 그러니까 그쪽 전화번호를 여기 적어줘요."

창아가 나를 향해 오른손을 내밀었다.

"쓸 거 있어?"

종목이 주머니를 뒤져 볼펜을 건넸다. 나는 그녀의 손바닥에 내 휴대전화 번호를 적어주며 말했다.

"김이알 씨가 돌아오거나 그 사람이랑 연락이 되면 이 번호로 꼭 전화 줘요."

창아는 내 전화번호가 적힌 손을 천천히 말아 쥐며 고개를 끄덕였다. 그때 멀리서부터 다가오는 비행기 소리가 들렸다. 가끔 돌내리와 도동 마을 상공으로 군용비행기가 지나가곤 했다. 비행기 소리를 들은 창아가 고개를 들었다. 그녀는 말아 쥔 오른손을 가슴에 얹은 채 왼손을 펼쳐서 눈을 가리며 중얼거렸다.

"폭탄까마귀다."

뭐? 내 심장이 덜컥 내려앉았다. 연서도 비행기가 지나가면 왼손을 펼쳐서 눈을 가리며 그렇게 말했다. 폭탄까마귀다. 그때마다 나는 연서의 오른손을 꼭 잡아주었다.

연서의 아버지는 군용비행기가 논두렁에 추락하는 사고로 산산조각이 났다. 우리가 초등학교 6학년 때였다. 그날 연서는 수업이 끝나고 나와 함께 집으로 돌아가던 길이었다. 크고 무서운 소리가 하늘을 뒤덮고 비행기가 시커먼 연기를 내뿜으며 곤두박질쳤다. 연서는 제 아버지를 부르며 필사적으로 달려갔다. 연서의 아버지는 추락하는 비행기와 딸을 동시에 보았다. 그 순간, 그의 세상이 끝났다.

그 찰나의 틈을 용케 비집고 들어간 내 손이 연서의 눈을 가렸다. 나는 그 끔찍한 장면이 돌이킬 수 없는 상처로 남아 뿌리 깊은 악몽으로 변하는 것을 막고 싶었다. 연서는 내 손을 치우려 했지만 결국 체념했다. 그녀는 제 눈을 가린 내 손 위에 손을 얹으며 작별 인사를 했다.

'아빠, 안녕!'

그날 이후로 연서는 비행기를 볼 때마다 폭탄까마귀라고 말했다. 그때 내 손에 갇혀 있던 분노와 슬픔의 감촉이 아직도 생생하다. 연서 안의 무엇인가가 무너져 내리는 것이 느껴졌다.

멍하니 서 있는 나를 종목이 잡아끌었다.

"왜 그러고 섰어? 번호 줬으면 가자."

도동 마을로 돌아가는 길 내내 나는 마치 꿈을 꾸고 있는 것 같았다. 가슴이 심하게 벌렁거렸다. 기분이 이상했다.

종목이 말했다.

"피곤해 보인다. 집에 가서 좀 쉬어."

대문을 들어서자 나를 기다리고 있었던 듯 마당을 오락가락 하던 아버지가 빠른 걸음으로 다가왔다. 어둑한 밤그림자에 물 든 아버지의 얼굴은 계획이 빗나가 전전긍긍하는 모사꾼처럼 어지럽고 복잡해 보였다.

"오자마자 어딜 그렇게 싸돌아다니는 거냐?"

언제나 그렇듯 아버지에게서는 술 냄새가 풍겼다.

"여긴 웬일이세요? 저 있는 동안은 회관에 계실 거라고 하지 않았어요?"

"하룻밤 잤고 얼굴도 봤으니 그만 올라가라."

"아버지 얼굴 보러 온 거 아니라고 했잖아요. 며칠 있다 가겠 다는데 왜 이렇게 보채요?"

"며칠이나 있을 건데?"

아버지가 못마땅하다는 어조로 물었다.

"볼일 끝나는 대로 가요."

"무슨 볼일?"

"상관 마세요."

"상관 안 한다. 하지만 네가 내 집에 있는 건 신경이 쓰여."

어이가 없었다. 고작 하루 만에 날 쫓아내지 못해 안달을 내다니. 설마하니 내가 이 집을 짊어지고 도망이라도 갈까 봐? 대체 나를 어떻게 보고 있기에 이러나 싶어 짜증이 났다. 하지만 따질 생각은 없었다. 아버지의 뻔뻔함에는 이미 질릴 대로 질렸다.

"누가 아버지 집 아니래요? 저도 집 있어요. 그러니까 이 집은 팔아먹든 태워먹든 아버지 마음대로 하고 서재 열쇠나 주세요."

"서재 열쇠는 왜?"

되묻는 아버지의 얼굴이 흙빛으로 굳었다.

"찾아볼 게 좀 있어요."

"넌 거기 출입 금지야. 잊었어?"

"할아버지 돌아가신 지가 언제인데 아직 그런 소릴 해요."

"네 할아버지께서 아무 말씀 않고 가셨다. 그러니 서재에 널 들이지 말라는 생전의 말씀은 아직 유효해."

아버지는 단호했다. 그 말투가 제법 점잖아 나는 코웃음을 칠 수밖에 없었다.

"갑자기 효자 나셨네. 아버지가 언제부터 할아버지 말씀을 그렇게 잘 들었다고. 웃기니까 그만해요. 제가 아직 고등학생인 줄 아세요. 아무튼 전 거기 들어가야겠어요. 그러니까 열쇠 줘요."

"없어."

"없다고요?"

"잃어버렸어."

"그럼 새로 만들었어야죠. 청소도 하려면……."

"그럴 필요 없어. 서재는 영원히 열지 않을 거니까."

아버지의 어처구니없는 고집에 나는 더 대꾸하지 않고 돌아섰다. 휴대전화를 꺼내 사랑채 쪽으로 걸어가며 열쇳집 전화번호를 검색했다.

"내일 오전 10시요? 알겠습니다."

　전화를 끊고 돌아보니 다시 회관으로 나갈 줄 알았던 아버지가 내 뒤에 서 있었다. 나는 모른 척 내 방으로 들어갔다. 사랑채 큰방은 원래 할아버지의 방이었고 건넌방이 내 방이었다. 잠시 머뭇거리던 아버지는 큰방으로 들어갔다. 아버지는 그동안 할아버지의 방을 쓰고 있었다. 집에 다른 방도 많은데 하필.

　큰방의 방문 앞에는 대나무 발이 내려져 있었지만 안이 전혀 보이지 않는 것은 아니었다. 불편해진 나는 방문을 닫고 툇마루 쪽 문을 열었다. 그때 종목으로부터 전화가 왔다.

"좀 쉬고 있나?"

"전혀, 가시방석에 앉아 있다."

"아버지 계시는구나."

　종목이 쿡쿡 웃었다.

"웃지 말고 용건이나 말해."

"애들 상황 좀 알아봤는데 명진이는 미국으로 간 후 연락이 끊겨서 어떻게 됐는지 모르겠고, 용주와 열리는 국수처럼 5년 전에 처음 그것과 마주쳤대. 근데 너하고 걔들 셋은 비슷한 시기에 서울로 갔잖아. 끽해야 한두 주 차이였지. 근데 그것이 왜 너를 찾는 데만 5년이 더 걸렸을까? 좀 이상하지 않아?"

"서울이 워낙 복잡하고 사람이 많은 곳이라서 그런 거겠지."

"뭔가 다른 이유가 있을지도 몰라. 그리고 좀 전에 국수와 통화했는데 지금 내려오겠대. 너 여기 와 있다고 했더니 서두르는 것 같더라. 달래골에서 11시쯤 보기로 했어."

"그럼 나 먼저 달래골에 가 있을 테니까 너도 가게 문 닫는 대로 와."

전화를 끊고 툇마루로 나왔다. 큰방에서는 아무런 기척도 들리지 않았다. 그새 주무시나? 아까 보니 맨바닥에 베개도 없이 그냥 눕던데. 나는 큰방 앞으로 다가갔다. 문발 뒤로 아버지의 머리맡에 앉아 있는 누군가의 형체가 어렴풋이 보였다. 오금이 저리며 등골을 따라 한기가 번졌다. 아버지를 물끄러미 내려다보고 있던 그것이 중얼거렸다.

─네가 아니야.

그 목소리는 내 목소리였다. 그것이 고개를 들고 나를 쳐다보았다. 나는 흠칫 놀라 뒤로 물러섰다. 심장이 벌떡거리고 몸이 덜덜 떨렸다. 비틀거리며 돌아서서 댓돌 위로 내려섰다. 아무렇게나 신발을 꿰신고 정신없이 대문을 향해 뛰었다.

뭐지? 그것이 왜 아버지의 머리맡에……? 혹시 그것이 여태 나 대신 아버지를 괴롭히고 있었던 거 아냐?

도동 마을을 떠나지 못한 종목은 지난 15년간 줄곧 그것에게 시달렸다. 하지만 달아난 나와 다른 친구들은 어느 정도 시간을 벌었다. 그제야 나는 깨달았다. 왜 그것이 나를 찾는 데 다른 친구들보다 5년이 더 걸렸는지. 내가 서울로 떠난 그날 할아버지가 쓰러졌다. 간신히 연락이 된 아버지는 그 밤으로 돌아왔다.

내가 떠난 빈자리로 자연스럽게 아버지가 들어갔던 것이다.

만약 **그것**이 아버지를 나로 본 거라면……? 근데 그게 가능한 일일까?

가능할지도 모른다. 아버지는 열아홉 어린 나이에 멋모르고 저지른 사랑을 책임지기 위해 서둘러 결혼했다. 모르는 사람들은 고등학생인 나와 아버지를 형제로 보기도 했다. 더구나 내 얼굴은 아버지를 쏙 빼다 박았다. 가끔 오씨 부부조차 착각할 정도였다. 하지만 시간이 지나자 **그것**은 속았다는 것을 알았다. 술래가 다시 움직이기 시작했고 숨어 있던 나는 발각되었다.

그렇다고 해도 거기에 아버지의 의도는 없었다. 그는 본래 얼굴을 꾸미는 인간이었다. 어린 시절 내가 기억하는 아버지는 늘 자기 얼굴을 들여다보며 청춘 타령을 했다. 아버지의 어려 보이는 얼굴은 아버지 자신을 위한 것이지 나를 위한 것이 아니었다. 그러고 보니 **그것**과 아버지에게는 한 가지 공통점이 있었다. 얼굴에 집착하는 것.

달래골 간판이 걸린 실내 포장마차는 재래시장 골목 끝에 있었다. 고가의 마을을 끼고 있는 이 술집은 주로 무명의 문인, 서예가, 화가 들이 찾는 곳이었다. 달래골을 운영하는 송 할머니는 점잖은 손님들만 받았다. 주정과 시비를 일삼는 손님은 무조건 쫓겨났고 다시는 발걸음을 할 수 없었다.

종목이 이곳을 약속 장소로 택한 것은 자기 아버지와 절대 마주칠 일이 없는 곳이기 때문일 것이다. 나와 함께 소주잔을 기울이던 종목의 휴대전화가 울렸다.

"어, 국수냐? 어디쯤 오고 있어?"

대답 소리는 들리지 않았다.

"여보세요? 국수야, 정국수!"

내게만 들리지 않은 게 아니라 실제로 대답이 없었던 모양이다. 국수를 몇 번 부르던 종목이 전화기를 탁자에 내려놓으며 찜찜하다는 얼굴로 말했다.

"야, 이거 뭐가 좀 이상한데…… 들어봐."

종목이 스피커폰으로 돌렸다. 전화기 너머에서 들리는 것은 멀리서 차량이 지나가는 소리, 바람 소리 그리고 알 수 없는 잡음뿐이었다. 전화가 끊긴 건 아니었다.

"국수야! 나야, 태이!"

여전히 대꾸는 없었다. 덜컥 불안해진 종목이 높아진 언성으로 다그쳤다.

"야, 인마! 전화를 했으면 말을 해야지! 뭐야, 무슨 일이야? 국수야!"

아무리 불러도 묵묵부답이었다. 종목은 전화를 끊고 제 쪽에서 다시 걸어보았다. 이번엔 신호만 갈 뿐 전화를 받지 않았다. 몇 번을 걸어도 마찬가지였다.

약속 시간이 지나도 국수는 나타나지 않았다. 새벽 2시가 넘어가자 송 할머니는 문 닫을 시간이라며 우리를 내보냈다. 우리는 달래골 앞에 쭈그려 앉아 먼동이 틀 때까지 기다리고 또 기다렸다. 초조하고 답답한 마음에 길바닥에서 날밤을 새운 것이다.

"아무리 생각해도 무슨 일이 생긴 것 같다. 용주에게 전화해 봐야겠어."

"걔네 둘은 여전히 붙어 다니나 보네."

"뭐, 학교 때처럼 붙어 다니기야 하겠어? 우리처럼 띄엄띄엄 보겠지. 어쨌든 그 둘은 연락하고 사니까."

벨이 한참이나 울리고서야 용주가 졸음기 어린 목소리로 전화를 받았다.

"……종목이? 이 시간에 웬일이야?"

"어, 그냥…… 별일 없나 싶어서."

"갑자기 무슨 일이 생기겠어? 15년이나 버틴 놈이 새삼 왜 그래?"

용주가 전화기 너머에서 길게 하품을 했다.

"미안하다, 잠 깨워서. 많이 피곤한가 봐?"

"요즘만 같으면 그것이 업어 가도 모를 지경이야. 어제 리허설 끝내고 도저히 집에 들어갈 여력이 없어서 대기실에 쓰러졌다. 잠이 물밀듯이 쏟아지는데 정신이 다 혼미하더라고."

"요즘 바쁘다더니 공연 때문이었구나."

"아, 어제 통화하면서 내가 말 안 했나?"

"응, 그냥 바쁘다고만 했어."

"네가 오랜만에 전화해서 다짜고짜 그것과 대면한 적이 있느냐고 묻는 바람에 깜박했나 보다. 오늘이 공연 첫날인데 시간 되면 올라올래?"

종목이 나를 쳐다보았다. 야, 용주가 이상한 소리 한다. 나도 전화기에서 새어 나오는 용주의 목소리를 들었다. 그러니까 용주가 지금 우리보고 만나자는 게 아닌가. 어제 종목과 통화하면서 용주는 공연에 대해 일부러 말하지 않았을 것이다. 그것은 지금껏 놀이 가담자들이 은연중 지켜왔던 불문율이다. 서로의 삶에 어떤 식으로도 다가가지 않는다는. 그런데 갑자기 용주가 그 불문율을 깨고 보자는 것이다.

그렇잖아도 종목 역시 모두 한자리에 모아놓고 놀이를 끝낼 방법을 찾아야 한다고 했다. 종목이 나를 보았다. 싫어. 나는 고개를 저었다. 종목은 내 의견을 무시했다.

"나 지금 태이랑 같이 있거든. 표는 없지만 일단 갈게."

"그럼 자리는 내가 만들어볼게. 국수도 올 거니까 같이 보자."

난 싫다니까. 내가 눈을 부라리자 종목은 가만있어 보라는 듯 손을 저으며 용주에게 물었다.

"너 혹시 어젯밤에 국수하고 통화했어?"

"아니. 왜?"

"실은 어제 국수가 우리 보러 여기 내려온다고 했거든."

"갑자기 거긴 왜?"

용주의 목소리가 순간 어두워졌다.

"놀이를 끝낼 단서를 찾았다면서 이야기할 게 있다고 했어. 넌 뭐 들은 거 없어?"

"자세히는 몰라. 근데 국수가 놀이를 끝낼 단서를 찾은 건 맞아. 그래서 국수는 만났어?"

"아니, 오지 않았어. 여태 통화도 되지 않고. 혹 무슨 일이 있는 건 아닐까 싶어서 말이야."

"배터리가 나갔나 보지. 아님 다른 급한 일이 생겼거나. 별일 아닐 거야. 내가 알아보고 연락 줄게."

"그래, 부탁한다. 그럼 이따 보자."

* * *

용주는 도동 마을을 떠난 후 한동안 실체도 없는 온갖 악몽에 시달렸다. 그에게는 과거를 잊고 몰입할 수 있는 뭔가가 절실하게 필요했다. 극단에 들어가 무대의 인생이 가진 대사를 말하며 자기를 버리고 배역에 집중했다. 적어도 다른 이로 분한 순간만큼은 그림자처럼 따라붙는 공포에서 벗어날 수 있었다.

이후 그는 영화와 드라마 오디션을 봤고 가끔 단역으로 출연했다. 늘 생활고에 시달렸지만 연기를 포기하지 않았다. 무대에 선 지 10여 년 만에 영화의 조연으로 캐스팅되었고 연극에서도 주연을 맡았다. 5년 전 그것과 처음 대면한 후 여태 버틸 수 있었던 것은 무대에 대한 열정이 곧 그의 삶이었기 때문이다. 무대가 없었다면 그는 지난 5년 사이 어디쯤에서 스스로 목숨을 끊었을지도 모른다.

용주는 국수의 휴대전화로 전화를 걸어보았다. 연결되지 않았다. 진짜 무슨 일이 있는 건가? 갑자기 불길한 예감이 엄습했다. 그는 국수의 집으로 전화했다. 첫 신호음에 국수의 아내가 냉큼 전화를 받았다. 얼마나 초조하게 남편의 연락을 기다리고 있었는지 알 것 같았다.

"밤새 연락이 되지 않아서 걱정하던 중이었어요. 어젯밤에 친구 만나러 도동 마을로 내려간다고 했는데, 가다가 무슨 사고라도 난 게 아닐까요?"

"그랬다면 벌써 연락이 왔죠. 너무 걱정 말고 기다려봐요."

전화를 끊은 용주는 대기실 밖으로 나갔다. 좁은 통로를 지나 극장 안으로 들어섰다. 무대 위에는 어둡고 거대한 숲이 펼쳐져 있었다. 절묘한 원근법에 따라 입체적으로 배치된 배경들은 아주 사실적으로 그려져 있어 한번 들어가면 나올 수 없는 진짜 깊은 숲처럼 보였다.

'아무 일도 없을 거야. 국수는 자기 답을 알아. 그러니까 무사히 놀이를 빠져나갔을 거야.'

갑자기 등골이 오싹해졌다.

94

4

"난 공연 같은 거 별로 보고 싶지 않아."

나는 마뜩잖다는 표정으로 말했다. 사실은 공연이 아니라 용주를 볼 낯이 없었다.

"공연 보러 가는 거 아니야, 용주 보러 가는 거지."

"그러니까 내키지 않는다고."

"미안해서 그러는 거 알아. 근데 용주가 먼저 불렀잖아. 어쩌면 거기서 국수를 만날 수도 있고. 우리야 뭐, 사정이 생겨서 바람맞힐 수도 있지만 용주의 공연만큼은 꼭 챙길 테니까. 빌어먹을, 제발 그랬으면 좋겠는데……."

나는 대꾸 없이 아이스커피만 홀짝였다. 우리는 터미널 벤치에 앉아 버스 출발 시각을 기다리는 중이었다. 종목이 물었다.

"아직 시간 좀 남았는데 간단하게 아침 먹을래?"

"생각 없어."

"나도 그래. 속이 바짝바짝 타들어가는 것 같아. 그냥 목만 마르다."

"숙취야."

나는 무덤덤하게 말했다. 하지만 내 머릿속은 복잡했다. 설마 이게 연서에 이은 두 번째 실종은 아니겠지. 이제부터 놀이가 시작될 거라던 15년 전 김이알의 말이 자꾸만 머릿속을 맴돌았다. 그때 시작된 놀이는 아직 끝나지 않았다.

"국수가 분명 이 놀이를 끝낼 단서를 찾았다고 했단 말이지?"

"틀림없이 그렇게 말했어. 이럴 줄 알았으면 전화로라도 얘길 좀 들어둘 것을 그랬다."

종목은 후회하는 얼굴이었다.

"용주는 어느 정도 알고 있을 거야. 그 때문에 우릴 보자는 걸 테고."

그러므로 내키지 않아도 용주를 만나러 가야 했다. 나는 빈 플라스틱 컵을 쓰레기통에 던져 넣고 자리에서 일어났다. 우리가 타고 갈 버스가 꾸물꾸물 들어오고 있었다.

* * *

아침 10시, 완화수방으로 열쇠공이 찾아왔다. 박한주는 아들보다 먼저 열쇠공을 만나려고 기다리고 있었다. 그는 아들이 언제부터 집에 없었는지, 또 어디로 갔는지 알지 못했지만 아들의 부재를 다행으로 여겼다. 어쩌면 어젯밤 그의 말에 기분이 상해 말없이 서울로 가버렸을지도 모른다. 그랬다 해도 곧 다시 돌아올 것이다. 박한주는 오만상을 찌푸린 채 말했다.

"열쇠 찾았소. 그러니 가보쇼."

"그래도 부르셨으니까 출장비는 주셔야 하는데요. 저도 웬만하면 안 받고 싶지만 시내에서 여기까지 들어오는데……."

"내 알 바 아니지, 내가 부른 게 아니라고."

박한주가 열쇠공의 말을 잘랐다.

"저기요, 완화수방에서 불렀어요. 저 분명히 전화받고 온 겁니다."

"난 모르겠으니 가요!"

박한주는 버럭 소리를 질렀다. 이십대 후반의 열쇠공이 난처하고 황당하다는 얼굴로 말했다.

"잠깐 기다려보세요, 확인시켜드릴 테니까."

열쇠공은 제 휴대전화에 남아 있는 태이의 번호를 찾아 전화했지만 받지 않았다. 그사이 박한주가 뒤꼍에서 도끼를 들고 나타났다. 젠장, 열쇠공은 욕지거리를 내뱉으며 타고 온 오토바이에 도로 올라탔다.

열쇠공이 돌아간 후 박한주는 한참을 서재 문 앞에서 망설이다가 자물쇠를 따고 들어갔다. 그는 열쇠를 잃어버린 것이 아니었다. 오히려 아들이 무엇을 찾는지도 알고 있었다.

임종을 앞두고 잠깐 정신이 돌아온 박산은 손자의 얼굴이 눈앞에 어른거리자 몹시 반가웠다. 그러나 곧 아득하던 기억들이 조금씩 떠오르면서 혼란스러워졌다. 태이는 서울로 떠났다. 자신이 직접 배웅했다. 그러니 여기 있으면 안 되는 것이다. 태이야, 하고 불렀을 때 손자인 줄 알았던 아들이 그의 손을 잡으며 말했다.

"아버지, 접니다. 한주예요."

박산은 오랜만에 아들의 얼굴을 물끄러미 바라보았다. 죽어가는 그의 머릿속에서 '어쩌면……' 하고 한 줄기 생각이 떠올랐다.

"한주야, 여기 머물러라."

"네?"

"그리해다오. 너에게 뒷일을 맡길 테니 제발 그리해다오."

박한주는 그 뒷일이라는 것을 아버지가 더는 태이를 돌봐줄 수 없게 되었으니 부탁한다는 뜻으로 받아들였다. 하지만 태이는 서울에서 학교를 다니게 되었고 그대로 자리를 잡을 가능성이 높았다. 박한주가 군이 완화수방에 머무를 이유는 없었다.

더구나 그는 서른일곱 살밖에 되지 않았다. 한창 나이인 데다 가슴에 바람이 들어 한곳에 오래 붙어 있질 못했다. 그저 아버지라는 존재로도 살아본 적 없는 그에게 아버지 노릇까지 하라니, 그것도 아들이 떠난 빈집에서.

박한주는 아버지의 처음이자 마지막 부탁이었음에도 장례가 끝난 후 기어이 완화수방을 떠나려고 했다. 그런데 오씨 부부가 그를 붙잡았다.

"가지 마라. 어르신 유언도 있으니 이제 여기가 네 집이야."

"가끔 들를게요."

"적어도 어르신 물건은 네가 직접 정리해야지."

"정리할 물건이라고 해봤자 서재의 책들이 전부잖아요. 그냥 두 분이 알아서 하세요."

"그건 도리가 아니야."

오씨 부부의 간곡한 설득으로 박한주는 잠시 완화수방에 머물기로 했다. 그리고 서재의 물건들을 정리하려다가 그 기록이 담긴 공책을 발견했다. 아들과 그 친구들이 불가사의한 덫에 걸려들었다는 것도 알았다. 박한주는 그제야 유언의 의미를 깨달았다. 아버지가 태이를 위해 자신에게 어떤 역할을 부탁했는지 이해한 것이다. 그의 역할은 술래를 잠시 헷갈리게 만드는 정도에 지나지 않았다. 그래도 얼마간의 시간은 벌어줄 수 있었다.

박한주는 선택의 기로에 섰다. 너무 무거워서 죽어라 도망치며 피해왔던 아버지의 자리를 받아들이느냐, 이번에도 나 몰라라 훌쩍 떠나버리느냐. 하지만 그건 선택의 문제가 아니었다. 열아홉 어린 나이에 결혼을 감행했던 것처럼 자신이 책임져야 할 일이었다.

15년이 지난 시점에서 태이가 그 기록을 보려는 것은 **그것이** 기어이 태이를 찾아냈다는 뜻이다. 태이는 그 기록에 문제를 해결할 단서가 있을 거라고 여기는 듯하지만 박한주가 보기에 이모호하기 짝이 없는 놀이는 끝내고자 발버둥 칠수록 예기치 못한 위험에 노출되는 식이었다. 박한주는 기록이 담긴 공책을 들

고 서재를 나왔다. 어디든 태이의 손이 미치지 않는 곳에 감춰야
했다. 그는 곧 적당한 장소를 찾았다.

* * *

종목이 졸음에 겨운 눈을 끔벅였다. 함께 날밤을 새운 나도 잠
이 쏟아지기는 마찬가지였다. 버스에 오르기 전에 마셨던 커피
는 아무 효과가 없었다. 나는 눈을 감으며 말했다.

"좀 자둬. 어차피 국수 만날 때까지는 무슨 일이 생겼는지 알
수 없으니까."

"만날 수는 있겠지?"

나는 대답하지 않았다. 그걸 누가 장담할 수 있단 말인가. 그
때 종목의 주머니에서 전화가 울렸다. 잠이 확 달아나버렸다.

"국수인가 보다."

종목의 표정이 일순 밝아졌다. 그는 얼른 휴대전화를 꺼내 확
인해보곤 이내 실망한 얼굴로 말했다.

"모르는 번호인데……."

"일단 받아봐."

"여보세요?"

"노종목 씨 되십니까?"

정중하고 차분한, 젊은 남자의 목소리였다.

"네, 그런데요."

"저는 중산시 동부 서의 차강효 형사입니다."

"네? 형사요?"

형사라는 말에 나는 종목의 휴대전화에 바짝 얼굴을 대고 귀를 기울였다.

"오늘 아침 정국수 씨의 택시가 도동 마을로 들어가는 국도변에서 발견됐습니다."

"국수는요?"

"사라졌습니다."

"사라졌다고요?"

"예. 그래서 지금 찾고 있습니다. 어젯밤 정국수 씨와 마지막으로 통화한 사람이 노종목 씨던데, 정국수 씨와는 어떤 관계입니까?"

"고등학교 동창인데요. 실은 어젯밤 만나기로 했는데 오지 않아서 걱정하고 있었죠."

"통화할 때 뭐 이상한 점 없었습니까?"

"전화를 받긴 했는데 통화는 못 했어요. 아무 말도 하지 않았거든요."

"다른 소리도 들리지 않았습니까?"

"모르겠군요. 차 지나가는 소리랑 잡음이 좀 있었는데……."

"혹 우용주 씨가 누군지 아십니까?"

"용주도 고등학교 친군데요."

"그럼 어젯밤 모임은 동창회였습니까?"

"동창회는 아니고…… 그냥 국수하고 잠깐 볼일이 있었죠. 그런데 용주는 왜요? 용주한테도 무슨 일이 생겼어요?"

"용주한테도? 무슨 의미죠?"

나는 종목을 향해 눈짓했다. 자신의 실수를 깨달은 종목이 바짝 긴장하며 입을 다물었다.

"여보세요? 노종목 씨?"

"어…… 형사님이 국수에 이어서 대뜸 용주에 대해서도 물어보시니까 용주한테도 무슨 일이 생겼나 했죠."

"아, 그랬군요."

수긍한다는 듯 대꾸하는 어조가 느물거렸다. 형사는 여전히 의심스러워하고 있었다.

"우용주 씨도 노종목 씨처럼 새벽부터 정국수 씨에게 여러 번 전화를 했더군요. 두 분 모두 정국수 씨에게 간절하고 급박한 용무가 있었던 거죠. 뭡니까, 그게?"

"그건 제가 국수와 연락이 되지 않아서 용주에게 알아보라고 부탁했기 때문일 거예요. 국수가 용주와 제일 친하거든요."

"어젯밤 정국수 씨와는 무슨 일로 만나려 했습니까?"

형사가 핵심을 치고 들어오자 종목은 예민해졌다.

"그게 국수 사라진 것과 무슨 상관인데요?"

"뭐든 단서가 될 만한 게 있을까 해서 묻는 겁니다."

"그냥 오랜만에 얼굴 좀 보자는 거였어요."

"우용주 씨는 왜 빠졌습니까? 정국수 씨와 제일 친하고 노종목 씨와도 동창이라면서요. 같이 봐도 되는 자리 같은데요."

"용주는 바빠요. 공연이 있거든요."

"공연이라……."

형사는 용주의 공연에 대해 몇 가지 물어본 후 다시 연락하겠다며 전화를 끊었다. 종목이 전화기를 쥔 채 흙빛이 된 얼굴로 중얼거렸다.

"설마설마했는데 결국 그것이 데려갔나 봐. 여태 잘 버티다가 이제 와서 나라고 대답했을 리는 없고……."

"그건 아닐 거야. 놀이를 끝낼 단서를 찾았다고 했으니 그런 식으로 포기했을 리가 없지."

"그럼 규칙을 어겼다는 건데…… 규칙이라고 해봐야 하나뿐이잖아. 놀이 가담자가 아닌 자에게 놀이에 대해 발설하지 말 것. 그거 지키는 건 어렵지 않지. 솔직히 그건 지키고 말고 할 것도 없어. 말해봐야 아무도 믿지 않을 테니까. 그래서 지금껏 다들 잘 지킬 수 있었던 거고."

"다른 규칙이 있을 가능성을 생각해봐."

"다른 규칙?"

"국수가 어젯밤 우리에게 자신이 찾은 단서를 말해주러 오다가 사라졌어. 거기에 뭔가 있어. 국수는 다른 방식으로 놀이를 끝내려고 한 거야."

"이해가 안 되네. 우린 이 놀이를 끝내야 해. 근데 놀이를 끝내려고 하면 아웃이라고?"

"우린 놀이를 끝내는 방법을 이미 알고 있어. 내가 누구냐고 묻는 그것의 질문에 '나'라고 대답하는 거야. 그렇게 하면 놀이는 끝나지만 나는 그것에게 먹히지. 국수는 우리가 그것에게 먹히지 않고 놀이를 빠져나갈 수 있는 다른 답을 찾은 게 틀림없어. 그게 규칙을 깬 것이 될 수 있지."

"다른 답이 대체 뭔데?"

"그것의 진짜 정체. 우리의 얼굴을 덮어쓰기 전에 놈들이 뭐였는지 말이야."

"그런 걸 국수가 어디서 어떻게 알아내?"

나는 고개를 저었다. 그건 나도 알 수 없었다. 할아버지의 공책에 그와 관련된 기록이 있지 않을까? 그러고 보니 깜빡 잊고 있었다. 나는 휴대전화를 꺼냈다. 모르는 번호의 부재중 전화가 남아 있었다. 어제 내가 걸었던 열쇳집의 전화번호였다. 집에 아무도 없어서 그냥 돌아가버렸을까? 나중에 전화해서 다시 오라고 해야겠다. 종목이 말했다.

"아무래도 형사가 용주에 대해 꼬치꼬치 묻는 것이 바로 만나러 갈 것 같아. 하필 오늘같이 중요한 날 절친의 실종 소식을 듣게 되다니, 용주 그 자식 돌아버리게 생겼다. 어떡하냐."

친구를 걱정하는 종목의 얼굴이 와락 구겨졌다. 종목은 제 코가 석 자인데도 늘 다른 사람부터 챙겼다. 그가 15년이나 그것을 감당해내며 제 어머니의 곁을 악착같이 지키는 동안, 나는 가끔 악몽에 시달렸지만 그럭저럭 별일 없이 살았다. 아니, 정신없이 잘 살았다.

그럼에도 나 혼자 세상 모든 상처를 짊어진 것처럼 고통스러워했다니……. 갑자기 부끄러워졌다. 할아버지의 엄명이었다고는 해도 내가 제일 먼저 친구들을 버리고 달아났다. 하지만 종목은 여전히 그 자리를 지키며 우리를 걱정하고 있었다. 나는 김이알을 원망할 자격이 없었다. 친구들의 삶을 망친 것은 나였다. 내가 한 짓이 김이알의 짓과 뭐가 다르단 말인가.

공연 시작 30분 전, 나는 오랜만에 보는 용주가 너무도 반가워 가슴이 뻐근해졌다. 우리를 보는 용주 역시 눈시울이 붉었다. 하지만 불현듯 스쳐 가는 불안한 눈빛에서 나는 그의 마음을 읽을 수 있었다. 애써 묻어두었던 옛 기억들이 우리를 보자 벌떡벌떡 일어나는 중이겠지. 그렇게 될 것을 그도 모르지 않았을 것이다. 그래도 우리를 보자고 불렀다. 그건 우리에게 말해줄 것이 있기 때문이다.

"야, 태이 너 진짜 오랜만이다. 어떻게 지냈냐?"

나는 용주에게서 먼지 한 톨만큼도 원망하는 기색을 찾을 수 없었다. 고마웠다. 우리는 잠시 시선을 모았다. 서로의 눈 속에 담긴 다음 안부의 말에는 그것이 있었다. 하지만 일단 생략했다. 여기서 꺼낼 이야기가 아니었다.

"국수랑은 계속 연락이 안 되네. 뭐, 별일 없을 거야. 어쨌든 이따가 여기 오기로 했으니까 기다려보자."

용주는 아직 국수의 실종을 모르고 있었다. 용주의 공연에 대해 열심히 묻던 그, 차…… 뭐라는 형사와는 아직 연락이 닿지 않은 모양이었다. 바쁘고 소란한 와중이라 전화받을 틈이 없어 보이긴 했다. 어쩌면 모르는 번호라 받지 않은 것일 수도 있었다. 종목과 나는 일단 공연이 끝날 때까지 용주에게 상황을 알리지 않기로 했다. 곧 무대에 서야 하는 사람을 굳이 심란하게 만들 필요는 없었다. 용주가 말했다.

"끝나고 한잔하러 가자. 우리 15년 만이잖아. 그리고…….."

"그리고 뭐?"

내가 물었다.

"아니야, 그건 공연 끝나고 국수 오면 같이 이야기하는 게 좋 겠다."

하지만 국수는 오지 못할 것이다. 그 사실을 용주는 어떻게 받 아들일까.

"국수가 찾아냈다는 단서, 너도 알고 있는 거지?"

"다는 아니고…….."

용주는 의미심장하게 우리를 보며 고개를 끄덕였다. 스태프 가 공연 시작 5분 전을 알렸다. 나와 종목은 대기실을 나와야 했 다. 우리는 용주가 마련해준 좌석으로 가서 앉았다. 막이 열리고 무대조명이 들어오자 관객들은 눈앞에 펼쳐진 압도적인 배경에 넋을 잃었다.

〈영혼의 숲〉.

콜롬비아인 아버지와 중국인 어머니 사이에서 태어난 작가 호세 싱 에스칼로나의 작품이 원작이다. 이상과 현실 사이에서 고뇌하던 젊은 남자 주인공이 어릴 때 들었던 영혼의 숲을 찾아 가는 과정을 담고 있다. 주인공은 결국 현실을 버리고 영혼의 숲 으로 사라진다.

무대는 희뿌연 안개와 환상적인 빛으로 가득했다. 밤하늘에 걸린 붉은 구름들이 물결치듯 빠르게 움직이고 멀리서 새벽의

푸른 그림자가 천천히 비쳐 들었다. 관객들은 정말 영혼의 세계로 들어가는 숲의 입구가 열린 것 같은 착각에 빠졌다.

용주가 울창한 숲 사이로 걸어 들어갔다.

조명이 꺼지고 박수가 터져 나오고 다시 조명이 켜졌다. 잠깐 동안 무대는 텅 빈 채였다. 이윽고 배우들이 차례로 무대 위에 등장해 인사했다. 하지만 용주는 나타나지 않았다. 주연배우가 무대 인사에 나오지 않자 관객들이 웅성거렸다. 공연 스태프와 다른 배우들도 두리번거리며 당황하고 있었다. 그들도 용주에게 무슨 일이 벌어졌는지 알지 못하는 듯했다.

나와 종목의 시선이 마주쳤다. 설마……? 그럴 리가 없어. 하지만 저 숲에서 무슨 일이 벌어졌는지 알 게 뭔가. 아니다, 무대 옆에도 스태프가 있었다. 관객과 스태프 모두 합쳐 6백여 명이 지켜보는 중에 어찌 사람이 감쪽같이 사라질 수가 있단 말인가.

그때 관객석 뒤에 서 있던 삼십대 후반의 남자가 무대 쪽으로 내려가더니 연출자를 찾았다. 신분증을 꺼내 보이는 모양새가 경찰인 것 같았다. 오늘 이 공연장에 볼일이 있는 경찰이라면 종목과 통화했던 그, 차 형사일 것이다. 용주와 도무지 통화가 되지 않자 극장으로 왔는데 이미 공연이 시작되어 별수 없이 기다리고 있었던 모양이다. 연출자의 낯빛이 어두워졌다. 그는 관객들에게 양해를 구한 후 서둘러 공연장을 비웠다. 사태를 파악한 내가 종목을 툭툭 치며 말했다.

"일어나, 우리도 빨리 나가자."

하지만 종목은 엉덩이를 좌석에 딱 붙인 채 굳은 얼굴로 말했다.

"기다려. 일이 어떻게 돌아가는지 봐야 할 거 아냐."

"어차피 경찰이 해결할 수 있는 일이 아니잖아."

"하지만 우리에겐 도움이 필요해. 김이알도 종적을 감추고 국수와 용주마저 사라진 마당에 우리 둘이서만 뭘 어떻게 할 수 있겠어?"

"그래서 규칙을 어기고 다 털어놓자고? 반칙의 대가는 둘째 치고, 소용없어. 네가 그랬잖아, 이 규칙은 지키고 말고 할 것도 없다고. 어차피 아무도 믿어주지 않을 테니까."

"규칙은 지켜야지. 그러니까 말이 되는 적당한 선에서 이야기를 만들면 돼. 태이 너 머리 좋잖아. 그럴듯하게 짜봐. 경찰한테 뭐라도 이야기하고 어떻게든 애들을 찾아야지. 연서 잃어버렸을 때처럼 또다시 손 놓고 입 다물고 있을 수는 없어."

나는 주절주절 이야기하는 종목의 무릎이 떨리는 것을 보았다. 그의 시선은 용주가 사라진 영혼의 숲을 헤매고 있었다. 나는 종목의 어깨를 돌려 내 쪽으로 향하게 했다. 불안하게 흔들리는 그의 눈동자는 반쯤 넋이 나가 있었다. 종목은 자신의 **그것**에게는 늘 용감하게 맞섰지만 친구의 불운과 사고 앞에서는 한없이 약해졌다.

"정신 차려. 경찰은 결국은 어디선가 우리 이야기의 수상한 점을 발견하게 될 거야. 그럼 귀찮은 일만 보태게 된다고. 너 경찰서 불려 다니는 거 어머니가 아시면 참 좋아하시겠다, 응? 저 사람들 그런 쪽으로는 전혀 배려심이 없다고."

어머니 이야기가 나오자 종목은 퍼뜩 정신이 드는지 그제야 내 말에 동의하고 일어섰다. 그러나 자리를 뜨려는 우리를 차 형사가 불러 세웠다.

"거기 두 분, 저 좀 봅시다."

우리는 못 들은 척 피하려고 했지만 그가 빠르게 다가와 통로 앞을 막아서며 종목에게 물었다.

"노종목 씨죠?"

종목은 흠칫 놀랐다.

"네? 네……."

종목은 구석으로 몰린 토끼 같은 얼굴로 대답했다. 나는 눈살을 찌푸렸다. 저자가 어떻게 종목을 단박에 알아봤지? 종목이 더듬거리며 물었다.

"저…… 전 줄 어떻게 알았어요?"

"그냥 감입니다. 사라진 배우와 비슷한 연령대에, 사라진 배우가 몹시 신경이 쓰여 쉽게 자리를 떠나지 못했고, 통화할 때 들었던 말투와 어느 정도 부합하는 인상착의고, 우용주 씨의 공연을 알려준 장본인이기도 하니 공연장에서 만날 가능성은 충분하죠."

형사가 조목조목 대답하고는 내게 물었다.

"그쪽 분도 우용주 씨 친굽니까?"

"네."

"성함이 어떻게 됩니까?"

"박태이요."

"역시 고등학교 동창이고요?"

나는 고개를 끄덕였다.

"어제 정국수 씨와 만나기로 했던 자리에 같이 있었습니까?"

"네."

"상황이 이렇게 돼서 유감입니다. 사실 우용주 씨에게 몇 가지 물어볼 게 있었는데, 혹 두 분께서라도 아는 게 있으면 대답해주셨으면 합니다. 정국수 씨가 우용주 씨와 제일 친하다고 해서 일단 그 두 분이 주고받은 문자들을 좀 확인해보고 왔거든요. 정국수 씨가 우용주 씨에게 보낸 문자들 중에……."

"뭐 이상한 게 있었어요?"

나도 모르게 불쑥 끼어들었다. 차 형사가 이맛살을 접으며 농담처럼 말했다.

"박태이 씨는 뭐 이상한 게 있었을 줄 이미 알았던 것처럼 제 말을 자르고 물으시네요."

"미안합니다. 궁금해서 제가 말이 앞섰어요."

"걱정보다는 호기심이 앞섰다는 뜻입니까?"

"무슨 일이 벌어졌는지 알고 싶은 건 걱정하기 때문이에요."

나는 침착하게 대답했다. 평소에도 감정을 크게 드러내는 편이 아니라 차 형사는 아마도 순간 내가 당황했다는 것을 알아채지 못했을 것이다.

"아, 것도 그러네요."

그가 쉽게 수긍해주자 나는 어쩐지 놀아나는 기분이었다. 몸보다는 머리를 쓰는 타입으로 보이는 차 형사의 갸름한 눈매 속에서 영리한 눈동자가 반짝반짝 생각을 굴리며 나를 주시하고 있었다. 그의 시선이 부담스러워지기 시작했다. 국수가 용주에게 보낸 문자들 중에 그것의 정체 운운하는 단서가 있을지도 모른다는 생각에 마음이 조급해져서 경솔하게 입을 떼고 말았다. 조심해야겠다.

"그 문자들 중에 이런 게 있더군요. '너의 답을 알았어. 기다려. 내가 널 이 놀이에서 나가게 해줄게.' 뭡니까, 이 놀이란 게?"

'너의 답'이라고 했다. 국수는 용주의 얼굴을 한 그것의 정체가 무엇인지 알아냈다. 용주 역시 국수가 찾은 단서에 대해 다는 아니지만 알고 있다고 했다. 다가 아니라면 적어도 자기 답은 안 것이다. 아무래도 국수는 제가 찾은 용주의 답을 알려주고 반칙으로 제거된 것이 아닌가 싶었다. 종목이 나를 흘끔 보더니 차 형사에게 물었다.

"그래서 답이 뭔데요?"

"아이고, 이런! 제 질문에 먼저 답해주셔야지요."

차 형사의 눈매가 부드럽게 휘었다. 하지만 그의 눈빛은 단단했다. 나는 그가 웬만해서는 평정을 잃지 않는 데다 인내심 강한 사람이라는 것을 알았다. 다그치기보다는 한발 뒤로 물러서서 사태를 관망하는 쪽이다. 일이 풀리지 않을 때는 과감히 포기하기보다 오래 쥐고 보는 쪽이다. 그러니까 이 사건이 해결될 때까지 우릴 놔주지 않고 계속 찔러댈 놈인 것이다. 귀찮게 됐다. 나와 종목은 약속이나 한 듯 동시에 고개를 저으며 말했다.

"몰라요."

"모르겠는데요."

"두 분 다 모르신다? 그런데 답은 궁금하시다?"

차 형사가 종목을 똑바로 쳐다보았다. 종목은 뭐라고 대답해야 할지 몰라 어정쩡한 얼굴로 내 눈치를 살폈다. 이쯤 되면 차 형사도 내가 종목에게 영향을 미치는 쪽이라는 것을 알아챘지 싶었다.

"답을 알면 무슨 놀이인지 생각해볼 수 있으니까요."

내가 대꾸했다.

"아, 그렇겠군요. 그런데 답은 저희도 모릅니다. 이게 답이다 싶은 것을 아직 찾지 못했거든요."

"뭐, 컴퓨터 게임 같은 거겠죠."

"그런 걸 굳이 놀이라고 부를 이유가 있을까요? 반드시 빠져나가야 하는 놀이라면 함정이나 감옥 같은 것을 가리킬 가능성도 있습니다. 제 생각에는 이 놀이에 뭔가 있는 것 같습니다."

아무것도 모르는 차 형사가 정확히 핵심을 짚어내자 나는 속으로 놀랐다.

"혹시 두 분도 이 놀이에 관련이 있다면 지금 저한테 털어놓으시죠, 박태이 씨?"

차 형사의 시선이 이번엔 내 쪽을 향했다. 제대로 켕기는 것이 있는 나는 그만 불쾌감을 드러내고 말았다.

"넘겨짚지 마세요. 그랬다면 국수가 우리한테도 문자를 보냈겠죠. 우린 오늘 15년 만에 용주를 만나러 왔어요. 국수와 용주는 계속 연락하며 살았으니까 궁금하면 그 둘을 찾아 물어보셔야죠."

"그렇죠."

차 형사는 내 말이 지당하다는 듯 고개를 끄덕였다.

"그런데 그 두 분을 찾으려면 아무래도 그 놀이에 대한 사전 정보가 좀 있어야겠어서 말입니다."

"도움이 된다면 뭐라도 말씀드리고 싶지만 몰라요. 저희도 지금 뭐가 뭔지 모르겠다고요."

"네, 충격이 크시다는 거 이해합니다. 좋습니다. 나중에라도 뭐 생각나는 거 있으면 연락 주세요."

차 형사는 우리에게 명함을 하나씩 쥐여주더니 덧붙이듯 물었다.

"아, 두 분 말고 오늘 여기 오신 다른 동창분은 없습니까?"

가벼운 어조의 물음이었지만 나를 바라보는 그의 눈빛에는 분명한 의혹이 담겨 있었다. 똥 밟은 기분이었다. 오늘 이 작자를 만나지 말았어야 했다.

"없어요. 이제 가도 되죠?"

차 형사가 옆으로 물러서며 대꾸했다.

"네, 나중에 또 봅시다."

극장을 나오면서 나는 종목에게 말했다.

"그 형사 꽤 집요하던데, 앞으로 골치 아프게 생겼어."

"근성이지. 형사는 그래야 된다고 봐. 사무적이고 무심하게 나오면 그게 더 실망스럽지."

"우리한테 근성 있는 형사까지 붙으면 어쩌라는 건데?"

나는 짜증이 났다.

"자기도 맡은 사건이 한두 개가 아닐 텐데 설마 우리한테만 매달리겠어? 그나저나 열리는 괜찮을까? 기왕 여기까지 왔으니 잠깐 보고 가자."

바깥 공기는 꽉 닫힌 찜통의 수증기처럼 뜨겁고 축축했다. 하늘은 금방이라도 비가 쏟아질 것처럼 어둡고 무거웠다. 열리의 공방은 연남동에 있었다. 나는 빈 택시를 향해 손을 들었다. 종목이 말했다.

"국수가 용주의 답을 알아냈다면 우리 답도 알아냈다는 얘길까? 아니면 굳이 우릴 만나러 올 이유가 없잖아?"

"어쨌든 용주 답도 우리 답도 이젠 알 수 없게 됐어. 우린 국수와 용주를 잃은 대신 새로운 규칙을 얻었지. 다른 사람 답은 알려주면 안 된다는 것, 알려줬다가는 양자 모두 반칙으로 제거된다는 것."

놀이를 시작했을 때 우리가 알고 있던 규칙은 하나뿐이었다. 놀이 가담자 말고는 누구에게도 놀이에 대해 말하지 말 것. 절대적인 맹세가 전제된 비밀스러운 놀이는 그 자체로 매혹적이었다. 무언가를 불러내는 소리를 만드는 놀이. 그 무엇이 무엇인지 알 수 없었기에 호기심이 컸다.

놀이는 김이알의 작업장 가건물 안에서 벌어졌다. 석물들이 겹겹이 둘러싼 자리에서 김이알의 머리 나무를 동쪽으로 두고 나머지 일곱 개의 소리나무들이 남북으로 마주 섰다. 북쪽은 머리 나무가 있는 쪽에서부터 연서, 나, 국수, 명진의 순이었고, 남쪽은 연서의 맞은편 자리를 비워두고 그 옆으로 열리, 종목, 용주였다. 각자의 자리가 정해진 후 김이알이 말했다.

'자기 소리나무의 발 모양을 기억해둬. 너희를 골탕 먹이기 위해 멋대로 자리바꿈을 할 수도 있으니까.'

'정말 이것들이 자기 발로 움직여요?'

누가 그 질문을 했는지는 이제 생각나지 않는다. 다른 질문들도 있었지만 잊었다. 내 기억 속에 그 질문만 남아 있는 것은 그 답을 내 눈으로 보았기 때문이다. 친구들은 궁금한 것이 많았지만 나는 아무것도 궁금하지 않았다. 오직 복수만 생각했다. 우리는 김이알이 늘어놓는 이야기에 정신없이 빠져들었다. 지금 돌이켜 생각해보면 마치 집단 최면에 걸린 것처럼 행동했다.

'이 소리나무들은 각기 다른 얼굴을 가졌어. 그러니 자신의 소리나무를 집중해서 들여다봐. 그럼 어느 순간부터 소리나무의 진짜 얼굴이 보일 거야. 그때부터는 발 모양 대신 얼굴로 자기 나무를 구분할 수 있게 되지.'

우리는 서로 경쟁하듯 시간을 들여 제 나무를 오래도록 들여다보았다. 우리 중에서 누가 제일 먼저 자기 나무의 얼굴을 보게 될까. 가끔 검은빛으로 물결치는 나무의 절단면에서 누군가의 얼굴이 어른거리기도 했다. 그러나 그것은 거기 비친 자신의 얼굴이었다.

비워둔 연서의 맞은편 자리는 아홉 번째 소리나무의 자리였다. 우리는 늘 그 빈자리가 신경 쓰였다. 소리나무는 제 발로 움직인다, 그러므로 아홉 번째 소리나무는 언제라도 그 자리에 슬그머니 들어와 있을 수 있다. 그 가정은 불을 꺼놓고 어둠 속에 둘러앉아 차례로 번호 부르기 게임을 하는데 어느새 아무도 모르는 누군가가 들어와 있다는 학교 괴담과 비슷했다.

두려움이 없지는 않았다. 그럼에도 우리는 놀이를 그만둘 수 없었다. 산속 깊은 곳에서 벙어리 석물들을 증인으로 세워두고 치른 그 모든 행위들이 우리를 세상 꼭대기에 올려놨다. 우린 선택된 자들이야, 정의의 그림자 같은 거지. 어리석은 시절이었다.

*　*　*

소리나무에는 울림통이 없었다. 그래서 처음 두드렸을 때 나는 그 단단한 반동에 손목이 부러지는 줄 알았다. 어디를 쳐도 딱, 딱, 하는 메마른 소리뿐이었다. 다들 마찬가지였다. 아무도 울리는 소리를 내지 못했다. 하지만 김이알이 자신의 머리 나무를 내리치는 순간 다당, 하고 커다란 울림이 터져 나왔다. 소리의 전율이 우리의 몸을 흔들고 지나갔다. 찰나였지만 나는 멀리서 누군가 성큼 다가오는 느낌을 받았다. 까마득한 곳에서 산이나 바위가 움찔 깨어나며 쏟아내는 기적 같은 것이었다.

머리 나무의 소리가 울리자 다른 소리나무들도 기다렸다는 듯 튀어 올랐다. 죽어 있던 나무들의 무미건조한 소리가 머리 나무의 소리를 통해 살아 숨 쉬는 소리로 바뀌었다. 소리는 텅 빈 공간에 잠겨 있던 무언가를 퍼 올려 사방에 흩뿌렸다. 그것이 무엇인지는 알 수 없었다. 거기엔 자기 마음속에 들어 있는 것을 자기도 알지 못해 꺼내보려는 욕구가 있었다. 두드릴 때마다 깊은 심지 속에 박혀 있던 단단한 응어리들이 깨지며 분수처럼 솟아올랐다.

두드리는 소리가 커질수록 두려움이 사라졌다. 우리는 두드리는 것에 몰입했다. 땀을 흘리며 함께 이루어낸 소리 속으로 빠져들었다. 소리를 통해 우리는 일상에서 부각된 자신을 느꼈다. 그것은 무대 위에서 스포트라이트를 받을 때 느끼는 희열과 비슷했다. 소리나무들의 소리는 머잖아 각기 다른 사람의 목소리처럼 들렸다. 그래서 모두 함께 두드리고 있을 때면 마치 장엄한 합창을 듣는 것 같았다.

아홉 소리가 갖춰져야 그것이 온다. 하지만 아홉 번째 소리나무의 자리는 아직 비어 있었다.

여름방학이 끝나고 학기가 시작되었다. 그때쯤 우리는 소리나무들의 소리에 완전히 익숙해졌다. 그게 전부였다. 아무 일도 일어나지 않았다. 우리는 조금씩 싫증을 내기 시작했다. 그럼에도 그 은밀한 모임을 등한시하지도, 집단행동에서 벗어나지도 못했다. 그러던 어느 날 용주가 말했다.

"나 들었어. 우리가 내는 소리 말고 다른 소리가 있어. 아홉 번째 소리나무야."

우리는 섬뜩함을 느끼며 동시에 빈자리를 보았다. 용주의 말을 들은 이후로 우리의 귀는 극도로 예민해졌다. 며칠 사이에 우리는 전에 듣지 못했던 소리를 들을 수 있었다. 아홉 번째 소리는 발밑에서 나직하게 울리며 살금살금 다가오는 듯하다가 이내 다시 멀어지곤 했다.

그때까지 유지되었던 대담함이 일시에 증발했다. 우리는 겁이 더럭 났다. 최면에 걸린 것 같았던 질펀하고 모호한 상태에서 그제야 깨어나 정신을 차렸다. 그리고 얼마 후, 사건이 터졌다.

모임이 있던 토요일, 연서가 나타나지 않았다. 집에서는 오후 2시쯤 자전거를 끌고 나갔다는데 김이알의 작업장에는 밤 9시가 넘도록 도착하지 않았다. 다음 날도, 그다음 날도 연서의 행방은 묘연했다. 나흘째 되던 날 오후, 동계천 물속에 처박힌 그녀의 자전거가 발견되었다. 나는 뭔가 잘못됐다는 것을 깨달았다. 그래서 김이알을 다그쳤다.

"말해봐요, 어떻게 된 건지 형은 알고 있죠?"

"그것이 데려갔지."

김이알은 그리될 줄 알았다는 듯 담담히 대답했다. 하지만 나는 이해할 수 없었다.

"그것이 왜 연서를 데려가요?"

"대가가 있다고 했잖아."

"그 대가는 저 자신이라고 했잖아요. 저만 감당할 수 있으면 된다면서요? 이 놀이의 시작은 저예요. 근데 왜 연서가……?"

"여태 그것이 하나라고 생각했나 보군."

"그게…… 무슨 말이에요?"

"그것은 너희를 통해 새 얼굴을 얻은 소리나무야. 소리나무는 각자의 것으로 주어지지. 그러니까 자신의 소리나무는 자신이 감당해야 하는 거야. 넌 감당할 자신이 있다 해도 연서는 감당하지 못할 수도 있는 거라고."

"말장난하지 마."

눈앞이 아득해졌다. 심장이 벌렁거리며 불길함의 전조처럼 울렸다.

"말장난한 적 없어. 네가 복수에 눈이 멀어 깊이 생각하지 않고 덤빈 거지. 네 선택이었어."

"아니야, 이렇게 되려고 시작한 게 아니라고. 친구들은 끌어들이지 마."

"친구들을 불렀을 때 이렇게 될 것을 생각했어야지. 아니면 친구들이 왜 필요했겠어?"

"사기꾼 자식……."

"뭐라고 욕하고 원망해도 이제 돌이킬 수 없으니 받아들여. 어쨌든 넌 이 놀이를 시작한 목적을 이루게 될 테니까."

"됐고! 연서 어딨어? 연서 어딨냐고?"

나는 김이알의 멱살을 잡았다. 김이알은 내 손을 뿌리치며 한 걸음 물러섰다. 김이알에게 잡혔던 손목에 금세 검붉은 멍이 들었다. 나는 다시 덤볐다. 이번엔 김이알이 내 멱살을 잡아 바닥에 내동댕이쳤다. 온몸이 부서지는 듯한 충격에 얼른 일어날 수가 없었다.

나는 김이알의 적수가 되지 못했다. 김이알은 소리나무를 굴릴 만큼 힘이 셌다. 작정한다면 그 손으로 내 머리통도 부숴버릴 수 있을 터였다. 그래도 나는 기를 쓰고 일어나 휘청거리는 걸음으로 또 달려들었다. 김이알은 몸을 틀어 피했고 나는 제풀에 쓰러졌다.

"부탁이야, 연서를 돌려줘. 제발……."

울음을 참느라 목구멍에서 꺽꺽 소리가 나왔다. 김이알은 이런 반응을 골백번도 더 겪었다는 듯 동요 없는 얼굴로 말했다.

"자기 자리를 놓치고 제거된 자에게 두 번째 기회는 없어. 그러니 네 앞가림이나 해. 이제부터 진짜 놀이가 시작될 테니까."

이빨 패거리 다섯의 시신이 시내 어느 공사장에서 발견됐다. 시신들의 피부는 온통 피멍이 들어 새까맸다. 두개골을 제외한 모든 뼈들이 부러지거나 부서졌다. 멀쩡하게 남아 있는 것은 얼굴뿐이었다. 비닐봉지에 과자를 담아놓고 망치로 부수듯 누군가 사람을 그렇게 만들어놓았다.

담당 형사는 근처 CCTV를 모두 수거해 현장 상황이 찍힌 증거를 찾아냈다. 교복을 입은 남학생이 모두 여섯. 그중 하나가 가해자였다. 괴력의 가해자는 깡마른 십대 고등학생이었다. 그는 혼자서 순식간에 다섯을 집어 던지고 밟아 그 뼈들을 부숴놓았다.

형사는 가해자의 신원을 확인했고 나는 경찰서로 연행됐다. 가뜩이나 연서가 사라져 뒤숭숭하던 차에 나까지 살인 용의자가 되자 친구들은 겁에 질렸다. 나는 결백을 주장했다.

"전 아무 짓도 하지 않았어요."

형사가 CCTV에 찍힌 내 모습을 보여주었다. 나는 혼란에 빠졌다. 영상 속 범인의 모습은 나인 것 같기도 했고 아닌 것 같기도 했다. 나는 CCTV에 찍힌 놈이 누군지 알 것도 같았고 모를 것도 같았다. 김이알은 말했다, 그것은 너희를 통해 새 얼굴을 얻은 소리나무라고. 범인은 그것이었다.

"제가 아니에요."

"그럼 누구야?"

하지만 나는 그것에 대해 아무것도 말할 수 없었다. 놀이 가담자 말고 누구에게도 놀이에 대해 말하지 말 것. 규칙을 지켜야 했기 때문이다. 이 불가사의한 상황에서 규칙마저 어기면 또 무슨 일이 벌어질지 알 수 없었다.

"몰라요. 아무튼 전 아니에요."

"내 눈엔 넌데. 게다가 너에겐 동기도 있잖아."

"이빨들에게 원한을 가진 애들은 저 말고도 널렸어요."

"그렇긴 하더군. 그런데 저건 분명히 너야. 빼도 박도 못할 증거라고."

형사는 몇 번이고 영상을 돌려 보여주며 내게 자백을 강요했다. 그러나 범행이 일어났던 그 시각 나는 완화수방에 있었다. 운 좋게도 때마침 완화수방에 일하러 왔던 오씨 부부가 나를 보았다. 그들의 증언으로 경찰은 오리무중에 빠졌다.

내가 풀려나자 할아버지는 서둘러 챙긴 짐 가방을 내밀며 무조건 서울로 가라고 했다.

"갑자기 서울에 왜 가라 해요?"

"거기가 사람이 제일 많이 사니 거기로 가는 게 유리할 게다."

"무슨 말씀이신지 모르겠어요."

"시키는 대로 해."

"대체 왜요? 제가 지금 여길 떠나면 경찰이 수상하게 여길 거예요."

"경찰은 아무래도 상관없다. 넌 무조건 여길 떠나야 해. 그것이 알아채기 전에 도망가야 한단 말이다."

할아버지의 입에서 그것이라는 말이 나오자 나는 얼굴이 벌게졌다. 하긴 그것의 기록자는 할아버지가 아니던가. 그래서 그것이 한 짓을 단박에 알아본 것이다.

"넌 내게 거짓말을 했다. 돌내리에서 네가 벌인 일, 네가 훔쳐본 내 기록, 설마설마했는데……."

할아버지는 실망스럽다는 눈빛을 감추지 않았다.

"죄송해요, 할아버지. 전 그냥……."

고개를 들 수가 없었다. 난 그저 가엾게 죽은 친구의 복수를 하려 했을 뿐이다. 이빨들은 심판받아 마땅했다. 나의 부끄러움과 가책은 그것이 벌인 살인에 대한 것이 아니라 할아버지를 속였다는 데서 비롯되었다.

"이건 시작에 불과해. 네가 끌어들인 아이 하나가 이미 사라졌다. 다음은 누가 될지 알 수 없어."

"놀이를 멈추게 하겠어요. 더는 아무도 사라지지 않게 할게

요. 연서도 찾아올 거고…….'

"네가 무슨 수로?"

나는 대답하지 못했다. 내가 정말 연서를 찾아올 수 있을까? 더는 아무도 사라지지 않게 할 수 있을까? 그러고자 하는 소망뿐이었다.

"방법이 있을 거예요. 다 제 잘못이에요. 그러니까 제가 책임질게요. 어떻게든 김이알을…….'

"김이알은 네가 상대할 수 있는 자가 아니다. 게다가 그자는 철저하게 소리나무들의 편이지. 그자가 너희를 이용한 거야."

"아뇨, 제가 먼저 김이알을 찾아갔어요."

할아버지는 고개를 저었다.

"네가 잘못 안 게다."

"네? 그게 무슨 말씀이세요?"

"아니다, 됐다. 김이알은 내가 만나볼 테니 넌 일단 서울로 가거라."

"그럴 순 없어요. 저도 같이…….'

"일이 더 커지지 않으려면 너희 모두 한시바삐 여길 벗어나야 한다."

"저희 모두요?"

"그래, 놀이에 가담한 너희 모두."

내가 친구들에게 엄청난 짓을 저질렀다는 것을 그제야 실감했다. 나는 기어드는 목소리로 물었다.

"왜…… 그래야 하는데요?"

"그것으로부터 너희 각자의 자리를 지키기 위해서다. 지금은 길게 설명할 시간이 없어. 나중에 다시 이야기할 기회가 있을 테니 아무것도 묻지 말고 일단 피해라. 그것이 찾을 수 없도록 숨어 있으란 말이다."

하지만 할아버지에게 다시 이야기할 기회는 없었다. 할아버지는 김이알도 만나보지 못했다. 그것으로부터 아이들을 숨기는 일이 먼저였기 때문이다. 나를 억지로 서울로 올려 보낸 다음, 할아버지는 곧장 놀이 가담자들의 집을 찾아다니며 아이들을 당장 마을 밖으로 내보내야 한다고 설득했다. 애지중지하던 손자를 떠나보내고 끼니도 거른 채 노구를 이끌고 무리했던 할아버지는 저녁 무렵 기어이 쓰러지고 말았다.

간신히 연락이 된 아버지가 그날 밤 부랴부랴 돌아왔다. 늘 곁에 끼고 살던 손자 대신 죽어라 밖으로만 싸돌아다니던 천하의 불효자 아버지가 할아버지의 임종을 지켰다. 하루 사이에 완화수방의 주인이 바뀌었다.

나는 장례식에도 참석할 수 없었다. 아버지는 나를 원망하며 나무랐다.

"대체 네 할아버지께 무슨 죄를 지었냐? 할아버지께서 마지막 가시는 길에 죽어도 너의 배웅은 받지 않겠다고 하셨다."

나는 할아버지의 무정한 유언이 무슨 뜻인지 알아들었다. 할아버지가 나를 미워해서 오지 못하게 한 것이 아니었다. 내가 마을로 돌아오는 것을 막기 위해서였다. 무혐의로 풀려나긴 했지만 나는 여전히 다섯 명이 살해된 사건의 용의자였다. 범인이 끝내 잡히지 않았기 때문이다.

* * *

박태이는 꽤 까칠하게 나왔다. 방어 태세를 취하고 있다는 뜻이다. 뭘 감추고 있는 걸까? 딱 꼬집어 말할 수는 없지만 차강효는 박태이가 이 사건의 칼자루를 쥐고 있다는 생각이 들었다. 노종목은 내내 박태이의 눈치만 살폈다. 아무래도 이 동창회 놀이의 리더는 박태이인 것 같았다.

차강효는 예전에 이와 비슷한 실종 사건에 대해 들은 적이 있었다. 당시 열여덟 살이었던 실종자는 밤마다 친구들과 어울리느라 며칠씩 집에 들어오지 않곤 했다. 그러다가 영 돌아오지 않게 되었다. 실종자가 마지막으로 목격됐던 길바닥에는 움푹 팬 이상한 자국들이 잔뜩 찍혀 있었다. 그 자국들도 한 방향으로 가다가 끊어졌다.

실종자는 차강효의 외삼촌이었다. 차강효의 어머니는 그렇게 사라져버린 오빠를 50여 년이 지난 후에도 기다리고 있었다. 어머니가 외삼촌을 찾아달라고 할 때마다 차강효는 알았다고 대답했다. 말만 그렇게 한 것이 아니라 백골이라도 찾을 수만 있다면 찾고 싶었다. 하지만 어머니가 찾아달라는 외삼촌은 실종 당시 나이의 살아 있는 사람이었다.

어처구니없게도 어머니는 20여 년 전 열여덟 살의 외삼촌을 보았다고 했다. 차강효는 어머니가 착각한 거라고 생각했다. 하지만 있을 수 없는 일이라는 것을 어머니도 모르지 않았다. 그저 당신 눈으로 본 것을 부정할 수가 없다고 했다.

그런데 2년 전 차강효의 생각이 바뀌었다. 도심 한복판에서 그도 외삼촌을 본 것이다. 그것도 열여덟 살의 외삼촌을. 어머니가 열여덟 살의 외삼촌을 목격하고 20년이 지났다. 그런데 어떻게 또다시 열여덟 살의 외삼촌일 수가 있단 말인가.

잘못 봤다고 생각했다. 그럼에도 그의 뒤를 쫓아갔다. 어머니처럼 자신도 착각했다는 것을 확인해야 했다. 아니면 두고두고 꺼림칙할 테니까. 차강효의 시선을 느꼈는지 그의 걸음이 빨라졌다. 달아나는 것을 보니 외삼촌이든 아니든 잡아야 하는 놈이었다.

놈은 거리의 군중 속으로 들어가 몸을 숨기려 들었다. 하지만 차강효는 발만 빠른 것이 아니라 눈도 빨랐다. 차강효를 떼어내는 데 실패하자 놈은 거침없이 사람들을 밀쳐대며 달리기 시작했다. 질주하는 차에 치인 듯 사람들이 풀썩풀썩 나가떨어졌다. 놈은 빌딩 사이의 골목길을 돌며 지치지도 않고 달렸다.

결국 차강효는 골목 반대편으로 돌아 맞은편에서 놈을 덮치는 데 성공했다. 쓰러진 놈의 몸에 올라타고 어깨를 잡았다. 그러나 기어이 그 얼굴과 마주한 순간 머리끝이 쭈뼛 서는 느낌이었다. 말도 안 돼.

"너 누구야?"

차강효는 비명처럼 외쳤다. 놈이 씩 웃더니 차강효를 내던지고 벌떡 일어났다. 엄청난 괴력이었다. 차강효는 반격할 새도 없이 휙 날아가 콘크리트 바닥에 처박혔다. 하마터면 머리가 깨질 뻔했다. 차강효는 어안이 벙벙했다. 열여덟 살 아이가 자신을 구겨진 종이 뭉치처럼 다뤘다는 것이 믿기지 않았다. 하지만 어떻게 그럴 수 있는지는 나중에 생각할 문제였다. 차강효는 다시 일어나 정신없이 놈을 쫓았다. 도심 공원이 나타나자 놈은 쏜살같이 그쪽으로 뛰어들었다. 그리고 사라져버렸다.

차강효는 숨을 헐떡이며 멈춰 서서 사방을 둘러보았다. 석양에 물든 구름들이 물결처럼 밀려드는 붉은 하늘, 바람에 흔들리는 푸른 나뭇가지들. 방금까지 눈앞에 있었다. 그런데 눈 깜짝할 새에 사라졌다. 어디로 간 거지? 보이는 거라곤 나무들뿐, 도통 이해할 수 없는 상황이었다. 하지만 믿지 않을 수도 없었다. 일어나지 않은 일이라 할 수도 없었다.

"이렇게 되면 너희가 숨긴 거라고밖에는 할 수 없는데……."

차강효는 주변 나무들을 향해 중얼거렸다. 사람이 눈앞에서 증발한 것보다 더 이상한 것은 자신보다 어린 열여덟 살의 외삼촌이었다. 그는 생각하고 또 생각했다. 납득이 될 만한 설명을 찾아야 했다. 하지만 어떻게 생각해도 하나같이 이상하기만 했다. 결국 이상한 대로 내버려둘 수밖에 없었다.

차강효는 그 일을 어머니에게 이야기하지 않았다. 아니, 누구에게도 하지 않았다. 할 수 없었다. 세상에는 분명 설명할 수 없는 기이한 사건들이 존재한다. 하지만 경찰은 사건의 진상을 설명할 수 없는 것으로 돌려서는 안 되었다. 그러므로 증거를 확보하고 진실을 밝혀야 했다.

차강효는 우용주가 사라진 무대부터 꼼꼼하게 살폈다. 마술사의 무대처럼 은밀한 출구나 비밀 공간 같은 건 없었다. 무대는 열려 있었고 연출 스태프가 영혼의 숲 바로 곁에서 지켜보았다. 그럼에도 우용주는 허공으로 꺼진 것처럼 사라졌다. 정말 현실 세계를 떠나 영혼의 숲으로 들어가버린 것 같았다.

다른 세계로 통하는 문이라, 그런 게 있을 게 뭐냐. 그럼 우용주는 어디로 사라진 거지? 대체 모두가 보는 앞에서 어떻게 그렇게 증발해버릴 수 있나. 외삼촌이 눈앞에서 사라졌을 때와 다르지 않았다. 비록 무대배경이긴 하지만 이번에도 거대한 나무들이 모른 척 지켜보고 있었다.

"또 너희가 숨긴 거냐?"

혼잣말을 하면서도 어이가 없었다. 커다란 속임수에 걸려든 것 같았다. 극단 전체가 사기단으로 보일 지경이었다. 돌아서는 차강효의 발에 바닥의 움푹 들어간 부분이 느껴졌다. 순간, 떠오르는 생각이 있어 그는 스태프를 향해 소리쳤다.

"조명을 전부 켜주세요."

무대가 환해졌다. 차강효가 서 있는 곳은 겹겹으로 배치된 무대배경 사이의 좁은 통로들 중 하나였다. 안쪽에 움푹 눌린 자국이 몇 개 더 보였다. 다가가보니 자국의 모양과 배열이 정국수의 현장에 있던 것과 흡사했다. 그 자국들은 무대배경인 나무들 앞에서 끊겼다. 막다른 곳이었다.

"이거 뭡니까?"

차강효의 물음에 남자 스태프 하나가 다가와 눌린 자국들을 들여다보더니 고개를 갸웃거렸다.

"글쎄요, 모르겠는데요. 사실 이쪽 나무 바닥이 습기를 먹었는지 살짝 물러져 있긴 해요. 그래도 움푹 들어간 자국이 남을 정도는 아니죠. 제 몸무게가 90킬로그램이 조금 넘는데……."

덩치가 꽤 있는 스태프는 발에 힘을 줘서 나무 바닥을 자근자근 밟아가며 말했다.

"보세요, 멀쩡하잖아요. 저희가 골백번도 더 밟고 지나다녔는데 아무 문제 없었어요. 그래서 극장 측과 저희 모두 공연에는 지장 없다고 보고 보수를 미뤘죠."

관할 경찰서 인력이 현장에 도착했다. 장 형사는 예전에 차강효와 함께 근무한 안면이 있었다. 그가 차강효를 보자마자 새삼스러울 것도 없다는 듯 말했다.

"귀신이 따로 없네. 여기서 실종 사건 일어날 걸 어떻게 알고 미리 와 있었던 거야?"

"어제 우리 관할에서 같은 방식으로 실종된 사람이 있었거든. 그 사람이 여기 실종자와 친구야. 뭐 좀 물어보려고 왔는데 한발 늦었군."

"연관 사건이라고?"

"그래서 말인데, 연계할 것 없이 이 사건 통째로 넘겨. 내가 그쪽 일 덜어줄게."

"또 발동했다. 사람 찾는 일이 보물찾기도 아니고……. 알았

129

어, 차 형사가 달란다고 말해볼게. 윗선들도 그게 빠르다는 걸 아니까."

지금은 지방 서로 좌천되었지만 한때 차강효는 서울 경찰청 실종 사건 전담 팀에서 천재 소리를 들었던 인물이다. 그는 명석한 두뇌로 마치 수학 문제를 풀듯 실종의 상수와 변수를 찾아냈다. 물론 모든 실종이 그렇게 명확하게 풀리지만은 않았다. 어떤 실종은 그야말로 허공이 집어삼킨 것처럼 흔적조차 남기지 않았다. 그렇다 해도 먹으면 배설하지 않고는 견딜 수 없다는 것이 차강효의 주의였으므로 일단 손에 들어온 사건은 끈질기게 물고 늘어져 끝끝내 해결해내고야 말았다.

소속 서로 돌아온 차강효는 곧장 자기 책상에 붙어 앉아 박태이와 노종목의 신원부터 뒤지기 시작했다.

"뭔데요?"

외근에서 돌아와 초주검 상태로 소파에 널브러져 있던 김도한이 몸을 일으키며 물었다.

"대학로 연극배우 실종 사건."

"그 대학로가 종로구 혜화동이면 그 건은 우리 관할이 아닐 텐데요."

"우리 거 될 거다. 그 배우가 정국수의 친구거든."

"잠깐, 오늘 선배님이 만나려고 했던 우용주 말씀이세요?"

"응. 공연 말미에 무대에서 사라져버렸어. 그 이상한 눌림 자국들도 남아 있더라고."

"그래서 그 사건까지 선배님이 끌어오시려고요?"

"같은 사건이야."

"그래도 정식으로 넘겨받으면 시작하죠. 밀려 있는 사건도 많은데……."

"그러니까 처자빠져 있지 말고 너도 빨리 일해."

"그러려고 했어요."

김도한은 늘어지게 하품을 하며 자기 책상으로 가서 서류 파일을 집어 들었다. 하지만 모니터를 들여다보는 차강효의 미간이 점점 좁아지자 슬그머니 그의 책상으로 다가섰다.

박태이, 노종목 그리고 사라진 우용주와 정국수는 모두 도동 마을 출신으로 같은 고등학교를 다녔다. 그들이 고등학교 1학년 때 함께 어울렸던 한연서가 실종됐다. 15년이 지난 후, 이번엔 정국수가 사라지고 이어 우용주가 사라졌다.

박태이는 한연서가 실종되고 얼마 후 급하게 서울로 전학했다. 전학 직전 그는 동네에서 제법 악명 높았던, 소위 '일진' 아이들 다섯 명을 죽인 용의자로 지목되었다. CCTV에 찍혔던 것이다. 하지만 당사자가 그 시각 집에 있었다는 증언이 나오면서 무혐의로 풀려났다.

"일단 그 CCTV 영상부터 확인해봐야겠네요."

차강효의 등 뒤에서 김도한이 불쑥 말했다.

"아, 깜짝이야!"

차강효는 움찔하며 돌아보았다.

"정식으로 사건 받아야 시작할 것처럼 굴더니 왜 갑자기 맘이 바뀌었냐?"

"이거 딱 제가 좋아하는 수수께끼거든요."

"해결되기 전에는 모든 사건이 수수께끼지."

"아뇨, 이 사람들이 하고 있는 놀이가 수수께끼 놀이라고요."

"그걸 어떻게 알아?"

"정국수가 우용주에게 보낸 문자 말이에요. '너의 답을 알았어. 기다려. 내가 널 이 놀이에서 나가게 해줄게.'라는 거. 답이 있다는 건 문제도 있다는 거잖아요."

차강효는 고개를 끄덕였다.

"그렇지. 그리고 박태이와 노종목은 그 답을 알고 싶어 했어."

"답을 말하면 살고 말하지 못하면 죽는 거예요."

"아직 죽었는지는 알 수 없지. 일단은 실종이라고. 그보다, 정국수의 실종은 어떻게 설명할 건데? 정국수가 우용주의 답은 알면서 자기 답을 몰랐다는 얘기야?"

"우용주의 답은 우용주가 말해야 하는 거 아닐까요? 아무튼 무슨 이유에서인지 둘 다 답을 말하지 못했어요. 그래서 당한 거죠. 보통, 놀이에서 지면 죽었다고 하잖아요. 그럼 판에서 나가야 하고요. 하지만 고대에는 놀이에서 지면 진짜 죽었어요. 이거 모가지 수수께끼예요."

"모가지? 이거?"

차강효는 제 목을 가리켰다.

"네, 지면 머리를 내놔야 하는 거죠."

* * *

연남동 골목으로 들어서면서 종목이 다소 상기된 얼굴로 말
했다.

"열리는 여전히 예쁘겠지?"

"너, 열리 좋아했냐?"

나는 새삼스럽다는 얼굴로 물었다.

"옛날에 그랬지. 그걸 이제 알았냐? 하긴, 그때도 남자애들 중
에서 열리한테 관심 없는 놈은 너뿐이었다. 넌 오로지 연서만 좋
아했지."

"그거야 연서가 나만 좋아하니까……."

"웃기고 있네. 열리도 너만 좋아했거든."

"설마?"

"와, 열리가 그렇게 대놓고 호감을 보였는데 어떻게 모를 수
가 있냐? 난 여태 알면서 모른 척한 줄 알았는데, 너 진짜 연서밖
에 안 보였구나."

종목이 뜨악한 표정으로 쳐다보았다. 무안해진 나는 손으로
이마를 문지르며 시선을 돌렸다. 연서가 떠오를 때면 튀어나오
는 무의식적인 행동이었다.

연서의 아버지가 돌아가신 그해 겨울, 나는 유행성 독감에 걸
렸다. 전염을 경계한 학교는 임시 휴업에 들어갔고 선생들은 치
사율을 들먹이며 혹여 친구 병문안을 가려는 아이들을 막았다.

'다들 얌전히 집에 있어라. 괜히 아픈 사람 얼굴 보러 갔다가

죽지 말고.'

겁먹은 아이들은 몸을 사렸다. 하지만 연서는 어른들 몰래 나를 보러 왔다. 몰래 나오느라 외투도 장갑도 못 챙기고 완화수방까지 달려온 연서는 차가운 손으로 열이 들끓던 내 이마를 짚어주었다. 뜨거운 고통이 서서히 가라앉으며 호흡이 편해졌다. 할아버지는 볼일이 있어 며칠째 집을 비웠고 오씨 부부는 딸이 마련해준 온천에 가고 없었다. 텅 빈 고택의 방 한가운데 덩그러니 누워 홀로 앓고 있던 나를 연서가 내내 지켜주었다. 나는 바짝마른 입술로 연서를 걱정했다.

'얼른 가. 이거 전염되면 죽을 수도 있대.'

'괜찮아. 죽으면 아빠한테 갈 거니까.'

연서의 새까만 눈동자에 두려움이라곤 없었다. 나는 연서가 독감에 걸리면 내 목숨을 걸고 지켜주겠노라 마음먹었다. 만약 연서가 독감으로 죽으면 따라 죽을 작정이었다. 나도 죽는 것이 무섭지 않았다. 좋아하는 사람과 함께할 수만 있다면 아무래도 상관없었다. 다행히 연서는 독감에 걸리지 않고 그 겨울을 무사히 넘겼다.

연서는 그리 예쁜 얼굴은 아니었다. 가무잡잡한 피부, 눈두덩에 살집이 있는 외까풀의 길쭉한 눈, 웃으면 보조개가 생기는 큼지막한 입매. 그 얼굴이 연서였고 나는 그렇게 생긴 연서를 좋아했다. 우리는 서로의 어린 손이 눈과 이마에 닿았을 때 심장이 통했다.

친구들 중에서는 용주와 열리의 외모가 가장 수려했다. 용주는 학교 다닐 때부터 배우가 꿈이었던 반면, 열리는 그런 쪽에 전혀 흥미가 없었다. 그녀는 조용한 성격이라 남 앞에 나서는 것을 꺼렸다. 하지만 손재주가 좋아서 본의 아니게 관심의 대상이 되곤 했다. 특히 매듭을 잘 만들었는데, 그녀가 묶은 매듭으로 팔찌나 머리띠를 하고 나타나면 금세 또래 여학생들 사이에서 유행을 탔다.

그 손재주로 열리는 공방을 차렸다. 매듭으로 만든 다양한 물건들을 팔면서 초상화도 그려주었다. 여전히 그녀는 자신이 만든 매듭 팔찌를 하고 있었다. 나는 그 팔찌를 가리키며 말했다.

"여전히 멋쟁이네."

"멋져 보이라고 하는 건데 당연히 멋져야지."

종목은 오랜만에 만난 열리에게서 도무지 눈을 떼지 못했다. 아직 미혼인 그녀는 우리가 기억하고 있던 고등학교 때 모습 그대로 조금도 변하지 않았다.

"종목이 넌 어때?"

"나야 뭐⋯⋯."

열리와 눈이 마주친 종목은 얼굴을 붉히며 얼른 시선을 돌렸다. 그리고 괜히 진열대에 놓여 있는 수제 매듭 가방을 가리키며 물었다.

"이런 거 하나 팔면 한 달은 먹고사나?"

열리가 웃음을 터뜨렸다.

"아니, 여긴 그런 고가품 없어. 이것저것 하면서 그럭저럭 먹고사는 거야."

그녀는 한쪽 벽을 가득 메운 액자들을 가리켜 보였다. 누군지 알 수 없는 사람들의 얼굴이 가득했다. 어린아이부터 노인, 연인과 부부, 형제자매와 친구들……. 종목이 부러운 듯 말했다.

"좋은데. 역시 너나 태이나 가방끈이 기니 사는 게 고급지네."

열리는 미소 띤 얼굴로 대꾸했다.

"태이는 모르겠고, 난 보기에만 그럴듯한 거야. 알고 보면 근근이 살고 있다니까. 종목이 너는 여전히 어머니 채소 가게에서 일하니?"

"그렇지, 뭐."

"태이는?"

"난 백수 된 지 며칠 됐다."

"새 직장 알아봐야겠네."

"그래야 하는데 그럴 형편이 아니게 됐지."

나는 국수와 용주의 실종에 대해 이야기했다. 열리의 숱 많고 긴 속눈썹이 바르르 떨렸다. 그녀가 낮은 한숨을 내쉬며 말했다.

"술래들이 숨어 있던 우릴 다 찾아냈네. 명진이는 어떻게 됐을까? 그때 작정하고 아예 가족들과 미국으로 이민 갔잖아. 가고 나서 한동안은 종목이 너하고 소식이 오가지 않았어?"

"그랬지. 근데 얼마 안 가서 끊겼어."

"종목이 연락처는 그때나 지금이나 같아. 명진이가 그것을 봤다면 아마 연락했겠지. 무소식이 희소식이라잖아. 제대로 멀리 달아난 거라고 봐."

"그렇게 이 놀이에서 빠져나갈 수 있을까?"

"그러길 바랄 뿐이야. 참, 경모와는 아직 연락해?"

"아니, 전화하면 바쁘다고만 하고……."

"뭐가 그렇게 바쁘대?"

"몰라. 다 핑계지, 뭐. 그러다가……."

열리의 말끝이 흐려졌다. 대답을 꺼리는 기색이었다.

"왜 그래, 뭔데?"

나는 불길함을 느끼며 대답을 재촉했다.

"그게…… 경모도 지금 실종 상태야."

"경모가 왜? 그 자식은 이 놀이와 아무 상관없잖아. 빌어먹을!
대체 뭐가 어떻게 돌아가고 있는 거야?"

종목이 주먹으로 무릎을 치며 화를 터뜨렸다.

경모는 어릴 때 여름방학을 도동 마을 외가에 내려와 지냈다.
서울에서 나고 자란 그는 낯을 가리지 않는 성격이라 토박이 아
이들과 잘 어울렸다. 우리가 고등학교 1학년이 되었을 때 열리
가 전학을 왔다. 그해 여름방학에도 도동 마을로 내려왔던 경모
는 다른 남학생들처럼 미모의 전학생 열리에게 호감을 느꼈다.
그리고 꽤 적극적으로 그녀를 대했다.

사건이 일어나고 열리가 서울로 가자 경모는 그녀의 돈독한
고향 친구가 되어주었다. 물론 도동 마을은 두 사람 모두에게 진
짜 고향이라고 할 수 없었다. 하지만 어린 시절의 추억이 묻은
공통의 장소로 고향과 다름없는 곳이었다. 아마도 그들은 지난
세월 속에 연인이었던 적도 있을 것이다. 어쩌면 여전히 그런 관
계인지도 모르고.

열리가 소리나무 놀이의 가담자가 된 것은 전학 오자마자 금세 연서와 죽이 맞아 단짝이 되었기 때문이다. 그게 다 열리 손목의 매듭에서 비롯된 일이었다. 당시 아이들은 전학생 열리의 손목에 묶인 매듭을 두고 수군거렸다. 자살 시도의 흔적이라고, 그래서 시골 학교로 전학을 온 거라고. 이를 측은하게 여긴 연서가 열리를 보듬었다.

하지만 경모는 우리의 놀이에 낄 수 없었다. 경모의 외할머니가 바로 권효순이었던 것이다. 권효순은 서울로 시집을 갔으나 권승현은 도동 마을에 남아 할아버지와 친분을 유지했다. 권승현도 사망했지만 권승현의 가족들이 있었다. 나는 경모를 끌어들이면 권승현의 가족들이 알게 될 테고 결국 할아버지의 귀에도 들어갈 것을 우려했다.

경모는 내가 아이들을 모아 뭔가 수상쩍은 일을 벌이고 있다는 것을 알아챘다. 그리고 그 일에 꽤나 동참하고 싶어 했지만 먼저 입을 뗀 적은 없었다. 아마도 자신은 방학 동안에만 도동 마을에 머물 수 있으므로 어차피 우리와 끝까지 함께하기는 어렵다고 생각했기 때문일 것이다.

그래도 궁금했던지 두어 번 자전거 무리를 뒤따라온 적이 있었다. 하지만 경모는 매번 돌내리 당산나무 근처에서 우리를 놓쳤다. 만약 우리가 우회로를 통해 산으로 간 것을 알았다 해도 혼자서 캄캄한 산으로 들어설 엄두를 내지는 못했을 테니 그냥 돌아가야만 했을 것이다.

경모는 늘 개학 전날까지 꼭꼭 채워 도동 마을에 머물렀다. 하지만 그해에는 일찌감치 서울의 제집으로 돌아갔다. 그는 친구들의 은밀한 모임에 초대받지 못한 것을 두고두고 서운해했으나 어른들에게 고자질을 하지는 않았다. 나도 경모의 무거운 입을 믿었다.

당시 나는 다음 방학에 경모가 내려오면 제대로 사과하려고 했다. 하지만 연이어 불가사의한 사건들이 일어나 경모에게 신경 쓸 겨를이 없었다. 그 후로도 그에 대해선 잊고 살았다.

종목이 그제야 생각났다는 듯 말했다.

"그러고 보니 예전에 한번 경모가 나한테 연락했어. 태이 너하고 같이 좀 보자 했는데……."

"그게 언제인데?"

"재작년 가을이었을 거야. 근데 그때 내가 경황이 좀 없었거든. 엄마 허리 수술한다고 병원 들어간 사이에 아버지가 집문서랑 가게 보증금 몰래 빼내서 도망가버려서. 아버지 찾으러 다니느라 정신없었지. 나중에 내가 다시 연락하겠다고 해놓고 그만 잊어버렸다. 경모도 그 후로는 다시 연락 없었고."

"용건이 뭐였는데?"

"내 기억엔 그냥 안부 전화였는데…… 아니면 어쩌냐?"

종목이 낭패스러운 얼굴로 나를 보았다.

"아무래도 안부 전화는 아니었던 것 같다."

"그럼 내가 또 나한테 온 중요한 뭔가를 놓친 거네. 난 왜 이렇게 감이 없나 몰라. 이래가지고 내가 너희 사이에서 무슨 중간 다리 역할을 한다고……."

"경모가 놀이에 대해 뭘 말해주려 했다고 생각해?"

열리가 물었다.

"그야 모르지. 일단 경모네 집 전화번호랑 주소 좀 알려줘."

내 말에 열리는 카운터로 가서 메모지를 집어 들며 물었다.

"뭘 어쩌려고?"

"경모한테 무슨 일이 있었는지 알아보려고. 경모 일은 짚고 넘어갈 필요가 있어. 우린 이 놀이의 규칙에 대해 아는 것이 거의 없잖아. 여태 다들 도망치기 바빴으니까. 만약 경모의 실종이 놀이와 관련된 거라면 우린 거기서 놀이에 대한 또 다른 정보를 얻게 될 거야."

"그렇게 계속 파나가다가 우리가 감당할 수 없는 지경에 이를지도 몰라."

"걱정하지 마. 할아버지께서 남겨두신 기록이 있어. 도움이 될 거야."

열리는 꺼림칙하다는 얼굴로 경모의 집 주소와 전화번호를 적은 메모지를 건네며 말했다.

"난 그냥 이대로 덮는 게 낫지 않을까 싶어. 국수가 어떻게 됐는지 봐. 너희에게 자기가 알아낸 답을 알려주려다 제거됐어. 태이 네가 할아버지의 기록에서 뭔가 알아낸다 해도 그걸 우리에게 알려주기 전에 너부터 당할 거야."

"상관없어. 내가 시작한 일이니까 내가 끝낼 거야. 이제 더는 너희 중 누구도 사라지게 놔두지 않을 거라고."

5

"수수께끼를 만만히 보면 안 돼요. 그 기원을 알고 보면 꽤나 위험한 거거든요. 고대에는 수수께끼를 푸는 것이 신이 숨긴 우주와 자연의 비밀을 찾는 방법이었어요. 그래서 질문도 답도 모호하고 모순투성이였죠."

김도한의 입이 터졌으니 잠시 커피 타임이다. 차강효는 인스턴트커피 두 잔을 타서 김도한에게 한 잔 건네며 말했다.

"일종의 선문답 같은 거로구나."

"이기면 내가 얻은 지혜가 되고 지면 함부로 비밀을 넘본 대가를 치러야 하죠. 야나카 왕의 힌두 설화나 그리스 전설을 보면 수수께끼 풀이와 죽음의 벌에 대한 내용이 등장해요."

"대체 넌 그런 걸 어떻게 아는 거냐?"

"책에 다 나와요. 읽으면 누구나 알 수 있는 거죠."

"참 간단하다."

차강효는 커피를 홀짝이며 픽 웃고 말았다. 김도한은 자신의 특기 사항에 선입견 없음, 박학다식이라고 썼다. 하지만 그가 쏟아내는 말은 섬에 홀로 핀 백합 같아서 아무도 그 가치를 알아주지 않았다. 게다가 그는 발이 느려터져서 함께 뛰다 보면 늘 뒤처졌다. 그런 탓에 형사로서의 자질에 대해 싫은 소리를 자주 들으면서도 절대 주눅 드는 법이 없었다. 동료들은 그를 재미있어했지만 파트너로 원하지는 않았다.

계속 전근 신청을 하고 있던 김도한은 중산시 동부 서로 차강효가 내려오자 그의 파트너를 자원했다. 차강효는 거북이 한 마리를 달고 다니는 것 같았다. 하지만 곧 김도한의 가치를 알아차렸다. 김도한은 그가 모르는 많은 이야기를 알고 있었다.

김도한은 자신이 알고 있는 이야기와 찾아낸 이론을 현상과 조합하는 데 탁월한 재능을 가졌다. 일반적인 추론으로 이루어지는 한정된 사고에 얽매이지 않았고, 도를 넘는 비약에도 주저함이 없었다.

"신화와 제의에 등장하는 수수께끼는 거의 모가지 수수께끼에 해당돼요. 풀든가 아니면 머리를 내놔야 하는 거죠. 생명을 걸고 하는 수수께끼 시합은 '에다' 신화의 중요 주제 중 하나였어요."

여기가 대학 강의실도 아니고, 이러니 동료들이 못 견디고 도망가는 것이다. 간단하게 핵심만 말하면 될 텐데 주저리주저리 떠들기 때문에 결국 뭔 소리인지 놓치고 만다.

하지만 차강효는 그가 왜 이렇게 장황하게 이야기하는지 알 것 같았다. 김도한이 어떤 사실에 대해 어떤 이론을 꺼내는 것은 논리적으로 상관관계가 있기 때문인데, 정확히 사건의 어느 부분과 연결 고리가 있는지 아직 모르는 상태라서 그런 것이다. 이 쯤 되면 동료들은 그의 말을 끊어버렸지만 차강효는 끝까지 들었다. 듣다 보면 이거다 싶은 것을 건질 수 있었다.

"오딘은 전지전능한 거인 파프트루드니르와 지혜를 겨루는데요, 둘이 번갈아 질문을 던져요. 상대가 대답하지 못하는 질문을 내놓는 것이 최고의 지혜인 거죠."

"그게 어떤 질문인데?"

"낮과 밤, 겨울과 여름 그리고 바람은 어디서 오는가?"

"그런 건 이제 과학적으로 대답할 수 있을 것 같은데."

"그렇죠. 하지만 이런 건 어때요? 토르는 난쟁이 알비스에게 여러 가지 사물이 신족, 인간, 거인족, 난쟁이들 그리고 저승에서 각각 어떻게 불리는지 물어요."

"잠깐만……."

"왜요?"

"뭔지 모르겠지만…… 그거인 것 같아."

"뭐가요?"

"방금 네가 말한 거. 딱 그런 느낌이야."

"그게 어떤 느낌인데요?"

"황당한 느낌, 말도 안 된다는 느낌. 거인족 언어를 배우지 않은 이상 거인족이 커피를 뭐라고 부르는지 어떻게 알아? 그건 아예 모르는 것을 묻는 것과 같잖아. 그게 무슨 수수께끼야?"

"아는데 안다는 것을 모르고 있는 거예요. 일종의 외래어처럼 이미 들어와 있는 말이라거나……."

"어? 그래, 그거인 것 같기도 하다."

오락가락하는 차강효를 보며 김도한은 만족한 얼굴로 말했다.

"뭔지는 모르겠지만 선배님의 직감이 발동됐으니 제가 한 건 했네요."

* * *

종목은 혼자 있는 어머니가 걱정되어 먼저 도동 마을로 돌아 갔다. 나는 내 아파트에서 어수선한 하룻밤을 보낸 후 이튿날 아침 경모의 집을 방문했다. 경모의 어머니는 권효순의 딸이다. 그 녀는 나를 단박에 알아보고는 손을 덥석 잡으며 반가워했다.

"태이로구나! 이렇게 훌쩍 자라서 어른이 되어버렸네. 그래, 어찌 지내니?"

그녀는 내 손을 놓지 못한 채 거실 소파에 함께 앉더니 계속 이런저런 질문을 해댔다.

"우리 경모가 도동 마을 내려갈 때마다 너랑 참 친하게 지냈지. 내가 너희 놀 때 가끔 간식도 가져다주고 그랬는데, 기억나니?"

"그럼요."

대답은 그리했지만 나는 그녀의 존재를 명확히 기억하지 못 했다. 낯선 손에 계속 붙들려 있자니 조금 불편해졌다.

"어머니, 저 목이 마른데 시원한 물 좀 주세요."

그제야 경모의 어머니는 내 손을 놓으며 말했다.

"미안하구나. 오랜만에 널 보니 반가워서 내가 그만 깜빡했네. 날씨가 덥지? 잠깐 기다려라."

그리고 주방으로 가서 얼음을 가득 채운 물을 가져왔다. 내가 물 마시는 모습을 바라보며 그녀가 물었다.

"너도 소식 들은 거지?"

나는 반쯤 비운 컵을 내려놓고 대답했다.

"네, 소식을 좀 늦게 들어서 이제야 찾아뵙네요. 어떻게 된 건지 여쭤봐도 될까요?"

"모르겠다."

경모 어머니는 고개를 저으며 눈시울을 붉혔다.

"멀쩡하게 잘 다니던 회사를 갑자기 그만두고는 몇 달 동안 방에만 처박혀 있었어. 무슨 일이냐고 물어도 돌덩이처럼 입을 꾹 다물고 있는 거야. 어찌나 천불이 나던지. 그냥 회사에서 안 좋은 일이 있었나 보다 생각했다. 좀 쉬면 괜찮아질 거라 여겼지. 스트레스가 많았던지 애가 눈도 퀭해지고 살도 쭉쭉 빠졌거든. 근데……."

그녀가 잠시 말을 멈추고 가슴에 손을 얹었다.

"어느 날 방문을 열어보니까 경모가 없는 거야. 처음엔 잠깐 머리나 식히려고 외출한 줄 알았지. 근데 지갑이랑 휴대전화가 그냥 있더라고. 걔가 다른 건 몰라도 휴대전화는 절대 두고 다니지 않거든. 좀 이상하다 싶었는데…… 그대로 연락이 끊겼어. 경찰에 실종 신고도 했지만 전혀 흔적이 잡히질 않는데. 지금 생각해보면 겁에 질려 있었던 것 같기도 하고……."

"다른 건요? 경모 주변에서 뭔가 이상한 걸 보신 적은 없어요?"

그녀의 붉어진 눈이 커졌다.

"왜? 뭐 짚이는 거라도 있니?"

"아뇨. 겁에 질려 있었던 것 같다고 하셔서요. 혹 협박 같은 거 받고 있었을지도 모르니까요."

"아니, 경찰이 그런 건 없다고 했어. 너도 알다시피 경모는 원만한 애야. 누구와 트러블을 일으킬 만한 성격이 아니지. 사실 그보다는……."

그녀는 잠깐 망설이더니 말했다.

"네가 이상한 걸 본 적이 없냐고 물어서 생각난 건데, 실은 경모 방에서 돌아가신 경모 외할머니를 본 것 같아. 자는 경모 머리맡에 서서 애 얼굴을 가만히 내려다보고 계시더라고."

"그게…… 언제였어요?"

"재작년 가을쯤이었을 거야."

경모가 종목에게 갑자기 전화한 것이 재작년 가을쯤이었다. 역시 이유가 있었던 것이다.

"어쩌면 내가 착각한 건지도 모르고……."

헛소리를 했다 싶은지 경모 어머니는 손부채를 만들어 상기된 얼굴에 대고 흔들었다.

"내가 젊어서 직장 다니느라 경모 외할머니가 경모를 봐주셨거든. 당신 손으로 키운 정이 깊은지 손주들 중에서 제일 예뻐하셨어. 경모도 나보단 외할머니를 더 따랐고. 조손의 정이 하도

두터워 엄마로서 샘이 좀 나기도 했을 정도야. 그래서인지 돌아가신 후에도 가끔씩 어머니가 경모 곁에 계신 것 같은 기분이 들곤 했지. 그러니 아마 내 기분 탓일 거야."

아니다, 그런 게 아니다. 나는 소름이 끼쳤다. 이제 알겠다. 경모의 얼굴을 내려다보고 있던 이는 틀림없이 **그것**이다. 권효순의 얼굴을 한 **그것**.

권효순의 얼굴을 한 **그것**은 권효순이 죽어버리자 끝내 자리를 빼앗지 못했다. 그래서 경모를 통해 얼굴을 바꾸고 그 자리를 차지하려 했던 걸까?

그랬다면 권효순의 얼굴을 한 **그것**은 경모에게도 질문했을 것이다. 내가 누구냐고. 경모는 뭐라고 대답했을까? 권효순의 얼굴을 하고 있으니 할머니라고 대답했을까? 그런 상황은 놀이의 정식에 부합하지 않는다. 경모가 놀이 가담자가 아니기 때문이다.

더욱이 권효순의 소리나무는 15년 전에 우리 중 하나가 두드렸다. 권효순이 버티는 동안 새로운 인원으로 대체된 것이다. 그러니 권효순의 **그것**은 경모가 아니라 당시 권효순의 소리나무를 두드렸던 사람과 새로 놀이를 시작한 것이지 않나? 그럼에도 경모를 데려갔다고?

만약 경모가 **그것**에게 제거된 거라면 당시 우리 중 권효순의 소리나무를 두드린 이는 이 놀이에서 빠져나갔다고 볼 수 있지 않을까? 15년 전에는 누가 권효순의 소리나무를 두드렸을까. 우리 중 아직 **그것**과 대면하지 않았을 거라고, 다분히 바람을 담은 짐작이 되는 이는 미국으로 떠난 명진뿐이다. 권효순의 소리나무를 두드린 것이 명진이었다면 놀이가 벌어진 곳에서 멀리 떨어진 동시에 사람이 많은 장소로 숨는 것 말고, 앞 차례 사람의 놀이가 끝나지 않았을 경우에도 시간을 벌 수 있다는 뜻이 된다. 그래, 그거로구나.

나는 깨달았다. 그것은 경모의 자리를 원한 게 아니었다. 놀이를 끝내지 않고 죽음으로 달아난 권효순에게 복수를 한 것이다. 권효순 대신 권효순이 가장 예뻐했던 손자를 데려가는 것으로. 그렇게 권효순과의 놀이를 끝내고서야 그것은 다음번 놀이의 상대를 찾아 나섰으리라. 그렇다면 조만간 명진의 앞에도 그것이 나타나겠구나.

고모할머니가 사라진 후 권효순은 결혼을 했고 자식들을 낳았고 손주들을 돌보며 남은 날을 살았다. 겉으로 보기에 권효순에게는 아무 일도 일어나지 않았다. 하지만 그녀는 종목처럼 버티고 있었던 것이다. 놀이가 그런 식으로 대물림되는 것을 권효순은 아마 몰랐으리라. 자신이 죽으면 놀이도 끝난다고 여겼던 게 틀림없다.

돌이켜 생각해보니 당시 김이알이 그에 관해 이미 경고했다. 그것이 뭐든 우리 삶은 여기에 있고 어디로도 도망칠 수 없다고, 삶이 낸 문제에 죽음으로 답하는 건 모두를 엿 먹이는 짓이라고. 소리나무 놀이가 놀이 가담자의 가족까지 끌어들인다는 것을 안 나는 충격을 받았다.

* * *

CCTV 영상을 몇 번이고 돌려 봐도 분명히 박태이였다. 차강효는 고개를 갸웃거렸다. 어떻게 된 거지? 증언을 했던 오씨 부부가 박태이의 집 살림을 도맡았다는데 혹 그런 관계로 매수된 걸까. 하지만 열일곱 살짜리가 혼자서 어떻게 다섯 명을 밟아 죽일 수가 있나. 박태이도 CCTV의 인물이 자신이 아니라고 했다. 하지만 박태이가 아니면 대체 누구란 거야.

맞은편 책상에서 자기 노트북에 머리를 박고 있던 김도한이 고개를 들고 말했다.

"고민할 거 없어요. 영상 증거로는 박태이가 범인 맞아요."

"그런데 그 시각 박태이는 자기 집에 있었다잖아. 게다가 이 영상 속 상황은 비현실적이야. 불가능하다고."

"이를테면 마블 영웅이 등장하는 영화의 한 장면 같다는 거죠."

"그래, 그거."

"이럴 때 선배님의 장기인 직감을 발휘하셔야죠."

"나한텐 앞뒤가 꼭 들어맞는 너의 논리가 필요해. 그러니까 네가 아는 모든 것을 동원해서 이게 가능하다는 설명을 내놔봐."

"언제는 아는 것이 독이라면서요? 그게 우리 눈을 가려서 봐야 할 것을 보지 못하게 속임수를 쓴다고 해놓고선."

"내가 그런 말을 했어?"

차강효는 전혀 기억이 나지 않는다는 듯 눈을 끔벅였다.

"네, 했어요. 아는 것의 한계에 갇히면 새로운 시각으로 사건에 접근할 수 없다고요."

"무슨 소리야? 아는 것은 힘이야. 아는 만큼 보이지. 너 지금 이거 설명할 수 없어서 헛소리하는 거지?"

"에? 또 이랬다저랬다 하신다. 저 요즘 선배님처럼 되려고 무지 애쓰는 중인데, 그래서 완전 백지 상태에서 사건을 보려고……."

"뭔 소리냐, 어제까지도 에다 신화가 어쩌고 해가면서 떠들어 대던 입이! 아니, 가만있어봐…… 그러니까 네 말은 내가 백지라는 거잖아. 나 경찰대 수석으로 졸업했거든. 듣기로 넌 거의 바닥을 깔았다던데."

"원래 학교 성적 잘 나오는 애들이 바깥 지식에 어둡죠. 그리고 저 딱 한 학기만 망쳤거든요."

"왜 망쳤는데?"

"직감에 속아서요. 저 여자가 내 여자구나, 하는 직감을 믿었다가 뒤통수 맞았죠."

"그래서 직감을 버리고 지식을 팠구나. 그럼 그 후로 네 연애는 모두 계획적으로 진행됐겠네."

"적어도 제 경우엔 그게 성공 확률이 더 높았다고 장담해요. 사실 제 직감은 만날 틀리거든요. 그래서 선배님이랑 저랑 궁합이 잘 맞는 거예요."

"궁합이 아니라 파트너십이야."

"암튼요, 둘이 짝이 되어 협력하는 관계에서 선배님의 신묘한 직감과 저의 건조한 논리가 완벽하게 보완되면서 시너지 효과를 보는 거죠. 직감의 무장과 스마트 전사, 근데 연애 문제는 오롯이 제 몫이잖아요. 오류가 나면 뭘 어떻게 수습해야 할지 모르겠어요. 검색해야 돼요."

차강효가 키득키득 웃고 있음에도 김도한은 꿋꿋하게 제 할 말을 했다.

"그래서 전 머리, 선배님은 가슴인 거죠. 또 전 손이고 선배님은 발인 거고요."

"그래서 난 손으로 걷는 느림보를 두고 혼자 다니는 거고."

"선배님이 거치적거린다고 절 버린 거잖아요."

"넌 책상에서 일하는 게 빨라. 좋아, 스마트 전사. 그래서 이거 어떻게 설명할 거야?"

"먼저 이것부터 보세요."

김도한은 자신의 노트북을 들고 차강효의 자리로 갔다. 그의 노트북 화면에는 극장에서 본 〈영혼의 숲〉의 무대배경이 떠워져 있었다. 김도한이 화면을 가리키며 말했다.

"우용주는 여기 이 영혼의 숲으로 사라졌어요. 그러니까 우리가 조사해야 할 용의자는 바로 영혼의 숲이에요. 선배님 직감도 그랬죠? 그 극장에서 이 무대배경을 보는 순간 뭔가 있다 싶지 않았어요?"

"응, 그랬던 것 같아. 그 눌림 자국들도 영혼의 숲 앞에서 끊겼고. 그래서?"

"이 영혼의 숲은 정국수가 우용주에게 모티브를 준 거예요."

"정국수가 그림을 그려? 그 사람 택시 운전사잖아."

"아뇨, 정국수도 누군가로부터 받은 거예요. 잠깐만요, 제가 그거 출력해놨어요."

김도한은 자기 책상에서 출력물을 가져왔다. 출력된 사진에 나와 있는 하얀 물체는 돌기 때문에 별처럼도 보였고 아무렇게 나 반죽해놓은 경단 같기도 했다.

"이거 도대체 뭘 찍은 거야?"

"어떤 그림의 일부를 찍은 거예요. 연필로 아주 정교하게 그린 그림이죠. 이 그림과 영혼의 숲에 있는 이 부분을 보면 완전히 똑같아요."

김도한이 노트북 화면에 띄워둔 영혼의 숲을 확대시켰다. 영혼의 숲 나뭇가지들에 달려 있는 작고 하얀 것들의 모양이 정확히 드러났다. 출력물의 것과 일치했다.

"그 거대한 무대배경 숲이 이 작고 하얀 것에서 시작됐어요. 공연 관계자들 말이 무대배경으로 올릴 숲에 대해 의논할 때 우용주가 정국수에게서 받은 이 그림을 보여주면서 이 나무로 하자고 했대요."

"이 나무라니?"

"이거 측백나무 열매라더군요. 그러니까 이 영혼의 숲은 측백나무 숲이었던 거죠. 아, 원작에는 측백나무 숲이라고 나오지 않고 그냥 울창한 침엽수들이라고 되어 있어요. 그러니까 침엽수면 뭐든 배경으로 올릴 수 있었던 거죠."

차강효는 고개를 끄덕였다. 그러고 보니 어릴 때 본 기억이 있었다. 혹자는 이걸 도깨비 뿔을 닮았다고 말했다. 영혼의 숲은 무대 전체를 장악한 채 거대하게 펼쳐져 있었다. 그 숲에 떠다니

는 듯 보였던 하얀빛들이 측백나무 열매라고는 전혀 생각지 못
했다. 가까이에서 자세히 보지 않으면 그저 환상적인 분위기를
내기 위한 효과로 보일 뿐이었다.

"그림을 잘 보시면 상단 가장자리에 끝이 뾰족한 까만 것이
세 개 있을 거예요. 우측 가장자리에도 길고 넓적한 어떤 사물
의 일부가 찍혀 있죠. 이건 틀림없이 어떤 큰 그림의 한 부분이
에요. 영혼의 숲은 확실히 아니고 다른 그림이 있어요. 정국수는
이걸 신경모에게서 받았죠. 그러니까 이 측백나무 열매를 포함
한 큰 그림은 신경모라는 사람에게 있는 거예요."

"신경모가 누구야? 설마 또 도동 마을 연관자야?"

"빙고! 근데 도동 마을 실종자들과 동창은 아니에요. 신경모
는 서울 사람이죠. 학교도 서울에서 나왔고요. 그런데 외가가 도
동 마을이더라고요. 신경모가 방학 때마다 외가에 내려갔다면
그쪽 애들과 어울렸을 거예요."

"만나봤어?"

"그러려고 했는데 늦었어요."

"늦었다니?"

"신경모도 실종된 지 두어 주 됐대요."

차강효의 이마에 주름이 잡혔다.

"그림은 언제 보낸 거야?"

"한 달 전쯤요. 신경모가 정국수의 택시를 탔던 날이죠. 신경모
의 카드 결제 내역을 확인해봤는데 택시 요금을 결제한 날짜에
그림을 보냈더라고요. 그리고 그날 보낸 그림이 하나 더 있어요."

김도한은 제 책상에서 또 다른 출력물을 한 장 가져왔다. 흑백사진 속에 툭 불거진 눈에 커다란 이를 드러낸 장승이 있었다. 하지만 그 역시 실물처럼 보이는 정교한 연필화였다.

"이것도 좀 보세요."

김도한이 자신의 노트북에 다른 화면을 띄웠다. 정국수의 블로그였다. 택시 기사 국수가 권하는 맛집과 지름길과 이런저런 일상사들. 블로그 대문 그림이 바로 그 장승이었다.

"뭔가 의도가 있는 거로군."

"그림 속 장승과 측백나무 열매, 공통점이 뭘까요?"

"나무?"

"그리고 같은 그림의 일부라는 거요. 여기서도 끝이 잘리긴 했지만 장승 하단에 세 개의 검고 길쭉한 것이 달려 있어요."

"마치 발 같군."

"그렇죠? 혹시나 해서 측백나무 열매 그림 상단 가장자리에 보이는 것과 맞춰봤는데 맞지 않았어요. 측백나무 열매 그림 상단에 있는 세 개의 발은 아마 다른 것의 발 부분이 잘려 들어간 걸 거예요. 이 세 개의 검은 발은 사건 현장에 있던 세 개의 눌림 자국과 분명 연관이 있어요."

차강효는 두 장의 그림을 번갈아 들여다보며 말했다.

"그러니까 신경모가 어떤 그림에서 두 개의 사물을 골라 정국수에게 보냈고, 정국수는 또 그중 하나를 우용주에게 보냈다 이거지?"

"네. 측백나무 열매는 우용주의 답이에요. 장승은 정국수의 답이고요."

"애초에 무대배경으로 쓰라고 보낸 게 아니었군."

"정국수가 우용주에게 너의 답을 알았다는 문자를 보냈는데 정작 그 답이 뭔지에 대한 얘기가 없어서 더 찾아보니 이런 그림을 보냈더라고요. 두 사람은 각자의 답으로 놀이에서 빠져나가려고 했어요. 하지만 뭔가 잘못됐죠. 그러니까 우리는 일단 측백나무 열매와 장승이 포함된 큰 그림을 찾아야 해요. 그 그림이 이 놀이와 관련이 있어요."

"좋아, 신경모 쪽은 내가 맡을 테니까 넌 계속 그림 쪽으로 파봐. 비슷한 다른 그림들이 또 있는지, 있다면 유래나 연원 같은 거. 특히 놀이와 관련해서. 근데 이건 어떻게 설명할 거냐고?"

차강효는 멈춰 있는 CCTV 영상을 가리켰다. 박태이, 저놈이 제일 수상하다. 저놈을 어떻게 털지?

김도한이 어깨를 으쓱해 보이며 말했다.

"글쎄요, 가장 논리적인 설명은 박태이가 범인이고 오씨 부부가 그를 위해 거짓말로 알리바이를 만들어줬다는 거예요. 하지만 만약 둘 다 진실을 말한 거라면 우린 굉장히 불가사의한 사건과 직면한 거죠."

불가사의한……

차강효는 열여덟 살 앳된 외삼촌의 얼굴을 떠올렸다. 아니야, 그럴 리가 없어. 착각한 거야. 하지만 외삼촌이라는 명백한 증거가 그 얼굴에 있었다. 차강효에게 여전히 이상한 일로 남아 있는 열여덟 살의 외삼촌은 분명히 이 사건과 어떤 관련이 있었다. 당사자가 아닌 같은 얼굴, 그 얼굴을 가진 소년이 보인 괴력, 실종자 주변에 남은 세 개씩 짝을 이룬 눌림 자국들.

"무슨 생각 하세요?"

"어, 이 불가사의한 사건을 끝내 해결 못 하면 어쩌나 싶어서."

"세상에 끝까지 불가사의한 사건은 없어요. 모를 때는 이상하지만 알고 나면 다 설명이 가능하죠. 그러니까 반드시 해결하면 돼요."

"그래, 네 말이 맞다. 해결하면 되지."

차강효는 자리에서 일어섰다.

"어디 가시려고요?"

"신경모의 집에. 가서 그림 찾아와야지."

"지금 서울 가신다고요? 이 시간에 출발해서 언제 돌아오시려고요? 그냥 내일 가세요."

"그사이에 누가 먼저 채 가면 안 되잖아. 갔다 올게."

* * *

도동 마을로 돌아오는 내내 마음이 급해 나도 모르게 자꾸만 속도를 올리고 있었다. 아마 과속 단속 카메라에 여러 번 찍혔지 싶다. 차 안에서 열쇠공에게 전화를 했다.

"아, 완화수방요. 시간 맞춰 갔는데 열쇠를 찾았다며 도끼 들고 절 쫓아냈어요."

"네?"

"죽을 뻔했다고요."

열쇠공은 재수 없다는 듯 전화를 뚝 끊어버렸다. 도끼라니, 아버지는 대체 왜 알지도 못하는 사람에게 과도한 적대감을 드러낸 걸까. 아무래도 제정신이 아니다. 암만 술에 취해 있었다고 해도 상식적으로 이해할 수 없었다. 안길에 차를 댄 후 대문 안으로 들어서자 사랑채 마루에 앉아 담배를 빨던 아버지가 나를 힐끔 보며 말했다.

"뭐 하러 또 왔냐?"

"열쇠 주세요."

아버지는 그럴 줄 알고 미리 준비해뒀다는 듯 주머니에서 열쇠를 꺼냈다. 나는 열쇠를 받아 곧장 서재로 향했다. 뒤통수에 달라붙는 아버지의 시선이 느껴졌지만 무시했다.

할아버지의 서재는 켜켜이 쌓인 먼지로 세월을 드러냈다. 어떻게 생긴 공책인지는 이미 알고 있었다. 가장자리가 해지지 않도록 검은 테이프를 붙인 회색 표지의 무제 공책이었다. 일단 책상 서랍부터 뒤지기 시작했다. 다행히 잠긴 서랍은 없었다. 서랍을 모두 빼내 뒤집었다. 서랍이 들어 있던 안쪽 공간까지 손으로 일일이 더듬어 살폈다. 아무것도 나오지 않았다.

다음으로 서가에 꽂힌 책들을 하나하나 눈으로 확인했다. 둘둘 말린 원고지와 갱지 뭉치를 담은 박스들은 물론이고 천장과 바닥, 벽면과 창틀 공간까지 세심히 뒤졌다. 몇 번이고 반복해서 찾아보았지만 공책은 어디에도 없었다. 있는 대로 신경을 곤두세웠던 나는 그만 기운이 빠져 의자에 털썩 앉았다.

문득, 오래된 영화 속 장면이 생각났다. 로마 병사들은 기독교인들이 의자 밑면에 붙여둔 비밀문서를 끝내 찾지 못했다. 나는 벌떡 일어나서 구식 회전의자를 뒤집었다. 아무것도 없었다. 의자를 바로 세우고 이번엔 두꺼운 가죽 쿠션을 들어 올렸다. 설마 했는데 바로 거기 있었다. 가슴이 터질 것 같았다. 공책을 집어드는 손이 덜덜 떨렸다. 마음을 다잡고 책상 앞에 앉아 공책의 첫 장을 넘겼다.

하지만 첫 장의 기록은 내가 기억하고 있는 내용과 달랐다. 나는 공책을 덮고 표지를 확인했다. 분명 같은 공책이었다. 아무런 표식도 번호도 매겨져 있지 않았지만 나는 곧 알아차렸다. 공책은 한 권이 아니었던 것이다.

놀이는 둘이서 하나가 남을 때까지 끝나지 않는다. 하지만 놀이를 시작하지 않을 방법이 있다. 소리나무를 오래 들여다보지 말라. 그것은 일종의 거울이다. 사람이 그것의 얼굴을 들여다보는 동안 그것도 사람의 얼굴을 들여다보고 있다.

그것이 사람의 얼굴을 알아보게 해서는 안 된다. 그것이 사람의 얼굴을 알아보면 닮으려고 한다. 그리하여 기어이 그 얼굴을 훔친다. 얼굴을 훔친 소리나무는 같은 얼굴의 사람을 치워버리고 그 사람의 자리를 차지한다.

그럴 줄 알았어. 나는 김이알에게 철저히 속았다는 것을 깨달았다. 김이알은 우리의 호기심과 경쟁심을 자극해 끊임없이 소리나무를 들여다보도록 종용했다. 하지만 그 목적은 다른 데 있었던 것이다. 나는 김이알을 처음 찾아갔을 때 그가 외출을 핑계로 자리를 비우며 자신의 작업장을 들여다보지 말라고 했던 것이 고의로 던진 미끼였음을 이제 확신했다.

작업장 안에 소리나무들이 있었다. 김이알은 내가 어떻게 나올지 시험해보고 싶었던 것이다. 세 발 달린 소리나무들의 기이함을 눈으로 직접 보고도 과연 이 놀이를 시작할 것인가.

그렇다면 김이알은 내가 올 것을 미리 알고 있었다는 뜻이다. 나의 방문이 김이알의 외출 시간과 우연히 겹친 것이 아니라 그가 나를 기다리고 있었던 것이다. 확실히 어딜 다녀왔다고 하기엔 짧은 시간이었다. 대체 김이알은 내가 올 것을 어떻게 알았을까.

그때 김이알은 모든 것을 알고 있었다. 놀이가 어떤 결과를 초래하게 될지. 그럼에도 무고한 일곱 명의 아이들을 이 잔인한 놀이에 끌어들였다. 김이알은 머리 나무였다. 놀이를 시작하면 그 역시 소리나무 놀이의 가담자가 된다. 다른 가담자들과는 사정이 달랐겠지만 그도 결국 집을 떠나게 되지 않았나. 머리 나무가 울리지 않으면 놀이는 시작되지 않는다. 그에게는 놀이를 지배하는 권한이 있었다. 그런데도 놀이를 벌였다. 왜 그래야만 했을까.

……그것의 질문에 대한 답은 오직 내 것만 할 수 있다. 다른 사람의 답은 말하지 말라. 다른 사람에게 그의 답을 알려주는 것도 반칙이다. 오직 자신의 얼굴이 묻는 것에만 대답하고 놀이에서 빠져나갈 수 있다.

혹은 죽을 때까지 침묵할 수 있다. 그러나 침묵은 그 인내에 대한 보상을 가져다주지 않는다. 놀이를 피해 간 대가를 치르게 될 것이다.

이미 아는 내용이었다. 기록대로 국수는 반칙을 저질렀기 때문에 사라졌고 경모는 침묵의 대가로 제물이 되어 사라졌다. 나는 공책을 계속 읽어나갔다. 새로운 정보가 필요했다.

　그 여자…… 누님들이 말하던, 목덜미에 얼룩점이 있는 여자를 봤다. 허수아비를 그림자로 가진 여자. 그 여자가 사람이 아니라는 것을 나는 확신한다.
　언제나 스무 살 전후의 모습을 하고 있는 그 여자는 아홉 소리나무들의 여왕이다. 그 여자는 두 개의 얼굴을 가졌다. 여자의 몸은 뱀처럼 머리 나무를 칭칭 말아 감고 있다. 김이알이 머리이니 그 여자는 김이알에게 붙어살고 있을 것이다.

허수아비를 그림자로 가진 여자라고? 가슴이 덜컥 내려앉았다. 15년 전 김이알을 만나러 가던 길에 본 여자가 떠올랐다. 동계천 옆에 서서 허수아비를 움직이고 있었던, 신기루 같던 그 여자.
그 여자였어. 그래서 김이알이 내가 갈 것을 미리 알았던 거야. 그런데 그 여자가 사람이 아니라면 대체 뭐라는 거지?
언제나 스무 살 전후의 모습을 하고 있다고 했다. 나이를 먹지 않는 여자. 설마……? 창아를 처음 본 순간 나는 분명 15년 전 동계천의 그 여자를 생각했다. 인형처럼 가지런한 앞머리와 흰 원피스 때문에 착각한 게 아니라 그 여자가 정말 창아라면 확실히 지난 15년 내내 스무 살 전후의 모습을 유지한 것이다.

아무래도 확인해봐야겠다. 창아의 목덜미에 얼룩점이 있다면 그땐…… 그땐 어쩌지? 갑자기 무서워졌다.

근래 아이들이 저녁이면 자전거를 타고 돌내리로 몰려간다는 소문이 있다. 혹시나 하여 태이에게 물었더니 아니라고 한다. 김이알에게 가면 안 된다고 말했지만 귀담아듣지 않는 것같아 걱정이다.

모두 내 잘못이다. 나 때문에 태이가 대가를 치르게 될지도 모르겠다. 내 심장이 멈추기 전에 빨리 일의 매듭을 지어야겠다.

'아뇨, 할아버지의 잘못이 아니었어요. 전부 저 때문이에요.'

새삼 할아버지에 대한 기억이 밀려와 와락 슬퍼졌다. 연서가 실종된 후 나는 살인 용의자가 되고 서울로 쫓겨 올라갔다. 이어 할아버지가 돌아가시고 장례에 참석하지 못하는 일련의 상황이 벌어지면서 할아버지의 죽음을 제대로 슬퍼하지도 못했다.

할아버지는 자초지종을 털어놓을 수 없는 상황에서 놀이 가담자들의 부모를 찾아다니며 설득했다. 그들이 할아버지의 애매모호한 설득을 받아들인 것은 단지 평소의 존경과 신뢰 때문만은 아니었다. 할아버지는 연서에게 벌어졌던 변고가 당신 아이에게도 미칠 수 있다고 넌지시 겁을 줬으리라. 게다가 할아버지가 제일 먼저 자신의 손자를 도동 마을에서 내보냈다. 그러니 그들도 따르지 않을 수 없었을 것이다.

두 번째 공책에 남겨진 기록은 너무 짧아 아쉬웠다. 나는 혹시 뭔가 끼적여놓은 낙서라도 더 있을까 싶어 공백뿐인 공책의 뒷장을 계속 넘겨보았다. 그러다가 반으로 접힌 종이 한 장이 끼여 있는 것을 발견했다. 펼쳐보니 아주 가는 심의 연필을 사용해 그린, 16절지 크기의 세밀화였다. 어찌나 사실적으로 그렸는지 마치 오래된 흑백사진처럼 보였다.

평상이 있고 평상의 오른쪽에 각각 갈래머리와 단발머리를 한 두 소녀가 앞뒤로 꼭 붙어 앉아 있었다. 앞의 소녀는 평상 아래로 다리를 가지런히 모은 채였고 뒤의 소녀는 하반신이 보이지 않았다. 소녀들의 머리 위로 굽이쳐 뻗은 산의 능선을 보니 돌내리와 도동 마을을 감싼 북쪽 외산이었다.

그림에 글자나 표식을 남기지 않아서 누가 그린 것인지는 알 수 없었다. 할아버지의 솜씨는 아니었다. 할아버지도 그림을 그리기는 했으나 주로 먹을 갈아 난을 치는 정도였다. 그런데 두 소녀 중 앞에 앉은 갈래머리 소녀의 얼굴이 할아버지와 어딘가 닮았다. 고모할머니 박경난이다. 그렇다면 뒤의 단발머리 소녀는 권효순일 것이다.

권효순의 오른손에는 꽃 한 송이가, 고모할머니의 오른손에는 방울이 들려 있었다. 두 소녀의 왼손은 천 조각들이 묶인 나뭇가지를 함께 쥐었다. 나뭇가지의 아랫부분은 앞뒤로 꼭 붙어

앉은 두 소녀의 등과 배 사이로 기어 들어갔다. 어쩌면 뻗어 나온 것일지도 모르겠다.

평상 왼쪽에는 그림 한 장이 펼쳐져 있었다. 그림은 절반밖에 보이지 않았다. 두 소녀가 다른 절반을 가리고 있었기 때문이다. 나는 평상 위에 펼쳐진 그림 속 사물 하나를 알아보았다. 돌기를 가진 하얀 덩어리. 그 별처럼 생긴 모양이 낯설지 않았다. 용주의 공연 무대에서 영혼의 숲을 이루는 나무들이 그런 별들을 수없이 달고 있었다. 틀림없었다. 영혼의 숲을 떠돌던 별과 그림 속의 별은 완전히 같은 모양이었다.

별을 찬찬히 들여다보다가 등줄기가 서늘해졌다. 돌기 안쪽에 촉수처럼 뻗어 나온 검은 발들이 숨겨져 있었다. 모두 세 개. 틀림없는 소리나무의 발이었다.

할아버지의 기록 속에 숨겨져 있던 그림 속의 별이 어떻게 용주의 공연 무대에 오르게 된 걸까. 무대배경은 용주의 일이 아니지만 콘셉트나 도안을 제안할 수는 있었을 것이다. 그렇다면 용주는 이 그림을 본 적이 있다는 뜻이다. 어디서 어떻게 봤을까.

국수는 사라지기 전에 용주에게 문자를 보냈다. '너의 답을 알았어. 기다려. 내가 널 이 놀이에서 나가게 해줄게.' 용주는 놀이에서 나갔다. 바로 이 그림 속의 별들로 가득한 숲에서 사라졌다. 국수가 용주에게 알려준 답이 혹 이 별이었을까. 휴대전화를 꺼내 별과 나무로 검색을 해보았다. 측백나무의 열매가 별을 닮았다고 나온다. 그럼 용주의 소리나무는 측백나무였을까.

국수를 통해 용주는 자기 답을 알았다. 그래서 **그것에게** 보란 듯 그 답을 자기 공연의 무대배경으로 쓴 것이다. 어디 나타날 테면 나타나 보시지! 용주는 자신과 측백나무를 무대에 올려놓고 그것이 질문하러 오면 이렇게 대답할 작정이 아니었을까. 넌 측백나무야. 자, 정체를 들켰으니 그만 꺼져주시지! 하지만 용주는 그게 반칙이라는 것을 몰랐다.

측백나무 열매로 밝혀진 별의 오른쪽 옆으로 관과 반쯤 가려졌지만 지팡이로 보이는 것이 나란히 서 있었다. 측백나무 열매의 맞은편 위쪽에는 주름투성이 얼굴의 노인이, 그 옆에는 이를 드러내고 낯선 시선으로 나를 노려보는 장승이 있었다.

왼쪽 끝에 위치한 측백나무 열매를 용주의 소리나무로 대치시킨다면 종목은 관, 열리는 지팡이, 명진은 노인, 국수는 장승이었다. 그것들은 각각 다른 모양을 한 세 개의 발을 달고 서 있었다. 아무래도 그것들이 소리나무의 정체를 말해주는 것 같았다.

그런데 평상 위의 그림에서 소리나무와 대치할 만한 대상은 다섯 개뿐이었다. 나머지 부분, 즉 네 개의 소리나무가 있던 자리는 두 소녀에게 가려져 있었다. 머리 나무와 아홉 번째 소리나무의 정체는 그렇다 쳐도 연서와 내 것까지 숨겨진 것이다.

고의로 그랬을까. 이 그림은 누가 그린 것일까. 사진을 보고 그린 것 같지는 않았다. 나는 고모할머니의 사진을 본 적이 없다. 완화수방에 남아 있는 할아버지의 가장 오래된 사진은 열대여섯 살 무렵이었다. 그 전엔 사진을 찍은 적이 없는 것이다. 누군지는 모르겠지만 고모할머니와 권효순의 얼굴을 알고 그렸으니 지금은 죽고 없는 사람일 것이다. 나는 그림을 고이 접어 다시 공책 사이에 끼워 넣고 서재를 나왔다.

* * *

신경모의 어머니는 차강효의 늦은 방문을 하늘이 무너지는 얼굴로 맞아들였다.

"뭔가요? 우리 경모한테 얼마나 나쁜 일이 벌어졌기에……?"

"아닙니다. 저는 신경모 씨의 친구들과 관련해서 여쭤볼 것이 있어 왔습니다."

"경모 친구들요?"

"실은 신경모 씨의 도동 마을 친구 두 명도 지금 실종 상태입니다. 제가 그 사건을 맡았습니다. 정국수와 우용주라고 혹시 아십니까?"

"글쎄요……. 경모가 학교 다닐 때 여름방학마다 도동 마을에서 지내긴 했죠. 그래서 거기 친구들이 좀 있긴 한데, 제가 이름까지 모두 알지는 못해요."

"그럼 박태이와 노종목은요?"

"아, 태이는 알죠. 그렇잖아도 오전에 태이가 다녀갔어요. 한 15년 만에 보는 거였는데, 경모 소식을 듣고 왔다더군요."

"박태이 씨가 정국수와 우용주의 이야기도 하던가요?"

"아뇨, 그냥 경모가 실종되기 전에 어땠냐고……."

"혹시 어떤 그림에 대해서 묻진 않던가요?"

"그림요?"

"네, 실은 세 사람이 실종되기 전에 어떤 그림을 주고받았는데 그게 중요한 단서가 될 것 같습니다. 연필로 그린 그림인데 혹시 보신 적 있습니까?"

"아뇨."

그녀는 전혀 모르겠다는 얼굴로 고개를 저었다.

"제가 좀 찾아봐도 될까요?"

차강효는 정중히 양해를 구했다. 경모의 어머니로서도 거부할 이유가 없었다. 아들의 사건은 전혀 진척을 보이지 않았다. 담당 형사를 찾아가거나 전화로 상황을 물어보면 매번 수사 중이라는 말뿐이었다. 그녀는 차강효가 더 유능해 보여서가 아니라 아들을 찾을 수만 있다면 누구라도 상관없이 뭐든 보여주고 내줄 작정이었다.

신경모의 방으로 들어간 차강효는 책장을 둘러본 후 제일 두꺼운 책부터 한 권씩 꺼내 일일이 펼쳐보았다. 이런 식이면 밤을 새워야 할 수도 있었다. 하지만 시간이 걸려도 다른 방법은 없었다. 위험하고 비밀스러운 그림을 구김이나 흠집 없이 은밀히 보관하기에는 책이 가장 적당했다. 평소에 거의 보지 않는 크고 오래된 책 사이에 끼워두는 것이다.

책에서 찾을 수 없다면 그다음엔 책상과 서랍장, 옷장과 신발 상자 따위를 뒤져야 했다. 하지만 그의 예상이 맞았다. 그림은 신경모가 중학교 때까지 끼고 살았다는 그러나 어른이 된 후에는 소장품으로 고이 모셔둔 『공룡대백과』에서 나왔다.

김도한의 말대로 흑백사진이라고 해도 될 정도로 세밀한 연필화였다. 하지만 복사본이었다. 진본이 어딘가에 있다는 뜻이다. 경모의 어머니는 그림을 보자마자 묘한 표정이 되었다. 그리고 그림 속 단발머리 소녀를 가리키며 말했다.

"제 어머니예요. 이렇게 어린 소녀였던 적이 있다니, 당연한 일인데도 너무 신기해요. 누가 그렸는지 진짜 똑같아요. 사진이라 해도 믿겠어요."

"이 소녀가 바로 저분이군요."

차강효는 신경모의 책상 위에 놓여 있던 작은 액자를 집어 들었다. 신경모와 권효순이 함께 찍은 사진이었다. 그는 사진 속 노인이 단발머리 소녀와 동일 인물임을 확인했다. 복사본이 권효순에게 있다면 진본은 권효순과 함께 그려진 갈래머리 소녀에게 있을까.

"이 갈래머리 소녀는 누굽니까?"

"모르겠어요. 아마 어머니의 어릴 적 친구겠죠. 근데 이 그림이 뭐라고 애들이 사라졌다는 거죠?"

"저도 아직은 모릅니다. 괜찮으시다면 이 그림 제가 좀 가져가겠습니다."

"그러세요. 다른 것도 필요하다면 뭐든 드릴게요. 그러니 우리 경모 좀 빨리 찾아주세요."

"감사합니다. 연락드리죠."

신경모의 집을 나서면서 차강효는 조금 우울해졌다. 생각보다 그림이 너무 오래됐다. 사진이 보편적이지 않던 시절이니 두 소녀의 얼굴은 직접 보고 그렸을 확률이 높았다. 그림을 그린 자는 이미 사망했을 것이다. 이렇게 시간을 거슬러 올라가면 문제 풀기가 점점 어려워지는데…….

* * *

"해 다 넘어갔는데 또 어딜 나가냐?"

마당을 서성이던 아버지의 시선이 재빨리 내 손을 살핀다. 빈 손인 것을 보고 아버지는 안도하는 얼굴이었다. 내가 서재에서 뭘 집어 들고 나올지 감시하고 있었던 게 틀림없다. 그럴 줄 알고 공책을 뒤춤에 끼워 넣고 셔츠를 밖으로 빼서 가렸다.

나는 아버지의 행동을 이해할 수 없었다. 내가 집에 머무는 동안 아버지는 마을 회관에 있겠다고 말했다. 그래놓고 왜 자꾸 집으로 쪼르르 달려와서 똥 마려운 강아지인 양 초조한 모양새로 나를 기다리고 있는 건데? 이제 와서 왜 쓸데없이 아버지 흉내를 내며 간섭하려 드는 거냐고.

"볼일이 있어요."

"회사는 언제부터 출근하는데?"

"알아서 해요."

"월차가 너무 긴 거 아니냐?"

"월차 써보신 적 없잖아요."

"내가 써본 적은 없다만…… 아니다, 됐다. 그보다 종목이랑 너무 붙어 다니지 마라."

"남아 있는 친구라곤 종목이뿐이에요."

그렇게 된 것이 아버지 탓은 아니었다. 그럼에도 나는 아버지를 향해 가시를 세웠다. 나는 원래 종목과 친했다. 아버지도 이를 모르지 않았다. 하지만 종목은 놀이 가담자였다. 멀쩡하게 살고 있는 것처럼 보이지만 전혀 그렇지 않다는 것을 아버지는 누구보다 잘 알 것이다.

"그런 놈하고 가까이 지내서 좋을 게 뭐냐."

"잘 알지도 못하면서 그런 식으로 말하지 마세요."

"내가 왜 몰라, 너 떠나고 이 동네 소문은 내가 더 많이 들었지. 허구한 날 하는 일도 없이 제 어미 가게에서 빈둥거리며 술이나 처먹는⋯⋯."

"그거 아버지 이야기잖아요, 허구한 날 하는 일도 없이 동네에서 빈둥거리며 술이나 처먹는⋯⋯."

"뭐?"

"그러니까 제 친구 문제는 상관 말라고요. 그런 소리도 할 사람이 따로 있지⋯⋯."

나는 엉망으로 구겨진 아버지의 표정을 무시하고 대문을 향해 걸어갔다.

"찾는다는 건 찾았나?"

등 뒤에서 아버지의 질문이 붙잡았다. 나는 걸음을 멈추고 돌아보았다.

"제가 뭘 찾는데요?"

"나야 모르지. 근데 못 찾았으면 그냥 두고 서울 가."

"찾을 거예요."

"그게 먹고사는 것보다 중요하냐? 엉뚱한 데 정신 팔지 말고 살던 대로 살아."

"그걸 찾아야 살던 대로 살 수 있어요. 그러니까 말리는 건 그 만두시라고요."

"내 말은, 여기 일은 다 덮고 그냥 살란 거야. 네 할아버지도 네 친구들도 모두 떠났어. 그러니 너도……."

"아버지나 다 덮고 모른 척 그냥 사세요. 이젠 발 뻬고 편히 주무실 수 있잖아요."

"무슨 소리냐, 그게?"

그것이 여태 아버지를 나로 알고 붙어 있었다면 지난 15년간 아버지 역시 종목처럼 시달렸다는 뜻이다. 하지만 아버지는 아무 말 없이 꾹 참고 버텼다. 왜 그랬을까.

"나 없는 동안 나처럼 생긴 것을 본 적이 있죠?"

"무슨 소릴 하는지 모르겠다."

아버지가 헛기침을 하며 고개를 돌렸다. 시선을 피하는 아버지를 보며 나는 생각했다. 아버지는 어쩌면 소리나무 놀이와 그것에 대해 알고 있을지도 모른다. 그렇다면 지금이라도 생색을 내시든가. 날 보호하기 위해 그 귀신 같은 것의 괴롭힘을 달게 받았다고. 하지만 그건 아버지의 자업자득이다. 아버지가 나를 위해 여태 얼굴을 고쳐온 것은 아니니까.

"됐어요, 그동안 애쓰셨어요. 이제 제가 알아서 해요."

뜨겁고 막막한 바람이 아버지와 나 사이를 지나갔다. 숨이 막힌다는 듯 아버지가 버럭 소리 질렀다.

"이제 와서 네가 뭘 어떻게 알아서 하겠다는 건데?"

"그럼 아버지가 뭘 어떻게 해줄 수 있어요?"

아버지는 말문이 막힌 듯 큰 숨을 삼켰다.

"그러니까 지금껏 그랬듯 저한테 관심 꺼요."

나는 돌아서서 대문을 나와 안길에 세워둔 내 차에 올랐다.

동계천 석교를 지나며 땅거미가 내린 어둑한 천변을 바라보았다. 정말 15년 전의 그 여자가 창아일까? 연서처럼 말하고 행동했던 창아를 떠올리니 가슴이 서늘해졌다. 창아를 만나는 것이 두려우면서 한편으로는 설레었다.

김이알의 집은 고요한 어둠 속에 묻혀 있었다. 하지만 내가 차 엔진을 끄자마자 작은 불빛 하나가 떠올랐다. 우연이든 아니든 그 광경이 묘하게 소름 끼쳐 선뜻 차에서 내리지 못하고 한참이나 뭉그적거렸다. 용감해질 시간이 필요했다.

이제부터 바깥의 숨 막히는 공기를 뚫고 나가 또 하나의 진실과 대면해야 한다. 이 놀이의 수수께끼를 풀려면 그것이 얼마나 이상하든 받아들일 수밖에 없다. 말도 안 된다고 중얼거리면서 멀쩡하게 굴러가는 이 세상의 질서를 부정해야 하는 것이다.

나는 혼돈 속에 던져질 것이다. 하지만 답이 혼돈 속에 있으니 그 속으로 들어가는 수밖에 없었다. 답을 찾아야 혼돈에서 빠져나올 수 있었다. 생각해보면 그것은 결국 이 놀이의 본질이었다. 일상의 당연한 나와 균열을 비집고 들어온 당연하지 않은 또 다른 나의 자리다툼. 이대로 모순을 안은 채 공존할 수도 있다. 하지만 그건 너무 피곤한 일이다. 언제나 깨어 있는 상태에서 다른 한쪽을 경계해야 하기 때문이다.

차에서 내려 대문 앞에 섰다. 대문은 한 뼘쯤 열려 있었다. 안쪽에서 노랫소리가 들려왔다. 가만히 대문을 밀어 열고 안으로 들어섰다. 앞마당에서 창아가 혼자 노래를 부르며 깨금발로 뛰고 있었다. 해는 넘어갔고 대청 앞 댓돌을 비추는 동그란 등이 작은 보름달처럼 빛을 뿌렸다. 젊은 여자의 가녀리고 애잔한 목소리가 산바람을 타고 흐르며 내 마음을 저었다.

바람도 구름도 물도 흘러가고
낯선 얼굴도 정들면 가버리네
그래도 나는 사네, 살아야지

아홉이 여덟이 되고 여덟이 일곱이 되고
일곱이 하나가 되고 기어이 나만 남네
그래도 나는 사네, 살아야지

하나가 둘이 되고 둘이 셋이 되고
셋이 아홉이 될 때까지 나 혼자 남아 제자리를 맴도네
그래도 나는 사네, 살아야지

나는 숨을 들이켰다. 머리끝이 곤두서는 기분이었다. 노래 가사가 기록에서 읽었던 구전의 내용과 똑같았다. 처음엔 하나뿐이었는데 어느 날 하나가 둘이 되고 둘이 셋이 되어 마침내 아홉이 되었다는 구절, 다시 아홉이 여덟이 되고 여덟이 일곱이 되어 하나만 남았다가 모두 사라졌다는 바로 그 구절.

나와 놀아줘요
친구들이 차례로 돌아올 때까지 천년만년

나와 놀아줘요
저 하늘의 해와 달이 모두 닳아 없어질 때까지

이어지는 가사는 스산하고 외롭기 짝이 없었다. 괜스레 울컥했다. 어린 시절 내 처지를 노래하는 것 같아서……. 커다란 고택에 남겨진 나의 시선은 늘 대문 밖을 향해 있었다. 언제 할아버지가, 아버지가 돌아오실까.

나이를 먹고 내 집이 생긴 후에도 나는 여전히 문밖에서 들리는 소리를 좇았다. 절대 일어날 수 없는 일이라는 것을 알면서도 문득 반가운 얼굴이 현관문을 열고 들어오는 장면을 기대하곤 했다.

어릴 땐 할아버지와 친구들이 곁에 있었지만 죽은 어머니가 사무치게 그리웠다. 그토록 그립던 어머니는 이제 거의 생각하지 않는다. 그 시절 곁에 있었던 할아버지와 친구들이 그리울 뿐이다. 있을 땐 깨닫지 못하고 떠난 후에야 상실을 느끼는 것이다.

속지 말자. 소리나무의 소리는 사람의 마음을 파고든다. 깊이

묻어둔 상처를 헤집으며 보상을 받으라고 속삭인다. 네 잘못이
아니야, 잘못은 여기 세상에 있어, 그러니 우리 함께 바로잡자.

혼자 남겨진 여자는 친구들이 차례로 돌아올 때까지 천년만
년 함께 놀아달라 청하고 있다. 왜냐하면 그 여자는 천년만년 늙
지도 죽지도 않은 채 스무 살 처녀로 살기 때문이다. 이를 깨달
은 나는 거대한 공포에 휩싸였다. 가늘고 처연한 노랫가락이 천
천히 퍼져 나가 집 전체에 배어들었다. 집이 우는 것처럼 느껴졌
다. 그 슬픔이 전염되어 나의 두려움도 서글픔으로 바뀌었다.

창아의 발끝에는 납작한 돌멩이가 걸려 있었다. 땅바닥에 금
을 그어 만든 네모 칸과 숫자 들이 보였다. 사방치기였다. 어릴
때 연서가 혼자서 자주 저 놀이를 했다. 또다시 찾아든 기시감에
기분이 이상해졌다. 이 모든 상황은 절대 우연일 수 없었다.

그때 창아가 나를 돌아보았다. 그녀는 그 자리에 가만히 서서
뒷짐을 진 채 고개를 갸웃거렸다. 내 등줄기를 따라 한기가 번졌
다. 창아의 고갯짓이 지난날 천변의 허수아비를 놀리던 그 여자
의 고갯짓과 흡사했다.

어둠이 내린 고택의 마당에서 창아의 얼굴만 유독 희게 빛났
다. 날이 이렇듯 덥고 습한데, 더욱이 사방치기를 하느라 깨금발
로 뛰기까지 했는데 창아의 얼굴엔 땀 한 방울 맺혀 있지 않았
다. 가지런한 앞머리와 어깨를 덮으며 흘러내린 긴 머리칼도 전
혀 흐트러짐이 없었다. 저 여자의 목덜미에 정말 사람의 얼굴을
닮은 얼룩점이 있을까?

확인해야 했다. 두려움은 무시하기로 이미 마음먹었다. 나는

창아에게로 다가가 손을 뻗었다. 창아가 고개를 살짝 돌리며 피하려 했다. 나는 한 손으로 재빨리 그녀의 팔을 잡으며 다른 손으로 다짜고짜 머리칼을 쓸어 올렸다. 창아는 내 팔을 뿌리쳤다. 하지만 그건 그저 시늉일 뿐이었다. 이를 알아차린 나는 잡고 있던 창아의 팔을 놨다.

손에서 힘이 풀려 더 붙들고 있을 수도 없었다. 방금 나는 보았다. 교묘하고 선뜩한 시선으로 나를 노려보는 작은 얼굴을. 심장이 벌떡벌떡 춤을 췄다. 창아의 얼굴에 묘한 미소가 어렸다. 지금부터 나쁜 장난을 치려는 아이의 악의적이고 은밀한 즐거움이 그 표정에 고스란히 드러났다.

"봤어?"

창아가 오래 알고 지낸 또래처럼 대뜸 말을 놨다.

"뭘?"

모르는 척 되묻는 내 목소리와 달리 몸은 떨리고 있었다. 창아가 내 팔에 덥석 매달리며 말했다.

"봤어도 그만이야."

정체가 드러나도 상관없다는 뜻일까? 내 피부에 닿는 창아의 손은 단단하고 서늘했다. 팔을 휘감은 그녀의 손가락이 마치 질긴 덩굴처럼 느껴져 소름이 끼쳤다. 내가 팔을 빼려 하자 창아는 더 찰싹 달라붙으며 말했다.

"못 빠져나가. 나한테 꽉 잡혔거든."

"놔, 불편하니까. 그리고 우리가 언제부터 서로 반말하는 사이였지?"

"먼저 내 몸에 손을 댄 게 누구더라. 그리고 내가 너보다 나이가 많은걸."

창아의 눈이 미묘한 웃음을 뿌렸다. 하긴 천년만년 늙지도 죽지도 않는 존재라면 이 세상 그 누가 이 여자와 나이를 대볼 수 있을까. 창아는 나를 툇마루로 끌고 가 앉힌 후에야 팔을 놔주었다. 나는 내 심장 뛰는 소리가 창아에게 전해지지 않았기를 바라며 물었다.

"몇 살인데?"

"맞혀볼래?"

"됐어."

"사실은 나도 잘 몰라. 세어본 적이 없어."

창아의 무정한 눈빛과 요염하기 짝이 없는 얼굴을 보고 있자니 저게 정말 사람이 아니지 싶은 의혹이 점점 더 강해졌다. 한편으로는 저 고운 뺨과 붉은 입술에 입을 맞추고 싶다는 충동이 들어 미쳤구나 싶었다. 그녀가 무서우면서도 끌렸다. 홀린 것이다.

이렇게 계속 바라보고 있으면 끝도 없이 빠져들어 결국 정신이 녹아내릴 것 같았다. 나는 마음을 다잡고 시선을 돌렸다. 당장이라도 벌떡 일어나 이 집을 나가고 싶었지만 그랬다가는 영영 이곳에 갇혀버릴 거라는 예감이 들었다. 지금만이라도 그녀가 나를 선선히 놓아주도록 하려면 다음에 또 올 거라는 믿음을 줘야만 했다. 그러니까 겁에 질려 도망가는 모습을 보여서는 안 되는 것이다.

어떻게 하면 될까? 그래, 아무렇지도 않은 듯 대화하는 거야.

그렇게 일단 친밀감을 형성하고……. 댓돌을 비추는 전등 불빛을 보자 문득 종목이 했던 말이 떠올랐다. 지난 15년간 이 집에선 한 번도 불이 켜진 적이 없다고 했다.

"여기 언제부터 있었던 거야?"

"오래됐지."

"그럼 밤에는 늘 저 등을 켜놨겠구나."

"아니, 오늘이 처음이야. 오는 소릴 들었거든."

"지난번엔…… 아, 그땐 낮이었지."

"아니, 그땐 둘이 왔지. 저 등은 한 사람을 위한 거야."

"그게 나라고는 말하지 마."

"머리가 아직 눈이 어두우니 처음 한 번은 불을 밝혀줘야지."

머리라고 말했다. 내가 김이알로부터 머리 나무를 받은 것을 아는 것이다. 나는 그녀를 모르는데 그녀는 나를 알고 있었다. 그게 창아가 나를 붙들고 있는 이유라면 나는 앞으로 더 곤란한 상황에 처할 수도 있었다.

"그럼 여태 불빛 없이 지냈다고?"

"캄캄해도 난 다 보이거든."

확실히 이 여자는 사람이 아닌 것이다. 말도 안 돼. 하지만 말도 안 되는 그 어떤 것도 받아들이겠다고 마음먹었다. 또한 오래전에 이미 받아들였다. 김이알의 작업장에서 소리나무들을 목격한 이후 나는 모든 의심을 버리고 그것의 존재를 믿었다. 그것은 실재했고 창아 역시 내 눈앞에 있었다.

창아의 까만 눈동자에 내 모습이 선명하게 고인 것을 보며 숨통이 좁아지는 것을 느꼈다. 소리나무의 얼굴이 궁금하여 넋을 놓고 들여다보던 순간이 떠올랐다. 검은 나무등치의 단면에 비친 내 얼굴. 창아의 눈 속에 그 나무가 들어앉아 있었다. 등덜미의 식은땀이 셔츠를 축축하게 적시고 신경이 마구 뒤엉켰다. 이제 어떻게 하지?

그때 휴대전화가 울렸다. 지금쯤 서울에서 내려왔지 싶은데 영 소식이 없자 종목이 전화를 한 것이다. 자연스럽게 일어날 핑계가 생겼다. 적절한 타이밍에 종목이 나를 구했다.

"어, 지금 가."

나는 짧게 답한 후 얼른 전화를 끊고 자리에서 일어났다.

"벌써 가려고? 나 심심한데."

"일이 있어. 가봐야 돼."

창아가 다시 팔을 잡고 놔주지 않을까 봐 나는 서둘러 움직였다. 마당을 걸어가는 내 뒤를 창아가 졸졸 따라왔다. 대문 앞에서 그녀는 애처로운 눈빛으로 하늘을 가리키며 말했다.

"비가 오려나 봐. 하늘이 온통 붉은 구름으로 가득해. 오라버니, 기억나? 붉은 구름 생기는 밤이면 너랑 나, 늘 천변에서 만났는데."

나는 너무 놀라서 일순 멍해졌다. 붉은 구름이 생기는 밤에는 언제나 연서와 만났다. 그건 둘이서 만든 암호였다. 그런데 나를 부르는 창아의 말이 참 묘했다. 오라버니라고 했다가 또 너라고 했다가…….

"다음엔 언제 올 거야? 나 기다리고 있을 건데. 계속 기다릴 거야. 오라버니가 오지 않으면 내가 찾으러 간다.”

오라버니라는 호칭이 자꾸만 내 마음을 잡아당겼다. 꼭 옛날 이야기에 나오는 여우 누이 같았다. 오라버니, 같이 가! 오라버니, 나한테 이러면 안 되지.

“내가 왜 오라버니야? 네가 더 나이가 많다며?”

“오라버니로 행세하는 거 좋아했잖아.”

창아가 빙글빙글 웃었다. 나는 정수리가 쭈뼛 서는 기분이었다. 다섯 달 생일이 빠르다는 이유로 나는 연서에게 자주 말했다. 이 오라버니만 믿어, 오라버니가 다 해줄게, 이게 오라버니한테 막 덤비지……. 그러면 연서는 깔깔거리며 대꾸했다. 웃기고 있어, 나이도 같은 게 까분다……. 하지만 아주 가끔 장난삼아 오라버니라고 불러주기도 했다.

할아버지의 기록에 따르면 창아는 아홉 소리나무의 여왕이다. 그건 도대체 무엇을 의미하는 걸까? 그게 뭐기에 창아는 오래전에 사라진 연서의 말과 몸짓과 기억을 갖고 있는 걸까? 나는 뭐가 뭔지 도통 알 수 없는 상태로 정신없이 그곳을 나왔다.

6

밤 9시가 넘은 시각, 술집 몇 군데를 제외하고 대부분의 점포
가 문을 닫은 시장은 조용했다. 종목은 아직 어머니의 채소 가게
를 지키고 있을 것이다. 손님이 있든 없든 종목의 어머니는 늘
가게 문을 자정까지 열어두었다. 좌판 장사를 하던 시절에 떨이
를 기다리던 습관 때문이었다. 시장 골목 밖에 차를 세운 나는
할아버지의 공책을 집어 들고 차에서 내렸다. 가게 앞에 나와 있
던 종목이 나를 보고 손짓했다.

"어떻게 됐어? 경모 어머니는 만나봤어?"

"응. 일단 어디 좀 앉자."

대피소라도 찾는 것처럼 허겁지겁 가게 안으로 들어가 종목
이 가리키는 낡은 의자에 털썩 주저앉았다. 아직도 심장이 벌렁
벌렁 뛰면서 다리가 후들거렸다. 간신히 유지했던 침착함은 김
이알의 집 대문을 나서는 순간 깨졌다. 여기까지 오는 동안 사방

에 정신을 홀리고 있었던 듯 머릿속이 휑했다.

"물 좀 줘."

종목이 냉장고에서 물병을 꺼내 건네며 물었다.

"얼굴이 왜 그래?"

"내 얼굴이 왜?"

물병을 받아 드는 내 손이 덜덜 떨리는 것을 종목도 보았다.

"아주 허옇다. 오만 겁은 다 집어먹은 얼굴이야. 오다가 그것
이랑 마주쳤어?"

"그 정도가 아니야."

"그보다 더한 게 뭐가 있는데?"

나는 할아버지의 공책을 내밀었다.

"어르신 기록을 찾았구나. 대체 그 안에 무슨 내용이 있기에?"

"이건 내가 찾으려던 게 아니야. 공책이 하나 더 있더라고. 할
이야기가 많은데 어디 조용한 데로 가자."

"알았어, 일단 좀 진정해."

종목이 가게 안쪽을 향해 소리쳤다.

"엄마, 나 좀 나갔다 올게."

방문이 열리고 그 사이로 종목의 어머니가 고개를 내밀었다.
물병 주둥이를 입에서 떼며 나는 벌떡 일어나 인사했다.

"안녕하세요, 어머니. 저 태이예요."

종목의 어머니는 15년 전보다 젊어진 듯 보였다. 잔뜩 찌푸리
고 있던 미간과 이마가 펴졌고 늘 할 말을 삼키기만 하던 주눅
든 입매는 넉넉해졌다. 그건 어머니의 삶이 어느 정도 편안해졌

다는 의미였다. 종목이 그동안 어머니를 악착같이 지키며 보살
핀 덕이었다.

"그래, 왔다는 말은 들었어."

"죄송해요, 진작 찾아뵀어야 하는데 인사가 늦었어요."

"뭘, 오랜만에 고향에 와서 너도 바빴을 텐데. 저녁은 먹었니?"

"아뇨, 아직."

아침은 입맛이 없어 커피 한 잔으로 때웠고, 경모의 어머니를
만난 후에 늦은 점심으로 샌드위치 한 조각을 먹었다. 집에 도착
해서는 서재에서 할아버지의 기록을 찾느라 정신이 없었고 다
시 창아를 만나러 나가느라 저녁 챙겨 먹을 틈이 없었다. 사실
배고픈 줄도 몰랐다.

"지금이 몇 신데 여직 굶고 다녀? 기다려라, 금방 차려줄 테니
밥 먹고 가."

"다음에요, 지금은 일이 있어서 가봐야 해요."

"종목이랑 같이?"

어머니의 얼굴에 불안한 기색이 스쳤다. 나와 어울리는 것을
염려하는 것이다. 15년 전 그녀는 그 일이 평생 아들을 따라다니
게 될 것을 모르지 않았다. 그리고 이제 그 문제를 해결하는 데
나는 둘 중 하나였다. 도움이 되거나, 상황을 악화시키거나. 그
녀는 부디 전자이기를 바랄 터였다.

"죄송해요."

"아니다. 서울 가기 전에 꼭 들러라. 같이 밥이나 한 끼 먹게."

"네, 그럴게요."

"엄마, 이렇게 된 거 지금 그냥 가게 문 닫자."

종목이 말했다.

"놔둬라, 내가 마저 볼 테니."

"나중에 엄마 혼자 정리하려면 힘들어."

"괜찮으니까 둬."

종목은 어머니의 만류에도 서둘러 물건들을 정리하기 시작했다. 나도 같이 돕느라 바삐 움직이고 있는데 추레한 차림의 늙은 남자가 가게 앞으로 슬금슬금 다가왔다. 어머니가 안절부절 불안한 표정으로 종목의 눈치를 살피며 남자에게 가라는 손짓을 했다. 하지만 남자는 아랑곳하지 않고 가게 안으로 들어섰다. 그때 종목이 남자를 보았다. 종목은 굳은 표정으로 남자의 앞을 가로막으며 차갑게 말했다.

"나가요."

"이 새끼가 누구보고 나가래?"

남자의 손이 올라갔다. 종목은 자신을 후려치려는 남자의 손목을 잡았다. 그제야 나는 그 남자가 종목의 아버지임을 알아보았다.

어린 시절 종목은 아버지를 보면 무조건 달아났다. 초등학교 5학년 때였을 것이다. 시장 골목 한복판에서 종목이 갑자기 책가방으로 얼굴을 가리며 슬슬 뒤로 물러섰다.

"왜 그래?"

내가 묻자 종목은 겁에 질린 표정으로 말했다.

"아니야, 너 먼저 가라."

그리고 돌아서서 냅다 뛰었다. 순간, 웬 낯선 남자가 고함을 치며 쫓아왔다.

"야, 이 새끼야! 거기 안 서, 노종목!"

이름이 불리자 종목은 멈춰 섰다. 공포에 질린 그의 얼굴을 보고 나는 심상치 않다 싶어 두 사람 사이로 나섰다. 그러자 남자가 내 어깨를 툭툭 밀어내며 욕지거리를 했다.

"뭐야, 이 쪼그만 새끼는? 비켜! 안 비켜?"

남자에게서 시큼하고 역겨운 술 냄새가 풍겼다. 쪼그맣다니? 나는 앞에 있는 남자를 내려다보았다. 초등학생인 내가 그보다 반 뼘 정도 더 컸다. 남자의 몸집은 왜소했지만 술에 취해 벌겋게 달아오른 얼굴은 사납기 그지없었다. 남자가 대뜸 주먹질을 하려 들자 나는 그의 팔을 잡으며 말했다.

"아저씨야말로 뭔데 제 친구에게⋯⋯."

"아버지야."

짧고 솔직한 종목의 대답에는 수치심이 배어 있었다.

"뭐?"

주춤하던 나는 남자의 팔을 놓았다. 그리고 다시 남자를 보았다. 어디가 종목의 아버지야? 종목은 콧날이 우뚝하고 이목구비의 선이 가늘었다. 하지만 남자는 툭 튀어나온 눈두덩에 두꺼운 입술, 얼굴 한가운데를 망치로 때려놓은 듯 코가 푹 꺼져 있었다. 폭력에 의한 외상을 내버려둬서 그대로 굳어버린 것일지도 몰랐다. 어쨌든 전혀 닮지 않았다.

남자가 나를 거칠게 밀어내고 종목의 멱살을 잡았다.

"이 새끼가 아비를 보고 도망을 가?"

남자의 주먹이 날아들자 종목은 반사적으로 두 팔을 들어 얼굴을 가렸지만 소용없었다. 저만치 나가떨어져 푹 쓰러졌다. 남자가 짤막한 손가락으로 길바닥에 쓰러진 아들의 머리를 쿡쿡 찌르며 말했다.

"돈 가진 거 있으면 내놔, 얼른!"

종목은 코피를 줄줄 흘리며 황급히 주머니를 뒤졌다. 백 원짜리 동전 몇 개와 천 원짜리 두 장이 나왔다.

"이게 다야?"

종목이 고개를 끄덕였다. 남자는 동전과 지폐를 움켜쥔 채 다음엔 이렇게 내놓으면 봐주지 않겠다고 으름장을 놓곤 가버렸다. 종목이 소맷부리로 코피를 훔치며 몸을 일으켰다. 나는 여전히 믿기지 않아서 물었다.

"진짜 아버지야?"

"응. 그래서 나 지금 엄청 쪽팔려."

코피가 다시 흘러나왔다. 종목이 손등으로 막아봤지만 팔을 타고 계속 떨어져 내렸다.

나는 가방에서 휴지를 꺼내 내밀었다.

"쪽팔릴 거 없어. 우리 아버지도 내 얼굴만 보면 돈 있냐고 묻거든."

종목이 휴지를 뭉쳐 코를 틀어막으며 말했다.

"그래도 너희 아버지는 술 드시면 노래하다가 그냥 주무시잖

185

아. 우리 아버진 미친 괴물이 돼."

"그야 우리 아버지는 주정하면 할아버지한테 야단맞으니까. 뭐, 어차피 돈 필요할 때만 집에 들르니까 아무래도 상관없고."

"우리 아버지도 그래. 근데 올 때마다 사람이고 물건이고 다 때려잡고 부수니 엄마도 나도 돌아버릴 것 같아."

"그럼 지금……?"

"엄마한테 돈 뜯으러 갔을 거야. 또 좌판 뒤집어엎고 전대 털어 가겠지."

"이러고 있을 때가 아니네. 가자, 말려야지."

"말리면 울 엄마 죽어. 내가 엄마 편을 들면 더 포악하게 날뛰거든. 시장 사람들도 무서워서 못 건드려. 경찰도 몇 번 출동했는데 다 소용없었어. 그냥 피하는 게 상책이야."

부어오른 코와 뺨이 아픈지 종목이 얼굴을 찌푸렸다. 내가 아무 대꾸도 하지 않은 채 물끄러미 바라보자 그는 붉어진 얼굴로 물었다.

"그렇게 비겁해 보이냐?"

비겁해 보였다. 하지만 그렇게 말하지는 않았다. 종목이 비겁해서 비겁해 보이는 게 아니라는 것을 알기 때문이다. 종목에게는 아버지를 대적할 힘이 없었다.

나는 말을 돌렸다.

"네 코, 부러진 거 아닐까?"

"상관없어. 숨만 잘 쉬어지면 돼."

종목은 아버지가 사라진 방향을 노려보며 잘근잘근 씹는 어조로 말했다.

"언젠가 내가 저 인간을 죽여버릴 거야. 난 내가 저 인간에게서 나왔다고 생각하지 않아. 그러니까 절대로 저런 짐승이 되지도 않을 거고."

"아버지처럼은 되지 않겠다…… 그거 하나는 나랑 같네."

나는 씁쓸한 얼굴로 말했다.

"그래서 말인데, 나 오늘 너희 집에서 자고 가도 되냐?"

"되지."

"미안하다."

"미안할 건 또 뭐야. 가자. 봐서 어머니도 오시라고 해. 네 아버지가 설마 우리 집까지 쫓아오진 않겠지. 뭐, 온다고 해도 할아버지랑 오씨 아저씨가 막아줄 거야."

이제 종목은 제 아버지를 피하지 않았다. 피하기는커녕 손찌검하려는 아버지의 팔목을 잡아 꺾었다. 종목의 아버지가 고래고래 소리를 지르며 몸을 비틀었다.

"놔, 이 새끼야!"

"놔줄 테니 조용히 꺼져요."

"이 새끼가 돌았나."

"돈 김에 이 팔도 한 번 더 돌려줘요?"

"놔! 놔, 놓으라고! 아파, 이 새끼야!"

"엄살이 심하시네, 그냥 잡고 있는 건데."

지난날 아버지의 폭력을 이길 수 없어 어머니가 얻어맞는 것을 알면서도 나서지 못했던 어린 종목은 이제 어디에도 없었다. 15년이 지난 지금 그는 제 아버지와는 비교도 할 수 없을 만큼 커졌다. 하루빨리 아버지보다 강해져야 했던 종목은 틈날 때마다 운동을 해서 의도적으로 몸을 키웠다. 원래 왜소했던 그의 아버지는 더 왜소해졌다. 게다가 종목은 젊지만 술주정뱅이로 나이를 먹은 아버지는 거의 폐인과 다름없었다.

종목은 더 이상 아버지를 무서워하지 않았다. 너끈히 제압하고 내쫓았다. 그토록 죽이고 싶었던 복수의 대상이 너무도 초라하고 형편없이 전락해버려 그저 봐주는 수밖에 도리가 없는 듯했다.

"놔, 이 새끼야, 안 놔? 이거 패륜이야!"

"그냥 아들이 아버지 팔에 매달린 건데요, 뭐. 하지만 싫다니 놔줄게요."

종목은 고통으로 몸부림치는 아버지를 가게 밖으로 내몰아 거의 패대기치다시피 털어냈다. 길바닥을 구른 그의 아버지가 아들에게 잡혔던 손목을 주무르며 씩씩거렸다.

"너 이 새끼, 죽여버린다!"

"시끄러워, 나야말로 언젠간 당신을 죽여버리겠다고 벼르며 살았어. 근데 꼬락서니가 하도 비참해 그냥 봐주고 있는 거야. 경고하는데, 앞으로 한 번만 더 내 눈에 띄면 그땐 진짜 죽여버릴 것 같으니 조심해. 죽고 싶지 않으면 다신 여기 오지 말라고."

"이게 뚫린 입이라고 아비한테……."

"당신은 내 아버지가 아니야. 그러니까 닥치고 꺼져. 여기 당

신 자리는 없어. 엄마한테 빌붙을 생각 하지 말란 말이야. 가게
고 집이고 손댔다간 내 손에 죽을 줄 알아."

종목의 어머니는 가게 안쪽에 서서 그저 부자를 지켜보기만
했다. 그녀는 모든 것이 제 탓이라는 듯 훌쩍이고 있었다. 아버지
가 온갖 욕을 내뱉으며 가버리자 종목은 그제야 돌아서서 어머
니를 보았다. 그리고 마음에 들지 않는 듯 이마를 구기며 말했다.

"그런 얼굴 하지 마. 엄마가 매번 받아주니까 저 인간이 염치
도 없이 자꾸 찾아오는 거야. 그러다가 또 다 뺏기고 길바닥에
나앉는다고."

종목의 어머니가 흐릿해진 눈을 비비며 말했다.

"네 아버지도 양심은 있겠지."

"양심 같은 소리 하고 있네. 그런 거 없어. 엄마가 이러니까 내
가…… 아냐, 됐어."

"걱정하지 마, 종목아. 엄마 바보 아니야. 이젠 네 아버지가 어
떻게 나오든 버틸 깡다구도 생겼고. 그러니까 넌……."

종목의 어머니는 말을 잇지 못했다. 나는 그녀가 무슨 말을 하
고 싶은지 알 것 같았다. 어머니는 아들의 발목을 잡고 있는 자
신의 처지가 원망스러운 것이다. 여태 종목이 그녀의 방패가 되
어주었으니 이제 그녀가 종목의 방패가 되어주겠다는 뜻이다.
그러니 가라, 다른 친구들처럼 너도 어디든 가서 너 좋을 대로
살아라. 종목도 어머니의 마음을 모르지 않았다. 하지만 그는 자
신의 마음을 감췄다.

"난 여기 안 떠나. 떠날 것 같으면 15년 전에 떠났지. 엄마 때

문이 아니야. 그냥 내가 원해서 여기 사는 거라고."

15년 전 나는 그것을 불러오기 위해 친구들을 모았다. 내가 왜 그것을 불러오고 싶어 하는지, 또 불려 온 그것이 무슨 일을 해줄 수 있는지 친구들은 알면서 받아들였다. 하지만 그것이 하나가 아니라 각자의 그것이 불려 온다는 것은 알지 못했다.

나중에 친구들의 그것들이 무슨 짓을 저질렀을지도 모르지만 내가 알기로 적어도 살인은 없었다. 종목의 그것 역시 종목의 아버지를 죽이지 않았다. 어쩌면 친구들의 그것들은 아직까지 아무것도 하지 않았을 수 있었다. 처음부터 친구들은 오직 나를 위해 그것을 불러오는 데 동참했다.

종목은 15년 전이나 지금이나 제 아버지를 죽이겠다는 말을 입에 달고 살았다. 하지만 그건 죽이고 싶을 만큼 밉다는 것이지 진짜 죽일 마음은 아니었던 것이다. 나는 달랐다. 그러므로 나는 살인자였다. 내게 진정한 살의가 없었다면 나의 그것은 절대 이 빨들을 죽이지 않았을 테니까.

골목을 나서며 종목이 말했다.

"달래골로 갈까?"

"아니, 사람 없는 데로."

"그럼 동계천 석교 아래로 가자."

"거기 피서한다고 동네 어른들이 돗자리 깔고 노는 데잖아."

"그건 옛날 말이고 지금은 아무도 없어."

"왜?"

"마을 회관에 에어컨 빵빵하게 나오는데 굳이 삐걱거리는 관절 혹사시켜가며 다리 밑까지 가서 부채질하시겠냐. 그동안 여기도 많이 변했어."

동계천 석교 아래로 내려가는 길은 예전에는 풀숲 사이로 이리저리 뻗은 완만한 경사로였다. 하지만 도동 마을이 관광지로 조금씩 이름을 얻기 시작하자 지방자치단체가 하천 조경 공사의 일환으로 경사로에 계단을 만들고 주변을 색 벽돌로 덮었다. 벽돌로 장식할 경사 면적을 확보하느라 계단은 수직으로 섰고 노인들은 가파른 계단 이용을 꺼렸다. 다들 입을 모아 말했다. 옛길이 좋았는데, 풍경을 감상하면서 굽이굽이 돌아 내려가던 그 길이 좋았어.

동계천을 향해 걸어가며 나는 종목에게 물었다.

"재호의 복수를 위해 우리는 그것을 불러냈지만 그것은 사실 각자의 것이었지. 넌 그것이 뭘 들어줬어?"

"아무것도."

"바라는 게 없었어?"

"글쎄…… 그것이 아버지를 좀 어떻게 해줬으면 좋겠다…… 뭐, 그런 생각은 했지."

"하지만 그것은 여태 네 아버질 어떻게 하지 않았지. 그러니까 아버지를 죽이고 싶다던 네 말은 진심이 아니었던 거야."

"난 늘 아버지가 죽어버렸으면 하고 바랐어. 하지만 참고 기다리면 복수할 날이 온다는 것도 알고 있었지. 머잖아 내가 아버지보다 더 세지는 날이 온다는 것을 말이야."

재호의 무덤 앞에서 종목은 말했다. 영원히 지속되는 순간은 없다, 때가 되면 입장이 바뀔 수 있다, 그러니까 악착같이 살아서 그때를 기다려야 한다고. 종목도 절벽 끝에 섰던 순간이 있었을 것이다. 재호는 절벽 끝에서 죽음을 택했고, 나는 그것을 불렀다. 하지만 종목은 자신을 믿었다. 지금도 그는 자신을 믿고 그것과 싸우는 중이었다.

"생각해보면 나 빼곤 아무도 그 놀이를 할 필요가 없었어."

"쓸데없는 소리 하지 마. 우린 처음부터 너의 그것을 부르는데 가담한 거야. 아무도 각자의 그것이 있는지 몰랐어. 호기심이었든 뭐였든 다들 자발적인 선택이었다고."

"너희에게도 그것이 줄줄이 붙을 줄 알았더라면……."

"놀이를 시작하지 않았을 거라고? 아니, 그래도 넌 시작했을 거야. 너 그때 눈이 뒤집혀서 뵈는 게 없었거든."

"그래, 제정신이 아니었지."

"자책하지 마. 넌 그저 진심을 행동으로 옮겼던 것뿐이야. 난 늘 너의 그런 점이 부러웠어. 두려워하지 않고 이거다 싶으면 거침없이 직진하는 거 말이야."

"나 그렇게 용감한 사람 아니야."

"너 말고 우리 아버지한테 그렇게 겁 없이 덤빈 사람은 없었어, 그것도 어린애가."

"어린애라 뭘 몰라서 그랬던 거지. 이 놀이의 시작도 마찬가지였고. 내가 뭘 몰라서 너흴 끌어들였어. 다 내 잘못이야."

"우리한테도 잘못이 없지는 않아. 그때 우린 우리를 세상에서 뚝 떼어내 다른 사람들의 머리 위에 올려놓으려고 했어. 그것을 조종해서 세상을 향한 심판자가 되려고 했지. 이건 우리의 이기적인 영웅심에 대한 대가야."

"아니, 그것은 오직 내 복수만을 실행했어. 너희의 그것들은 적어도 다른 사람을 해치지는 않았지. 우리 중 진짜 살인자는 나뿐이야. 그러니까 이건 전부 내가 치를 대가야."

"그만하자. 지금 울고불고할 장소가 필요해 동계천 석교 밑으로 가는 거면 방향 돌리자고. 난 우는 사람 아주 딱 질색이야. 지금까지 징글맞게 보고 살았잖아."

"야……."

"그러니까 내 말은 울고불고해봐야 힘만 빠진다는 거지. 벌어진 일은 벌어진 일이야. 다른 생각 할 거 없어. 우린 그저 하루빨리 이 망할 놀이를 끝내면 돼."

우리는 천변으로 내려가는 계단 중간쯤에 자리 잡고 앉았다. 종목이 가로등 불빛에 의지해 공책의 내용을 살피는 동안 나는 흐르는 물줄기를 바라보며 기다렸다. 그리고 기록을 다 읽자 창아에 대한 것만 빼고 알아낸 것들을 모두 이야기해주었다. 종목이 공책 사이에 끼여 있던 그림을 펼치며 말했다.

"그러니까 이게 정말 해답지라고?"

"반쪽짜리 해답지지. 산의 능선을 보면 도동 마을 북쪽 외산이야. 그럼 측백나무가 있는 왼쪽은 서쪽이 돼. 당시 용주의 소리나무 자리와 일치하지. 모든 나무는 햇빛이 드는 동쪽을 향하는데 측백은 서쪽을 향한다고 해서 측백의 백(柏)은 나무 목(木)

에 서쪽을 뜻하는 백(白)이 붙어. 측백나무라는 이름이 이미 서쪽을 가리키고 있는 셈이지."

"하지만 측백나무가 실제로는 그렇게 자라지 않는다는 거 너도 알잖아."

"그런 건 중요하지 않아. 이건 수수께끼를 풀기 위한 도학(圖學) 놀이 같은 거니까. 이 그림 속의 요소들 각각은 틀림없이 그런 식으로 특정 소리나무를 가리키는 상징일 거야. 국수는 대체 어디서 이 그림을 봤을까?"

"그건 이 그림과 같은 그림이 또 있단 소린데."

"같은 그림이 아닐 수도 있어. 소리나무의 위치를 그린 것은 여기 평상 위의 그림이야. 그런데 그림의 절반을 두 소녀가 가리고 있지. 국수가 본 그림은 평상 위의 그림 자체일 수도 있다는 말이야."

"그래서 국수가 본 그림을 어디서 찾을 건데?"

"그림을 봤으니 찍어뒀을 테고 그럼 휴대전화에 저장되어 있지 않을까?"

"국수의 휴대전화는 경찰이 가지고 있을걸. 아, 그 차 형사한테 물어보면 되겠네."

"경찰은 안 돼."

나는 반대했다. 종목은 나를 설득하기 시작했다.

"경찰을 개입시키자는 게 아니야. 그냥 궁금한 거 몇 가지만 물어보자는 거지. 걔들도 우리한테 이것저것 물었잖아."

"그럼 어디까지 이야기하자는 건데? 까딱 잘못했단 놀이의

194

규칙을 어기게 될지도 몰라. 그 형사도 결코 쉽게 볼 사람 아니고. 어쩌면 되레 우리가 발목 잡힐 수도 있단 말이야."

"선을 넘지 않도록 조심하면 돼. 괜찮을 거야. 우리가 무슨 소릴 하건 걔들이 뭘 알겠어. 어차피 걔들은 이 놀이에 대해 전혀 아는 게 없어. 무슨 놀이인지 알아보고야 있겠지만 죽어도 알아내지 못할 거야."

"그야 모르지."

나는 시큰둥했다. 하지만 종목은 심각했다.

"이 놀이, 제대로 끝내지 못하면 가장 사랑하는 사람에게로 넘어가."

내게는 사랑하는 사람이 없다. 하지만 종목에게는 어머니가 있다. 종목은 여태 그것을 감당했고 앞으로도 감당할 수 있을 것이다. 하지만 감당하는 삶은 행복하지 않다. 다만 어머니를 지켜야 한다는 사명감이 그를 끈질기게 만든 것뿐이었다.

"나 막 오기가 생겨. 무슨 영화였는지 생각은 안 나는데 이런 대사가 있었어. 마지막까지 살아남지 못할 거면 처음에 죽는 게 나아. 정말 와닿았지. 여태 버틴 게 아까워서라도 내가 반드시 이 놀이를 끝내고 말 거야. 그러려면 도움이 필요해. 내키지 않으면 넌 가만히 있어. 내가 할 테니까."

"아냐, 내가 만나볼게."

종목이 영 포기하지 않자 나는 마지못해 수락했다. 노련하고 영민한 차 형사가 수완 좋게 넘겨짚고 꼬드기면 필시 종목은 어디가 선인지도 모르고 술술 불 것 같았기 때문이다.

종목이 한시름 놨다는 듯 말했다.

"그래, 나보단 네가 낫지. 잘 이야기할 수 있지? 하긴 너만큼 잘 이야기할 사람도 없겠다. 장난감 팔 때처럼 제대로 구워삶아봐."

"알았으니까 넌 열리에게 이 그림 찍어서 보내주고 기록에 적힌 놀이의 반칙 사항들도 알려줘."

"그럼 남은 건 목덜미에 얼룩점이 있는 여자인데, 이쪽은 내가 찾아볼게."

"아니, 일단은 그림에 집중하자. 우리가 살아남을 답부터 찾아야지."

"그래도……."

"누군 줄 알고? 아무 여자나 붙잡고 다짜고짜 목덜미를 확인할 수는 없는 거잖아."

"그야 그렇지만……."

나는 창아에게 그렇게 했다. 하지만 종목이 창아에게 그런 짓을 하도록 놔둘 수는 없었다.

"아직은 때가 아니야. 조급하게 굴다간 일을 그르칠 수도 있다고. 우린 아직 그 여자를 어떻게 상대해야 하는지 아는 게 없어. 할아버지의 다른 기록을 찾을 때까지 좀 기다려."

종목은 내 신중함을 믿었다.

"그래, 우리가 당장 여왕을 상대하기엔 좀 부족하지."

한때 어른들의 피서지였던 동계천 석교 밑은 예전만 못했다. 한낮에 달아올랐던 돌다리가 아직 후덥지근한 바람을 끌어안고 있었다. 그럼에도 종목은 순간 한기가 들었는지 어깨를 움츠렸다. 이런저런 각도로 그림을 돌려 보던 그가 말했다.

"근데 이 그림, 보면 볼수록 교묘하고 수상쩍다."

"뭐가?"

"소녀들이 가리고 있는 부분 말이야. 김이알과 여왕 그리고 너와 연서의 자리야."

"그게 왜?"

"뭐랄까, 의도가 있어 보여."

그 순간 나는 뭐가 교묘하고 수상쩍고 의도적인지 깨달았다. 소녀들이 가리고 있는 네 자리는 각기 짝을 이루었다. 아홉 번째 소리나무는 여왕 나무다. 여왕 나무는 연서를 흉내 내고 있다. 그 둘이 짝이다. 나는 머리 나무의 후계자가 되겠다는 조건을 받아들였다. 김이알의 머리 나무와 나의 나무가 그렇게 짝이다. 머리 나무와 여왕 나무는 원래 서로의 짝이다. 나와 연서가 서로의 짝이었듯. 넷의 관계가 교묘하게 얽혀 있었다. 그림을 그린 자는 소녀들의 몸을 경계로 삼아 나와 연서가 친구들과 다른 그룹에 속한다는 것을 알려주었다. 젠장, 이건 또 무슨 의미인 거야?

내 표정을 본 종목이 물었다.

"왜 그래?"

"아냐."

나는 고개를 저었다. 머리 나무의 후계자가 되겠다는 조건을 받아들이고 이 놀이를 시작했다는 것을 난 아직 누구에게도 말한 적이 없었다.

"그 공책이랑 그림은 네가 가져가서 연구 좀 해봐."

"넌?"

"하도 들여다봐서 이미 머릿속에 찍혀 있어."

"좋겠다, 머리 좋아서. 그럼 이건 내가 가져가서 죽어라고 파 볼게."

"네 것만 파. 어차피 다른 사람 것은 알아도 말해줄 수 없으니 상관 말고."

"그나저나 기껏 형사를 찔렀는데 국수의 휴대전화에 그림이 없으면 어쩌냐?"

"어떻게든 나도 내 소리나무의 정체를 알아내야지. 너와 열리 가 차례로 놀이에서 나가는데 나 혼자 천년만년 매여……."

거기서 나는 숨이 멎는 줄 알았다. 나도 모르게 내뱉은 천년만 년이란 말에 스스로 놀란 것이다. 하필 그 처량 맞고 선뜩한 노 랫말 부분이 입에 걸릴 건 또 뭔가.

"왜 말을 하다 말아?"

종목이 돌아보았다. 나는 천변으로 시선을 돌리며 기침을 했다.

"사레들렸어."

* * *

"그림 찾아왔어요?"

"응."

차강효는 신경모의 집에서 가져온 그림을 김도한에게 건넸 다. 그림을 받아 본 김도한이 말했다.

"온전한 그림은 이렇게 생겼군요. 진짜 잘 그렸네요. 그냥 사진이라고 해도 되겠어요. 근데 왜 복사본이에요?"

"난들 알아? 그리고 네 눈엔 그게 온전해 보이냐? 거기 두 할머니들이 가리는 바람에 반쪽짜리 그림이 됐는데."

"할머니요? 이 소녀들 말이에요?"

"그래, 그 단발머리 소녀가 신경모의 외할머니인 권효순이야. 이미 돌아가셨고."

"그럼 거의 백 년쯤 된 그림이네요. 근데 왜 그림 속에 그림을 숨겨뒀을까요? 무슨 의도가 있을 것 같은데……."

"그건 이제부터 네가 알아내야 하는 거고."

"누가 그린 거래요?"

"것도 같이 알아내야지."

"벌써 죽었을 텐데요."

"죽은 그 사람이 누군지 알아보란 말이야."

"진본은요?"

"복사본이 단발머리 소녀에게 있었으니 진본은 그 갈래머리 소녀에게 있지 싶다. 그건 내가 알아볼게."

"네. 그럼 저는 이 그림을…… 어, 잠깐만요."

"왜?"

"이 검고 길쭉한 세 개의 발들……."

김도한의 말이 끝나기도 전에 차강효는 정국수와 우용주의 실종 현장에서 찍어 온 세 개의 눌림 자국 사진을 내밀었다.

"네 말대로 이거였어. 평상 위 그림 속 노인과 사물들이 모두

이 세 개의 발을 달고 있더라고. 측백나무 열매에도 숨겨져 있지만 확실히 달렸고."

"아, 내 눈이 어떻게 그걸 놓쳤지?"

김도한이 안타깝다는 듯 말했다.

"나머지가 모두 세 개의 발을 달고 있기에 혹시나 해서 찾아본 거야. 그렇지 않았으면 나도 그냥 넘어갔겠지."

"실종자들 주변에서 발견된 눌림 자국들은 용의자의 것으로 볼 수 있어요. 그러니까 이 그림대로라면 세 개의 발을 가진 측백나무 열매가 우용주를 데려갔고, 세 개의 발을 가진 장승이 정국수를 데려갔단 거잖아요. 하지만……"

김도한은 고개를 갸웃거리다가 말을 이었다.

"15년 전 첫 피해자였던 한연서의 실종 현장에서는 세 개의 발자국이 발견되지 않았는데요."

"한연서의 자전거는 하천에 처박혀 있었어. 흐르는 물이었고 바닥은 돌멩이였지."

"발자국이 남을 수 없는 상황이었군요. 어쨌든 범인은 실종자를 데리고 허공으로 사라졌어요."

"그래서 그 범인이 외계인일 수도 있단 소리는 하지 마."

"외계인은 있어요."

"가능성에 대한 믿음은 진실과 상관없어."

"진실의 대부분은 장막에 가려져 있죠."

김도한은 초자연적인 현상을 겪어본 적도 없고 믿지도 않았다. 다만 모든 현상에는 설명 가능한 원리가 있다는 것이 그의 주장이었다. 이를 바로 볼 수 없도록 안개와 폭우와 어둠과 신화가 등장하는 것이다.

"우주의 암흑 물질을 걷어내면 외계인은 있어요."

"난 본 적이 없어서 모르겠다. 솔직히 지금은 본 것까지도 못 믿겠어."

"보이는 것이 다는 아니죠."

"그럼 얼른 장막 들추고 그 세 개의 발이 대체 뭔지 알아내봐. 난 좀 나갔다 올 테니까."

"또 어디 가시는데요?"

"도동 마을. 가서 15년 전 한연서 사건에 대해 좀 들어봐야겠어. 거기 어른들은 기억하고 있을 거야. 간 김에 박태이와 노종목도 만나보고 그 갈래머리 할머니가 누군지도 알아내야지. 권효순의 친구니까 갈래머리 할머니도 도동 마을 출신일 거야."

"그렇다 해도 그 할머니를 알아볼 사람은 찾기 힘들 거예요. 권효순의 딸도 모르는 친구를 지금 거기 있는 누가 기억하겠어요? 있다 해도 다 돌아가셨을걸요. 그냥 권효순이 다녔던 학교 기록을 뒤져요."

"학교?"

"1930년대 양장이 보급되기 전 일제강점기 여학교 교복은 대개 흰 저고리에 검은 치마였어요. 둘이 똑같이 그걸 입고 있다는 건 함께 학교를 다녔다는 거죠."

"하여간 내가 모르는 걸 넌 참 많이 알아."

"제가 모르는 건 선배님이 많이 아시죠. 그래서 우리는……."

"시끄럽다. 간다."

　도동 마을에 도착한 차강효는 곧장 마을 회관으로 갔다. 회관
은 마을이 관광지가 되면서 관광객 안내소도 겸했다. 차강효는
민박, 교통, 가이드 문의라고 적힌 팻말 뒤쪽에 자리한 사무실을
들여다보았다. 아무도 없었다. 위층에서 텔레비전 소리가 들렸
다. 계단을 올라가 문을 열고 들어서자 자루걸레로 바닥을 닦고
있던 오십대 여자가 돌아보았다. 그를 관광객으로 여긴 여자가
말했다.

　"아래층 사무실로 가세요."

　"거긴 아무도 없습니다."

　여자는 벽에 걸린 커다란 숫자 시계를 흘끔 보더니 미간을 찌
푸렸다.

　"9시가 넘었는데 아직 아무도 출근하지 않다니……. 30분쯤
후에 다시 오시든가, 아님 여기서 기다리실래요? 차 한잔 드릴
까요?"

　"아닙니다. 실은, 경찰서에서 나왔습니다. 여기 계신 어르신들
께 몇 가지 여쭤볼 것이 있는데 괜찮으시겠습니까?"

　그가 신분을 밝히자 텔레비전 아침 방송을 보고 있던 세 명의
노인들 중 육십대 후반의 남자가 벌떡 일어나 텔레비전을 끄며
말했다.

　"이쪽으로 오세요."

　노인들은 선생님을 맞는 유치원 아이들처럼 나란히 소파에

앉아 차강효를 쳐다보았다. 차강효가 그들 맞은편에 앉자 오십대 여자가 자루걸레를 한쪽으로 치우고 다가와 물었다.

"무슨 사건 났어요?"

"15년 전 실종 사건에 대해 조사 중입니다."

"15년 전?"

육십대 후반의 남자가 고개를 갸웃거렸다.

"아! 그, 여자애 하나 없어진 거요?"

오십대 여자가 말했다. 그제야 육십대 후반의 남자도 아, 하고 입을 벌리며 고개를 끄덕였다.

"그래, 기억나네. 논두렁에서 폭사당한 한 씨네 딸내미…… 그 일 있고 마을이 참 뒤숭숭했지."

"맞아요. 그러고 나서 이 집 저 집 다투듯이 이사를 나갔으니까요."

오십대 여자가 맞장구를 쳤다. 듣고 있던 칠십대 중반의 할머니가 거들었다.

"그때 뭔 일이 있긴 있었어. 소문엔 그 이사 나간 집들, 완화수방의 어르신이 다 보낸 거라고 하더구먼. 완화수방의 손자가 제일 먼저 떴잖아."

"완화수방요?"

차강효가 물었다.

"교리 어르신 댁 말이야."

할머니의 대답에 오십대 여자가 고개를 저었다.

"지금은 아니죠. 어르신 돌아가신 게 언젠데요."

"거기가 어딥니까?"

차강효가 묻자 오십대 여자가 말했다.

"마을 안쪽으로 들어가시면 담장 밖으로 팥꽃나무가 둘러선 집이 보일 거예요. 대문 현판에 완화수방이라고 쓰여 있죠."

"그 댁 손자에게 무슨 일이 있었습니까?"

"사실 그때 한 씨네 딸 없어진 것보다 그 댁 손자 사건이 더 시 끄러웠죠. 그 댁 손자가 살인 사건 용의자로 경찰서 들락거리고 하여간 좀 그랬어요."

"그 손자가 박태이로군요."

"아시네요."

"당시 어떤 학생이었는지 기억나십니까?"

"훤칠하니 잘생겼고 아주 반듯한 애였어요."

"사람 겉만 봐서 알겠어?"

육십대 후반의 남자가 말했다.

"그렇다 해도 살인은 아니죠."

오십대 여자는 고개를 저었다.

"아니긴, 그 손자가 사람 죽이고 있었던 게 확실히 찍혔는데."

"당사자는 그 시각에 집에 있었댔잖아요."

"하여간 여자들이란 인물만 좋으면 다 착한 놈이라지."

오십대 여자가 눈을 흘겼다.

"무슨 말씀이세요, 오씨 부부가 증인 섰는데."

"네, 거기까지는 알겠습니다. 그 밖에 또 뭐 기억나시는 거 없 습니까?"

차강효가 두 사람의 대화를 끊고 물었다. 그때, 소파에 몸을 깊숙이 묻고 있던 팔십대 할아버지가 굽은 몸을 조금 앞으로 움직이며 웅얼웅얼 말했다.

"애들이 저녁마다 두어 명씩 짝을 지어서 자전거 타고 우리 집 앞을 지나갔어. 어찌나 자전거를 잘 타던지…… 어디 가냐고 물어도 쌩, 하니 바람처럼 사라졌어."

육십대 후반의 남자가 대수롭지 않다는 듯 말했다.

"에이, 그 나이 땐 원래 그렇게 몰려다니고들 하잖아요. 마을에서 걔들 자전거 타는 거 다들 한 번씩은 봤을걸요."

"그렇긴 한데, 이제 와서 생각해보면 좀 이상한 구석도 있었어요."

오십대 여자가 모호한 표정으로 뒤늦은 의혹을 던졌다.

"어떤 점 말입니까?"

차강효가 물었다.

"제 기억에 그 자전거 타기가 여름방학 전에 시작돼서 꽤 오래갔거든요. 그러다가 한 씨네 딸 없어지고 바로 중단됐죠."

"그야 뭐, 실종 사건이다 살인 사건이다 분위기 흉흉해지니까 애들도 겁이 났던 게지. 한 씨네 딸 없어진 거랑 걔들 자전거 탄 거랑 무슨 상관이 있겠어."

육십대 후반의 남자가 말했다.

"그야 모르죠. 없어진 한 씨네 딸하고 그 후 마을 뜬 애들 모두 함께 몰려다니며 자전거를 탔던 애들이었으니……."

"확실합니까?"

차강효는 이거구나 싶었다. 오십대 여자가 눈동자를 굴리며 잠시 생각해보더니 자신 있게 말했다.

"그럼요, 친정이 돌내리라서 다녀오는 길에 걔들하고 몇 번 마주쳤거든요. 저는 도동 마을 쪽으로, 걔들은 몇 분 간격을 두고 두세 명씩 짝을 지어 돌내리 쪽으로 갔죠."

"전부 몇 명이었습니까?"

차강효는 수첩을 꺼내 들었다.

"일곱 명쯤 됐을 거예요. 보자, 완화수방의 태이하고 그 단짝 친구였던 종목이, 한 씨네 딸 연서하고 국수 그리고…… 얼굴 멀끔하게 잘생긴 사내애가 하나 있었는데, 걔가 누구더라? 아, 그래! 목재소 우 씨 아들 용주. 또…… 한의원집 아들 명진이가 있었지. 걘 여기 도동 마을에서 유명한 수재였는데 그 사건 나고 얼마 후에 미국으로 이민 갔어요."

아직 우용주와 정국수의 실종을 모르는 오십대 여자가 말했다. 새로운 이름이 등장했다. 김명진. 차강효는 아이들의 숫자를 헤아려본 후 물었다.

"김명진까지 여섯이네요. 남은 하나는 누구죠?"

"여자애가 하나 있었는데 얼굴이 아주 예뻤어요. 여기 친척이 있어서 전학을 왔다고 얼핏 들었던 것 같은데, 걔는 타지에서 온 애라 잘 모르겠네요. 근데 걔도 지금은 여기 살지 않아요. 그때 종목이만 남고 다들 떠났거든요."

"그 여자애 이름이 뭡니까?"

다들 기억이 나지 않는 듯 고개를 저었다. 하지만 차강효는 그들이 기억하지 못하는 그 여자애가 누구인지 알 것 같았다. 이열리다. 차강효는 우용주가 사라진 극장에서 박태이와 노종목을 만난 후 그들의 다음 행적을 알아보았다. 그날 박태이와 노종목은 연남동에 있는 이열리의 공방을 찾아갔다.

그러고 나서 노종목은 도동 마을로 돌아갔고 박태이는 자신의 아파트에서 하룻밤을 지낸 후 이튿날 아침 신경모의 집을 방문했다. 그때만 해도 박태이는 신경모에게 그림이 있는 것을 알지 못했다. 덕분에 차강효가 먼저 실종자들의 휴대전화에서 그림의 복사본을 찾을 수 있었다.

수수께끼의 답지가 신경모에게 있는데 정작 신경모의 이름은 이들 이야기에서 나오지 않았다. 그는 자전거를 타고 돌내리로 간 아이들 무리에 없었다. 신경모는 매년 도동 마을에서 여름방학을 지냈다. 하지만 사건은 여름방학이 끝나고 일어났다. 신경모는 아마 놀이의 일원이 아니었을 것이다. 그럼에도 실종됐다. 이는 신경모가 어떤 식으로든 그들의 놀이와 관련이 있다는 뜻이다. 이열리와 신경모를 찾은 박태이의 행보는 틀림없이 뭔가 알아보기 위한 움직임이었다.

'너의 답을 알았어. 기다려. 내가 널 이 놀이에서 나가게 해줄게.'라는 문자를 보낸 사람과 받은 사람 모두 사라졌다. 대체 무슨 놀이를 말하는 걸까? 나가게 해주겠다는 것이 사라지게 해주겠다는 의미는 아니었을 것이다.

15년 전 일곱 명의 아이들이 해가 지면 돌내리 쪽으로 자전거를 타고 몰려갔다. 그리고 첫 실종자가 나왔다. 놀이는 그때 시작된 것이다. 남은 아이들은 서둘러 마을을 떠났다. 달아난 것이다.

마을 사람들 말대로 그 아이들을 마을에서 내보내는데 완화수방의 어르신이 개입했다면 그 어르신은 필시 이 놀이에 대해 알고 있었으리라. 당시 돌내리로 간 아이들이 어디서 무엇을 했는지 말이다. 하지만 그 어르신은 15년 전에 죽었다.

"그럼 지금 완화수방에는 누가 있습니까?"

차강효가 묻자 오십대 여자가 말했다.

"원래는 태이 아버지 혼자 살았는데 며칠 전부터 태이가 내려와 있더라고요. 15년 동안 일절 발걸음하지 않더니 갑자기 무슨 바람이 불었는지. 궁금한 게 있으면 태이한테 물어봐요. 걔가 당사자니까. 어차피 박한주 그 인간은 아무것도 몰라요. 어르신 돌아가시기 전에는 내내 밖으로만 떠돌아서 저간의 사정에 대해 우리보다 아는 게 없을걸요. 아는 게 있다고 해도 밤낮 취해 있어서 제대로 된 이야기를 듣긴 힘들 테고."

"엊그제도 대낮에 술에 절어 여기서 자고 있더라고."

육십대 후반의 남자가 고자질하듯 말했다.

"아주 여기가 제집 안방인 줄 안다니까. 잠만 곱게 자고 가면 그나마 다행이지. 이건 뭐, 허구한 날 밥 달라, 술 달라…… 아주 꼴 보기 싫어 죽겠어요. 하여간 젊었을 때나 지금이나 엉덩이를 한곳에 붙이고 살지를 못해요."

오십대 여자는 못마땅한 기색을 감추지 않았다.

"그래도 불쌍타고 봐주는 집들이 있어."

할머니가 말했다.

"집들이 아니라 집이겠죠. 알아요, 마을 입구에서 민박 치는 과부요. 박한주 당겨놓은 얼굴에 반한 것 같던데, 내 눈엔 영 요상하더구먼."

오십대 여자는 혀를 찼다.

차강효는 박한주가 어떤 사람인지 대강 알 것 같았다. 박태이의 어린 시절이 상처와 외로움으로 얼룩졌으리라는 것도 짐작이 되었다. 그런 아이일수록 비밀스러운 모의에 빠져들 확률이 높았다. 고택의 손자는 젊고 조용하고 점잖았다. 하지만 속을 알 수 없는 눈빛을 하고 있었다. 그의 시선은 여기가 아니라 어딘가 다른 곳을 향한 듯 보였다. 정착과 안식을 박탈당한 공허하고 지친 눈동자.

"당시 돌내리에 아이들이 모일 만한 장소가 있었을까요? 아지트로 삼을 만한 곳 말입니다."

"글쎄요, 돌내리 사람들 말로는 도동 마을 아이들이 딱히 마을로 들어온 적이 없다 그랬거든요."

오십대 여자가 말했다.

"마을로 들어가지 않았다면 돌내리 입구 당산나무 옆으로 난 우회로를 통해 산으로 갔을 거야."

육십대 후반의 남자가 말했다.

"그쪽은 석수장이네로 가는 길이잖아요. 아이들이 거기를 왜 가요?"

"돌내리로 향했는데 마을로 들어가지 않았다면 그 길밖에 없잖아. 근데 석수장이가 자기 집에 애들을 들였을 리는 만무하지.

거참, 묘하네. 그럼 애들이 어디로 갔을까?"

"석수장이가 아이들을 집에 들이지 않았다고 어떻게 확신합니까?"

차강효의 물음에 육십대 후반의 남자가 대답했다.

"김이알 그 사람은 원래 아무도 집에 들이지 않으니까요. 그래서 그 집을 두고 별별 소문이 다 돌았죠. 숨겨둔 시체가 있다느니 보물을 감추고 있다느니, 심지어 밤이면 석물들이 돌아다니고 김이알이 짐승으로 둔갑한다는 말도 있습디다."

석수장이 김이알, 들으면 들을수록 수상쩍은 인물이다. 가서 만나보면 어떤 사람인지 알 수 있겠지. 차강효는 협조해주어서 고맙다는 인사를 하고 자리에서 일어났다. 할머니가 물었다.

"석수장이네 가보려고?"

"그럴 생각입니다만."

"헛걸음이야, 석수장이는 15년 전에 일을 그만두고 마을을 떠났어."

"아, 그러고 보니 석수장이가 소리 소문 없이 사라진 것도 딱 그때였네."

오십대 여자는 한층 깊어진 의심의 탄성을 내질렀다.

"그럼 김이알 씨는 지금 어디 있습니까?"

"모르죠. 그 후로 돌아오지 않았으니까요."

15년 전이라……. 차강효는 어쩌면 김이알도 그 놀이의 실종자일지 모른다는 생각을 했다. 여기까지 왔으니 일단 가보기로 했다.

차강효는 점심을 먹으며 수첩을 꺼내 탐문한 내용을 다시 정리해보았다. 그런 다음 박태이와 그 친구들이 다녔던 고등학교에 들렀다가 돌내리로 향했다. 그는 마을 회관에서 알려준 대로 차를 몰고 산길로 접어들었다. 오후의 햇살이 아직 창창한데 모퉁이를 돌 때마다 산 그림자가 기이하리만큼 짙어지고 있었다. 어쩐지 현실 세계에서 점점 멀어지는 것 같은 이상한 기분이 들었다.

김이알의 집 대문은 굳게 닫혀 있었다. 사람의 발길이 끊어진 지 오래인 듯했다. 차강효는 세월에 패고 닳은 석물들을 따라 작업장 쪽으로 올라갔다. 작업장 안쪽에 자리한 목조 가건물 입구는 자물쇠로 잠겨 있었다. 하지만 문짝이 이미 비틀릴 대로 비틀려 문틈으로 손을 넣고 몇 번 흔들자 삭은 경첩이 툭 떨어졌다. 그는 떼어낸 문짝을 조심스럽게 한쪽 벽에 기대어놓고 안으로 들어갔다.

출입문 앞부터 석물들이 지키고 있어 마치 오래된 돌무덤에 들어선 것 같았다. 창문에 유리 대신 덧댄 비닐들은 먼지와 때에 절어 시커멨고 여기저기 찢어져 너덜거렸다. 그러나 벽과 기둥과 천장의 목재 구조물들은 세월의 더껑이로 갑옷을 둘러쓴 듯 단단하고 견고해 보였다.

안쪽으로 쭉 걸어 들어가자 석물들에 둘러싸인 빈 공간이 나타났다. 어떤 용도를 위해 일부러 비워둔 자리 같았다. 차강효는 그 공간 한가운데 서보았다. 혹시 이 자리에서 그 놀이를 벌였을까?

왼편에 석물들 사이로 난 좁은 통로가 보였다. 통로를 따라가며 모퉁이를 돌자 또 다른 공간이 나타났다. 먼지를 뒤집어쓴 낡은 책상 하나와 의자 두 개, 석수장이의 도구들이 놓인 선반과 나무 상자들, 그 뒤쪽으로 걸쇠가 걸린 문이 있었다. 문을 열어보니 가건물 뒷마당이었다.

거기서 본채 중문으로 곧장 길이 이어졌다. 차강효는 문을 닫고 걸쇠를 도로 걸어둔 후 처음 들어갔던 출입문을 통해 밖으로 나왔다. 이미 뜯어낸 문짝이었지만 도로 들어다가 대강 입구를 막아놓은 후 가건물 뒤로 돌아 중문으로 갔다. 중문 역시 잠겨 있었다. 별수 없이 담장을 넘었다.

마을 회관에서 들은 바로는 좀 특이한 사정이 있는 집 같았다. 대물림되는 이름이라니, 뭔가 계기가 있었을 것이다. 그 이름으로 처음 성공을 거두고 유명해졌다면 가업을 잇는 이가 같은 이름을 계속 사용하는 것도 일종의 홍보가 된다. 하지만 인터넷 검색을 해봐도 석수장이 김이알의 이름으로는 아무것도 나오지 않았다.

그럼에도 천 년쯤 전에 버려진 유적지 같은 그곳과 김이알이라는 불사의 이름은 묘한 조화를 이뤘다. 흐르는 시간 위에 안착한 과거의 공간과 영원한 이름.

김이알의 집은 완전한 금단의 영역이라고 했다. 김이알을 찾은 사람들은 모두 작업장 사무실에서 그를 만났다. 독신으로 혼자 살았던 그는 누구도 집에 들이지 않았다. 회관의 노인들은 김이알의 집에 숨겨져 있는 비밀이 무엇인지 아무도 알지 못한다고 했다. 하긴, 그러니까 비밀이지. 실종에 살인에 수수께끼 놀이에, 이거 파면 팔수록 어둠의 자식들이 줄줄이 사탕으로 나올 각인데…….

본채 앞마당으로 들어서자 굵은 모래 위로 방금 그어놓은 듯 선명한 금들이 보였다. 금들이 만든 도형 안에 크고 넓적한 돌 하나가 놓여 있었다. 차강효는 사방치기를 해본 적이 없고 그 규칙 같은 것도 알지 못했다. 하지만 그 돌과 마당에 그어진 도형이 사방치기 비슷한 놀이를 하는 데 사용된다는 것 정도는 짐작할 수 있었다. 주로 여자애들이 하는 옛날 놀이다. 어쨌든 또 놀이가 나오자 저절로 의심이 들었다. 이게 혹 그 놀이일까?

돌 주변으로 발자국들이 어지러이 흩어져 있었다. 발볼이 좁고 자그마한 것이 여자의 발자국 같았다. 둘러보니 뽀얗게 먼지가 쌓인 툇마루 끄트머리에 누군가 앉았던 흔적이 있었다. 차강효는 곧 거기서 내려선 것으로 보이는 발자국 하나를 발견했다. 그의 것과 크기가 비슷했다. 남자의 발자국이다. 여자는 마당에서 놀고 있고 남자는 툇마루에 앉아 이를 바라보다가 내려서는 장면이 그려졌다.

물끄러미 발자국들을 보고 있던 차강효는 뭔가 이상하다는 것을 깨달았다. 남자의 발자국은 화단의 무른 흙을 밟아서 찍힌 것이었다. 남자는 필시 화단에서 여자가 있는 마당 쪽으로 걸어왔을 것이다. 하지만 굵은 모래에는 남자의 발자국이 없었다. 여자의 발자국만 깊고 선명하게 남아 있었다. 이 정도로 땅이 눌리려면 체중이 대체 얼마나 무거워야 하는 거지?

그는 정국수와 우용주의 실종 현장에서 발견한 눌림 자국들을 떠올렸다. 하지만 여기 찍힌 발자국은 세 개가 아니라 두 개다. 그럼에도 어쩐지 동일인처럼 여겨졌다. 동일인이 아니라도 분명 무슨 관련이 있어 보였다.

그런데 좀 전부터 누군가 계속 자신을 지켜보고 있는 것 같은 기분이 들었다. 차강효는 찜찜함을 느끼며 뒷마당 쪽으로 걸음을 옮겼다. 장독대 옆으로 덮개가 없는 우물이 있었다. 항아리들 사이를 눈으로 훑으며 담장을 따라 시선을 돌리는데 우물 위로 뭔가 쑥 올라오는 것을 본 듯했다. 언뜻 눈앞을 스쳐 지나간 그것은 사람 머리 같았다. 희끗한 얼굴과 흔들리는 검은 머리카락……

차강효는 우물로 다가가 안을 들여다보았다. 우물 속은 그늘져 어두웠다. 방금 본 것에 대한 두려움은 없었다. 그것이 귀신일 리는 없으니 아마도 사람이 숨어서 장난을 치는 것이리라. 그는 휴대전화의 손전등으로 우물 안을 비춰보았다. 내벽을 따라 바닥까지 빛이 죽 훑어 내려갔다. 10여 미터 깊이의 마른 우물이었다.

잘 다듬어진 돌을 켜켜이 쌓아 올린 우물 벽 내부는 잡초와 이끼로 덮여 있었다. 바닥과 잇닿은 내벽 아래쪽에 시커멓게 벌어진 구멍 하나가 보였다. 아마 우물과 통해 있는 수로일 것이다. 저 수로의 수원이 끊겨 우물이 말라버린 모양이었다.

내벽을 이루는 돌들이 워낙 가지런하고 빈틈이 없어 사람이 오르내리거나 붙어 있기는 어려울 것 같았다. 그러니 몇 초 사이에 10여 미터 깊이의 우물 속에서 어떤 기척도 내지 않고 몸을 감출 수는 없었다. 차강효는 자신이 착각했다고 여겼다. 그래서 손전등을 끄고 돌아서려는데 등 뒤로 뭔가 획 지나갔다. 이번에는 그런 것 같은 것이 아니라 실제로 그랬다.

그 뭔가가 순식간에 후덥지근한 공기를 몰아냈다. 갑자기 오한이 든 듯 몸이 떨리며 소름이 돋았다. 오싹하기보다는 불쾌했다. 차강효는 직감을 따르는 편이었으나 김도한과 마찬가지로 초자연적인 현상을 믿지 않았다. 50여 년 전에 사라진 열여덟 살의 외삼촌을 본 것은 여전히 설명할 수 없지만.

움직임이 민첩한 것을 보니 산을 타는 사람인 듯했다. 아마도 버려진 집인 줄 알고 들어왔다가 그가 나타나자 주인인 줄 알고 피한 것이 아닐까. 누군지는 모르겠지만 김이알에 대해 알고 있을지도 모른다. 차강효는 미지의 인물을 향해 소리쳤다.

"술래잡기 그만하고 나오시죠. 저도 무단 침입이라 그쪽 나무랄 입장 아니니 얼굴 좀 봅시다."

한참을 정적이 흘렀다. 그는 인내심을 가지고 기다렸지만 점점 더 기분이 나빠졌다. 좀 전까지 사방을 달구던 그 뜨겁던 여름 공기는 어디로 달아났는지 집 안을 둘러싼 기운이 서늘하다 못해 서리가 내릴 지경이었다. 등골에 얼음이라도 든 듯 몸이 선뜩선뜩 움츠러들었다.

깊어지는 고적함에 차강효는 영원히 멈춰 있는 시공의 함정에 빠진 것 같은 불길함에 휩싸였다. 마음은 얼른 나가고 싶었지만 그래도 다시 한 번 집 안을 샅샅이 살펴보았다. 앞마당에 있는 돌의 위치가 바뀌었는지까지 확인했다. 끝내 아무것도 발견하지 못한 그는 의문만 커진 채 빈손으로 그곳을 나섰다.

* * *

"계십니까?"

방문을 벌컥 열고 밖을 내다본 나는 어둑한 마당에 서 있는 차 형사를 보고 당황했다. 종목의 원대로 차 형사를 만날 작정이긴 했지만 당장은 아니었다. 아직 준비가 되지 않은 상태에서 덥석 차 형사와 마주한 머릿속이 정신없이 돌아갔다. 차 형사가 가볍게 손을 흔들며 말했다.

"그렇게 경계할 거 없습니다. 일전에 제가 또 보자고 말씀드렸을 텐데요."

"저 만나러 오셨어요?"

"회사 그만두고 고향 집에 내려와 있다는 말을 들었습니다."

"그만둔 게 아니라 잘렸죠. 왜 잘렸는지는 아실 테고."

"똑똑하고 수완 좋은 분이니 곧 제자리를 찾을 겁니다. 고등학교 때도 불미스러운 사건의 중심에 있었지만 전학 가는 날까지 착실하게 성적 관리하고 출석 챙겼던데요."

형사가 여기까지 내려와 내 고등학교 때 기록을 뒤졌다. 나는 그의 말이 무슨 뜻인지 알아들었다. 너에 대해서 다 조사해봤어, 그러니 순순히 털어놓는 게 좋을 거야.

"쉽게 좌절하는 타입이 아니라서요."

"저도 그렇습니다. 그런 타입은 대개 두 부류죠. 망각형이거나 참을형이거나. 저는 후잡니다."

차 형사는 스스럼없이 걸어와 마루 끝에 걸터앉았다. 나도 후자다. 모든 사소한 것들까지 고이 기억한 채로 참고 인내하는 쪽. 하지만 내가 그렇다는 것은 방금 차 형사를 통해 알았다. 나는 마루로 나가 그와 조금 거리를 두고 앉으며 말했다.

"저도 궁금한 게 있어서 형사님을 뵈러 가려고 했는데요."

"아, 서에서 기다리고 있을 걸 그랬습니다."

차 형사가 느물거리자 나는 바짝 긴장했다. 저 페이스에 말려들면 나도 선을 넘고 실수할 수 있었다. 차 형사는 내가 경찰을 경계한다는 것을 알고 있다. 그런 내가 먼저 경찰을 찾으려고 했다는 건 그만큼 똥줄이 탔기 때문이라는 것도. 형사는 내 입에서 나오는 질문이 뭔지 궁금할 것이다. 그 질문이 저들에게는 중요한 단서가 될 테니.

"알고 싶은 게 뭡니까?"

"국수가 용주에게 혹 무대배경과 관련된 사진이나 그림을 보낸 적이 있어요?"

"허, 그걸 어떻게 알았습니까? 혹시 그 그림에 대해 진작 알고 있었던 겁니까?"

"있었군요."

"네. 그 무대배경 숲에 떠다니던 하얀 거요, 측백나무 열매라더군요. 정국수 씨는 그걸 신경모 씨로부터 받았습니다."

"경모로부터? 경모가 국수의 연락처를 어떻게 알았죠? 둘이 연락하고 지내지는 않았을 텐데요.”

“우연히 택시에서 만난 것으로 보입니다. 오랜만이다, 하고 연락처를 교환했겠죠. 이런저런 이야기도 나눴을 거고요.”

그러다가 15년 전 놀이 이야기가 나왔다? 놀이의 규칙을 지켜야 하는 국수가 먼저 이야기를 꺼냈을 리는 없다. 당시 우리 뒤를 따라다녔던 경모는 놀이 가담자들이 누군지 대강 알고 있었다. 그러니 경모가 국수에게 말했을 것이다.

“그 측백나무 열매가 우용주 씨의 답입니다.”

“경모가 다른 그림도 보냈어요?”

“장승 그림이 있더군요. 그건 아마 정국수 씨의 답일 겁니다.”

나는 속으로 몹시 놀랐다. 이 작자, 소리나무 놀이에 대해 대체 어디까지 알아낸 거야?

“그게 전부예요?”

“그러니까 놀이의 모든 답이 담겨 있는 온전한 그림이 신경모 씨에게 있는지 궁금하단 말이죠. 박태이 씨와 노종목 씨가 찾는 답이 바로 거기 있으니까요.”

“경모의 그림을 가지고 계시는군요.”

“네, 이제 그 놀이의 모든 답은 저한테 있습니다. 솔직히 그 그림을 어떻게 봐야 하는 건지는 잘 모르겠습니다만.”

“좀 볼 수 있을까요?”

“먼저 놀이에 대해 말씀해주시죠. 그럼 보여드리겠습니다.”

“그림부터 보죠.”

“그건 안 됩니다. 제가 박태이 씨를 믿지 못하겠습니다.”

그러거나 말거나 나는 물었다.

"그림에 뭐가 있던가요? 소녀들이 있던가요?"

내 질문에 차 형사는 바로 흔들렸다.

"어? 혹시 박태이 씨에게도 같은 그림이 있습니까? 이제 보니 진본은 여기 있었군요."

"진본?"

"신경모 씨의 것은 복사본이었습니다."

이걸로 끝. 더 알아볼 것도 없다. 차 형사가 가지고 있는 경모의 그림은 내 것과 같은 것이다. 그럼 소녀들에 가려지지 않은 그림은 어디서 찾아야 하는 거지?

"답지를 이미 갖고 있는데 왜 계속 답을 찾습니까? 아, 그림을 놓고 풀어야 하는 뭔가가 더 있나 보군요. 그럼 그림 속 갈래머리 소녀는 박태이 씨 집안사람이겠네요. 누굽니까?"

"돌아가신 고모할머니요."

"놀이의 답이 담긴 그림 속에 왜 그 두 할머니가 계시는 거죠?"

"몰라요."

그 할머니들도 놀이를 했기 때문이라고 굳이 말할 필요는 없었다. 왜 진작 그 생각을 하지 못했을까. 권효순은 놀이에 대해 말하면 안 된다는 규칙을 평생 지켰다. 하지만 죽기 직전 그림과 함께 놀이에 대해 경모에게 뭔가 털어놓은 것이 틀림없었다.

경모는 지난날 도동 마을에서 친구들이 자신을 따돌리고 무엇을 했는지 알았다. 그리고 그림이 놀이를 끝낼 답지라는 것도 알았지만 오랫동안 가지고만 있었다. 그 시절 그를 따돌린 우리를 원망해서가 아니었다.

권효순이 무덤까지 가져갔어야 할 비밀을 그에게 말했다. 규칙을 깬 권효순은 죽었지만 그에게는 어떤 일이 벌어질지 알 수 없었던 것이다. 어쨌든 그는 놀이 가담자가 아니니 입을 다물고 있으면 괜찮을 거라고 여겼다. 하지만 권효순의 얼굴을 한 그것이 나타나자 경모는 자기 생각이 틀렸다는 것을 알았다.

그에게는 도움이 필요했다. 그래서 종목에게 연락을 한 것이다. 그때 종목의 상황이 어땠건 간에 경모는 적극적이지 않았다. 기껏 전화를 해놓고 경모는 왜 다시 물러나버린 걸까. 권효순의 비밀을 들은 자신에게 문제가 생겼으니 자신이 답지를 공개하면 우리에게도 어떤 문제가 생길 것을 우려한 게 아닐까.

경모는 이러지도 저러지도 못한 채 고민에 빠졌다. 일상이 엉망이 되고 결국 회사를 그만뒀다. 그런 상황에서 우연히 국수를 만났다. 경모는 틀림없이 그 순간을 운명이라고 여겼을 것이다. 그는 벼랑 끝에 몰려 있었다. 유서라도 써둬야 할 상황이었다. 무서웠을 것이다. 그런 그의 처지를 가장 잘 공감해줄 사람은 놀이 가담자였던 열리였다. 그런데도 열리에게는 끝까지 일언반구 털어놓지 않았다. 왜 그랬을까.

아마도 열리를 보호하려는 마음이었을 것이다. 어디서 반칙의 불똥이 그녀에게 튈지 알 수 없었을 테니까. 그래서 권효순의 얼굴을 한 그것이 등장한 후에는 열리와 고의로 거리를 둔 것이다. 그런 사정을 몰랐던 열리는 달라진 경모의 태도에 서운했던 것이고.

"모른다고만 하지 말고 말해주시죠. 박태이 씨도 신경모 씨의 어머니를 만나셨으니 알 겁니다. 신경모 씨도 지금 실종 상태입니다. 대체 무슨 놀이기에 사람들이 없어지는 겁니까?"

나는 대답하지 않았다. 경찰이 내 행적을 꿰고 있다. 진작부터 의심받고 있었던 것이다. 하긴 내 신원을 조회해봤다면 눈여겨볼 수밖에 없었으리라.

"그날, 15년 만에 이열리 씨를 만나서 무슨 이야기를 했습니까? 제가 여기 오기 전에 이열리 씨를 잠깐 만나봤거든요. 놀이에 대해서 물으니 무조건 모른다고 하더군요. 경찰이 찾아오면 그렇게 대답하라고 박태이 씨가 미리 말해둔 겁니까?"

나는 실소를 터뜨렸다.

"웃을 일이 아닐 텐데요. 박태이 씨와 이열리 씨 모두 그 놀이의 일원이었습니다. 그렇죠? 15년 전에 일곱 명의 아이들이 자전거를 타고 김이알의 집에서 은밀히 모였습니다. 거기서 어떤 놀이를 시작했는데 뭔가 잘못됐어요. 대체 그때 무슨 일이 벌어진 겁니까?"

나는 당황했다. 형사가 놀이 가담자 일곱 명에 대해 알고 있을 줄이야.

"그 일곱 명의 아이들 속에 신경모 씨는 없었습니다. 하지만 신경모 씨는 놀이 속 수수께끼의 답을 갖고 있었죠. 그도 그 놀이 때문에 실종된 겁니다. 박태이 씨, 장장 15년간 이어진 연쇄 실종 사건입니다. 이게 모가지 수수께끼 놀이라면 피해자들은 이미 사망했을지도 모르죠. 그럼 연쇄 살인 사건이 되는 겁니다."

"모가지 수수께끼요?"

"지면 모가지를 내놔야 하는 거죠. 15년 전 돌내리 석수장이의 집에서 무슨 일이 있었습니까?"

무슨 일이 있었는지 나는 말할 수 없었다. 규칙을 깨면 그 대가는 고스란히 나의 몫이다. 말해봐야 어차피 믿어줄 리도 없고 믿는다 해도 저들 멋대로 해결하려 들 테니 놀이를 끝내는 데는 방해만 될 뿐이다.

"정말 이러실 겁니까? 그날 밤 한연서는 틀림없이 당신네 친구들이 있는 곳으로 향했습니다. 술래잡기가 이렇게 길어질 리 없잖습니까? 저희가 도움이 될 겁니다."

"아뇨, 경찰은 우릴 도울 수 없어요. 아예 구분도 할 수 없을 테니까요."

"그게 무슨 말입니까?"

나는 자리에서 일어나며 말했다.

"그만 돌아가주세요."

"이봐요, 박태이 씨. 잠깐만요, 아직 할 이야기가 남았습니다."

"저는 없어요."

나는 방으로 들어가 문을 닫았다. 문밖에서 차 형사가 말했다.

"정국수 씨와 우용주 씨의 실종 현장에서 세 개의 발처럼 보이는 이상한 눌림 자국들이 발견됐습니다. 거기에 대해선 궁금하지 않습니까?"

궁금한 건 내가 아니라 그쪽이겠지.

"박태이 씨, 이러지 맙시다. 절 믿고 맡겨요. 분명히 도움이 될 겁니다."

차 형사는 계속 나를 설득하려 했다. 하지만 내 귀에는 어떤 말도 들어오지 않았다. 내가 꿈쩍도 하지 않자 차 형사도 결국 포기하고 완화수방을 나갔다. 나는 마음이 조급해졌다. 저 형사가 더 깊이 파고들기 전에 빨리 이 놀이를 끝내야 했다. 그때 휴대전화가 울렸다. 뒷자리 번호가 눈에 익었다.

"오라버니!"

전화를 받자 창아의 목소리가 대뜸 들려왔다. 그래, 이 번호 김이알의 집 전화번호였지. 아직까지 전화가 끊기지 않았던가. 창아의 목덜미에 있는 얼룩점이 떠올랐다. 마치 살아 있는 사람처럼 나를 노려보며 흉측한 미소를 짓던 그 얼굴. 가슴이 서늘해지면서 등줄기가 당겼다.

"내…… 전화번호 어떻게 알았어?"

"오라버니가 줬잖아."

아, 생각났다. 김이알이 돌아오면 연락하라고 내가 직접 그녀의 손바닥에 써주었다.

"오라버니, 나 심심해. 언제 올 거야? 와서 나랑 놀자."

나는 가고 싶지 않았다. 창아와 그 집에 둘만 있는 것이 꺼려졌다. 하지만 그녀는 놀이의 중심을 지키는 여왕이었다. 그녀가 가지고 있는 권능은 어디까지일까. 그녀가 호의를 베푼다면 우리를 놀이에서 풀어줄 수도 있지 않을까.

이 놀이는 나로 인해 시작되었다. 그러니 내가 책임져야 하는 것이다. 나는 종목과 열리와 명진을 생각했다. 연서와 국수와 용주는 사라졌지만 아직 남은 친구들이 있다. 그들을 지켜야 했다. 내겐 무섭다고 피할 자격이 없었다.

"낯선 사람이 우리 집을 훔쳐봤어. 이러다가 나 들키겠어. 혼자 하는 술래잡기 지겨워. 나랑 같이 있자."

차 형사가 김이알의 집도 들렀던 모양이다. 나는 잠깐 망설이다가 말했다.

"지금 갈게."

7

대문 안으로 들어서자 마당에서 깨금발로 돌멩이를 차며 혼자 놀고 있던 창아가 달려와 내 손을 잡아끌었다. 나는 슬그머니 그녀의 손을 뿌리쳤다. 그러자 창아는 히죽 웃으며 한 걸음 물러섰다.

오늘은 댓돌을 밝히는 등이 꺼져 있었다. 희미한 달빛 아래 어둠 속에서 창아가 나를 바라보며 고개를 갸웃거렸다. 나는 그 고갯짓도 무섭고 새까만 머리카락 사이에 숨겨진 목덜미의 작은 얼굴도 무서웠다. 그래도 지난번보다는 덜 무서웠다.

다음번엔 조금 덜 무서울 거고 그다음 번엔 훨씬 덜 무서울 것이다. 그녀에게 다가갈수록 무서운 것에 대한 감각은 점점 더 무뎌지리라. 그리하여 마침내 무감각에 이른 그 자리가 공포의 가장 깊숙한 곳임을 나는 잘 알고 있었다.

여왕 나무는 머리 나무에 기생한다. 창아가 김이알에게 붙어

산다면 김이알은 여기 어딘가에 있어야 했다. 그런데 창아는 김이알이 돌아오기를 기다리는 중이라고 말했다. 그건 김이알이 창아를 떠났다는 뜻이다. 우리처럼 소리나무에 쫓겨 달아난 것이 아니라 스스로 창아를 버린 것이다. 둘이 한 쌍이라면, 김이알이 철저하게 소리나무들의 편이라면 왜 떠난 걸까.

"대체 김이알은 어디 있는 거야? 돌아오긴 하는 거야?"

"돌아오지. 돌아오지 않고는 벗어날 수 없거든."

"그게 무슨 뜻이야?"

"곧 알게 될 거야."

"언제 돌아오는데?"

"그가 언제 돌아올지는 오라버니한테 달렸지."

"어째서?"

"오라버니가 더 잘 알고 있을 텐데."

"몰라, 모르겠어. 그러니까 네가 전부 말해줘."

창아는 대답 대신 깔깔 웃으며 돌아섰다. 내가 와줘서 기분이 좋은 듯 그녀는 어린애처럼 사방치기 금 안을 이리저리 콩콩 뛰어다녔다. 그러다 갑자기 나를 등진 채 멈춰 섰다. 그녀가 두 손을 머리 뒤로 가져갔다. 손가락을 머리칼 사이로 넣고 양쪽으로 천천히 갈랐다. 새하얀 목덜미가 드러나는가 싶더니 숨겨져 있던 얼룩점이 나타났다.

작고 흉측한 얼굴이 나를 빤히 쳐다보고 있었다. 얼룩점이 움직였다. 마치 무슨 말이라도 하려는 것처럼 입을 우물거리더니 하품을 하듯 쩍 벌렸다가 꾹 다문다. 옆으로 길게 늘어뜨렸다가

오므린다. 비틀린 입과 일그러진 눈매가 펴지면서 다시 자리를 잡는 순간 나는 그 얼굴을 알아보았다.

"너…… 너……."

말이 제대로 나오지 않았다. 나는 숨을 헐떡이며 그저 그 얼굴을 가리킬 뿐이었다. 창아가 제 머리칼에서 손을 떼며 나를 향해 돌아섰다.

"그래, 오라버니도 이미 알고 있었지. 나한테 두 개의 얼굴이 있고, 또 내가 사람이 아니라는 걸."

달아나고 싶다고 생각하는 순간 갑자기 대문이 쿵 하고 닫혔다. 심장이 철렁 내려앉았다. 나는 완전히 얼어붙어, 어디로도 움직일 엄두를 내지 못했다. 창아가 가련하다는 듯 말했다.

"도망가려고? 아이, 어쩌나! 아는 것을 들켜서 겁먹었네."

침착해야 해. 나는 속으로 숫자를 셌다. 하나, 둘, 셋…… 무서워하는 걸 들켜선 안 돼. 나는 창아를 노려보았다. 넷, 다섯, 여섯…… 정신 차리고 정면으로 맞서지 않으면 저 애 손에 놀아나게 될 거야. 일곱, 여덟, 아홉…….

나는 내가 해야 할 일을 생각했다. 두려움은 마음속에 묻어둔 가책에 비하면 아무것도 아니었다. 무조건 아니어야 했다. 나에게는 공포를 핑계 댈 자격이 없었다. 간신히 감정을 추스르고 나는 물었다.

"너 대체 뭐야? 왜 네가 연서의 얼굴을 가졌어? 넌 연서의 소리나무가 아니잖아."

창아는 키득키득 웃으며 고개를 흔들었다. 그리고 뒷짐을 진

채 내 주위로 원을 그리며 천천히 걸었다. 마치 날 가두는 의식이라도 펼치는 것처럼 보였다. 그녀가 말했다.

"이건 허수아비의 얼굴이야. 내 그림자라고. 아홉 나무 중에서 두 개는 같은 나무야. 그 둘은 서로 연결되어 있고 머리 나무의 좌우를 지키지."

머리 나무의 왼쪽은 아홉 번째 소리나무의 자리로 비어 있었고 오른쪽은 연서였다. 갑자기 창아가 내 곁으로 다가오더니 턱 밑으로 얼굴을 들이밀며 속삭였다.

"참 불공평하지. 우리가 먼저인데 말이야. 우리가 너희보다 먼저 있었어. 더 오래 살아왔고 더 오래 살아남을 테지만 이미 우리의 시대는 지나갔으니 도리가 없지. 우리의 목적은 그저 존재하는 거야."

"남의 얼굴을 훔쳐서 말이지. 그렇게 존재하는 것에 무슨 의미가 있어?"

"내 존재의 의미는 내게 있어."

"그럼 왜 남의 얼굴이 필요한데? 너흰 얼굴만 훔치는 게 아니야. 그 얼굴의 삶 전체를 도둑질하지. 그건 너희의 삶이 아니야. 다 거짓이라고. 그러니까 이제 정체를 드러내고 놀이를 멈춰."

"틀렸어, 우린 그 얼굴이 간직한 삶의 기억을 갖지만 그 삶을 살지는 않아. 오라버니의 말대로 우리 것이 아니라는 것을 알거든. 우린 그저 이 세계의 존재 방식을 따를 뿐이야. 사람들은 거울에 비친 자기 얼굴을 보며 자기라고 생각하지. 곁에 있는 누군가의 얼굴을 보며 누군가가 거기 있다고 여기고. 하지만 얼굴들

228

각각이 나이고 누군가라는 것을 어떻게 확신할 수 있을까. 다 착각이야. 사람들은 자신도 타인도 누군지 모른 채 살아. 다만 궁금해할 뿐이지.”

그녀의 말이 옳았다. 주어진 삶을 모두 살고 나서도 내가 누군지 알 수 없기는 마찬가지다. 누군가와 혹은 무엇과 관계를 맺으면서 살아온 과정을 삶이라고 부르며 그저 살 뿐, 그것으로 나는 존재하는 것이다.

“이 세계에서 존재는 보이는 것이어야 해. 그런데 우린 얼굴이 없어. 보여줄 게 없다고. 다른 부분은 보여줘봐야 구분도 못할뿐더러 부정해버려. 그래서 이 놀이를 통해 오라버니의 세계에 끼어들 수밖에 없는 거야. 우리에겐 이 놀이 자체가 삶이지. 놀이가 가져다준 얼굴들의 기억과 함께.”

“너흰 대체 뭐야?”

“그 질문은 위험한데.”

“어차피 너희가 만든 규칙이잖아.”

“사람에게 가장 힘든 것은 생을 다 살아내는 그날까지 자신을 잃지 않고 지켜내는 거야. 굴복하면 자기 자릴 빼앗기지. 그건 우리가 만든 규칙이 아니야. 우린 그저 그 빈자리에 들어갈 뿐. 그리고 다른 사람은 몰라도 오라버니는 이 놀이에서 절대 빠져나갈 수 없어. 왜냐하면 오라버니는 우리 편이니까. 숨겨진 쪽!”

그림의 소리나무들은 드러난 쪽과 숨겨진 쪽으로 구분되었다. 나와 연서, 머리 나무와 아홉 번째 소리나무는 두 소녀의 뒤에서 정체를 숨기고 있었다.

"혹시 내가 머리 나무의 후계자이기 때문이야?"

"그래서 다음번엔 오라버니가 우릴 깨울 거거든."

역시 그거였구나. 내가 김이알과 아주 위험한 거래를 했다는 것을 깨달았다.

"김이알은 이 놀이에 질렸나 봐. 그래서 자기 자리를 오라버니에게 넘겼어. 머리가 되면 얼굴을 지킬 수 있지. 그것이 더는 얼굴을 달라고 하지 않게 되니까."

얼굴을 지킨다는 것은 나로 남을 수 있다는 뜻이다. 그것이 내 기억과 마음을 가져가지 않는다는 것이다. 그러므로 잊고 싶은 나쁜 기억도 고통스러운 슬픈 기억도 사무치는 그리운 기억도 온전히 내 것으로 간직한 채 느끼고 되새길 수 있다. 하지만 거기서 멈춘다. 더는 한 발짝도 나아가지 못한다.

내가 머리가 되면 창아는 지난날 김이알에게 그랬던 것처럼 내게 꼭 붙어살겠지. 그런 상황은 그것의 시선과 질문을 받으며 죽을 때까지 시달리는 것보다 더하면 더했지 크게 다르지 않을 것이다. 그렇게 사는 것이 어느 날 문득 지겨워지면 나 역시 김이알처럼 다른 놈을 구슬려 내 자리에 던져놓고 도망치려나.

"사라진 내 친구들은 어디 있어? 모두 죽었어?"

"하나가 둘이 되고 둘이 셋이 되고 셋이 아홉이 되면 모두 다시 모일 거야."

"국수와 용주, 연서까지 모두 돌아온다고?"

"물론이지. 연서는 이미 돌아왔잖아."

창아는 배시시 웃으며 고개를 돌렸다. 그녀의 머리가 지나치게 돌아갔다는 생각에 섬뜩했다. 거기서 조금만 더 돌아가면 창아의 얼굴은 완전히 뒤로 가고 얼룩점이 진짜 얼굴 노릇을 하게 생겼다.

"아니, 그건 연서가 아니라 연서의 얼굴을 한 **그것**이야. 다들 마찬가지로, 돌아와봤자 내 친구들이 아니라 **그것**들이겠지."

"오라버닌 구분할 수 없을 거야. 아니, 구분 자체가 무의미하다는 것을 깨닫게 되겠지."

"어쨌든 달라."

"아니, 같아. 우린 그 얼굴이 드러내지 않았던 본성과 욕망의 보이는 부분이야. 그래서 그 얼굴이 감히 할 수 없는 일을 대신할 수 있는 거야. 낯설어 보일 뿐 우린 처음부터 함께였어. 그러니까 그 얼굴이 원하는 것을 말하지 않아도 알 수 있는 거지."

나는 친구들에게 이빨들이 정당한 벌을 받기를 원한다고 말했다. 재호의 죽음에서 뻔뻔하게 빠져나가버린 그들에게 복수하고 싶다고 말했다. 그게 다였다. 단 한 번도 이빨들을 죽이겠다거나 혹은 **그것**에게 놈들을 죽여달라고 입 밖으로 내어 말한 적이 없었다. 그건 그저 내 심중의 외침이었을 뿐이다. **그것**을 향해 너는 내가 아니라고 절규해도 **그것**이 한 일은 오직 내 마음에 충실한 것이었다. 나 말고 또 누가 내 밑바닥을 그렇게 들여다볼 수 있을까.

"소리나무의 소리는 얼굴을 통해 그 사람 안에 깊숙이 묻혀 있던 무언가를 끌어 올려 만들어지지. 소리로 얻은 생명이니 소리가 끊어지면 사라지게 되어 있어. 어떤 얼굴들은 영원하지 않단 뜻이야. 그러니까 보고 싶은 얼굴이 돌아왔을 때 실컷 봐둬. 오라버니가 제일 좋아하는 얼굴이잖아. 그래서 내가 이 얼굴을 가진 거고. 기억 안 나, 그날 우리가 우리 편이 된 오라버니와 이 애를 환영해줬던 거?"

우리 편. 내가 김이알로부터 그 말을 들은 건 아홉 번째 소리나무가 스스로 모습을 드러냈던 바로 그날 밤이었다. 우리는 그때 이미 창아를 보았다.

* * *

날씨가 꾸물거리는 것이 또 한바탕 비가 쏟아질 모양이었다. 벽시계는 오후 3시를 가리키고 있는데 밖은 한밤중처럼 어두웠다. 멀리서 천둥소리가 들리더니 이내 거센 빗방울들이 가건물의 지붕과 비닐 창을 때리기 시작했다. 천장에 매달린 형광등의 불빛은 희미했고 김이알은 잠시 자리를 비워 우리끼리 소리를 맞춰보던 중이었다.

세상은 오직 쏟아지는 비와 천둥, 나무 두드리는 소리뿐이었다. 갑자기 퍽, 하면서 형광등이 일시에 꺼졌다. 실내는 어둠에 휩싸였다. 국수가 일어나서 벽에 붙어 있는 스위치를 올렸다 내렸다 반복해보았으나 소용없었다.

"그냥 둬, 어렴풋이 보여."

종목이 말했다.

"그래도 뭐가 잘못됐는지 알아봐야지."

국수는 두꺼비집을 찾아 건물 밖으로 나갔다.

"야, 연서랑 태이! 너희 둘은 왜 그렇게 붙어 있는 거야? 암만 어두워도 보일 건 다 보인다니까."

종목의 놀림에 다들 끽끽거리며 웃었다. 하지만 연서는 내게서 떨어지지 않았다. 나는 팔을 뻗어 연서를 천천히 내 뒤로 밀어 넣으며 조용히 물었다.

"이런 말 한다고 다들 겁먹지 마. 거기, 열리 옆에 누구지?"

"누구긴, 나잖아."

종목이 말했다.

"너 말고, 비어 있던 자리."

웃음이 사라지고 우리는 무시무시한 정적에 휩싸였다. 모두의 시선이 비었던 자리로 향했다. 열리는 차마 제 옆자리로 고개를 돌리지 못한 채 종목 쪽으로 슬금슬금 물러서는 중이었다. 열리의 옆자리에 얼핏 보이는 얼굴은 석물의 형상이 드리운 그늘에 가려 명확하지 않았지만 여자였다.

희미하게 드러난 흰 저고리, 어깨까지 늘어뜨린 가지런한 검은 머리칼, 그보다 더 검은 빛깔의 치마. 치맛자락 밑으로 앞코가 뾰족하게 들린 두 개의 검은 고무신 끝이 보였다. 아니, 고무신이 아니었다. 그것이 무엇과 똑같이 생겼는지 우리는 이내 알아보았다.

두 개의 검은 발이 슬그머니 벌어졌다. 그 사이로 또 하나의 발이 고개를 내밀었다. 세 개의 발이 사부작사부작 움직이는 것을 본 모두의 머리끝이 곤두섰다. 아홉 번째 소리나무가 와 있는 것이다. 누군가의 심장이 쿵 하고 내려앉는 소리가 들렸다. 밖에서 비가 저토록 세찬 소리를 뿌리며 쏟아지는데 우리는 고요의 한가운데 있었다. 내가 소리쳤다.

"거기 누구야?"

그 순간 형광등이 다시 켜졌다. 흰 저고리에 까만 치마를 입고 세 개의 발을 놀리던 여자는 어디에도 없었다. 두꺼비집을 보러 나갔던 국수가 작업장 안으로 들어섰다.

"합선됐나 봐. 전원이 꺼졌더라고. 뭐야, 다들 왜 그래?"

국수는 자신이 없는 동안 무슨 일이 있었다는 것을 알았다. 모두의 표정이 메두사의 머리라도 본 것처럼 굳어 있었기 때문이다. 용주가 말했다.

"아홉 번째 소리나무가 와 있었어. 방금 우리 모두 봤어. 여자였어."

"잘못 본 거 아니야?"

"아냐, 틀림없이 여자였어. 세 개의 발을 가진 여자."

겁에 질린 용주의 눈동자가 비어 있는 아홉 번째 소리나무의 자리를 맴돌았다. 명진이 말했다.

"아홉 번째 소리나무가 제 발로 나타났어. 그럼 **그것**이 불려 왔다는 거잖아."

"그래, 너흰 이제 곧 **그것**을 보게 될 거야."

언제 왔는지 김이알이 입구에 서 있었다. 연서가 내 옷자락을 잡으며 훌쩍거리기 시작했다. 김이알이 말했다.

"지금부터 정신 똑바로 차려. 놀이를 제대로 끝내지 못하면 죽은 후에도 계속 끌려다니게 될 테니까."

"죽은 후에도라니, 그게 무슨 말이에요?"

명진이 따지듯 물었지만, 김이알은 개의치 않고 자기 할 말을 이었다.

"놀이가 시작되면 그것이 질문을 할 거야. 신중하게 대답해야 해. 그 답이 무엇이냐에 따라 놀이는 금방 끝날 수도, 그러지 않을 수도 있거든."

그가 아이들 한 명 한 명에게로 시선을 돌렸다. 우리는 그와 눈이 마주치는 순간 영혼이 정체불명의 사악한 것에게 붙들린 기분이 되었다. 다들 두려움에 휩싸여 허겁지겁 그곳을 나섰다. 하지만 나는 머뭇거리며 남아 있었다. 무슨 일이 벌어질지 알 수 없어 불안했기 때문이다.

"우리도 가자."

연서가 나를 잡아끌었다.

"잠깐만, 뭔가 잘못됐어."

"그런 식으로 말하지 마, 무서우니까. 일단 여기서 나가자. 나이제 다신 여기 안 올래. 뭐 해, 비 그쳤을 때 빨리 가자니까."

연서에게 이끌려 어쩔 수 없이 건물을 나서려는데 갑자기 천장과 바닥을 두드리는 요란한 소리가 한바탕 지나갔다. 나는 그 소리를 들은 적이 있었다. 소리나무들이 발 구르는 소리였다. 설마 하는 마음에 돌아보니 좀 전까지 있던 소리나무들이 보이지 않았다. 출입문이 활짝 열려 바람을 따라 덜컹거렸다.

소리나무들이 사라진 것을 확인한 연서는 새파랗게 질린 채 몸을 떨었다. 형광등이 깜빡거리더니 다시 불이 나가버렸다. 화들짝 놀란 연서가 자지러지는 비명을 내질렀다. 그 소리에 반응이라도 하듯 바닥이 파도를 탄 것처럼 미묘하게 울렁였다. 동시에 벽이 치댄 반죽처럼 휘어졌다가 순식간에 제자리로 돌아왔다.

현기증이 났다. 또다시 천장과 바닥에서 소리나무들의 발 구르는 소리가 사납게 지나갔다. 연서가 울부짖으며 창문을 가리켰다. 돌아보니 기괴한 얼굴들이 비닐 창을 짓누르며 다투어 머리를 들이밀고 있었다. 일그러진 가면 같은 얼굴들은 기어이 비닐을 찢고 창을 통과했다.

벌거벗은 어깨가 빠져나왔다. 암갈색의 거무스름하고 매끄러운 피부, 갈퀴처럼 휜 단단한 손가락들이 창틀과 벽을 타고 덩굴처럼 뻗어 내렸다. 둥그스름한 검은 하체가 미끄러지듯 흘러 들어오면서 주름이 잡혔다. 그 사이로 앞코가 뾰족하게 들린 세 개의 발끝이 보였다.

연서는 극도의 공포에 빠져들었다. 세 개의 발들이 한 걸음씩 우리를 향해 다가왔다. 발들의 움직임은 춤추듯 사뿐했다. 그들이 활짝 벌린 양팔로 허공을 가로저으며 어깨를 덩실덩실 움직였다. 그들의 몸은 바람을 타는 물결처럼 부드럽게 굴곡을 그렸다. 열려 있던 출입문이 쾅, 소리를 내며 닫혔다.

나와 연서가 동시에 달려가 있는 힘껏 손잡이를 당겼지만 문은 꿈쩍도 하지 않았다. 연서는 살려달라고 소리치며 미친 듯이 문을 두드렸다. 그러나 그 모든 소리는 소리나무들의 발 구르는 울림에 묻혔다.

"뒷문으로 나가자."

나는 연서를 끌고 석물들 사이를 지나 뒷문으로 달려갔다. 걸
쇠를 풀고 문을 밖으로 밀었다. 열리지 않았다. 마치 처음부터
문이 아니라 벽이었던 것 같았다. 뒷문은 밖에서 잠그는 장치가
없었다. 그러므로 지금 벌어지고 있는 상황은 있을 수 없는 일이
었다.

"걸쇠가 고장 났나 봐."

연서가 흥분할까 봐 나는 거짓말을 했다.

"어떡해?"

"문이 모두 잠겼으니 창문밖에 없어."

"저 이상한 것들은 어쩌고?"

"놈들의 얼굴을 정면으로 봐. 그럼 저들이 먼저 피할 거야."

처음 이곳에서 소리나무들을 보았을 때 나는 그 얼굴을 보기
위해 눈을 떼지 않았다. 그러자 소리나무들이 먼저 얼굴을 석물
들 뒤로 숨겼다.

"싫어, 보고 싶지 않아."

연서는 문을 향해 선 채 자기 뒤에서 무슨 일이 벌어지는지 똑
바로 보기를 거부했다.

"여기서 나가려면 봐야 해. 내가 셋을 세면 무조건 창문 쪽으
로 뛰는 거다."

"싫어, 싫다고!"

연서가 울음을 터뜨렸다. 나는 그녀의 손을 잡으며 말했다.

"알았어, 아무것도 보지 마. 그냥 꼭 붙어서 나만 따라와."

그녀가 고개를 끄덕였다.

"이제 숫자 센다. 하나, 둘, 셋!"

그 순간 사방의 요란한 소리를 뚫고 어디선가 들려온 뚱, 딱, 하고 끊어지는 소리가 번개처럼 머릿속에 꽂혔다. 정신이 번쩍 들었다. 동시에 뒷문이 활짝 열렸다. 김이알이 거기 서 있었다.

지친 표정에 옷매무새는 흐트러져 있었다. 늘 두르고 있던 은색 스카프도 하지 않았다. 그가 고개를 움직였을 때 목덜미에 깊게 베였던 듯한 상처 자국이 언뜻 보였다. 스카프의 용도는 멋내기가 아니라 흉터를 가리기 위한 것이었던 모양이다. 김이알이 내게 다가와 속삭이듯 말했다.

"얼른 가, 밤새 저것들에게 희롱당하기 싫으면."

"뭐라고요?"

"우리 편이 된 것을 환영하는 의식이야. 머리 나무의 후계자와 여왕의 그림자를 맞으러 온 것이지. 근데 우리 울보는 이렇게 겁이 많아서 어쩌나. 아무래도 금방 잡아먹히겠어."

김이알이 손을 뻗어 눈물범벅이 된 연서의 뺨을 살짝 훔쳐주는가 싶더니 얼른 뗐다. 찰나였지만 그의 깊고 차가운 동굴 같은 눈에 온기가 배었다. 처음으로 그가 보통 사람처럼 보였다. 머리 나무가 되어 소리를 지배하기 전, 원래는 다정하고 따뜻한 사람이었을지도 모르겠다는 생각이 들었다.

김이알이 내보인 마음은 놀이 가담자들에 대한 측은함이었을까, 아니면 그럼에도 놀이를 계속하는 자신의 가혹함에 대한 가책이었을까.

"하긴 모르는 쪽이 지는 거니까. 저들은 너희에 대해 속속들이 알지만 너희는 아직 아무것도 모르지. 사실 처음부터 너희에게 불리한 놀이였어."

돌이켜 생각해보면 그때 김이알은 놀이의 진실을 말해주고 있었다. 그 순간 내게는 질문할 기회가 있었다. 하지만 백지상태에서는 질문을 할 수 없다. 아는 것이 있어야 모르는 것이 무엇인지도 알 수 있는 것이다.

김이알의 말대로 연서가 제일 먼저 놈들에게 먹혔다. 모호하게 사라진 그녀는 세상 어디에도 존재하지 않았다. 오직 그녀의 얼굴을 아는 이들의 기억으로만 남았다. 그러나 기억은 실체가 아니다. 실체는 창아의 목덜미에 있는 얼룩점이다. 연서의 얼굴로 나를 바라보며 표정을 짓는 얼룩점. 나의 마음이 흔들린 것은 그토록 그리워하던 연서의 얼굴이 바로 거기 있었기 때문이다. 비록 얼룩점에 불과할지라도.

* * *

종목은 축구 경기가 한창인 텔레비전 스포츠 채널에 집중하지 못하고 휴대전화만 만지작거렸다. 그는 아침부터 몸살 증세를 보이며 두통을 호소하던 어머니를 집으로 보내고 혼자 가게를 보는 중이었다. 저녁나절 그가 잠시 자리를 비운 사이에 형사가 찾아왔다. 가뜩이나 몸도 안 좋은 어머니는 그 일로 충격을 받았다.

239

다시 태이에게 전화를 해보았다. 역시 받지 않았다. 그 형사가 완화수방에도 갔을 텐데……. 종목은 완화수방으로 직접 가볼까 생각했지만 태이가 지금 집에 있다면 전화를 받지 않을 리가 없었다. 대체 어디서 뭘 하고 있는 거야?

지루했다. 종목은 태이로부터 받은 그림을 펼쳐놓고 가만히 들여다보았다. 그의 소리나무 자리에 그려진 것은 세 발을 내놓고 똑바로 서 있는 관이었다. 왜 하필 관이야. 기분이 좋지 않았다.

명진의 소리나무 자리는 노인이었다. 유일하게 사물이 아니라 사람이다. 노인의 얼굴은 그야말로 주름투성이였다. 그런데 찬찬히 보니 주름의 모양이 이상하다. 얼굴 오른쪽의 주름은 선이 가늘고 주름 사이의 간격이 넓은 반면 왼쪽 주름은 고랑이 깊게 패고 잔주름도 자글자글했다. 굴곡진 이마의 주름 역시 왼쪽을 더 촘촘하게 그려 넣었다. 주름이 한쪽으로만 쏠린 것이다.

사람의 주름은 살아온 시간을 말한다. 나무의 시간은 나이테가 알려준다. 나무의 나이테는 계절에 따라 간격의 차이가 있는 동심원으로 나타난다. 하지만 그림 속 노인의 주름처럼 한쪽으로 쏠려 고르지 못한 나이테를 가진 나무도 있다. 어떤 나무더라?

그는 휴대전화로 검색을 해보려다가 그만뒀다. 그림에서 무엇을 알아내건 자신의 것이 아니라면 어차피 함구해야 했다. 명진에게는 아직 아무 일도 일어나지 않았을지 모른다. 괜히 그의 답을 건드렸다가 어디서 반칙의 변수가 생길지 알 게 뭔가.

종목은 다시 자신의 자리에 그려진 관을 보았다. 노인이나 장승, 지팡이는 서 있어도 관은 누워 있는 것이 자연스럽다. 그런데 이 관은 서 있었다. 그래서인지 마치 흡혈귀의 관처럼 보였다. 혹 이렇게 서 있는 것에 무슨 의미가 있는 것일까. 아니면 세 개의 발을 달기 위해 고의로 세워 그린 것일까. 아니다, 관을 눕혀도 발은 얼마든지 원하는 대로 달 수 있다. 에이, 모르겠다.

그는 그림을 집어넣고 텔레비전 화면으로 시선을 돌렸다. 경기가 끝나고 패배한 팀의 선수가 그을린 팔뚝으로 눈물을 훔치고 있었다. 작은 공 하나가 멀쩡한 어른 남자를 울리다니……. 안 되겠다. 답답해서 도저히 못 앉아 있겠다. 어디 가서 술이나 마셔야겠다. 종목은 텔레비전을 끄고 장사를 정리하기 시작했다. 노상에 내놓은 물건들을 가게 안으로 옮기는데, 문득 등줄기가 서늘해졌다.

그것이다!

굳이 고개를 돌려 확인해볼 필요도 없었다. 그것이 와 있다. 종목은 모르는 척, 하던 일을 계속하려고 했다. 하지만 양파 상자를 들고 돌아서는 순간 그것이 눈에 들어오고 말았다.

그것은 가로등을 등진 채 그가 있는 쪽을 바라보고 있었다. 머리끝이 쭈뼛하며 심장이 제멋대로 법석을 떨기 시작했다. 매번 겪는 상황이지만 이 공포는 절대 익숙해지지 않았다. 시간이 지날수록 그것이 드리우는 그림자가 오히려 더 크고 짙어졌다.

손이 부들부들 떨렸다. 종목은 기어이 들고 있던 상자를 놓쳤다. 상자가 엎어지면서 양파들이 쏟아져 나왔다. 그중 하나가 얼씨구나 반가운 손님이라도 맞듯 그것을 향해 데굴데굴 굴러갔다. 그것이 앞코가 뾰족한 발 하나를 들어 제 앞으로 굴러온 양파를 밟았다. 양파는 일격에 진득한 체액을 뿜어내며 납작한 종잇장이 되었다.

그것이 그를 향해 세 개의 발을 움직였다. 종목은 잔뜩 긴장한 채 그것과 마주할 각오를 했다. 마침내 그것이 눈앞에서 멈추고 그와 똑같이 생긴 얼굴이 그의 목소리로 물었다.

─내가 누구야?

욱신거리는 두통과 함께 어지럼증이 밀려왔다. 종목은 진저리를 치며 외쳤다.

"꺼져!"

종목의 얼굴을 한 그것이 배시시 웃으며 다시 물었다.

─내가 누구야?

"알 게 뭐야, 꺼지라고!"

종목은 가겟방으로 뛰어들어 이불을 둘러썼다. 어쩌면 밤새 이러고 있어야 할지도 모른다. 하지만 이게 제일 좋은 방법이다. 놈의 얼굴을 보지 않고 버티다가 운이 좋다면 이대로 잠들 수 있기 때문이다.

─내가 누구야?

목소리가 바로 머리 위에서 들렸다. 이불을 둘러쓴 채 엎어져 있는 그를 놈이 내려다보며 물은 것이다. 질문이 반복되자 머릿속이 불을 지피는 것처럼 뜨겁고 아팠다. 젠장, 대체 목소리에 뭐가 들었기에…….

귀마개를 써본 적도 있지만 소용없었다. 그것의 목소리는 모든 것을 뚫었다. 누구라도 좋으니 지금 내 이름을 불러줘. 아님

전화를 걸어주거나. 빌어먹을, 머리가 아파 죽을 것 같아.

그런 간섭이 없다면 그것은 그의 머리가 터져버리기 직전까지 묻고 또 물을 것이다. 그것은 이런 식으로 죽지 않을 만큼 고통을 주며 괴롭혔다. 대답을 해버리면 고통은 끝난다. 종목은 매초 대답하고 싶은 충동에 시달렸지만 꾹꾹 참았다. 얼굴을 얻기까지 그것은 그를 죽일 수 없었다. 그러므로 참으면 지나갈 고통이었다.

종목은 좀 전에 들여다보고 있던 그림을 생각했다. 그게 답지인데, 거기에 내 답이 있는데, 그 답만 알아내면 이 망할 놀이를 끝낼 수 있는데…….

그는 이불 속에서 중얼거렸다.

"기다려, 조만간 대답해줄 테니까. 하지만 오늘은 그냥 가. 제발 좀 꺼지라고."

* * *

늦은 밤 완화수방으로 돌아온 나는 할아버지의 서재로 들어갔다.

15년 전 나는 종목에게 소리나무가 제 발로 움직이는 것을 봤다고 털어놨다. 하지만 다음번 머리 나무를 맡는다는 조건에 대해서는 누구에게도 말하지 않았다. 그 조건이 오해를 부를 수도 있었기 때문이다. 내가 받기로 약속한 우두머리의 자리. 그것은 이 놀이에서 나와 친구들의 역할이 다르다는 것을 의미한다. 하지만 연서는…….

김이알은 연서를 여왕의 그림자라고 불렀다. 창아는 나 때문에 연서의 얼굴을 가졌다고 했다. 그림에서 숨겨진 쪽과 드러난 쪽을 구분한 것에는 분명한 이유가 있었다.

나는 다시 할아버지의 서재를 꼼꼼히 뒤지기 시작했다. 어딘가 놓친 곳이 있을 것이다. 그러다가 서가 구석에서 지렁이가 기어 나간 듯 먼지가 지워진 흔적을 발견했다. 잠시 그 흔적을 들여다보며 생각했다.

이거 내가 그랬을까? 손가락으로 건드렸거나, 옷자락이 스쳤거나…….

하지만 나는 책상과 서랍과 박스와 책만 뒤졌다. 서가의 책들은 일목요연하게 정리되어 있어 굳이 손댈 필요가 없었다. 할아버지는 책을 꽂은 위로 공간이 남아도 책이나 문서를 더 쌓거나 얹어두지 않았다. 때문에 서가에 꽂힌 책들 뒤편에 무엇이 더 있는지 확인하기 위해서라면 보는 것만으로 충분했다.

다른 서가들은 한 치의 틈도 없이 책들이 빼곡하게 꽂혔는데 오직 이 흔적 바로 앞에 있는 책들만 이빨 틈새처럼 살짝 벌어져 있었다. 암만 봐도 공책처럼 얇은 것이 빠져나간 자리다. 누군가 이 서가에 손을 댔다면 그건 아버지뿐이었다.

아버지는 열쇠를 잃어버렸다며 서재 문 열기를 거부했다. 내가 부른 열쇠공을 쫓아버리기까지 했다. 그래놓고 열쇠를 찾았다며 순순히 내놨다. 아버지는 내가 무엇을 찾고 있는지 이미 알았다. 그래서 내가 자리를 비우자마자 공책을 빼돌린 것이다. 나

244

는 아버지의 방으로 건너갔다. 닥치는 대로 서랍을 열고 옷가지들을 뒤집었다. 공책은 어디에도 없었다.

때마침 돌아온 아버지가 나를 보고 소리쳤다.

"무슨 짓이냐?"

나는 씩씩거리며 방에서 나가 다짜고짜 말했다.

"내놔요."

"뭘?"

"모른 척하지 마요. 할아버지의 공책, 아버지가 가지고 있죠?"

"그런 거 난 모른다."

"아뇨, 아버지가 감췄어요. 온 집을 쑥대밭으로 만들기 전에 그냥 내놔요."

"시끄럽다. 헛소리 말고 서울 가. 가서 그냥 살아."

"그 공책이 없어도 전 포기하지 않아요. 하지만 아버지가 공책을 내놓지 않으면 전 멀리 돌아가야겠죠. 그사이 친구들을 계속 잃을 거고 결국 저도 잡히고 말 거예요. 그러니까 주세요. 그 기록이 없으면 저 죽어요, 진짜 죽는다고요."

죽는다는 아들 앞에서 아버지는 한참을 망설이다가 어쩔 수 없다는 듯 담장으로 걸어갔다. 그리고 담장 기와 중 하나를 들춘 후 그 밑에 있던 비닐봉지를 꺼내 던졌다.

"여기 있다. 하지만 이걸로 달라지는 건 아무것도 없어."

"그렇다고 손 놓고 있어요? 제가 시작한 일이에요."

"그렇다고 해도 네 책임은 아니야. 네 힘으로 어쩔 수 없는 일이라고. 그러니까 그냥 모른 척 살아. 그래도 돼."

"아뇨. 두 번 다시 그렇게 살지 않을 거예요. 그러면 안 된다는 것을 이제 너무 잘 알거든요."

마침내 할아버지의 또 다른 공책을 손에 넣었다. 나는 곧장 내 방으로 들어가 문을 닫고 책상 앞에 앉아 공책을 펼쳤다.

아홉 개의 소리나무를 두드려 그것을 불러내는 놀이. 불려 온 그것은 자신을 두드려 깨운 자가 할 수 없는 일을 대신 해준다. 그것은 앞코가 뾰족한 세 개의 검은 발을 가졌다. 그것은 크고 강하다. 하지만 그것은…….

여기다. 지난날 내가 더 읽지 못하고 덮어야 했던 부분. 서둘러 다음 내용을 읽어나갔다.

하지만 그것은 불러낸 사람의 얼굴을 훔치고 그 자리를 빼앗는다. 둘 중 하나가 남을 때까지 그것은 질문을 하고 사람은 고통과 두려움에 쫓기다가 기어이 저 자신을 대답으로 내놓는다.

그것은 반인반수(半人半樹)다. 오랜 시간을 버티며 사특하게 진화한 존재. 그들의 목적은 우리 눈에 띄지 않고 우리 사이에서 생존하는 것이다. 그런 이유로 우리는 그들을 세상 밖으로 밀어내고도 여전히 여기 있음을 의심한다.

그래, 우리가 모르는 변이의 과정을 거친 존재가 있다고 치자. 그렇다 해도 어떻게 나무가 제 발로 다니며 사람의 얼굴을 훔치고 사람을 흉내 낼 수 있나.

경난 누님은 허수아비를 그림자로 가진 그 여자처럼 되고 싶어 했다. 그 대가가 자신의 얼굴과 기억과 미래라는 것을 알면서 끝내 그 길을 택했다. 왜 그랬을까. 효순 누님처럼 버티며 우리 곁에 남아줄 수도 있었는데.

우리 가족은 누님의 실종을 죽음으로 받아들이고 장례를 치렀다. 효순 누님은 떠나기 전에 경난 누님의 묘비 아래 작은 구멍을 파고 자신의 고백을 묻은 후 그 위에 돌멩이를 얹어두었다.

아무도 그 돌멩이에 신경 쓰지 않았지만 나는 그 돌멩이를 한눈에 알아보았다. 두 누님이 번갈아 가지고 다니던 사방치기 돌멩이. 그 돌멩이는 금붙이보다 귀한, 누님들 우정의 증표였다.

나는 남몰래 그 돌멩이가 있던 자리를 파보았다. 효순 누님이 남긴 고백의 내용은 나를 오래도록 충격에 빠뜨렸다. 그 고백의 내용은 다음과 같다.

경난의 얼굴을 한 그것이 너에게 물었지. 내가 누구야? 너는 경난의 얼굴을 한 그것에게 대답했어. 넌 나야. 경난이 경난에게 웃었지. 이제 난 어느 쪽이 진짜 경난인지 헛갈렸어.

하지만 그것에게는 표식이 있지. 그 표식과 같은 상처를 태옥의 손목에서도 봤어. 태옥은 그 표식을 예쁜 매듭 팔찌로 가리고 다녔지만 여자애들은 함께 있다 보면 몸의 어딘가를 보는 일이 어렵지 않아. 태옥이 '그 애'와 한편이라는 것을 깨달았어.

태옥은 태옥이 아니라 그것이야. 또한 그것이면서 태옥이야.

아무것도 모르던 시절, 우리 넷은 함께였지. 태옥은 그림을 잘 그렸어. 너와 나를 여러 번 그려주었지. 하지만 그 애는 절대 그리지 않았어. 그 애는 언제나 그림을 그리는 태옥 쪽에 서 있었지.

우리가 양지에 있으면 그 둘은 음지에 있었어. 그것은 그것끼리 있는 거야. 그 애도 그것이야. 하지만 그 애의 표식은 달라. 그 애가 가진 또 하나의 얼굴이 바로 그 애의 표식이야.

나는 혼자 남겨졌어. 너는 그 애와 태옥 사이에 서서 나를 바라보았지. 뭐가 그렇게 좋은지 웃고 있었어. 행복해 보였지.

그때 나는 망설이지 않고 표식을 가진 경난에게 불을 놓아야 했어. 그랬다면 너를 다시 찾을 수 있었……을까?

하지만 나는 너의 얼굴을 한 그것에게 불을 던질 수 없었어. 너의 얼굴을 한 그것이 너와 나만의 기억을 서슴없이 말하자 흔들리고 말았지. 진짜 네가 아니라는 것을 알면서도.

내 얼굴을 한 그것이 내가 누구냐고 물을 때마다 나는 너무 아프고 슬퍼서 그냥 대답하고 싶은 충동을 느껴. 넌 나야……라고. 하지만 나는 내 입을 틀어막아.

나와 마주했던 소리나무가 내 얼굴을 가져갔어. 그러니까 같은 얼굴을 가진 둘 중 하나는 사라져야 하는 거야. 세상에 내가 둘일 수는 없으니까.

똑같이 생긴 내 얼굴이 불쑥 나타날 때마다 얼마나 무서운지 숨도 쉬어지지 않아. 그래도 나는 참아. 내 얼굴을 가진 그것에

게 나를 빼앗기지 않으려고. 그러니까 나는 버틸 거야. 어떻게
든 버텨볼 거야.

태옥은 또 누구야? 태옥이 고모할머니와 권효순을 그렸다고
했다. 그렇다면 혹 그 소리나무 그림도 그렸을까. 하지만 태옥은
그것이라고 했다. 그것이 자신들의 정체를 그림으로 남길 까닭이
없지 않은가.

'그 애'는 창아다. 그 애가 가진 또 하나의 얼굴은 목덜미의 얼
룩점을 말하는 것이리라. 나머지들은 손목에 표식이 있다고 했
다. 나는 그것과 대면했을 때 얼굴에 놀라 손목의 표식 따위 볼
겨를이 없었다. 아마 다들 그랬을 것이다. 그것을 가장 오래 본
종목도 그런 표식에 대해서는 말한 적이 없다. 알았다면 이야기
해주었을 것이다.

새로운 단서가 등장했다. 그것을 구분하는 표식. 그 표식과 같
은 상처를 손목에서 보았다고 했다.

그때 문득, 열리의 손목에 늘 묶여 있었던 여러 가닥의 매듭
끈이 떠올랐다. 나는 한 번도 매듭 끈을 묶지 않은 열리의 손목
을 본 적이 없다. 열리가 전학 왔을 때 도동 마을의 나이 많은 할
머니들이 했던 말이 어렴풋이 기억난다.

'쟤는 우리 어릴 때 봤던 그 옥이 언니랑 참 똑같이 생겼네.'

'그러게, 핏줄도 아니면서 어찌 저리 똑 닮을 수가 있나.'

시골 마을에서는 본래 새 얼굴이 등장하면 이런저런 말이 돌
았다. 그래서 귀담아듣지 않았다. 아무래도 그 할머니들이 말했

던 옥이 언니가 태옥인 듯싶다.

열리와 경모는 도동 마을 토박이가 아니었다. 둘이 다른 애들보다 유독 빨리 가까워진 것은 거기서 오는 공감 때문이었다. 열리는 충주인가 청주인가에서 살다가 전학 왔다. 열리의 가족에 대해서는 전혀 기억나는 것이 없다. 경모는 방학 때마다 권승현의 집에 머물렀지만 열리는…… 열리는 어디서 살았더라? 모르겠다. 어떻게 이렇게 전혀 생각나지 않을 수가 있지?

가만, 혹 경모가 열리를 의심했던 걸까. 그래서 그림에 대해 말하지 않은 거라면? 권효순은 태옥의 손목에 묶인 매듭에 대해 알고 있었다. 만약 권효순이 경모에게 손목의 상처를 매듭으로 가린 여자를 조심하라고 일러줬다면? 그랬다면 경모는 열리를 보호하려던 것이 아니라 피한 것이다.

나는 열리에 대해 드는 의혹을 억지로 가라앉히며 다음 내용을 읽어나갔다.

태옥이 누군지 알아보았다. 권태옥. 효순 누님과 꽤 촌수가 먼 친척으로 나이는 두어 살가량 위였고 혼인한 지 얼마 되지 않아 자살했다.

태옥은 무남독녀라 집안에서 데릴사위를 들였다. 한데 신랑에게 이미 밖에서 얻은 아들이 있었다. 충격을 받은 태옥은 스스로 목숨을 끊었다. 소문에는 남편의 행실에 실망해 그녀 역시 다른 남자와 야반도주를 한 거라는 말도 있었다.

그러나 양자 모두 진실이 아니었다. 승현 형님의 말씀으로,

데릴사위 이 씨에게는 혼전 아들이 없었고 태옥은 그냥 사라진 것으로 보인다고 했다. 신발과 옷가지들이 그대로 남아 있었고 다른 정황으로 보아도 거의 증발한 것에 가깝다고 했다.

태옥의 부모까지 죽고 권가의 집을 차지하게 된 데릴사위 이 씨는 새장가를 들었다. 태옥이 그리되고도 그가 권가에 남을 수 있었던 데에는 실상 다른 내막이 있었다.

역시 승현 형님이 들려준 얘기로, 태옥은 본래 권가의 핏줄이 아니라고 했다. 태옥의 신원은 권가에서도 불분명했다. 그녀는 어느 날 찾아와 권가의 딸이 되었고 어느 날 불현듯 사라졌다.

데릴사위 이 씨는 새장가로 아들 하나를 얻었고, 다시 그 아들이 결혼을 해 아들 하나를 두었다. 이 씨에게는 손자가 되는 이주환은 청주 사는 임천자란 처녀와 결혼했다. 결혼 3년 만에 부부는 딸을 얻지만 이주환이 사고로 죽었다. 과부가 된 임천자는 딸을 데리고 친정으로 돌아가 개가했다.

태옥이 살던 집은 이제 없다. 늙어 중병이 든 이 씨가 병원비를 마련하느라 팔았다. 구입자는 집을 해체하여 목재를 어디론가 실어 갔다.

얼마 전 오 씨네가 태이의 학교로 전학 온 어떤 여학생에 대해 말하는 것을 들었다. 다들 그 아이가 임천자의 딸이라는데 본인 입에서 나온 말은 아니라고 했다.

태옥의 얼굴을 기억하는 나이 많은 여자 몇이 말했다. 아이의 용모가 권태옥을 쏙 빼다 박았다고. 그게 말이 되나?

어차피 나는 그 아이의 얼굴을 봐도 태옥의 얼굴을 모르니

비교할 수 없었다. 하지만 그 아이의 손목에 매듭이 묶여 있는 것을 보았다. 정말로 표식을 감추고 있는 것일까? 그렇다면 태옥의 얼굴을 가진 아이는 그것이다. 닮은 것이 아니라 훔친 것이다. 그것도 아주 오래전에.

청주로 사람을 보내 임천자의 딸에 대해 알아보도록 했다. 개가하자마자 딸은 원인을 알 수 없는 병으로 급사했고 지금은 두 번째 남편에게서 얻은 아들만 둘이라고 했다.

벼락을 맞은 듯 머릿속이 하얘졌다. 열리는 애초에 없었던 것이다. 아니, 우리와 놀이를 벌이던 시기에 이미 **그것**이었다.

열리는…… 아니, 태옥은 얼굴을 바꾸지 않았다. 할아버지 대부터 백여 년을 같은 얼굴로 살았다. 이유가 뭘까? 머리 나무와 여왕 나무의 그림자처럼 그녀에게도 놀이에서 주어진 고정된 역할이 있는 것이 틀림없었다.

누님이 남긴 그림에서 세 개의 발을 가진 그들을 보았다. 그림에 등장하는 노인과 사물들이 어떤 나무를 가리키는지 알아내는 데는 그리 오래 걸리지 않았다. 하지만 나는 놀이 가담자도 아니고 설사 가담자라고 해도 함부로 발설해서는 안 된다는 것을 알기에 입을 다물었다.

다만, 소리나무 놀이와 관련하여 의구심이 드는 또 다른 실종 사건에 대해 몇 자 적는다.

경난 누님이 실종되고 효순 누님이 떠난 후 몇 년 사이에 도동 마을 주변 지역에서 권태옥을 제외하고 두 건의 실종이 더 있었다.

강창해와 이영공은 동갑내기 친구로 서울에서 내려온 전문학교 학생들이었다. 그들은 도동 마을 근처 버려진 오두막에서 야학을 열었다. 그들이 사라졌을 당시의 소문은 일본 군인들에게 잡혀가 죽었다는 것이었다.

권태옥의 행방은 끝끝내 오리무중으로 남았지만 강창해는 1957년 8월 서울 시내 한복판에서 당시 전문학교를 같이 다녔던 친구에게 목격되었다. 거의 30여 년이 지났음에도 친구는 그를 단박에 알아보았다. 30여 년 전과 똑같은 모습을 하고 있었기 때문이다.

강창해의 얼굴을 한 스물두 살 청년은 끝까지 부정했다. 아무리 같은 얼굴이라 해도 오십대 장년이 이십대 청년에게 동창이라고 우기는 것은 정상적이지 않았다. 강창해의 친구는 결국 닮은 사람이겠거니 여기고 말았다. 강창해처럼 오래전에 사라진 이를 옛 모습 그대로 목격한 사례가 또 있는지 찾아보았다.

1964년 11월에 실종된 열여덟 살의 남형진을 2000년 8월에 그 여동생이 보았다. 좀 더 알아보니 남형진과 어울렸던 친구 두어 명도 몇 년 간격으로 사라져 행방을 알 수 없는 상태였다. 그들 모두 놀이 가담자가 아니었을까 의심이 든다.

하나가 둘이 되고 둘이 셋이 되고 셋이 아홉이 되면 놀이는 다시 시작된다. 아홉이 여덟이 되고 여덟이 일곱이 되고 일곱이 하나가 되니 놀이는 끝난다.

그 하나는 여왕 나무다. 그녀는 하나를 만들고 다시 아홉을 만든다. 그러므로 여왕 나무를 제거하면 놀이는 무너질 것이다.

놀이의 모든 규칙과 답은 석수장이 김이알이 쥐고 있다. 그에겐 말로 설명할 수 없는 불가사의한 무엇이 있다. 경난 누님을 잃은 당시 나는 한동안 온 동네를 헤매 다녔다.

누님의 부재가 긴 술래잡기처럼 여겨졌다. 내가 찾는다는 것을 알면 숨어 있던 누님이 나타날 것만 같았다. 나는 누님의 이름을 부르며 매일 조금씩 더 멀리 동네 밖으로 나갔다.

그러던 어느 날은 낯선 길에 서 있었다. 길을 잃은 것이다. 울고 있는 내게 한 남자가 다가왔다. 그때 김이알을 처음 보았다. 그가 크고 따뜻한 손으로 눈물범벅이 된 내 뺨을 닦아주며 말했다. 누나는 이제 오지 않아. 가자, 집에 데려다줄게.

그의 목소리를 듣는 순간 나는 진실을 깨달았다. 다시는 누님을 볼 수 없다는 것을. 그가 어둡고 무거운 눈으로 나를 바라보았다. 나처럼 슬퍼하고 있는 것 같았다.

김이알은 나를 업고 완화수방을 향해 걸었다. 나는 그의 등에서 긴 잠이 들었다. 깨어나 보니 내 방이었다. 이틀을 꼬박 잤다고 했다. 한동안 그를 만난 것이 꿈인지 생시인지 분간할 수 없었다.

몇 년 후에 나는 김이알을 찾아갔다. 그리고 지난날 너무 어려서 하지 못했던 질문을 했다. 누님이 말하기를 당신이 머리라고 했다. 당신이 누님을 놀이에 끌어들여 사라지게 했나? 그는 아니라고 말하지 않았다. 아니, 그렇다고 말한 것과 같았다.

그는 내게 경고했다. 놀이에 대해서 그 어떤 것도 입에 담지 마라. 아니면 네가 알아낸 만큼 대가를 치르게 될 것이다. 너 말고 네가 가장 사랑하는 사람이.

무서운 말이었다. 그래도 나는 그의 말이 진실이라는 것을 직감적으로 알 수 있었다.

그 후 오랫동안 김이알을 보지 못했다. 전쟁이 끝나고 40여 년 만에야 다시 만났다. 나는 늙은이가 되었는데 놀랍게도 그는 내가 기억하는 얼굴과 한 치의 다름이 없었다. 그러나 그는 스스로를 다른 김이알이라고 말했다.

나는 물었다. 경난 누님은 어디 있느냐고. 돌처럼 굳어 있던 그의 눈동자가 흔들렸다. 그는 누님을 알고 있었다. 그 순간 나는 죽어도 속일 수 없는 그의 진심을 보았다. 그의 마음속에 아직 경난 누님이 있었다. 절대 불가능했지만, 그러므로 그는 틀림없이 내가 아는 김이알이었다.

마을 사람들은 눈치채지 못했다. 석수장이는 웬만해서는 산에서 내려오지 않았다. 원래 얼굴 보기 힘든 사람이었다. 가끔은 수년에서 수십 년씩 마을을 떠나 있기도 했다. 그래서 아무도 나만큼 가까이에서 김이알의 얼굴을 본 사람이 없었다. 사람들은 돌아온 김이알이 김이알의 아들이라 하면 아들인가 보다 여겼고 손자라 하면 또 손자인가 보다 여겼다.

석수장이의 집터가 들어서기 전에는 그 동네가 돌내리라 불리지 않았다. 돌 깨는 소리가 들리기 시작하면서부터 돌내리라고 불렸으니 마을 이름을 석수장이가 가지고 들어온 셈이었다.

그들은 적어도 7대째 돌내리에서 석수 일을 하고 있었고 아들에게 아버지의 이름을 물려주었다. 우리의 풍속에서는 있을 수 없는 일이다. 미친 소리 같겠지만 아마도 일곱 명의 김이알은 모두 같은 사람이었을 것이다.

이게 무슨 소리야? 일곱 명의 김이알이 모두 같은 사람이라고? 그렇다면 김이알도 열리처럼 얼굴을 바꾸지 않는다는 뜻이다. 그러고 보니 창아가 머리의 얼굴에 대해 말했다. 머리가 되면 더는 **그것**이 얼굴을 달라고 하지 않는다고. 그러니까 그 얼굴은 김이알의 진짜 얼굴인 것이다. 얼굴을 훔친 **그것**이 아니라 2백 년을 살아온 진짜 김이알. 늙지 않는 남자라니 아버지가 아시면 혹할 이야기였다.

그런데 죽어도 속일 수 없는 김이알의 진심이란 건 뭐지? 그가 고모할머니를 좋아했던 걸까? 그건 머리 나무가 여왕 나무를 두고 다른 마음을 가졌다는 뜻인데……. 김이알이 의무가 아니라 진짜 사랑을 했다니, 그 차갑고 혹독하고 잔인하고 무정한 사람이? 하지만 연서의 눈물을 닦아주려고 손을 뻗었을 때 김이알은 그저 따뜻한 한 인간으로 보였다.

누나를 잃은 어린 할아버지를 업고 집에 데려다주었던 김이알. 고모할머니에 대한 마음 때문이었을까? 처음 만났을 때 내가 할아버지의 손자라는 말을 듣고 보였던 새삼스러운 시선, 할아버지의 이름을 오래된 친구의 이름처럼 스스럼없이 불렀던 것이 이제야 이해가 되었다.

할아버지는 김이알이 우리 세상의 법칙에서 이탈한, 궤도 밖의 인물이라는 것을 알고 있었다. 그래서 그가 했던 말을 새겨두고 있었다. 놀이에 대해 알아낸 만큼 가장 사랑하는 사람이 대가를 치르게 될 거라는 경고를. 할아버지가 가장 사랑하는 사람은 나였다.

내가 왜 머리 나무의 후계자가 되었는지도 이제야 알 것 같다. 나는 놀이의 비밀을 엿본 할아버지가 치러야 할 대가였다. 그래서 놀이가 들통났을 때 할아버지는 내가 한 변명에 대해 잘못 안 거라고 말했던 것이다. 하지만 나는 얼마든지 거부할 수 있었다. 복수에 눈이 멀지 않았더라면. 그러므로 놀이를 시작한 것은 또한 내 의지이기도 했다.

그림의 수수께끼를 풀 수 있는 단서는 적혀 있지 않았지만 놀이를 끝낼 방법을 찾았다. 여왕 나무를 제거하는 것이다. 나는 어둡고 고요한 집 마당에 갇혀 혼자 사방치기를 하면서 친구들이 돌아오기를 하염없이 기다리는 창아를 떠올렸다.

수없이 반복되는 외로움을 견디며 관계를 갈망하는 그녀의 소망이 그 어둡고 무심한 눈동자 속에 배어 있었다. 그녀를 죽이면 놀이가 끝난다. 하지만 그 가련한 여자에게 어떻게 그런 짓을 할 수 있단 말인가. 나는 혼란스러웠다.

밤새 소리나무들에게 쫓기는 악몽을 꿨다. 무서워하며 매달리는 연서의 손을 잡고 정신없이 달렸다. 그러다가 어느새 연서가 용감하게 앞으로 나서기 시작했다. 나는 연서에게 이끌려 달

리고 또 달렸다. 숨이 턱까지 차올랐다. 연서야, 조금만 천천히
가자.

연서가 걸음을 멈추고 돌아보더니 두 팔로 내 허리를 감싸 안
았다. 작은 머리가 내 품에 들어왔다. 나는 어른이었지만 연서
는 여전히 열일곱 살 소녀였다. 그녀를 기억하는 나의 시간은 거
기서 멈춰버린 것이다. 나 때문에 더는 누리지 못하게 된 그녀의
삶을 나는 생각했다. 미안했다. 너무 미안해서 감히 미안하다는
말을 꺼낼 수조차 없었다. 측은하다는 마음에 그녀의 머리칼을
쓰다듬으려는데 작은 머리가 고개를 들었다.

나를 빤히 올려다보는 흉측한 얼굴. 소스라치게 놀란 나는 그
녀에게서 떨어지려고 발버둥을 쳤다. 내가 허우적거릴수록 그
녀의 팔은 점점 더 강하게 죄어들었다. 중심을 잃은 채 그녀와
함께 쓰러졌다. 칠흑처럼 깜깜한 바닥에 누워버린 나를 내려다
보는 얼굴들. 모두 아는 얼굴이었다. 사라진 친구들의 얼굴.

이마 위에서 빛이 번쩍였다. 요란한 천둥소리와 함께 온 세상
이 부서졌다. 나는 화들짝 놀라며 눈을 떴다. 그 찰나의 빛 속에
서 분명하게 보았다. 아버지의 방문 앞에 앉아 있던 **그것이** 내 방
쪽으로 돌아앉는 것을.

악몽은 계속되고 있었다. **그것이** 무릎걸음으로 마루를 가로
질러 곧장 나를 향해 다가왔다. 나는 벌떡 일어나 엉덩이를 비비
적거리며 벽 쪽으로 물러났다. **그것이** 내 방문을 가로막은 채 물
었다.

─내가 누구야?

머리가 지끈거렸다. 나는 그것을 똑바로 쳐다보며 말했다.

"넌 그것이야, 내가 아니야."

— 내가 누구야?

귓속으로 놈의 길쭉한 손가락이 파고들어 뇌를 쑤시는 것 같았다. 망가진 뇌가 풍기는 부패의 냄새가 코끝에 느껴졌다. 나와 같은 얼굴로 나를 보고 있지만 놈은 아직 그림자에 가까웠다. 하지만 내가 '나야.'라고 대답하는 순간 내 껍데기를 완벽하게 둘러쓸 것이다. 마르고 굳은 그 혈관으로 진짜 피가 흐르며 현실에 보이는 내가 될 것이다. 내가 있기 전부터 있었던 갈색의 존재는 그렇게 세상으로 나와 우리 속에 섞이는 것이다.

그것은 빗소리와 함께 밤새 묻고 또 물었다. 나는 대답하고 또 대답했다.

"넌 내가 아니야, 넌 그것이야."

나는 귀를 틀어막은 채 두통을 참았다. 잔뜩 부어오른 뇌가 두개골을 깨고 터져 나올 것 같았다. 눈을 감고 잠을 청했다. 놈의 목소리를 듣지 않으려고 숫자를 셌다. 그러다가 까무룩 잠이 들었다.

* * *

밤 9시가 넘어서 차강효는 늦은 저녁을 먹기 위해 근처 식당으로 들어갔다. 백반을 시켜놓고 김도한에게 전화를 걸었지만 여전히 받지 않았다. 아침에 나간 그는 여태 감감무소식이었다.

가끔 김도한은 뭔가에 빠져 이런 식으로 잠수를 타곤 했다. 그럴 때면 그의 휴대전화는 돌멩이나 다름없었다. 아무리 주의를 줘도 주의 자체를 망각하니 뾰족한 수가 없었다.

차강효는 복사해 온 흑백사진 한 장을 펼쳐놓고 다시 찬찬히 살펴보기 시작했다. 사진 하단에 '1924년 5월 11일, 영신여학교 백화지 창간 기념'이라고 쓰여 있었다. 영신여학교는 권효순과 박경난이 다닌 학교였다. 〈백화지〉는 영신여학교의 교지로, 4호까지만 발간되었다. 신사참배를 거부한 탓에 영신여학교가 폐교되었던 것이다. 그래서 관련 자료들을 찾아내는 데 상당히 애를 먹었다.

도동 마을에서 권효순과 박경난에 대해 기억할 만한 사람은 권승현과 박산을 비롯해 모두 오래전에 사망했다. 두 여학생은 수수께끼 놀이의 해답지에 등장하는 인물이었다. 그들에 대해 좀 더 알아내려면 김도한의 말대로 학교 기록이라도 뒤져보는 수밖에 없었다.

다행히 사진 한 장을 건졌다. 선명하지는 않지만 얼굴은 알아볼 수 있었다. 사진 맨 앞줄 한가운데에 교장으로 보이는 중년의 서양 여성이 앉아 있고 양옆으로 양장을 착용한 젊은 남녀 선생들이 앉았다. 그 뒤로 흰 저고리에 검은 치마를 입은 여학생 열두 명이 여섯 명씩 두 줄로 섰다.

제일 뒷줄 왼쪽 끝에서 세 번째 여학생이 권효순이었다. 박경난은 권효순과 양복을 입은 젊은 남자 사이에 서 있었다. 그런데 정작 이 사진에서 차강효의 시선을 사로잡은 것은 교장 바로 뒤에 서 있는 여학생이었다. 암만 봐도 최근에 만났던 이열리다. 비슷한 정도가 아니라 똑같았다. 다시 봐도 이열리가 분명했다. 뭔가 이상했다.

식사가 나오자 차강효는 일단 사진을 집어넣고 수저를 들었다. 시래깃국에 밥을 말아 한술 뜨는데 휴대전화가 울렸다.

"선배님, 접니다."

"야, 인마!"

"야단은 나중에 치시고, 지금 어디세요?"

"미곡 식당, 밥 먹고 있어."

"알았어요, 제가 지금 바로 갈 테니까 거기 계세요."

"왜?"

"우리 지금 지리산 가야 돼요. 그림에 대해 알 것 같은 분이 지리산에 계신답니다. 저 혼자 가도 되긴 한데 그럼 나중에 선배님께 전달할 때 정확성이 떨어지잖아요. 그래서 같이 가려고요."

"그게 아니라 혼자 가려니까 심심해서겠지. 근데 알면 아는 거지 '알 것 같은'은 뭐야?"

"일단 식사하고 계세요. 한 20분이면 도착해요. 가서 말씀드리죠."

김도한이 먼저 전화를 끊었다. 뭐래는 거야? 갑자기 이 시간에 무슨 지리산? 하지만 차강효는 서둘러 식사를 끝내고 밖으로 나왔다. 허투루 지리산까지 움직일 김도한이 아니었다. 슬슬 매듭이 풀릴 모양이었다.

한 시간 후에 김도한은 차강효를 태우고 고속도로를 달렸다.

차 안에서는 다소 우울한 곡조의 남미 음악이 흘러나오고 있었다. 김도한의 취향이었다. 어둡고 무거운 음률 속에 밴 삶의 아득한 감정들을 느끼고 있노라면 사건을 좀 더 차분하고 이성적으로 대할 수 있다고 했다. 그게 무슨 소린지 이해는 하지만 차강효는 음악이 없는 쪽을 선호했다. 운전을 하면서 김도한은 지리산까지 닿게 된 과정을 이야기했다.

"그 그림과 관련해서 인터넷엔 아무것도 없었어요. 그래서 민속학자, 고고미술사학자, 화가, 박물관, 미술관, 향토사학회, 기타 등등 연구소와 관련 기관에 죄다 전화하고 메일 보내고 찾아가 봤죠. 역시 다 허탕이어서 아무래도 시간이 좀 걸리겠구나 싶었는데 오후 늦게 K대학의 이치수 교수한테 연락이 왔어요."

"그림에 대해 뭔가 아는 것처럼 불러놓고 지리산으로 떠넘긴 작자로군."

"아뇨, 이 교수가 그림과 관련해서 뭔가 잔뜩 말해주긴 했어요. 암튼 정확히 같은 그림은 아닌데 딱 그렇게 생긴 패턴의 그림들을 본 적이 있대요."

중성의 축축한 목소리가 낯선 언어로 흐느끼듯 부르는 노래는 거의 주문처럼 들렸다. 들어봐, 귀 기울여 들어봐, 소리가 색을 만들어. 이제 네 앞에 그것들의 색을 품은 세계가 펼쳐질 거야. 차강효의 머릿속에 천만 가지 갈색으로 물든 거대한 숲이 떠올랐다.

"그림들? 한 장이 아니란 거로군. 어디서 봤다는데?"

"이 교수의 스승인 풍기영 교수가 가지고 있었답니다. 이 교수가 조교로 있을 때 봤대요, 풍 교수가 모으던 논문 자료 속에서."

"그럼 풍 교수가 그 그림과 관련해서 논문을 썼단 거야? 논문도 찾았어?"

"논문은 없어요. 쓰지 않았답니다. 논문 준비하다가 갑자기 사직서 내고 지리산으로 들어가버렸대요. 그때가 오십대 초반이었다니까 지금은 여든이 넘었겠네요."

"한창 일할 나이에 왜 학교를 그만둬? 이유가 뭔데? 갑자기 자연인으로 살고 싶어졌나?"

"그건 아닐걸요. 이 교수 말로는 당시 풍 교수를 둘러싸고 이런저런 소문들이 있었답니다. 어떤 젊은 남자와 각별한 사이였다든가……."

"어떤 남자? 학생?"

"잘 모르겠어요. 가끔 풍 교수를 찾아오는 남자가 있었는데 풍 교수가 그를 굉장히 어려워하면서도 한편으로는 아련하게 바라보곤 했대요."

"그게 무슨 소리야?"

"글쎄요…… 어쨌든 그거 말고도 구설수에 오를 만한 행동들을 좀 했나 봐요. 어떤 날은 강의 도중 갑자기 겁에 질려 벌벌 떨다가 캐비닛 속으로 들어가 숨은 적도 있대요."

"왜?"

"것도 모르죠."

"정신이 조금 이상했던 거 아니야?"

"저도 그렇게 물었는데 아니랍니다. 이 교수도 학생들로부터 들은 이야기일 뿐 실제로 목격한 적은 없다 하고요. 그래서 풍 교수의 아들을 만나봤죠."

"뭐래?"

"지극히 정상적이고 가정적이고 성실한 분이었답니다. 근데 어느 날 갑자기 가족과 인연을 끊고 집을 나갔대요. 분명 무슨 이유가 있었을 거예요. 단지 말을 할 수 없었던 거죠."

"무슨 이유?"

"그거야 당사자를 만나서 물어봐야죠. 그 아들도 궁금해하고 있어요. 근데 갈래머리는 누구래요?"

"박경난, 박태이의 고모할머니더군. 그리고 실종자였어."

"그 할머니도 놀이를 했나 보네요. 이 사건, 뿌리가 아주 깊은데요."

"박경난과 권효순 모두 놀이의 일원이었을 거야. 근데 박경난은 실종됐고 권효순은 무사했어. 이유가 뭘까?"

"글쎄요. 것도 지리산 가서 물어보죠."

김도한이 하품을 하자 차강효는 말했다.

"내가 운전할 테니까 눈 좀 붙여. 우리 지금 자살 여행 가는 거 아니야."

"죄송해요. 위치는 내비에 찍어뒀어요. 뭐, 어차피 근처에 차 대놓고 산으로 걸어 들어가야 할 테지만요."

"어딘지 제대로 알고 있어? 안내인이 필요하진 않아?"

"제가 아주 상세하게 메모해 왔어요. 이 교수가 몇 년에 한 번씩 찾아뵙는데요."

김도한은 약도가 든 셔츠 주머니를 툭툭 쳐 보였다.

밤새 달려 새벽녘에 목적지에 도착한 두 사람은 차 안에서 두어 시간 눈을 붙인 후 아침을 먹고 산을 오르기 시작했다. 차강효는 김도한이 그린 정교한 약도를 보며 감탄했다.

"꼼꼼하게도 그렸다."

"그래도 길을 잃을 수 있어요."

"이런 걸 들고? 바보냐?"

"저는 그래요. 길치기가 좀 있거든요."

"가지가지 한다. 걱정 마, 내가 있잖아. 다른 건 몰라도 내가 찾는 건 잘하거든. 길도 포함해서. 아! 그래서 나랑 같이 가자고 한 거구나, 산에서 미아 될까 봐. 구조대 부르면 쪽팔리니까."

"선배님도 그리 믿을 만한 건 아니거든요. 이번엔 절대 딴 길로 새지 마세요."

김도한이 새삼 당부하자 차강효는 그의 말속을 알아들었다.

"내 이야기가 여기까지 돈 모양이네."

재작년 이맘때 차강효는 26세 여성 실종자에 대한 제보를 받고 출동했다가 도중에 사라졌다. 그의 팀원들은 팀장 없이 일단 제보된 장소를 급습했다. 급습은 실패했고 차강효는 사흘이나 행방이 묘연했다. 실종 사건 해결의 귀재가 갑자기 실종되는 바람에 팀 전체가 발칵 뒤집어졌다. 근무지를 무단이탈한 차강효는 나흘째 되는 날 새벽에야 나타났다. 하지만 현장을 뜬 경위에 대해서는 끝까지 입을 꾹 다물었다.

"선배님, 그때 진짜 어떻게 됐던 거예요?"

"몰라."

차강효는 귀찮다는 듯 고개를 저었다.

"알았어요, 안 물을게요. 근데 저는, 선배님이 그 일로 좌천돼서 저희 서에 내려온 게 엄청 좋았어요."

차강효가 김도한을 힐끗 쳐다보았다.

"선배님 팀에서 일하고 싶어 계속 지원했는데 안 됐거든요."

"왜 나랑 일하고 싶었는데?"

"선배님의 직감요, 거기에 저를 보태면 그야말로 완전체가 될 것 같았거든요."

"난 나 혼자서도 완전체거든."

"착각이세요, 반쪽이 모자라요."

"그래서 내 반쪽이 너라고?"

"그렇게 말씀하심 이상하게 들리죠. 전 그냥 선배님하고 오래오래 같이 일하고 싶다는 작은 소망을 말씀드리는 거예요."

"그래, 우리 검은 머리 파뿌리가 되도록 백년해로해보자."

"그럼 나중에 서울로 복귀하실 때 저 데리고 가시는 겁니다."

"쳇! 작은 소망은 무슨 개뿔, 난 네가 그렇게 야망 있는 놈일 줄 알았어."

"야망 없는 놈이 세상에 어디 있어요?"

"있어, 나."

차강효는 딱 잘라 말했다. 아마 그럴지도 모른다고 김도한 역시 생각했다.

"그럼 선배님은 뭘 보고 앞으로 나가세요?"

"내 발, 지금 내가 내딛고 있는 걸음을 보지. 그게 다야."

다섯 시간을 꼬박 걸어 약도에 나온 산중 토담집에 도착했다. 집의 모양새에 대해 미리 듣지 못했다면 그냥 지나칠 뻔했다. 비탈 아래로 깊숙이 기어든 집은 앞쪽에 길게 늘어뜨려놓은 여러 겹의 흑백 천으로 가려져 있었다. 그래서 언뜻 봐서는 집이 있는 줄 알기 어려웠다. 구멍에서 나갈까 말까 고민하는 듯 보이는 작고 납작한 집에서는 인기척이 없었다.

"계십니까?"

차강효는 늘어진 천들을 한꺼번에 휘어잡아 들추며 쪽마루 안으로 고개를 디밀었다. 대답이 없었다. 그는 신발을 벗고 쪽마루 위로 올라서서 바로 보이는 방문을 열었다. 두 평 남짓한 방 안에는 아무도 없었다. 방구석에 촛농이 잔뜩 녹아 붙은 접시 초 몇 자루가 놓여 있었다. 천장에는 전구가 달려 있지 않았다. 전기를 사용하지 않는 것이다.

쪽마루 끝으로 걸어가자 벽과 벽 사이로 이어지는 짧은 복도가 나왔다. 어두컴컴한 복도 끝 벽에도 여러 겹의 흑백 천이 늘어뜨려져 있었다. 차강효는 그 천들 뒤에 또 다른 방문이 있을 것을 알았다.

"선배님?"

천들을 들춘 채 밖에서 지켜보고 있던 김도한도 신발을 벗고 마루 위로 올라섰다. 낡은 마룻바닥이 소리를 냈다. 차강효는 복도 끝으로 걸어가 늘어진 천들을 걷어 올렸다. 생각대로 방문이 숨겨져 있었다. 그는 천천히 문고리를 잡아당겼다. 그의 뒤쪽에서 김도한이 뒤꿈치를 들고 조심조심 걸어왔다. 마루가 삐거덕거리며 불편한 소리를 냈다.

방문 사이로 안의 정경이 조금씩 드러났다. 책과 문서로 가득한 방 한가운데에 노인이 몸을 오그린 채 옆으로 누워 있었다. 설마 시신인가 싶어 차강효는 그대로 뛰어들었다. 낯선 기척에 노인이 움찔 놀라며 눈을 떴다. 차강효는 황급히 노인을 부축해 일으키며 물었다.

"괜찮으십니까?"

겁에 질린 듯 경직된 노인의 표정이 풀렸다.

"난 또 그것이 온 줄 알고……. 누구요?"

차강효는 신분증을 꺼내 보였다. 노인이 손을 뻗어 바닥에 놓여 있는 안경을 집어 썼다. 그리고 고개를 앞으로 내밀어 그의 신분을 확인한 후 물었다.

"경찰이 여긴 왜?"

"이치수 교수 아시죠? 그분 소개로 왔습니다. 몇 가지 물어볼게 있습니다."

노인은 잠시 생각하더니 자리에서 일어났다.

"그 전에 물부터 좀 마십시다."

밖으로 나오자 풍 교수는 집을 가리고 있는 흑백 천들을 걷어 올려 묶으며 두 사람에게 어디든 앉으라고 손짓했다. 오랫동안 산에서 혼자 살아온 강골의 노인은 삐쩍 말랐지만 정정해 보였다. 오후의 강렬한 햇살이 쪽마루를 뒤덮었다. 차강효와 김도한은 뜨거운 햇볕을 피해 그늘 쪽에 엉덩이를 붙였다. 부엌으로 들어간 풍 교수가 사발 세 개를 얹은 쟁반을 들고 나왔다.

"대접할 게 이것밖에 없소."

사발에 담긴 물은 상온에 오래 보관되어 있었던 듯 미지근한데다 물비린내가 진동을 했다. 목이 말랐던 김도한이 먼저 한 모금 물었다가 조용히 사발을 내려놓았다. 엉겁결에 물을 삼킨 파트너의 표정을 보고 차강효는 들었던 사발을 내려놓았다. 그러거나 말거나 풍 교수는 자기 사발을 비웠다.

"이 천들은 다 뭡니까?"

차강효가 물었다.

"내가 고안한 눈속임의 방편이지. 현실의 색은 흑과 백의 사이에 무수히 존재한다오. 혹여 그것이 이 앞에 서더라도 이 끝에서 저 끝 사이를 오가다가 결국 날 찾지 못하고 돌아가길 바라는 거요. 지푸라기일 수도 있겠지만 위안은 되오."

시작부터 난해한데요, 김도한이 눈을 끔쩍이며 차강효를 보았다. 그러게, 차강효는 눈짓으로 답하고 풍 교수에게 물었다.

"그것이 뭡니까? 아까도 저흴 보고 그것이 온 줄 알았다고 하셨는데요."

"나도 실제로 본 적은 없소."

"이 그림은 본 적 있으시죠?"

차강효는 신경모의 집에서 가지고 온 소리나무 그림의 복사본을 꺼냈다. 그림을 본 순간 풍 교수의 눈동자가 흔들렸다. 그는 갈래머리 소녀의 얼굴에 손가락을 댄 채 고개를 저었다.

차강효가 물었다.

"아시는 얼굴입니까?"

"이 그림 어디서 났소?"

풍 교수는 대답 대신 물었다.

"교수님께서 이 비슷한 그림들을 가지고 계신다고 들었습니다. 그림들에 관한 논문을 쓰려고 하셨다면서요? 왜 그만두셨습니까? 말씀하신 그것 때문입니까?"

풍 교수가 갈래머리 소녀에게서 손가락을 떼며 시선을 돌렸다. 망설이는 기색이었다. 그는 그림의 내용 때문에 가족을 버리고 현실을 떠났다. 차강효는 그가 끝내 입을 다물까 걱정스러웠다. 하지만 풍 교수는 곧 이야기하기로 마음을 굳힌 듯 입을 열었다.

"잠시 기다리시오."

복도 끝 방으로 들어갔다가 나온 그의 손에는 누렇게 변색된 커다란 종이봉투가 들려 있었다. 그는 종이봉투 속에서 탁본 한 장과 보존 처리가 된 낡은 그림 두 장을 꺼내 차강효가 가져온 복사본 그림 옆에 나란히 펼쳐놓았다. 차강효와 김도한의 눈이 휘둥그레졌다.

네 장의 그림은 모두 같았다. 다만 두 여자의 얼굴과 복식과 머리 모양이 다르고 평상 위의 그림이 벽화와 족자와 병풍으로 각각 다를 뿐이었다. 풍 교수는 탁본을 가리키며 말했다.

"이게 시작이었소. 당시 발굴 중이던 가야 고분 근처 암벽에 있었던 거요. 가야 시기의 복식과 생활상을 알려줄 자료가 될 줄 알았지. 그런데 연구를 시작하고 보니 아니었소. 말해보시오, 어디까지 알고 날 찾아온 거요?"

"이 그림이 어떤 놀이와 관련이 있다는 것을 압니다. 놀이 가담자들이 차례로 사라졌는데 이 그림에 놀이를 끝낼 답이 있습니다."

차강효의 대답에 풍 교수는 씁쓸한 얼굴로 고개를 끄덕였다.

"용케 거기까지 알아냈구려. 맞소, 이 그림은 고대로부터 전해지고 있는 어떤 비밀스러운 놀이에 관한 거요. 옛날에는 문자가 지배층의 것이었지. 그러니까 이 그림은 문자를 모르는 사람들을 위한 배려인 거요. 수수께끼를 좀 더 쉽게 풀 수 있게 해주려는 의도에서 나온 그림이라는 말이오."

"배려요? 더 많은 사람들을 위험에 빠뜨리려는 의도가 아니고요?"

"아니, 세상에 많이 알려질수록 위험해지는 것은 그것들이오. 그것들은 사람이 아니니까."

"무슨 말씀이신지 모르겠습니다."

"놀이의 유래가 얼마나 오래됐는지는 아무도 모르오. 수천 년, 어쩌면 그 이상 거슬러 올라갈 수도 있소. 하지만 남아 있는 그림은 고작해야 이것들뿐이지. 그만큼 은밀히 전하려 했고 악착같이 제거하려 했단 거요."

"전하는 쪽과 제거하는 쪽이 서로 놀이의 적이 되는 겁니까?"

"같은 편이오."

"모순인데요."

김도한이 끼어들었다.

"해답지를 만드는 자는 비밀을 찢고 방향을 바꾸려는 의지를 가진 그것들 속에서 나오게 되어 있소."

"측은지심을 가진 배신자로군요."

차강효가 다시 말을 받았다.

"그렇소. 이 놀이는 가담자인 사람이 무조건 지게 되어 있소. 놀이가 시작되면 가담자들은 그것들의 정체를 맞혀야 하는데 해답지가 없으면 죽어도 알 수 없기 때문이오. 그런데 그것들 중 단 하나만이 가담자 측인 사람의 감정을 지니고 있소. 그의 마음이 움직일 때 그림이 나오는 거요."

"지면 어떻게 됩니까?"

김도한이 물었다.

"이 세상에서 완전히 사라지지."

"역시 모가지 수수께끼일 줄 알았어."

김도한은 어깨를 흠칫 떨며 중얼거렸다. 차강효가 풍 교수에게 물었다.

"그럼 실종자들은 모두 죽은 걸로 봐야 합니까?"

"그건 확인할 수 없을 거요. 하지만 죽은 것과 같소."

"대체 그것들의 정체가 뭡니까?"

"사실 알고 보면 별거 아니오. 그것들이 가진 이름이 곧 정체니까. 그것들끼리 서로를 부르는 이름 혹은 우리가 평소에 그것들을 부르는 이름 말이오."

"그것들이 사람이 아니라면 그것들끼리 서로를 부르는 이름은 우리가 알 수 없죠. 하지만 우리가 평소에 그것들을 부르는 이름이 있다면 그건 이미 답을 알고 있는 거잖습니까? 그럼 후자를 말하면 되는데 왜 무조건 지게 되어 있다는 겁니까?"

"알지만 알고 있는 것이 무엇인지 모르기 때문이오. 놀이를 시작하면 가담자들은 그것들이 서로를 부르는 이름을 절로 알게 되지. 그건 바로 가담자 각자의 이름이니까. 하지만 그 이름을 대면 놀이에서 지는 거요. 이기려면 후자의 답을 말해야 하오."

"그 후자의 답이 이 그림 속에 있다는 거로군요. 그리 어려울 것 같지는 않습니다. 어쨌거나 우리가 아는 이름 중에 답이 있는 거니까요."

"그래서 두 분은 이 그림 속에 담긴 답이 바로 보이오?"

차강효와 김도한은 선뜻 대답하지 못했다.

"알고 보면 보이지만 모르고 보면 보이지 않소. 이 그림은 놀이에서 가담자들의 자리를 말해준다오. 그 자리에 답이 있지."

"하지만 그림의 일부를 두 여자가 가리고 있습니다."

"아니, 가리고 있는 것처럼 보이지만 실은 가리는 게 아니오. 숨기고 있는 거요."

"그게 그거 아닙니까?"

"다르오. 아무것도 없다는 것을 숨기기 위해 두 여자가 그림의 일부를 가린 것처럼 설정한 거요. 그림의 가려진 부분에 나머지 대상들이 있을 거라고 생각하게 만드는 거지. 그래서 답을 구하는 자들은 두 여자에 가려지지 않은 완전한 그림이 어딘가 있을 거라 여기고 찾게 되는 거요. 그럼 이 그림의 수수께끼는 영영 풀 수 없게 되오. 모든 답은 여기 이 그림에 온전히 담겨 있소. 없는 것을 보려 하지 말고 보이는 것을 보시오."

　차강효는 그림을 다시 보았다. 이 여자들은 그림을 가리고 있는 것이 아니라 숨기고 있다. 그렇다면 일종의 숨은그림찾기란 말인데······.

8

　눈을 뜨고 휴대전화를 집어 들어 시간을 확인했다. 오후 3시가 넘었다. 아니, 그런데 날짜가……? 그제야 내가 그저께 밤부터 거의 이틀을 꼬박 잤다는 것을 알았다. 그럼에도 피곤함은 여전히 몸에도 마음에도 주렁주렁 매달려 있었다. 종목으로부터 온 전화가 스무 통이 넘었다. 어제 오후 마지막으로 그가 보낸 문자에 푹 자고 일어나서 전화하라고 되어 있는 것을 보니 그사이에 우리 집에 들러 내가 정신없이 자고 있는 것을 보았던 모양이다. 나는 종목에게 전화를 했다.
　"지금 일어났어."
　"야, 이 새끼야! 그것이 데려간 줄 알았다. 사람 간 떨어지게 하고 있어."
　종목이 걱정과 분노와 원망이 뒤섞인 어조로 말을 받았다.
　"자는 것까지 일일이 보고할 수는 없잖아."

"무슨 잠을 그렇게 자? 진짜 죽은 줄 알았다고."

"요즘 제대로 못 자서 그래. 일단 좀 보자. 할아버지의 다른 공책을 찾았어."

"애썼다. 있어, 내가 그쪽으로 갈게."

한 시간 후에 종목이 완화수방으로 들어섰다. 툇마루에 나와 앉아 있는 초췌한 내 몰골을 보고 그가 한심하다는 듯 말했다.

"꼬락서니가 참 눈 뜨고 못 봐주겠다. 밥은 먹었냐?"

"아직."

"그럼 어제부터 계속 굶었겠네. 나가서 밥부터 먹자."

우리는 재래시장 골목 끝에 있는 해장국집으로 갔다.

"이럴 거면 그냥 나한테 나오라고 하지."

"그러니까 눈을 떴으면 밥부터 먹었어야지. 이모, 여기 해장국 하나만 주세요."

"왜 하나야? 너는?"

"지금이 몇 신데, 좀 있다가 엄마랑 저녁 먹어야 돼. 그건 그렇고, 형사가 너희 집도 다녀갔지?"

"너한테도 갔구나. 별말 안 했지?"

"별말 할 수도 없었지. 나 없을 때 다녀갔거든. 엄마가 만났는데…… 엄마는 뭐, 아는 게 없으니까. 형사 대신 엄마한테 한참 시달렸다. 무슨 일이냐고 어찌나 꼬치꼬치 캐묻는지……."

"그래서 뭐라 했는데?"

"국수랑 용주가 없어져서 형사가 찾고 있다고."

"그런 소리 해도 되냐? 어머니가 이제는 너 없어질까 걱정하실 텐데."

"됐어, 어차피 알려질 일이야. 그 형사가 마을 회관도 한바탕 쑤시고 갔거든. 15년 전 우리가 자전거 타고 어딜 갔는지부터 연서의 실종과 김이알에 대해서까지 깡그리 털었대."

"우리 생활기록부도 들춰본 모양이야."

"진짜 근성 있는 인간이구나. 넌 국수 휴대전화에 저장된 그림에 대해서 물어봤어?"

"경모가 국수한테 그림의 일부분을 보냈대. 그 그림, 복사본으로 경모한테 하나 더 있었어. 지금은 그 형사가 가지고 있고."

"복사본이면 같은 그림이란 소리잖아. 그럼 네 답은?"

"몰라…… 방법이 있겠지. 그보다 그 형사 말이야, 측백나무 열매가 용주의 답이고 장승이 국수의 답이라는 것까지 알아냈더라. 개들 사라진 사건 현장에서 세 개의 발자국도 찾아냈고."

"대단하네. 그렇다고 해도 그 발자국의 주인이 누구인지는 절대 알아낼 수 없을걸."

"그 작자 하는 걸로 봐서는 장담할 수 없어. 일단 이거부터 봐."

나는 종목에게 공책을 건넸다. 종목은 내가 밥을 먹는 동안 공책의 기록을 빠르게 읽어나갔다. 기록을 다 읽은 그가 곤란하다는 표정을 지었다. 나는 수저를 놨다. 종목이 무슨 말을 하려는지 짐작이 되었던 것이다. 그는 믿기 어렵다는 얼굴로 말했다.

"여기 기록에 나오는 태옥이 그것이면서 열리란 거야?"

"그것도 모르고 우린 열리에게 그림과 기록의 내용을 알려준 거야."

"하지만 열리는 내내 우리 편이었어. 소리나무 그림도 열리가 그렸을지 몰라. 자기편 모르게 힌트를 주려고 말이야. 걔가 그림을 좀 잘 그리냐. 너도 봤잖아, 공방 벽에 붙어 있는 그림들."

"그 그림들 전부 사람의 얼굴이었지. 얼굴에 집착하는 **그것답**게 말이야."

"초상화 그려주는 건 그냥 열리의 직업일 뿐이야."

"그림 스타일이 달라."

"자기가 그린 걸 숨기려고 일부러 다른 화법을 쓴 거겠지."

"그렇게 열리를 믿고 싶어?"

"아, 몰라. 빌어먹을······."

종목은 어떻게 해야 할지 모르겠다는 듯 인상을 썼다.

"일단 열리를 만나봐야겠어."

"아니, 먼저 그 창아란 여자부터 보자."

종목이 대뜸 타깃을 바꾸자 나는 동요했다.

"······갑자기 창아는 왜?"

"그날 창아를 만나고 난 후에 내가 몇 번 그쪽으로 지나가면서 봤거든. 여전히 밤에 불이 켜져 있지 않더라고."

"그게 뭘? 난 불 켜진 거 본 적 있어."

"그래? 하지만 돌내리 사람들은 김이알의 집에 여자가 들어와 살고 있는 것을 전혀 모르는 눈치였어. 좀 이상하지 않아?"

"돌내리 사람들 입에 오르내리기 싫어서 그냥 없는 듯 머물고 있는 거겠지."

"아냐, 감이 와. 우린 어쩌면 의외로 쉽게 이 놀이를 끝낼 수 있을지 몰라."

"무슨 소리야?"

"여기 기록에 나와 있잖아. 여왕 나무를 제거하면 놀이가 무너진다고. 아홉 번째 소리나무는 여왕 나무야. 여왕 나무만 우리가 모르는 얼굴을 갖고 있지. 그게 창아야."

"뭐?"

"15년 전 비가 억수같이 쏟아지던 그날 말이야. 머리 나무 옆 빈자리, 그 아홉 번째 소리나무의 자리로 들어왔던 것은 여자였어. 너도 봤잖아? 아니, 네가 제일 먼저 봤지."

"그 여자가 창아라는 걸 어떻게 확신할 수 있어?"

"그때와 똑같다는 생각이 들어. 비어 있는 김이알의 집으로 어느 순간 창아가 들어왔어. 아홉 번째 소리나무는 최후로 남는 하나이자 다시 아홉을 만드는 존재지. 내가 보기엔 창아가 여왕이야. 그런지 아닌지, 가서 목덜미에 얼룩점이 있는지 확인해보자고."

"아니야."

"아니라고? 뭐가 아닌데?"

"그러니까⋯⋯."

나는 대꾸할 말을 찾지 못한 채 종목의 시선을 피했다. 종목의 얼굴에 여태 없던 의혹이 번지기 시작했다.

"너 좀 이상하다."

"이상하긴, 뭐가?"

"아니, 확실히 이상해."

"아니라니까."

"뭐가 아니라는 건데?"

"아무튼 창아는 내버려둬."

"왜?"

"그냥, 내버려두라면 내버려두라고. 걘 아니야."

나도 모르게 언성이 높아졌다.

"여왕이 아니야?"

종목이 물었다. 내가 황망한 나머지 잔뜩 예민해진 반면 종목은 냉정해졌다. 나는 대답할 수 없었다. 곤란해하는 나를 보며 종목은 그제야 깨달은 듯 어이없다는 얼굴로 말했다.

"이미 확인해봤구나. 근데 나한텐 말하지 않았어. 언제부터 알고 있었던 거야?"

"미안하다."

나는 맥이 빠져 중얼거리듯 말했다.

"그 요물이 널 아주 제대로 흔들어놨어. 연서 이후로 네가 여자에게 감정을 드러낸 건 이번이 처음이지."

"그런 거 아니라고. 창아는 내가 알아서 할게."

"네가 어떻게 알아서 할 건데? 정신 차려. 권효순도 박경난의 그것에게 불을 놨어야 했다고 적었어. 하지만 차마 그러지 못했지. 우린 할 수 있어. 너한텐 내가 있으니까. 나무토막이라고 생각하고 태워버리면 돼."

"미쳤어? 네가 지금 한 말이 무슨 의미인 줄 알아?"

"미친 소리 아닌 거 알잖아. 난 평생 이 놀이를 하며 살고 싶지
않아. 내 머릿속을 파고드는 고통도 끔찍하고 언제 **그것**이 날 치
워버리고 내 자리를 차지할까 두려워하며 사는 데도 지쳤다고."

"살인이야."

"사람이 아니야. 사람이 아니니까 살인이 아니지. 너도 창아
가 사람이 아니라는 걸 알잖아. 그런데 왜 억지를 쓰는 거야? 네
가 뭐라고 해도 난 할 거야."

언제나 내 말을 믿고 따라주었던 종목의 태도가 달라졌다. 나
는 더 이상 종목을 속일 수 없다는 것을 깨달았다.

"창아가 연서야."

"뭐?"

"연서처럼 말하고 연서처럼 행동해. 창아에게 연서의 기억이
있어. 마치 창아 안에 연서의 영혼이 들어 있는 것처럼 말이야."

"무슨 그런 말도 안 되는……!"

"그래, 창아의 목덜미에 얼룩점이 있어. 아니, 그건 또 하나의
얼굴이지. 연서였어."

"착각하지 마. 창아는 연서가 아니야. 연서 흉내를 내는 거지.
15년 전 CCTV에 찍혔던 그놈처럼 말이야. 그놈도 네가 아니었
잖아."

"난 그냥 창아를 다치게 하지 않고 놀이를 끝내고 싶어."

"하나이면서 아홉이고 처음이면서 끝인 여왕 나무가 존재하
는 한 이 놀이는 계속 반복될 거야. 그러니까 제거해야 돼."

"내가 책임질게. 나만 두드리지 않으면 돼. 그럼 이 놀이는 다

시 시작되지 않아."

"무슨 소리야? 네가 뭔데?"

"실은…… 15년 전에 김이알과 거래를 했어. 놀이를 시작하려면 그에게서 머리 나무를 받아야 했지. 내가 머리 나무를 두드리지 않으면 그것들은 깨어날 수 없어. 아홉이 다시 모이면 내가 이 놀이를 끝낼게. 그러니까 창아는 좀 봐줘."

종목은 황당한 듯 잠시 말을 잊었다.

"종목아, 그렇게 하자."

"이 새끼가 완전히 돌았구나. 지금 누굴 봐달라는 거야."

종목이 내 멱살을 잡으며 벌떡 일어섰다. 앉았던 의자가 요란한 소리를 내며 뒤로 벌러덩 넘어갔다. 나는 체념한 얼굴로 종목에게 나를 맡겼다.

"때려서 분이 풀릴 것 같으면 얼마든지 때려. 근데 나는 창아를…… 아니, 연서를 죽일 수 없어."

종목은 거친 숨을 내쉬며 한참 나를 노려보다가 멱살을 놓고 밖으로 나가버렸다. 씩씩거리며 저만치 걸어가는 그의 등짝에 대고 나는 소리쳤다.

"미안하다! 그래도 부탁할게."

* * *

숨은그림찾기에서 숨은 그림은 나뭇가지 사이라든가 건물 귀퉁이라든가 사람의 신발 같은 데에 붙어 있다. 그런 식으로, 가려지지 않고 보란 듯 나와 있다. 다만 우리 눈이 거기 있다는 것을 모르고 놓치는 것이다. 그러니까…… 아, 알겠다. 차강효는 두 여자가 왼손으로 함께 쥐고 있는 나뭇가지와 오른손에 각자 쥐고 있는 방울과 꽃을 보며 말했다.

"두 여자가 가리고 있는 것이 아니라 가지고 있는 거로군요."

"맞소. 왼쪽 윗줄부터 시계 방향으로 노인, 장승, 불꽃, 뒤의 소녀, 나뭇가지, 앞의 소녀, 절반으로 잘린 지팡이, 관, 열매. 그렇게 모두 아홉 개의 자리를 가지고 놀이를 시작하는 거요."

"이게 꽃이 아니라 불꽃이었군요. 불꽃을 쥔 소녀……. 근데 방울은요? 방울까지 모두 열 개입니다만?"

"방울은 아니오. 잘 보면 방울의 자리만 어긋나 있소."

풍 교수가 나열한 것들은 모두 평행으로 서서 정확히 둘씩 짝을 지어 마주하고 있었다. 하지만 방울의 자리는 줄을 벗어나 불꽃과 지팡이 사이에 애매하게 걸쳐졌다.

"게다가 세 개의 발도 달고 있지 않소."

"하지만 불꽃에도 세 개의 발이 없습니다."

"그 불꽃이 놈의 발이오."

그제야 차강효는 그 불꽃 모양이 사건 현장에서 발견된 세 개의 눌림 자국처럼 생겼음을 깨달았다. 사람의 눈이란 것이 이렇게 간사하다니. 풍 교수의 말대로 알면 보이고 모르면 보이지 않는 것이다. 김도한이 물었다.

"천 조각이 묶인 나뭇가지는요? 저것도 마주한 두 줄 사이에 위치하는데요."

"그건 당산나무요. 우두머리란 말이지. 우두머리는 가운데 서는 법이오."

"하지만 점 하나도 허투루 그렸을 것 같지 않은 이 정교한 그림에 아무 의미 없는 방울이 있을 리는 없으니 이유가 있겠죠?"

"제대로 봤소. 방울은 속임수요. 이 속임수를 알아본다면 그게 곧 답을 찾는 방편이 되지."

차강효는 트릭의 핵심을 콕 집어낸 김도한을 보며 '역시!' 하고 고개를 끄덕였다.

"방울은 스스로 울리는 꽃인 자명괴를 뜻하오."

"자명괴라면 회화나무의 꽃인데요?"

김도한이 말했다.

"맞소, 이 방울의 이름은 회화나무요. 회화나무는 아홉 자리에 끼지 않지만 곁에 있는 다른 나무들의 이름을 알려줄 수 있지. 이를테면 회화나무 막대기를 박달나무에 비비면 불씨를 얻을 수 있소."

"아."

차강효와 김도한은 동시에 탄성을 내질렀다.

"또 회화나무는 향나무와 동거하니 이 잘린 지팡이는 속이 붉은 자단이오."

그때 김도한이 차강효에게 말했다.

"근데 선배님, 모두 아홉 명이 하는 놀이라는데 우리가 확보한 명단은 여덟 명이잖아요. 하나가 모자라요."

도동 마을 회관에서 알아낸 놀이 가담자는 일곱 명의 아이들과 김이알까지 모두 여덟 명이었다. 그렇다면 마을 사람들이 본 적 없는 누군가가 하나 더 있다는 뜻이다.

"여자요."

풍 교수가 말했다.

"네?"

두 사람이 동시에 그의 얼굴을 쳐다보았다.

"여자라고 했소. 당신들이 찾아내지 못한 아홉 번째 놀이 가담자 말이오. 그 여자는 철저하게 숨겨져 있는, 그것들의 여왕이오. 두 개의 얼굴을 가졌고 끔찍하게 무거운 존재지."

차강효는 김이알의 집 마당에서 보았던 발자국들을 떠올렸다. 화단에 찍힌 남자의 발자국 하나와 굵은 모래 위에 깊게 눌려 어지럽게 찍힌 여자의 발자국들.

김도한이 의아해하는 얼굴로 말했다.

"말씀하신 대로라면 그 여자는 괴물인데요."

"사람이 아니오."

"사람이 아니면 대체 뭔데요?"

"여태 말하지 않았소. 나무요. 이 그림에서 놀이의 자리를 지키고 있는 것은 모두 나무지. 이를 근거로 방울의 정체도 찾을 수 있었던 거요. 보시오."

풍 교수는 그림을 가리키며 말을 이었다.

"여기 두 여자 중 하나는 여왕이고 나머지 하나는 여왕의 그림자요. 일명 허수아비라고 하지. 그래서 이 두 여자가 한 몸인 것처럼 포개져 있는 거요. 하나이면서 둘인 존재이기 때문에. 이

두 여자는 서로 얽혀 있는 등나무요. 놀이는 이 등나무 여왕으로 부터 시작되지. 하나가 둘이 되고 둘이 셋이 되고 셋이 아홉이 되는 놀이, 사람과 나무가 벌이는 자리 뺏기 놀이."

"어쨌거나 그것들은 어떤 종류의 나무란 말씀이군요. 그리고 나무의 이름이 답이라는 건데, 모가지 수수께끼의 답치곤 너무 간단한 거 아닙니까?"

차강효가 말했다.

"아뇨."

김도한이 고개를 저었다.

"단순해 보이지만 절대 그렇지 않아요. 이 그림을 통해서 나무의 이름을 알려면 좀 전에 풍 교수님이 설명하신 대로 나무들의 유기적 원리를 이해해야만 해요. 말했잖아요, 고대에는 수수께끼를 푸는 것이 신이 숨긴 우주와 자연의 비밀을 찾는 방법이었다고."

"그렇소, 우리가 알고 부르는 이름만큼 명확한 진실은 없다오. 그러니 고작 나무의 이름이라고 생각하면 안 되지. 그리고 그냥 나무가 아니라 세 발 달린 소리나무요."

"그게 뭡니까?"

"구전에 따르면 옛날에 소리나무 놀이라는 게 있었소. 지방에 따라서는 소리나무 대신 그냥 그것이라고 부르기도 한다오. 예를 들면 이런 식이지. 그것과 얼굴을 마주하고 밤새 놀았다. 놀이가 벌어지는 동안 그것은 사람의 얼굴을 닮아갔다. 놀이가 끝나자 그것은 제가 흉내 낸 얼굴의 사람에게 물었다. 내가 누구야? 제 얼굴과 같은 얼굴을 보고 사람이 신기해하며 대답했다. 누구긴 누구야, 나지. 누가 봐도 나네. 나야. 그러자 그것이 말했다. 내가 너니까 넌 이제 필요 없네."

김도한이 이맛살을 찌푸리며 말했다.

"오싹한 이야기군요. 그러니까 그것들은 놀이를 통해 가담자의 얼굴을 훔치고 결국엔 이름까지 빼앗는다는 거잖아요."

"그래서 가담자가 자기 이름을 말하면 놀이에서 지게 되는 거요. 또 다른 나를 인정하는 것이기 때문이지. 그건 달리 말하면 자신을 부정한 셈이니 더는 자기 자리를 지킬 수 없게 되오. 놀이가 여태까지 계속되고 있었다면 아마도 더 많은 규칙이 만들어지면서 진화했을 거요."

"도저히 믿기질 않네요. 전 아직도 소리나무가 뭔지 모르겠어요. 어쨌든 나무인데 어떻게 사람 흉내를 내고 급기야는 사람의 자리를 빼앗는다는 건지……."

"존재하기 위해 사람을 흉내 내기 시작했고 그 과정에서 스스로 모호해진 거지. 내가 누구냐는 질문은 그렇게 생긴 거라고 볼 수 있소. 이 놀이는 두 개의 발을 가진 무리와 세 개의 발을 가진 무리가 벌이는 일종의 승부요. 두 개의 발은 현실의 나, 세 개의 발은 비현실의 나라고 할까. 그것의 질문에 나라고 대답하면 그것이 자신을 나로 자각하고 현실의 전면에 나서는 것이고, 나무의 이름을 대면 나의 뒤로 물러나는 거요."

"무슨 정신병자들 놀음 같아요."

김도한의 얼굴에는 대체 이 늙은 교수의 말을 어디까지 믿어야 할지 난감해하는 기색이 역력했다.

"맞소, 바로 정신을 걸고 하는 무시무시한 놀이지."

풍 교수는 담담히 인정했다.

"대체 이런 놀이를 애초에 왜 시작하는 겁니까?"

차강효가 물었다.

"사람의 가장 원초적인 욕망이오. 놀이를 시작하는 대가로 그것이 현실에서 사람이 할 수 없는 일을 대신 해주거든. 살면서 그런 걸 바란 적 없소?"

"없습니다."

차강효는 단호하게 대답했다.

"글쎄, 자신을 잘 들여다보시오. 있소, 인간이라면 누구에게나 있는 것이오. 깊숙이 눌러놨거나 오래전에 버렸을지라도 여전히 거기 있을 거요."

풍 교수의 말에 차강효는 잠시 생각해보았다. 내가 이 놀이를 시작한다면 뭘 얻기 위해서일까. 박태이를 비롯해 놀이 가담자들은 뭘 원했던 걸까. 15년 전 CCTV에 찍혔던 박태이는 박태이가 아니라 그것이었다. 그것은 박태이가 할 수 없었던 일을 대신 해주었다. 다섯 사람이 그것에게 밟혀 죽었다. 박태이는 그 다섯 명을 죽이고 싶었던 것이다. 그들을 죽이기 위해 그것을 부른 것이다.

강렬했던 햇볕이 어느새 한 뼘 물러나 있었다. 차강효는 얼굴에 드리워진 그늘의 깊이가 달라진 것을 느꼈다. 더위와 이상한 이야기에 취했는지 멍한 표정으로 앉아 있는 김도한의 얼굴이 문득 낯설어 보였다. 그래, 얼굴. 놀이에서 이기면 그것은 얼굴을 가져간다. 얼굴을 가진 쪽이 현실이 되어 이 세상에 살아남는 것이다.

"잠깐 이 사진 좀 봐주시겠습니까?"

차강효는 영신여학교 사진을 꺼냈다. 사진을 받아 들고 찬찬히 살펴보던 풍 교수의 눈가에 경련이 일었다. 그의 시선이 차강효가 가져온 소리나무 그림으로 향했다.

"맞습니다. 제가 가져온 그림 속 두 소녀가 그 사진에 있습니다. 아마도 놀이 가담자였을 겁니다."

"이 여학생⋯⋯."

풍 교수는 사진 속 갈래머리 소녀 박경난을 가리켰다.

"그 여학생이 왜요?"

그는 차강효가 가져온 소리나무 그림을 처음 보았을 때부터 박경난을 짚었다. 틀림없이 그녀를 아는 것이다. 풍 교수는 도무지 믿을 수 없다는 표정으로 말했다.

"이 사진에 찍힌 사람들은 백여 년 전 사람들이오."

"그렇죠."

"한데 이 여학생 곁에 서 있는 남자는 분명 내가 만난 사람이오. 김이알⋯⋯ 틀림없는 그자요."

"닮은 사람이겠죠."

김도한이 말했다.

"아니, 김이알이오."

"돌내리의 석수장이 김이알 말입니까?"

차강효가 물었다.

"그렇소. 내가 이 놀이에 대해 연구하는 것을 어떻게 알았는지 찾아왔더군. 놀이에 대해 말하지 말라고 경고했소. 놀이에 대해 알아낸 만큼 대가를 치르게 될 거라고. 하지만 나는 알고 싶었지. 그는 이미 많은 것을 알고 있었지만 더 알고 싶어 했고. 나는 그로부터 놀이에 대한 오래된 이야기를 들었고 그는 나로부터 놀이에 대한 새로운 이야기를 들었소. 그렇게 우리는 만날 때마다 조금씩 규칙을 어기며 위험한 관계를 이어갔소. 그는 놀이 가담자였거나 놀이의 우두머리였을 거요. 놀이를 보호하려 하면서 동시에 놀이에서 달아나고 싶어 했거든. 결국 나는 놀이에 얽힌 이야기를 세상에 내놓지 못했지. 그 대가가 가족에게 미칠 수도 있다는 것을 알았기 때문이오. 그리고 가족들 곁을 떠났소. 나는 놀이 가담자가 아니었지만 결국 내 자리를 잃었지. 그의 경고대로 대가를 치른 거요. 사실 나는 김이알이 두려웠소. 그에겐 어딘가 사람 같지 않은 구석이 있었거든. 그는 늘 어떤 여자의 얼굴을 그리고 있었는데 바로 이 여학생의 얼굴이었소. 누구냐고 물었더니 대답 대신 그냥 웃더군. 원래 전혀 웃지 않는 사람이었소. 그래서 알았지, 그의 여인이라는 것을. 보기 좋았소. 아니, 감동이었소. 감정조차 없는 것처럼 보이던 수수께끼의 남자가 사랑에 빠진 얼굴을 드러냈으니까. 그가 내게 보인 유일한 진짜 사람의 얼굴이었지."

"아, 잠깐만요. 그러니까 교수님이 김이알과 알고 지냈는데 그 김이알이 이 사진 속의 인물, 백 년 전 사람이라고요? 말도 안 돼, 그건 정말 착각하신 거겠죠."

김도한은 그야말로 미치기 일보 직전의 표정이었다. 하지만 차강효는 이제 말이 되지 않아도 믿어야 한다는 것을 알았다.

"아냐, 사실은 나도 이 사진 속에 있는 사람 중 하나랑 얼마 전에 만났어. 바로 이 여자."

"이건 또 무슨······?"

"이열리야, 완전히 같은 얼굴이라고."

"네에?"

김도한은 사진 속 이열리의 얼굴을 뚫어져라 들여다보며 말도 안 된다고 계속 중얼거렸다.

"형사님이 가져온 소리나무 그림은 김이알이 그린 거요. 그 여학생의 얼굴을 보는 순간 바로 알아봤지. 혹 김이알을 만나본 적 있소?"

풍 교수가 물었다.

"아뇨, 그러고 싶었지만 지금 김이알은 행방이 묘연한 상태입니다. 그런데 좀 전에 교수님이 김이알과 함께 놀이의 규칙을 어겼다고 하셨죠? 그 규칙이란 건 뭡니까?"

"놀이에 대해 가담자가 아닌 사람에게 말할 수 없다는 거요."

그래서 박태이와 노종목이 놀이에 대해서는 입을 열지 않았던 거로군. 말하고 싶어도 할 수 없었던 거야. 차강효는 이제야 그들을 이해할 수 있었다. 그들이 죽어라 입을 다물어 사실 속으로 욕 좀 했다. 하지만 그들 입장에서는 그렇게 해야만 모가지를 지킬 수 있었던 것이다.

"규칙을 어기면 어떻게 됩니까?"

"잘 모르겠소. 그건 지팡이가 판단할 거요."

"이 지팡이 말입니까?"

차강효는 소리나무 그림 속의 지팡이를 가리켜 보였다.

"그렇소. 이건 얼굴을 훔치는 놀이요. 하지만 지팡이의 자리를 지키는 자는 얼굴을 바꾸지 않소. 변치 않는 그 얼굴은 고정된 규칙의 영속성 때문이오. 지팡이는 처단자를 뜻하지. 우두머리도 규칙에 속박된다는 점에서는 예외가 아니오."

"설마 김이알이 처단된 겁니까? 그럼 교수님은요?"

"아직까지는 별일 없었지만 앞으로 무슨 일이 생긴다 해도 그건 내가 감당할 문제니 신경 쓸 거 없소. 그보다 미안하오."

"뭐가 말입니까?"

"형사님들도 이제 놀이와 놀이의 답을 알았소. 아는 것을 말하지 않는 것은 그리 쉽지 않다오. 그래도 두 분은 부디 끝까지 입을 다물기를 당부하겠소. 오늘 내게서 들은 소리나무들의 정체를 발설한다면 언젠가 처단자가 형사님들을 찾아갈 거요."

"네?"

김도한의 눈이 동그래졌다.

"놀이 가담자들은 꽤 까다로운 규칙에 매여 있소. 놀이에 대해 놀이 바깥의 사람에게 발설할 수 없고, 자기 것이 아닌 답을 다른 가담자에게 전하는 것도 반칙이지. 반드시 제힘으로 답을 찾아야 한다는 뜻이오. 놀이를 말하지 말라는 규칙은 가담자가 아닌 이들에게도 똑같이 적용되오. 규칙을 어기면 가담자이든 아니든 질문은 없소. 그냥 처단되는 거요."

'너의 답을 알았어. 기다려. 내가 널 이 놀이에서 나가게 해줄게.'라는 문자의 의미를 차강효는 이제 알았다. 정국수와 우용주가 답을 알았음에도 제거된 것은 반칙 때문이었다. 그러니까 지금 벌어지고 있는 이 희한한 놀이는 모두 진짜인 것이다. 그럼에도 차강효는 별 동요 없는 얼굴로 말했다.

"괜찮습니다. 저흰 입을 다무는 것도 어렵지 않고 처단자가 딱히 두렵지도 않습니다."

하지만 김도한은 턱을 당기며 자기는 두렵다는 듯 인상을 구겼다.

"그래도 조심해야 하오."

"걱정 마십시오. 교수님은 앞으로 저희가 보호를……."

"그럴 필요 없소. 난 이미 마음을 정했으니까."

"마음을 정하다니요?"

"내가 누구인지 오랫동안 생각해왔소. 비록 놀이 가담자는 아니지만 내가 만약 그것의 질문을 받는다면 과연 뭐라고 대답할까. 나라고 대답할 거요."

김도한이 뜨악한 얼굴로 눈을 끔쩍였다.

"말했다시피 그것은 비현실의 나이기 때문이오. 우리와 사회가 무언의 합의로 묻어버린 원시의 자아이자 제도권 밖에 존재하는 또 다른 나지. 그래서 그것은 내가 차마 할 수 없는 일을 거리낌 없이 실행할 수 있는 거요. 그것이 당당하게 내 자리를 요구하는 것은 바로 그런 까닭이고. 그것은 존재를 거부당한 내 안의 또 다른 나를 끄집어내 덮어쓰오. 그러니까 나는 그것을 통해 완전히 다른 삶을 얻을 수 있는 거지. 원래의 나는 없어지지만 그래도 그건 여전히 나요. 찾아와줘서 고맙소. 당신들 덕에 결단을 내릴 수 있었소. 이제 나도 그만 여기서 나가려 하오."

* * *

소주병을 쥐고 병나발을 불면서 완화수방으로 돌아가는 걸음이 이리저리 흔들렸다. 나는 멈춰 서서 굽이굽이 물결치는 산등성이를 바라보았다. 문득 그림 속에 들어와 있는 듯 착각이 들었다. 시간을 되돌릴 수 없다면 지금 이 순간 이 풍경에서 모든 것이 멈춰버렸으면 좋겠다고 생각했다.

종목이 내게 등을 돌렸다. 아니, 내가 돌린 것이다. 종목이 나를 오해하고 있다고 말할 수는 없으니. 나는 사실을 말했고 종목도 사실로 받아들였다. 종목은 내게 남은 유일한 친구다. 나는 종목을 잃게 될까 두려웠다.

종목은 처음 그것과 대면했을 때부터 지금까지 그 긴 시간 동안 단 한 번도 흔들린 적이 없었다. 하지만 나는 고작 며칠 사이에 그것에게 자리를 내주는 것에 불쑥 마음이 동했던 적이 있다. 그래, 이런 패배자의 인생 따위 너나 실컷 가져라.

어차피 완화수방에도 회사에도 내 자리랄 곳은 없었다. 나에게 모든 책임을 떠넘긴 김 부장은 아무 일도 없었다는 듯 제 책상을 지키고 있었다. 자기 연민에 빠져 자식에게 애정 한 줌 준

적 없는 아버지는 용서를 구하는 대신 권리를 주장했다. 나는 내 자리를 잃고 방황하는데 세상은 그게 뭐 대수냐는 듯 여전히 잘 돌아가고 있었다.

그럼에도 그것은 하염없이 내 자리를 달라고 했다. 그러니 빈 주머니 같은 그 자리는 그것에게 줘버리고 어디로든 사라져 다른 인생을 시작하고 싶었다. 거기가 어디든 상관없었다. 그저 나를 필요로 하는 곳에 있기를 갈망했다.

나를 볼 때마다 팔을 꽉 잡고 놓아주기 싫어하는 창아를 생각했다. 나를 보낼 때마다 그녀의 무정한 눈동자에는 미처 다 감추지 못한 아쉬움이 담겼다. 머리 나무 없이 그녀는 어디에도 갈 수 없다. 빈집에 갇혀 공기처럼 떠도는 그녀를 내가 문밖으로 끌어내어 존재하게 할 수 있었다. 나는 그녀를 어디로든 데려갈 수 있다. 세상에서 오직 나만이.

* * *

울창한 나무들 사이로 빛줄기가 작살처럼 내리꽂혔다. 작살들은 차강효와 김도한의 몸을 수시로 그었다. 빛이 지나가고 그늘이 내리고 다시 빛이 떨어졌다. 나타나고 사라지기를 반복하지만 빛은 항구적이다. 어둠이 잠시 가리는 것일 뿐. 그것들도 그런 자연현상의 하나라고 여긴다면 이상할 것도 없다. 하지만……. 차강효는 여전히 혼란스러웠다.

"얼굴도 없이 세 개의 발만 달린 그런 것들이 어떻게 세상에 존재할 수가 있지?"

"그런 게 어떻게 있을 수 있는지 알아낼 때까지는 아무도 설명할 수 없겠죠. 그걸 알아낸 후에는 또 다른 그런 걸 풀어야 할 거고요. 헤라클레이토스가 그랬어요, 자연과 삶은 그리푸스라고요."

"그리푸스?"

"수수께끼요. 그는 자신을 수수께끼 풀이꾼이라고 했어요. 세상은 수수께끼를 만들고 사람은 그 수수께끼의 답을 찾아다니는 거라고. 선배님, 저한텐 거창한 야망이 있었거든요."

"무슨 야망?"

"인간에게 보탬이 되는 삶의 비밀과 지혜를 얻기 위해서라면 모가지 수수께끼라도 얼마든지 해볼 만한 가치가 있다고 생각했죠."

"풀 능력만 된다면 해볼 만하지."

"아뇨, 모가지 수수께끼에 덤비는 건 능력 밖의 일이에요. 목숨 걸고 비밀을 넘본다는 의미죠. 내 힘이 아닌 다른 힘을 얻겠다는 거고, 그 이유와 목적이 아무리 정당하다고 해도 지면 목숨을 내놔야 해요. 전 쓰레기들을 제거하고 세상을 청소하고 싶어요."

"지금 그러고 있잖아."

"제가 뭘 하긴 하고 있는 걸까요? 표도 나지 않는데? 전 가끔 허기가 져요. 사이다도 필요하고. 박태이도 그랬던 게 아닐까요. 그저 친구에 대한 복수 때문만은 아니었다고 봐요. 자신을 대가로 정의를 원했던 거죠. 만약 저한테 그런 일이 생긴다면 과연 그런 선택을 할 수 있었을까요? 새삼 모르겠다는 생각이 들어요."

"갑자기 무서워졌구나."

"그렇게 했는데도 세상은 여전히 꿈쩍하지 않는다면…… 그게 무서워졌어요. 풀어도 수수께끼는 끝도 없이 나올 거고."

"그럼에도 세상을 위해 누군가는 계속 희생하겠지. 그게 너라도 상관없다면 밀고 나가. 흑과 백이 뒤섞인 것이 우리가 사는 세상이야. 그것이 완벽하게 분리되면 천국과 지옥이지. 거긴 죽어서 가는 세상이고 확실히 존재한다는 보장도 없어. 그러니까 넌 그냥 네 앞에 떨어진 수수께끼에 충실하면 돼. 끝까지 살아도 어차피 이 세상에 천국이 내려오지 않는다는 것만 명심하고."

"김새네요."

"세상에 실망할 필요는 없단 뜻이야. 그건 각자의 시선에 달린 문제라고."

"그 할머니들은 뭘 원했을까요?"

"글쎄, 그건 우리가 죽어도 알 수 없겠지."

"만약에 선배님이 놀이 가담자라면 그것이 뭘 해주기를 원하세요?"

차강효는 고개를 들고 멀리로 시선을 던졌다.

"난 사람을 찾고 있어. 내 힘으로는 도저히 찾아낼 수 없는 사람. 그때 사흘간 어디 있었느냐고 물었지. 그 사람을 쫓고 있었어. 내가 태어나기도 전에 실종된 외삼촌. 열여덟 살의 그를 봤거든."

"설마요!"

"어머니는 화장대 위에 늘 외삼촌의 사진을 놓아두셨지. 그래서 사진 속 얼굴을 정확히 기억하고 있었어. 50년이 지났는데 완전히 똑같은 얼굴이더라고."

"착각하신 거 아니에요?"

"아니. 녹아 붙은 오른쪽 귓불과 뺨의 화상 자국까지 똑같았어. 어머니 말씀으로는 화로가 엎어지면서 덴 거라 했지."

"우연의 일치일 수도 있죠. 얼굴에 입을 수 있는 화상의 부위를 따지자면 얼마든지 비슷한 자국이 나올 수 있다고 봐요."

"사라진 건 외삼촌만이 아니었어."

"에?"

김도한의 목구멍에서 쉰 소리가 나왔다.

"내가 본격적으로 수사를 시작했을 때는 사건이 너무 오래돼서 아무것도 남아 있지 않았지. 그래서 외삼촌의 친구들을 찾아봤는데 실종자가 두 명 더 있더군."

"제발 그때도 사건 현장에 세 개의 발자국이 남아 있었다고는 말하지 마세요."

"다른 실종자들은 모르겠고 외삼촌의 경우는 있었어."

김도한은 할 말을 잃고 멍청한 얼굴이 되었다.

"당시만 해도 그걸 어떻게 받아들여야 할지 모르겠더라고. 내 눈으로 봤으니 믿지 않을 수도 없고. 그래서 멘탈이 나가버린 거야. 좀 방황했지. 생각을 정리하고 현실로 돌아올 시간이 필요했다고나 할까."

"논리적으로 불가능한 것을 봤으니 부정하면 되죠."

"그게 쉽냐? 넌 좀 전에 풍 교수와 만나서 보고 들은 모든 것들을 부정할 수 있겠어?"

김도한은 잠시 머뭇거렸다.

"모르겠네요. 머릿속이 복잡해요. 사람들은 대개 이상한 것을 보면 자기가 아는 만큼만 받아들여요. 미치지 않으려는 자기방어죠. 저도 적정선을 찾는 중이에요."

"그게 어디까지야?"

"음…… 선배님이 보신 건 외삼촌이 아니에요. 그분 얼굴을 훔친 놈이죠."

김도한은 결국 이 불가사의한 놀이의 존재를 인정하고 말았다. 차강효 역시 그래야만 했다. 그렇다 해도 김이알, 그자는 또 뭐란 말인가. 박경난이 김이알의 연인이었다면, 혹 김이알은 그녀에게 놀이의 답을 알려주려고 그림을 남겼던 걸까. 그렇다면 측은지심을 가진 배신자의 마음을 움직인 것은 박경난이다. 어쩌면 그녀 때문에 김이알이 놀이에서 달아나고 싶어진 것일지 모른다.

그가 규칙을 어겨가며 풍 교수에게 놀이에 대해 발설한 것은 여왕에게서 벗어날 방법을 찾기 위해서였다. 놀이의 우두머리 자리를 차지하고 몇백 년을 살면 뭐하나, 여왕 나무에게 사로잡힌 가엾은 신세인 것을.

백 년 전 사진 속의 사람들은 모두 양팔을 몸에 붙인 차렷 자세이거나 두 손을 앞쪽으로 가지런히 모은 자세였다. 그리고 서로 몸이 닿지 않도록 간격을 두고 섰다. 하지만 김이알과 박경난은 서로 꼭 붙어 있었다.

김이알은 박경난을 뒤에서 감싸 안듯 어깨를 살짝 기울인 채였다. 다른 여학생들과 달리 박경난은 두 손을 앞으로 모으지 않았다. 오른손을 뒤로 감추고 있었다. 어쩌면 그 두 사람은 남몰래 손을 잡고 있었을지도 모르겠다.

이 은밀한 놀이의 수호자로서 김이알은 가급적 제 얼굴이 알려지지 않도록 신중해야 했다. 그럼에도 박경난 옆에 제 얼굴을 남겼다. 그녀와 함께 사진을 찍기 위해 교지 간행 후원자 같은 거라도 자청했을까? 그의 정체가 무엇이든, 풍 교수가 본 대로 박경난 앞에서 그는 그저 사랑에 빠진 한 인간이었다. 그렇게라도 연인과 함께했던 시간을 간직하려고 했던 남자.

차강효는 갑자기 걸음을 멈췄다. 그의 시선이 저 앞쪽을 훑었다.

"왜 그러세요?"

"방금 젊은 여자가 지나갔어."

김도한이 사방을 둘러보더니 말했다.

"아, 저기. 꽤 먼데 용케 보셨네요."

"아냐, 방금 요 앞으로 지나갔어. 근데 언제 저만치 갔지? 무슨 산짐승도 아니고 여자 걸음이 뭐 저렇게 빨라?"

숲 사이로 언뜻언뜻 보이는 여자의 모습은 놀라우리만치 빠른 속도로 멀어지고 있었다. 여자는 순식간에 그들의 시야에서 사라졌다. 김도한이 바짝 긴장한 어조로 물었다.

"저쪽, 풍 교수의 집으로 가는 길인데요. 혹시 처단자 지팡이가 뜬 걸까요?"

"그런 괴상한 이야기를 참 아무렇지도 않게 한다."

"그런 괴상한 이야기를 여태 선배님이 하고 계셨거든요. 지금 이라도 돌아가봐야 하지 않을까요?"

"늦었어. 우리 발로는 못 따라잡아. 풍 교수는 이렇게 될 걸 이미 알고 기다리고 있을 거고."

김도한은 한숨을 내쉬었다.

"어떡하죠? 이건 뭐, 우리가 어떻게 할 방법이 없네요."

"없긴 왜 없어, 여왕을 쳐야지. 그럼 남은 이들을 구할 수 있어."

"남은 이라면 박태이, 노종목, 이열리, 김명진, 이렇게 네 명인데…… 잠깐만요, 방금 본 여자가 처단자라면…….."

"그래, 이열리야. 지팡이는 얼굴을 바꾸지 않는다고 했지. 백년 전 사진 속에 이열리가 있었어."

"이제 좀 실감 나네요, 그나저나 여왕은 어디서 어떻게 찾을거예요?"

"어디 있는지 알 것 같아."

* * *

종목은 일이 손에 잡히지 않았다. 정신 나간 놈, 머리 나무를 받았다고? 그럼 이제 김이알의 역할을 하게 되는 거잖아. 머리 나무와 여왕 나무는 짝이다. 그래서 지금 태이가 제 짝인 여왕을 감싸고 있는 게 아닌가. 태이는 흉측한 **그것들**의 편에 선 것이다.

놀이를 끝내기 위해서는 여왕 나무에 불을 놔야 한다. 연서의 얼굴을 가진 여왕 나무이니 태이로서는 죽어도 할 수 없는 일이리라. 게다가 머리 나무를 받은 태이는 놀이를 지속할 의무를 지게 되었다. 함께 놀이를 끝내야 할 친구가 다른 사명을 받았다. 그러니 이제 놀이를 끝낼 사람은 종목뿐이다.

어머니는 내내 잔기침을 하고 있었다.

"들어가, 여긴 내가 볼 테니까."

"잘도 보겠다, 여태 딴생각하고 있었으면서. 요 며칠 왜 그래? 태이 때문이야?"

"태이가 뭘?"

"둘이 싸웠니?"

"싸우긴, 각자 자기 일 보는 거지. 만날 붙어 있을 수는 없잖아. 근데 한여름에 무슨 감기야?"

"나이 들고 면역력 떨어져서 그래. 너도 늙어봐라."

어머니는 가볍게 눈을 흘기며 웃다가 다시 기침을 쿨럭쿨럭 내뱉었다. 종목이 손을 쑥 뻗어 어머니의 이마를 짚었다.

"열 있어."

"그래, 알았다. 가게 문 닫자. 그까짓 몇 시간 더 한다고 천금을 벌 것도 아니고."

"웬일이래?"

"들어가서 좀 쉬고 싶은데 너한테 가게 맡기는 게 불안해서 그런다."

"이럴 줄 알았으면 만날 넋 놓고 앉아 있을 걸 그랬네."

"이게 아주 가게를 말아먹으려고."

어머니가 종목의 등짝을 때렸다. 종목은 엄살을 부렸다.

"아파, 늙고 면역력 떨어졌는데 손은 아직도 맵네. 그 손으로 아버지나 좀 패주지. 여긴 내가 정리할 테니까 먼저 들어가."

"같이 들어가."

"약속 있어."

"무슨 약속?"

"아이고, 우리 엄마! 서른 넘은 아들의 일거수일투족을 다 꿰려고 하네."

종목의 장난 어린 말투에 어머니는 되레 불안한 얼굴이 되었다.

"너, 무슨 일 있는 거지?"

"일은 무슨 일? 언제는 약속 좀 만들어서 나가 놀라며? 기껏 약속 만들었더니 또 뭐가 문젠데?"

종목은 태연한 얼굴로 말했지만 속으로는 이걸 어떻게 넘기나 싶었다. 하여간 어머니들의 촉은 불가사의의 영역이다.

"무슨 일이 있어도 내가 해결해줄 수 없다는 거 알아. 그래도 무슨 일인지는 알아야겠다."

"아무 일도 없다니까."

"그 일 이후로 15년 만에 갑자기 태이가 내려왔어. 그리고 요 며칠 틈만 나면 둘이 붙어 다녔잖아."

"뭔 소리래, 나는 내내 가게에 붙어 있었구만. 태이도 15년 만에 내려온 거라 자기 볼일 보느라 바빠."

"엄만 네 말 못 믿겠다."

"알았어, 그럼 약속 취소하고 가게 정리한 후 곧장 집으로 들어갈게. 대신 엄마도 가는 길에 약국 들러."

"나 보내놓고 딴 데로 새려고?"

"30분 안에 들어간다."

어머니가 가게를 나서자 종목은 주섬주섬 물건들을 치우기 시작했다. 그런데 휴대전화가 울렸다. 태이의 문자였다.

지금 열리에게 갈 건데 같이 가자.

종목은 여전히 태이에게 화가 나 있었다. 하지만 계속 다투고 싶지는 않았다. 태이는 태이의 일을 하고 그는 그의 일을 하면 되는 것이다. 태이의 문자에는 두 가지 의중이 담겨 있었다. 같이 서울 가자는 말로 그와의 화해를 시도한다. 동시에 창아에게서 그를 떼어놓는다. 종목은 씁쓸한 기분이 들었다.

못 가.

왜?

엄마가 편찮으셔.

어머니 핑계를 대면 태이는 무조건 믿고 안심할 것이다. 아니나 다를까 태이는 더 이상 같이 가자고 하지 않았다.

어머니 잘 보살펴드려. 열리는 나 혼자 만나볼게. 나중에 다시 이야기하자. 고맙다.

그래, 고마워해야지. 내가 너 대신 창아를 제거해줄 테니까.

종목은 가게 문을 닫고 약국으로 갔다. 어머니는 보나 마나 그냥 집으로 들어갔을 것이다. 암만 아파도 어머니는 약을 사먹는 일이 없었다. 그냥 참고 버텼다. 그의 인내심은 아마도 어머니에게서 물려받은 것이리라.

"뭐하러 사 왔니, 한숨 자고 나면 괜찮아질 것을."

어머니는 쓸데없는 짓을 했다며 손을 내저었다.

"그냥 드셔. 좀 센 걸로 달라 했는데 처방 약이 아니라서 어떨지 모르겠다. 내일도 좋아지지 않으면 무조건 병원에 가는 거야."

"무조건 좋아진다."

병원이라는 말에 어머니는 순순히 약을 먹고 자리에 누웠다. 그렇게 잠시 끙끙거리다가 얕은 코를 골며 잠이 들었다. 어머니가 잠든 것을 확인한 종목은 집을 나섰다. 이제 계획을 행동에 옮길 때다. 그는 창아를 어떻게 처리할지 고심했다. 지난 15년간 공포는 소화불량처럼 지니고 있던 그의 고질병이었다. 하지만 지금처럼 두려움으로 가슴이 꽉 막힌 적은 없었다. 그가 바라는 것은 쫓기지 않는 평범한 삶이었다. 아니, 그저 흔들리지 않고 가만히 서 있을 수만 있어도 좋겠다.

종목의 어머니는 잠결에 귀에 익은 트럭 시동 소리를 들었다. 그리고 비몽사몽간에 생각했다. 쟤가 이 밤에 어딜 가는 거지? 또 태이를 만나러 가나. 아무리 걱정이 되어도 그녀로서는 막을 도리가 없었다. 그래, 괜찮을 거야. 걔네 둘은 여태 연락하며 살았지만 별일 없었잖아. 가끔 종목이가 서울 가서 태이를 만나기도 했고……. 이미 15년이나 지난 일이다. 시간이 흐르면 다 괜찮아진다. 그 흉악했던 남편도 세월이 지나니 이빨 빠진 개가 되지 않았나. 그녀는 다시금 몽롱한 잠에 빠져들었다.

김이알의 집은 대문이 굳게 닫혀 있고 불빛 한 점 새어 나오지 않았다. 종목은 마음을 다잡고 대문을 두드렸다. 쾅쾅쾅, 요란한 나무 두드림 소리가 울려 퍼졌다. 몇 번이나 두드렸지만 기척이 없었다. 정말 아무도 살지 않는 것 같았다. 그는 태이가 있어야 창아가 나타난다는 것을 알았다.
지난 15년간 종목은 돌내리를 지나는 길에 가끔 이 집을 들여다보곤 했다. 태이가 내려오기 며칠 전에도 들렀다. 그때까지도 틀림없는 빈집이었다. 그런데 태이와 함께 왔을 때는 마치 이 집에 수십 년 살았던 안주인처럼 창아가 얼굴을 내밀었다. 여기 머문 지 꽤 됐다고도 말했다. 그녀는 머리 나무를 기다리고 있었다. 그 머리 나무가 꼭 김이알이어야 하는 건 아니지 싶다. 어쩌면 그녀는 태이가 다음 머리 나무라는 것을 이미 알고 있었던 게 아닐까.
종목은 처음부터 창아가 꺼림칙했다. 그녀가 가진 기이한 아름다움과 천진함이 어떤 속임수처럼 느껴졌기 때문이다. 그의 직감이 옳았다. 종목은 대문 너머 저 어둠 속에서 창아가 지금 어떤 모습을 하고 있을지 생각해보았다.

세 발 달린 기괴한 형상의 나무 여자가 눈을 감은 채 기둥에 달라붙어 있는 모습이 그려졌다. 바람결에 실려 든 사람 냄새를 맡고 나무 여자는 눈을 뜬다. 하지만 기다리던 남자가 아니라는 것을 알고 얼굴을 흉측하게 일그러뜨린다. 그리고 다시 눈을 감는다.

몰래 담장을 넘어 들어가봐야 소용없다. 집의 한 부분이 되어 숨어버린 그녀를 구별해낼 수 없을 것이다. 하지만 그녀는 수백 년 혹은 수천 년 묵은 그 요사한 눈으로 모든 것을 꿰뚫어 보고 있으리라. 그런 그녀도 볼 수 없는 것이 있지 않을까. 사람의 마음속. 그는 거짓말을 해보기로 했다.

"잠시 나와봐요. 태이가 창아 씨에게 전해달라는 말이 있어요."

그 순간 놀랍게도 대문이 덜컹거렸다. 종목은 섬뜩함을 느끼며 뒤로 한 걸음 물러섰다. 꾹 누르고 있던 두려움이 순식간에 솟구쳤다. 이대로 돌아서서 달아나고 싶었다. 하지만 참았다. 누군가 내 자리를 빼앗으려고 호시탐탐 노리고 있는 상황에서 벗어날 수 있다면, 단 하루라도 좋으니 마음 편히 잠드는 날을 맞을 수만 있다면 이 순간의 공포는 이겨내야 했다.

종목은 밤새 머리맡에 앉아 질문하는 그것에게 가위 눌린 듯 시달리다가 극악한 두통과 함께 새벽녘 어슴푸레한 미명 속에서 눈을 뜨곤 했다. 자신을 내려다보고 있는 그것의…… 아니, 자신의 그 어둡고 서늘한 시선을 마주할 때마다 그는 죽음을 생각했다.

그러나 죽음으로는 놀이를 끝낼 수 없었다. 그가 죽음으로 달

아니면 그것은 어머니에게 복수할 것이다. 복수의 대상이 아버지라면 상관하지 않을 수도 있었다. 하지만 약아빠진 그것이 이를 모를 리 없었다.

종목은 용기를 냈다. 무서울수록 눈을 똑바로 뜨고 길을 찾아 앞으로 나가야 했다. 겁에 질린 채 어딘가에 숨어 마냥 떨고 있을 수는 없었다. 맞서 나가는 것이 출구에 가까워지는 유일한 길이었다.

본채 뒷마당에 덮개 없는 마른 우물이 있었다. 우물의 깊이는 10여 미터가량 되었다. 종목은 그 안으로 창아를 떨어뜨릴 작정이었다. 그런 다음 우물 속에 불을 던져 태워버릴 것이다. 대문이 열리고 창아의 하얀 얼굴이 나타났다. 바로 그 순간까지 종목은 대문을 향해 걸어오는 발소리를 전혀 듣지 못했다. 그녀는 마치 대문 앞에서 솟아오른 연기 같았다.

"전할 말이 뭐지요?"

대답 대신 종목은 대문을 밀치며 집 안으로 들어섰다. 불빛 한 점 없는 캄캄한 마당. 엎드려 잠든 짐승처럼 거뭇한 형태만 보이는 고택. 하늘에는 가느다란 그믐달이 걸려 있고 큰 별들은 희푸른 구름 뒤로 사라졌다. 사방 천지가 호로록호로록 풀벌레 소리로 가득한데, 그의 심장은 감히 소리도 내지 못한 채 겁에 질려 뛰고 있었다. 손바닥이 축축해지고 등줄기를 따라 식은땀이 흘러내렸다.

"들어오라고 말하지 않았는데."

빛 한 점 담기지 않은 새까만 눈동자가 종목을 바라보고 있었다. 하얀 원피스 속에 감춰진 창아의 젊고 낭창한 몸이 어둠 속에서 아련한 윤곽을 드러냈다.

"아, 미안해요. 마음이 급해서 그만……."

긴장한 탓으로 헐떡이는 숨소리가 자꾸만 새어 나오려 했다.

"전할 말을 해요."

창아가 냉랭한 어조로 다그쳤다. 종목은 숨을 고르며 평상시의 어조를 내려고 애썼다.

"말을 전하기 전에 보여줄 게 있어요. 잠깐이면 되니까 와봐요."

종목이 뒷마당으로 가려 하자 창아가 그 앞을 막아섰다. 그녀는 어린애처럼 입술을 비죽 내밀며 말했다.

"보고 싶지 않아요."

"보고 싶을 거예요, 창아 씨에 관한 거니까요."

일순 창아의 얼굴이 흉하게 일그러졌다. 찰나였지만 종목은 그 기괴한 표정에 가슴이 서늘해졌다. 얼른 고개를 돌리고 서둘러 걸음을 옮겼다. 말없이 쫄랑쫄랑 따라오던 창아가 종목이 마른 우물 앞에 이르자 대뜸 반말로 물었다.

"봤어?"

종목은 갑자기 그녀의 말이 짧아진 것에 대해 따지지 않았다. 그걸 붙들고 있을 참이 없었다. 창아가 봤냐고 묻는 것이 무엇인지 몰랐지만 그는 일단 대답했다.

"봤죠."

"봤다고? 어떻게 알고? 정말 봤어? 그럴 리가 없는데……."

암만 생각해도 이상하다는 듯 그녀는 고개를 갸웃거리며 다시 물었다.

"아무도 볼 수 없는 곳인데 네가 어떻게 봤다는 거야?"

종목은 자신이 멋대로 정한 이 범행 장소에 어떤 비밀이 있음을 알아차렸다. 하지만 그것이 무엇인지 알아볼 시간이 없었다. 비밀이 이 장소에 있는 것을 알았으니 나중에 확인해보면 된다. 물어본다고 그녀가 말해줄 리도 없고 괜히 시간을 지체하다간 일만 그르치게 될 것이다. 어쨌든 그녀가 호기심을 보이니 주의를 끌기엔 차라리 잘되었다. 종목은 우물 바닥을 가리키며 말했다.

"봐요, 보이잖아요."

"보인다고? 정말?"

창아가 우물 속을 이리저리 기웃거렸다.

"그럴 리가 없어. 꼭꼭 잘 숨었는데……. 아냐, 안 보여."

"좀 더 몸을 기울이고 봐요. 그럼 보일 거예요."

그녀는 종목이 시키는 대로 우물 안쪽으로 몸을 깊숙이 디밀었다. 그녀의 뒤꿈치가 들렸다. 지금이다! 종목은 소리나무가 얼마나 무거운지 잘 알았다. 그러므로 그녀가 발을 땅에 붙이고 있는 동안은 쇠기둥처럼 꿈쩍도 하지 않으리란 것 역시 알았던 것이다. 그렇게 그가 온 힘을 다해 창아를 밀어내리려는 순간, 그녀가 몸을 일으키며 방향을 틀었다. 동시에 그의 팔을 확 잡아당겼다가 놨다.

"어……?"

종목의 입에서 난감함을 담은 신음이 흘러나왔다. 어떻게 해볼 도리 없이 몸이 기울어지면서 그는 우물 속으로 곤두박질쳤다. 순식간의 일이었다. 10여 미터를 추락한 그의 몸이 바닥에 부딪치며 가슴에서 뚝 하고 끊어지는 소리가 났다. 종목은 힘겹게 고개를 들고 위를 올려다보았다. 목이 부러지지 않은 것이 천만다행이었다. 우물 가장자리에 걸터앉아 아래를 내려다보며 웃고 있는 창아의 하얀 얼굴이 흐릿하게 보였다.

종목은 아득한 꿈을 꾸고 있는 것 같았다. 창아가 천천히 고개를 돌렸다. 그녀의 손가락이 뒤통수를 가린 머리카락을 갈랐다. 목덜미의 얼룩점이 드러났다. 얼룩점이 연서의 얼굴로 배시시 웃었다. 안녕, 종목아! 오랜만이야.

정신을 잃어가는 그의 귀에 창아의 흥얼거림이 들려왔다.

"다리도 부러지고 가슴도 부서졌네. 어쩌나, 넌 이제 거기서 죽겠네. 네가 본 게 뭘까? 죽기 전에 네가 본 걸 찾아봐. 아직도 거기 있는지 말이야."

* * *

자정을 훌쩍 넘긴 시각, 나는 열리의 공방 앞에 있었다. 문은 잠겼고 불은 꺼져 있었다. 일부러 공방이 문을 닫은 시각을 택했다. 공방의 전면 유리에 얼굴을 바짝 대고 휴대전화의 손전등 불빛으로 안쪽 벽에 걸린 그림들을 비춰보았다. 문외한의 눈으로 뭘 얼마나 알아볼까마는 그래도 다시 확인해야 했다. 골목을 지나는 행인들이 의심의 눈초리로 나를 흘깃거렸다. 그러든지 말든지.

종목은 소리나무 그림을 그린 이가 열리라고 믿고 싶어 했다. 그림 스타일이 다른 건 의도적으로 다른 화법을 썼기 때문이라고도 말했다. 나는 그럴 가능성에 대해 생각해보았다. 열리가 그것이라는 사실에는 의심의 여지가 없었다. 그녀는 소리나무들의 편이었다. 하지만 백여 년의 시간이 지나는 동안 변화가 생겼을 수도 있었다.

공방 벽에 걸린 초상화의 얼굴들은 색을 입힌 따뜻하고 아름다운 동화였다. 색을 벗겨낸다 해도 선과 여백이 가진 차이가 있었다. 무엇을 표현하고 싶은지 붓을 쥔 자의 방향이 확실하게 느껴지는 열리의 그림과 달리 소리나무 그림의 선들은 섬세하고 신비로운 어떤 흐름을 따르고 있었다.

열리가 그린 얼굴들의 시선과 표정은 지금 이 순간을 말하고 수수께끼 같은 건 없었다. 하지만 소리나무 그림의 여백에는 오래된 무덤처럼 남겨둔 이야기가 있었다. 암만 봐도 열리가 소리나무 그림을 그렸다고 보기는 어려웠다. 그런데 수많은 얼굴들 사이에서 전혀 다른 그림 하나가 보였다. 지난번에 봤을 때는 분명 없었던 그림이다. 있었다면 채색화들 속에서 바로 눈에 띄었을 것이다.

직육면체 상자 하나가 덩그러니 놓여 있는 정교한 연필화였다. 언뜻 흑백사진처럼 보이는 것이 소리나무 그림과 흡사한 화풍이었다. 내가 잘못 본 건가. 역시 종목의 말이 맞았던 걸까. 나는 아마추어의 눈으로 그림에 대해 섣부른 판단을 하려 했던 자신을 반성했다.

상자는 측면 위에서 내려다본 구도였는데 뚜껑에 길게 깨진 틈이 있었다. 그 틈으로 뭔가 희번덕이는 것이 보였다. 불빛을 집중시켰다. 눈알이었다. 거기 숨어서 나를 엿보고 있었다. 눈알의 주인이 상자 속에 갇힌 채 살아 있는 것이 생생히 느껴졌다.

상자 한쪽 바닥으로 마치 사람이 깔린 듯 발이 튀어나와 있었다. 서로 어긋난 방향으로 뻗은 세 개의 발은 낯설지 않았다. 틀림없이 종목의 자리에 있던 관이 저런 발 모양을 하고 있었다. 그럼 저 상자는 관인가. 하지만 관이라고 하기엔 폭이 넓었다. 두 사람은 너끈히 들어가 누울 수 있을 듯했다.

그때 머릿속에 퍼뜩 떠오르는 것이 있었다. 옛날 어른들은 딸을 낳으면 오동나무를 심어 시집갈 때 장롱을 짜주고 아들을 낳으면 소나무를 심어 관을 짜도록 했다. 그러니까 저 상자는 관이 아니라 장롱인 것이다. 나는 그제야 열리의 의도를 깨달았다. 욕지기가 나왔다. 열리가 그린 저 그림대로라면 종목의 답은 오동나무였다. 하지만 그건 오답이다.

할아버지의 공책에서 소리나무 그림을 발견한 후 종목은 그 그림을 찍어 열리에게 보냈다. 저 그림은 종목이 보낸 소리나무 그림을 보고 열리가 흉내를 낸 것이다. 열리는 소리나무 그림을 그리지 않았다. 소리나무 그림을 세상에 내놓은 자를 비웃으며 소리나무의 정체에 조작을 가했다. 다른 친구들은 모두 사라졌고 내 것은 숨겨져 있으니 종목의 것을 타깃으로 삼아 놀린 것이다.

종목의 답은 소나무였다. 어디서나 잘 자라는 소나무는 열악한 환경 속에서도 햇빛을 향해 꼿꼿하게 몸을 세우려는 습성이 있다. 그 같은 성질 때문에 때론 비틀린 자태가 되기도 하지만 똑바로 서려는 것을 결코 중단하지 않는다. 그래서 종목의 관이 눕지 않고 서 있었던 것이다. 한데 열리는 이를 장롱으로 바꿔 눕혀놓았다.

그래, 종목이 딱 소나무 같은 놈이지. 나는 수긍했다. 창아가 말했다. 그것은 우리의 숨겨진 본성과 욕망의 보이는 부분이라고. 놀이 가담자들의 자리는 결코 허투루 정해진 것이 아니었다. 임의로 모인 것이라고 생각했지만 실은 각 소리나무 자리의 속성을 가진 자가 들어가 결합한 것이다.

기어이 누군가 신고를 한 모양이다. 길 끝에서 순찰차가 들어오고 있었다. 나는 얼른 휴대전화 불빛을 끄고 샛길 모퉁이로 뛰어들어 몸을 숨겼다. 친구의 점포라고 말해봐야 소용없을 터, 열리가 돌아와 사실을 확인해줄 때까지 밤새 유치장에 갇혀 있어야 할 것이다. 순찰차에서 순경 두 명이 내리더니 공방 근처를 살피기 시작했다. 나는 서둘러 그곳을 빠져나갔다.

* * *

정신을 차린 종목은 휴대전화를 꺼냈다. 숨 쉴 때마다 왼쪽 가슴 언저리에 콕콕 찌르는 아픔이 느껴졌다. 휴대전화의 액정은 꺼져 있고 전원은 들어오지 않았다. 몇 시쯤 되었을까.

몸을 일으키려던 종목은 끔찍한 고통에 비명을 내질렀다. 오른쪽 다리의 정강이뼈가 근육과 살갗을 찢고 튀어나와 피떡이

엉겨 있었다. 그러고 보니 창아가 이미 알려주었다. 다리도 부러지고 가슴도 부서졌네. 어쩌나, 넌 이제 거기서 죽겠네.

'사람이 아닌 게 분명해. 캄캄한 우물 바닥에 떨어진 내가 어딜 다쳤는지 훤히 들여다봤잖아. 하지만 난 죽지 않아. 네가 틀렸어. 죽는 건 너라고. 내가 널 산 채로 태워버릴 거니까.'

종목은 우물 벽에 몸을 기대고 숨을 골랐다. 이제는 가슴을 쇠꼬챙이로 찌르는 것 같았다. 통증이 점점 심해지고 있었다. 오래 버틸 수 없을 것 같았다. 그는 눈을 감은 채 얕은 숨을 몰아쉬며 좀 전의 각오를 뒤집었다.

'난 죽을 거야. 그러니까 내 숨이 끊어지기 전에 빨리 와서 질문해. 그럼 대답해줄게. 네가 나라고 말이야. 내가 항복하면 놈은 신나서 선언하겠지. 내가 이겼다, 이제 너는 사라지고 나는 네가 된다. 그게 그렇게 소원이면 어디 한번 나인 척하고 실컷 살아봐. 그렇지, 조건을 붙여야겠다. 원하는 답을 말해주는 대신 엄마를 돌봐달라고. 엄마는 내가 죽은 줄도 모른 채 놈을 나라고 여길 거야. 또 누가 알겠어, 놈이 나보다 엄마한테 더 잘하고 살지.'

그리 나쁠 것 같지 않았다. 생각이 이렇게 흘러가자 종목은 여태까지 뭣 때문에 자신을 지키고자 그렇게 안간힘을 쓰며 버텼는지 알 수 없어졌다. 진작 포기해버릴 것을 그랬다. 그러다 퍼뜩 정신이 들었다. 우물 바닥 어디에선가 바람이 들고 있었다. 그는 손을 내밀어 바람이 들어오는 방향을 찾았다. 어둠에 익숙해진 눈이 그제야 바닥과 벽 사이의 틈을 발견했다. 그는 부러진 다리를 질질 끌고 틈이 있는 쪽으로 기어갔다.

몸을 움직일 때마다 극심한 고통이 밀려들었다. 틈 안쪽으로 팔을 뻗어보니 손끝에 닿는 것이 없었다. 뭘까? 어딘가로 연결된 통로 같은데……. 어쩌면 그냥 말라버린 수로일 수도 있었다. 그는 우물 위를 쳐다보았다. 어차피 연락할 수단도 위로 올라갈 수도 없었다. 가만히 있기보다는 뭐라도 해봐야 했다.

일단 틈 안으로 머리를 집어넣었다. 갑자기 눈앞이 캄캄해지면서 아무것도 보이지 않았다. 그는 더듬거리며 공간의 크기를 가늠해보았다. 통로의 너비는 양팔을 벌린 정도였고 높이는 가늠이 안 되었다. 제대로 일어설 수 없었으므로 억지로 허리를 세우고 팔을 뻗어보았는데 손끝이 천장에 닿지 않았다.

암흑 속을 5분쯤 기어가는데, 불현듯 공포가 밀려들었다. 그래도 돌아가야겠다는 생각은 들지 않았다. 어디로 연결된 거야? 숨 쉬는 것이 점점 더 고통스러워졌다. 온몸에 대못이 촘촘히 박힌 듯 아프지 않은 곳이 없었다. 그럼에도 이를 악물고 앞으로 나갔다.

거의 한 시간의 사투 끝에 종목은 땀과 흙과 피로 범벅이 된 채 계단이라 여겨지는 곳에 이르렀다. 단 하나의 높이가 1미터에 달하고 서너 걸음 이상 걸어야 다음 단에 이를 수 있을 만큼 제법 널찍했다. 계단의 모습을 하고 있지만 다른 용도로도 쓰이는 것 같았다. 어쨌든 그는 계단을 하나씩 기어오르며 마음속으로 빌었다. 계단이 몇 개든 상관없으니 제발 그 끝에 나가는 문이 있기를…….

하지만 계단의 끝은 막다른 벽이었다. 종목은 기진맥진한 채 뻗어버렸다. 대체 여긴 뭐 하는 곳일까? 우물을 출구로 사용한다면 적어도 사람이 드나들기 위한 곳은 아니었다. 하지만 사람이 만든 장소인 것은 확실했다. 흙벽이 무너지지 않도록 일정한 간격마다 설치한 나무 지지대와 나무 외벽 그리고 나무 계단까지 모두 오랜 기간 공들여 만들어낸 구조물이었다. 그러고 보니 나무 계단은 모두 아홉 개쯤 되는 것 같았다.

예전부터 김이알의 집을 둘러싸고 이런저런 소문이 있었다. 소문들은 시신과 보물에 대한 이야기였지만 종목은 방금 깨달았다. 창아가 말했다. 꼭꼭 잘 숨었는데 여기 있는 것을 봤을 리가 없다고. 그러니까 잘 '숨겼다'가 아니라 잘 '숨었다'라고 했다.

나무 계단 하나가 자리 하나를 의미하는 거라면 여긴 필시 아홉 술래들이 숨어 있던 곳이리라. 술래들은 각자의 놀이 상대를 잡으러 떠났다. 하지만 머리 나무를 잃어버린 여왕 나무는 홀로 이 집에 갇혀버렸다. 멍청한 계집애, 넌 버림받은 거야.

지독한 피곤이 몰려들었다. 부러진 다리는 퉁퉁 부어올랐고 통증이 이루 말할 수 없었다. 그럼에도 종목은 마음을 바꿔 우물 쪽으로 돌아갈 결심을 했다. 어쩌면 거기로 태이가 올 수도 있었다. 그가 정신을 잃은 사이 태이가 전화를 했을지도 모른다. 그의 휴대전화 전원이 계속 꺼져 있으면 무슨 일이 생겼다고 여긴 태이가 곧장 창아를 만나러 올 것이다. 종목은 씁쓸한 기분이 들었다. 태이가 걱정하고 있는 것은 그가 아니라 창아였다.

어쨌거나 와주기만 하면 좋겠다. 우물은 덮개가 없으니 태이가 왔을 때 소리쳐 위치를 알릴 수 있을 것이다. 하지만 종목은 한 계단도 내려가지 못한 채 누워 있었다. 이미 기력을 소진한 데다 호흡마저 힘들어 꼼짝도 할 수 없었다. 정신이 몽롱해졌다. 깊고 아득한 바닥으로 의식이 점점 꺼져갔다.

* * *

약 기운 때문에 정신없이 잠에 빠져들었던 종목의 어머니는 눈을 떴다. 얼른 아들 생각이 났다. 잠결에 들은 아들의 외출 소리가 꿈인지 생시인지 영 가물거렸다. 그녀는 자리에서 일어나 아들 방으로 갔다. 슬그머니 방문을 열어보려는데 안에서 기척이 들렸다.

"안에 있냐? 나간 줄 알았는데, 종목아?"

아들의 이름을 부르며 방문을 여는 순간 한 줄기 냉랭한 기운이 훅 끼쳤다. 그녀는 몸을 떨며 알 수 없는 두려움에 휩싸였다. 방구석에 누군가 서 있는 것이 보였다. 아들의 방은 가로등 불빛 때문에 밤이면 늘 오렌지 빛깔로 물들었다. 그럼에도 그 누군가의 얼굴은 제대로 보이지 않았다. 예쁜 처녀 같기도 하고 흉측하게 깎아놓은 목조각 같기도 하고.

종목의 어머니는 밤마다 거리의 빛이 달려드는 아들의 방에 암막을 달아주려고 한 적이 있었다.

'어두워야 잠이 잘 온단 말이다.'

하지만 종목은 싫다고 했다. 어두운 것이 싫다고. 그녀는 주워들은 정보를 들먹이며 아들을 설득하려 했다.

'하지만 텔레비전에서 보니까 그, 멜라민이 어쩌고 호르몬이 어쩌고 하면서 건강한 잠을 자는 데 빛이 방해가 된다고 하더라.'

'그냥 놔둬, 제발.'

종목은 한사코 거부했다. 그래도 그녀는 새벽마다 도매시장을 나가는 아들의 숙면을 위해 암막을 달아놓았다. 종목은 그 암막을 기어이 제 손으로 모두 뜯어냈다. 그녀는 아들이 왜 그리 어둠을 싫어했는지 이제 알 것 같았다. 저것 때문이다. 저것 때문에 무서웠던 것이다.

박산이 그녀에게 경고한 바 있었다.

'종목이를 여기 두면 안 됩니다. 지금 당장 떠나게 해요.'

대체 그때 아이들에게 무슨 일이 있었던 걸까. 결국 떠나지 못한 아들은 지난 15년간 어떻게 살아온 걸까. 모두 나 때문이다. 다른 아이들처럼 달아날 수 있었는데 내가 발목을 잡았다.

오냐, 네가 귀신이든 뭐든 다시는 내 아들 앞에 나타나지 못하도록 해주마. 네가 날 잡아먹든 내가 널 잡아먹든 오늘 끝장을 보잔 말이다. 종목의 어머니는 그것을 향해 달려들었다. 그 순간 그것이 그림자가 되어 열린 창을 통해 미끄러지듯 빠져나갔다.

* * *

시간이 얼마나 지났는지 알 수 없었다. 어디선가 어렴풋이 발소리가 들리는 것 같았다. 그 발소리를 붙잡으려 애쓰는 사이 종목의 정신이 조금씩 돌아왔다. 그는 찰떡처럼 달라붙은 눈꺼풀을 억지로 떼었다. 암흑천지였던 곳이 어슴푸레하게 보이기 시작했다. 위에서부터 희미한 빛이 새어 들었다. 낮은 천장에 나무 판자들을 이어 붙인 문이 달려 있었던 것이다. 종목은 날이 밝았다는 것을 알았다.

"이봐요! 거기 누구 없어요? 여기요!"

꽉 잠긴 목구멍을 억지로 쥐어짜 몇 번이나 불렀지만 발소리는 점점 멀어져갔다. 숨을 내쉴 때마다 죄어드는 고통 때문에 한동안 호흡을 골라야 했는데, 그사이 바깥 기척이 완전히 사라졌다. 종목은 마음이 급해졌다.

손가락 하나 까딱하는 것도 힘겨웠지만 그는 억지로 몸을 일으켜 벽에 기대앉았다. 그 자세로 천장을 향해 손을 뻗고 있는 힘을 다해 문을 밀었다. 그러나 문은 꿈쩍도 하지 않았다. 자물쇠가 달려 있는 것 같지는 않았다. 아무래도 위에 뭔가 무거운 것이 놓여 있는 듯했다. 석물인가?

태이가 김이알의 작업장에 처음 왔던 날, 가건물 안에서 세 발로 뛰고 구르는 소리나무들을 봤다고 했다. 처음에 그것들은 석물들 사이에 숨어서 그를 엿보고 있었다. 그래서 태이는 다른 석수장이들이 있는 줄 알았다고 했다. 또, 15년 전 친구들이 작업장 가건물에서 소리나무를 두드렸을 때 아홉 번째 소리나무의 소리는 발밑에서 들려왔다.

그렇다면 저 위의 판자문은 작업장 가건물 바닥에 있는 것이다. 종목은 판자문을 누르고 있는 것이 무엇인지 보려고 문틈에 초점을 모았다. 그러자 그의 시선을 알아챈 듯 판자문 위에 있는 것이 몸을 기울였다. 희미하게 떨어지던 빛이 사라지고 그늘이 내렸다. 판자 틈으로 두 개의 검은 눈동자가 그를 들여다보며 히죽 웃었다. 창아였다.

놀란 종목은 몸을 뒤로 빼면서 팔을 헛짚었다. 말로 형용할 수 없는 고통과 함께 그의 몸이 계단 아래로 굴러떨어졌다. 쿵 소리와 함께 바닥에 처박힌 그는 이제 죽었다고 생각했다. 고통조차 아득해지려는 순간 갑자기 머리 위에서 환한 빛이 쏟아졌다. 누군가 판자문을 연 것이다. 빛을 등진 그 얼굴을 종목은 얼른 알아보지 못했다.

"……노종목 씨? 노종목 씨가 왜 여기 있어요?"

차강효의 목소리였다.

"우물에…… 빠졌어요."

가는 숨을 헐떡이며 종목은 간신히 대답했다. 차강효가 나무 계단을 급히 내려왔다.

"우물에 빠졌는데 왜 여기……? 혹시 여기서 거기가 연결되어 있습니까?"

종목은 고개를 끄덕였다.

"누가 그랬습니까?"

"무슨……?"

"누가 노종목 씨를 우물 속에 밀어 넣어 죽이려고 했느냐고요."

"……아니에요."

"거짓말하지 맙시다. 여기 여왕이 있다는 거 압니다."

종목은 깜짝 놀랐다.

"됐어요, 이야기는 나중에 하고 일단 병원부터 갑시다. 부러진 다리부터 붙이고……. 이런, 얼굴이 왜 그래요? 숨쉬기가 힘듭니까?"

종목이 거의 죽어가는 낯빛으로 왼쪽 가슴을 가리켰다. 차강효는 골절된 갈비뼈가 폐나 심장을 찌른 게 아닌가 싶었다.

"움직이지 말고 가만있어요."

차강효는 휴대전화를 꺼내 119에 신고했다. 무슨 일이 일어났는지 알 것 같았다. 놀이를 끝내려다 여왕에게 당한 것이다. 그래도 운이 좋았다. 차강효는 오늘 아침 일찍부터 김이알의 집과 작업장을 뒤지며 여왕을 찾고 있었다. 하지만 가건물 바닥에 다른 공간이 있을 거란 생각은 하지 못했다. 작업장에서 아무것도 발견하지 못한 그가 밖으로 나가려는 순간 밑에서 뭔가 굴러떨어지는 소리가 들려왔다. 만약 그 소리를 듣지 못했다면 종목은 오늘 오후나 내일 아침쯤엔 죽어 있었을 것이다.

9

"놀이의 시작은 복수를 위해서였어요, 재호에 대한 복수요.
하지만 이젠 뒤죽박죽이 되어버렸네요. 앞으로 어떻게 될지도
모르겠어요. 김이알을 찾으세요. 그가 모든 것을 알고 있어요."

수술이 끝나고 깨어난 종목은 김이알을 지목했다. 수수께끼
의 인물 김이알, 백여 년 전부터 존재했고 어쩌면 그 이전에도
존재했을지 모르는 자.

"그자가 머리예요. 어르신의 기록에 그렇게 쓰여 있었어요.
일곱 명의 김이알은 모두 같은 사람일 거라고. 찾아는 사람이 아
닌 게 분명한데 김이알은…… 뭔지 나도 모르겠어요."

말문이 열리긴 했지만 종목은 놀이 자체에 대해서는 말하지
않았다. 여전히 규칙을 지키려 하고 있었던 것이다. 차강효도 그
가 조심하기를 바랐다. 여기까지 힘들게 버텼는데 이제 와서 실
종되면 누구보다 본인이 억울하지 않겠나.

"놀이에 대한 기록이 있었군요. 좀 볼 수 있습니까?"

"그게…… 태이가 저한테 맡겼는데 간밤에 누가 훔쳐 갔어요."

"누가요?"

"모르겠어요."

"처단자로군요."

"처단자?"

차강효는 그림에 담긴 소리나무들의 정체를 제외하고 풍 교수로부터 들은 이야기와 김이알이 그림을 남긴 이유에 대해서 대강 말해주었다.

"역시 열리였군요."

종목은 참담한 어조로 말했다.

"근데 박경난은 권승현을 좋아했어요. 그를 따르고 동경했다고 기록에 분명히 적혀 있었어요."

"박경난의 마음이 바뀐 겁니다. 김이알은 그녀에게 진심이었던 것 같습니다. 그녀 역시 그에게 빠졌고요."

"하긴 그런 미친 괴물이 홀리는데……."

"아뇨. 김이알이 뭔지는 저도 모르겠지만 그래도 그것들 중에서 유일하게 사람의 마음을 가진 자입니다. 머리는 얼굴을 빼앗기지 않습니다. 끝까지 자신으로 남을 수 있는 권한을 가진다는 뜻이죠. 하지만 철저하게 소리나무들의 편에 서야 합니다. 그 때문에 끊임없이 갈등하죠. 머리의 놀이는 머리를 그만두는 날까지 계속됩니다. 일곱 명의 김이알이 모두 같은 사람이었다면 적어도 그는 지난 2백 년간 이 놀이 속에 갇혀 있었다는 얘기가 됩니다. 불쌍하고 가련한 삶이었죠. 하지만 그는 박경난에게 마음을 주면서 자신의 운명을 다시 선택했습니다. 규칙을 저버리고 여왕에게서 달아나기로 말입니다."

종목의 표정이 굳었다.

"김이알을 동정하시는군요."

"인간적인 입장에서 보면 그렇다는 겁니다."

"그래도 전 김이알을 용서할 수 없어요. 그러기 위해 자기 자리를 태이에게 넘긴 거니까요. 태이가 다음 머리예요. 이제 태이가 그런 삶을 살아야 한다고요. 그래서 창아가 태이에게 집착하는 거고요. 태이는 이제 소리나무들의 편이에요. 본인이 원하지 않아도 그렇게 될 수밖에 없겠죠. 창아 때문에 흔들리니까요. 아니, 정확히 말하면 창아가 가지고 있는 연서의 얼굴 때문이죠."

"박태이 씨에게 한연서 씨가 그렇게 특별한 존재였습니까?"

"전부였어요."

"하지만 같은 사람이 아니라는 것을 박태이 씨도 알 텐데요."

"알죠. 하지만 그 얼굴을 보면 어쩔 수 없어요. 제가 제 얼굴을 한 그것을 보며 어쩔 수 없는 것처럼요. 권효순도 박경난의 얼굴을 한 그것을 보며 어쩔 수 없었죠. 형사님도 그것의 얼굴을 본다면 어쩔 수 없을걸요."

어쩔 수 없었다. 차강효 역시 50여 년 전 실종된 열여덟 살 외삼촌의 얼굴을 보며 어쩔 수 없이 인정했다. 자신보다 훨씬 어린 그 남자는 분명히 어머니의 오빠였다.

"그런데 형사님은 그 지리산 교수와 제가 한 말에 전혀 황당해하지 않으시네요. 다 믿는 것처럼 보여요."

"제가 보고 겪은 것을 아니라고 할 수는 없으니까요."

"착각일 수도 있잖아요."

"본인의 상황이 착각에서 빚어졌다고 생각하십니까?"

"아뇨."

"저도 아닙니다. 일단 쉬세요. 여왕에게 홀린 박태이 씨는 제가 설득해보죠. 다음 일은 그러고 나서 생각합시다."

차강효는 병실을 나왔다. 시작이 어떻든 끝은 달라질 수 있다. 미래란 그런 것이다. 김이알이 처음 이 놀이를 시작하면서 원했던 것이 무엇인지는 알 수 없다. 어쨌든 그는 자신의 목적을 이뤘을 것이다. 그리고 머리가 되어 여왕에게 사로잡혔다.

그런데 변수가 생겼다. 그 변수는 그도 여왕도 예상치 못했을 것이다. 여왕은 김이알을 붙잡아두려고 박경난의 얼굴을 허수아비로 삼았다. 김이알은 그녀를 놀이에서 나가게 해주려고 소리나무 그림을 남겼다.

하지만 김이알을 사랑하게 된 박경난은 그를 떠날 마음이 없었다. 그녀는 여왕이 제 연인의 짝이라는 것을 알았다. 그래서 스스로 얼굴을 내주고 여왕의 그림자로 남은 게 아닐까. 그렇게라도 그의 곁에 머물고자 했던 것이다. 그래도 친구인 권효순은 놀이에서 내보내고 싶었던 모양이다. 그래서 제가 받은 그림을 복사해서 내준 것이리라. 다만 권효순은 그림을 가지고도 끝내 답을 찾지 못했다.

지금 여왕의 다른 얼굴은 한연서라고 했다. 머리가 바뀌면 허수아비의 얼굴도 바뀌는 것이다. 그러니까 머리의 연인은 여왕의 허수아비인 동시에 인질인 셈이다.

* * *

　거의 뜬눈으로 밤을 새운 후 열리를 만나러 가기 위해 아파트를 나서려던 참에 차 형사의 전화를 받았다.
　"노종목 씨는 말하지 말라고 했지만 도저히 그럴 수 없어서요. 노종목 씨가 크게 다쳤습니다. 여왕에게 당했죠. 하마터면 죽을 뻔했습니다."
　"여왕이라니요?"
　"누군지 아시잖습니까? 이열리 씨 만나러 서울 가셨다면서요? 거긴 건드리지 말고 일단 내려오세요. 먼저 저랑 이야기 좀 합시다."
　"대체 무슨 소리예요?"
　차 형사가 전한 종목의 상황을 이해할 수 없어서 그렇게 물은 것이 아니었다. 기어이 종목 혼자서 창아에게 갔다가 일을 낸 것이다. 그런데 형사의 입에서 여왕이라는 말이 나왔다. 종목이 형사에게 무슨 말을 한 걸까? 대체 일이 어떻게 돌아가고 있는 거야? 창아는 괜찮은 걸까?
　"노종목 씨 입원한 병원 찍어줄 테니까 빨리 오세요. 기다리고 있겠습니다."
　부랴부랴 병원에 도착하니 병실 문 앞에서 차 형사가 기다리고 있었다.

"딴 데로 가서 이야기합시다. 지금 안에 노종목 씨 어머니 계
세요."

병원을 나와 근처 카페로 들어갔다. 차강효가 샌드위치와 커
피를 가져다주며 말했다.

"먹어요. 탄수화물과 카페인이 대량 필요해 보입니다."

나는 샌드위치 포장지를 벗기며 말했다.

"먹을 테니 형사님은 이야기하세요."

차 형사의 이야기를 들으면서 나는 어떤 것도 담담하게 받아
들일 수 있었다. 사라진 누나를 찾아 나섰다가 길을 잃은 어린
할아버지를 업고 김이알은 완화수방까지 걸었다. 집에 데려다
주겠다는 김이알의 목소리에서 할아버지는 진실을 느꼈다고 했
다. 그때 그의 눈이 얼마나 어둡고 무거웠는지도 기억한다고 했
다. 할아버지는 그의 슬픔을 보았고 어렴풋이 알았을 것이다. 김
이알이 고모할머니를 사랑했다는 것을.

하지만 고모할머니도 김이알을 사랑했다는 것은 알지 못했
다. 할아버지는 누나가 왜 허수아비를 그림자로 가진 그 여자처
럼 되고 싶어 했는지 이해하지 못했다. 왜 권효순처럼 버티며 남
아줄 수 없었는지 원망했다. 고모할머니가 수수께끼의 답지를
가지고 있으면서도 자기 자리를 내준 것은 오직 김이알 때문이
었다. 고모할머니의 빈 무덤에 남겨진 권효순의 고백 내용 중 그
문구가 이제 이해되었다. 고모할머니는 창아와 태옥 사이에 서
서 웃고 있었으며 행복해 보였다고 했다.

차 형사가 복사한 사진 한 장을 건네며 말했다.

"아는 얼굴이 꽤 있을 겁니다."

영신여학교 〈백화지〉 창간 기념사진. 나는 백여 년 전 사진 속에서 김이알과 고모할머니, 권효순과 열리의 얼굴을 확인했다.

"풍 교수가 가지고 있던 다른 그림들은요?"

나는 다 먹은 샌드위치 껍데기와 빈 커피 잔을 옆으로 치우며 물었다.

"그건 그분이 세상에 내놓기를 꺼려서 받아 오지 못했습니다. 궁금해하는 것이 무엇인지 압니다. 그림은 얼굴과 복식만 다를 뿐 모두 같았습니다."

"그럴 리가 없어요."

"그림이 속임수를 쓰고 있는 겁니다. 풍 교수가 그러더군요. 모든 답은 그림에 온전히 담겨 있으니 없는 것을 보려 하지 말고 보이는 것을 보라고요."

보이는 것을 보라고? 그렇다면 두 소녀가 그림을 가린 게 아니란 말인가? 두 소녀는 마치 한 몸인 것처럼 앞뒤로 꼭 붙어 있었다. 두 개의 얼굴을 가진 여왕. 두 소녀가 각기 여왕과 허수아비의 소리나무를 가리키는 거라면? 그래, 그렇다면 두 소녀의 왼손이 동시에 잡고 있는 나뭇가지는 머리 나무의 자리가 된다.

나는 돌내리 마을 입구에 있는 당산나무를 떠올렸다. 흰색 천 조각들이 매여 있는 그 나무가 바로 소녀들이 쥐고 있는 나뭇가지였다. 답이 바로 눈앞에 있었는데도 알지 못했던 것이다. 이제 내 자리가 보였다. 나는 뒤쪽의 소녀가 들고 있는 꽃이다.

그럼 앞의 소녀가 들고 있는 방울은 뭐지? 그 자리는 누구의 자리도 아니었다. 차 형사는 방울의 의미를 풍 교수에게 들었을까? 들었다고 해도 말하지 못할 것이다. 그건 반칙이니까. 하지만 그림이 속임수를 쓰고 있다고 했다. 그렇다면…….

"그림의 수수께끼를 푸는 것보다 빠른 방법이 있다는 것을 압니다."

차 형사가 말했다.

"그건 안 돼요."

나는 딱 잘라 거절했다.

"그러지 말고 같이 여왕을 잡읍시다. 그럼 이 놀이는 끝납니다. 저희가 돕겠습니다."

"이건 그쪽에서 이래라저래라 할 수 있는 문제가 아니에요."

"노종목 씨 생각은 좀 다르던데요."

나는 뭐라 대꾸하지 못한 채 이마를 찌푸렸다.

"다 들었습니다, 박태이 씨가 여왕에게 가진 개인적인 감정에 대해서요. 이해합니다. 하지만…….."

"이해 못 해요."

"아뇨. 김이알이 소리나무 그림을 그린 이유에 대해 생각해보세요. 그는 사랑하는 여자가 그것이 되기를 바라지 않았습니다. 같은 얼굴, 같은 기억과 행동을 가졌어도 결코 같은 사람이 아니라는 것을 알았기 때문이죠. 그녀를 그녀이게 하는 것은 그런 것들이 아닌 겁니다. 박경난을 악착같이 놀이에 끌어들인 건 여왕이었을 겁니다. 자기 남자가 다른 여자를 사랑하게 됐으니까요.

여왕은 자기 남자를 지키기 위해 박경난의 얼굴이 필요했습니다. 이번엔 여왕이 한연서의 얼굴로 박태이 씨를 잡으려 합니다. 하지만 그 얼굴은 오래가지 않을 겁니다."

"알아요."

"알면서 여왕에게 잡혀줄 작정입니까?"

"김이알도 알면서 잡혀줬어요. 그럴 수밖에 없거든요. 미치도록 보고 싶고 그리운 얼굴을 보려면 창아가 있어야 해요. 전 그 얼굴을 가진 창아를 미워할 수가 없어요. 창아도 저만큼 간절하다는 것을 아니까요."

"그럼 박태이 씨는 그렇다 치고 노종목 씨나 김명진 씨는 어쩝니까? 친구들을 생각해봐요."

"그래서 저도 머리가 터질 것 같아요. 시간을 좀 주세요. 제가 방법을 찾을 수 있을 거예요."

"머리로서 여왕을 설득할 수 있을 거라고요? 전 좀 회의적인데요. 설득으로 놀이를 중단시킬 수는 없을 겁니다. 이 놀이의 본질은 규칙이니까요. 여왕도 규칙의 일부죠."

"나중에 이야기해요. 전 종목이를 봐야겠어요."

나는 자리에서 일어섰다.

"아, 또 자기 할 말만 하고 마시네. 이봐요, 박태이 씨."

차 형사는 나를 불렀지만 따라와 잡지는 않았다. 일단 놔주기로 한 모양이었다.

종목은 천장을 바라보며 누워 있었다. 깁스를 한 다리는 돌덩이처럼 무거워 보였고 환자복 상의 안쪽으로 압박붕대가 가슴을 단단히 조이고 있었다. 주렁주렁 매달린 수액 줄이 거추장스러운 듯 팔을 움직이며 그가 말했다.

"내 얼굴 보자마자 한마디 할 줄 알았는데."

"미안하다."

"당연히 미안해야지."

종목의 싸늘한 대꾸에 나도 할 말은 있었다.

"형사한테 별걸 다 말했더라."

"뭐? 창아에 대한 너의 감정? 우리보다 이 놀이에 대해 더 많이 알고 있는 사람한테 그딴 이야기 보탠 게 뭐 대수라고."

"내 프라이버시잖아."

"이건 너만의 놀이가 아니야."

"그래서 그 형사와 둘이 창아를 잡아 죽이겠다고?"

"그 형사도 창아를 잡아야 이 놀이가 끝난다는 것을 알아. 하지만 죽이는 건 동의하지 않을 거야. 그건 내가 해. 아니면 우리가 죽을 테니까. 아니지, 죽는 건 나 하나지."

"창아가 널 죽이려고 한 건 아닐 거야. 그냥 자길 보호하려고 그랬던 거지."

"지금 내 꼴을 보고도 그런 말이 나와? 그 형사 아니었으면 난 벌써 죽었어."

"네가 창아에게 하려던 짓을 그대로 돌려받은 건 아니고?"

종목은 허탈한 듯 웃어버렸다.

"그러니까 이렇게 당해도 싸단 말이지."

"그게 아니라…… 상황을 공평하게 보려는 거잖아."

"창아의 입장에서 말이지. 됐어. 너 창아의 속셈이 뭔지는 알아? 김이알 대신 널 가지려는 거야."

"내 문제야. 내가 알아서 해."

"내 걱정 따위 필요 없단 말이지."

"빈정거리지 마, 지금은 네 몸부터 챙기란 뜻이야."

"차라리 내가 죽었더라면 네가 정신을 차렸을 텐데."

"그만해. 어머니는?"

종목은 몇 마디 더 퍼붓고 싶지만 참는 눈치였다. 창아에 관해서는 더 이상 나와 이야기할 필요가 없다고 생각하는 것 같았다. 그는 차 형사가 나를 설득해주기를 바랐을 것이다. 하지만 그러지 못했다는 것을 알았고 실망했다.

"옆방에서 수액 맞고 계셔. 가뜩이나 요즘 건강도 좋지 않으신데……."

"잠깐 뵙고 올게."

"가지 마. 네 얼굴 보면 더 심란해지실 테니까."

나는 잠깐 망설이다가 고개를 끄덕였다.

"그래, 어머닌 나중에 뵐게. 그리고 걱정하지 마. 형사에게도 분명히 말했어, 내가 해결하겠다고. 그러니까 일단 날 믿고 좀 기다려줘."

"널 믿으라고? 소리나무 편인 너를? 됐고, 열리는 만나봤어?"

"아직. 너 다쳤단 소리 듣고 바로 내려온 거야. 다시 가서 만나봐야지. 열리 문제도 내가 해결할 테니까 넌 빨리 낫기나 해."

"열리까지 모두 네 선에서 처리할 수 있단 말이지. 대단한걸. 머리의 권한이 그렇게 막강한 줄 몰랐네."

종목의 계속되는 비아냥거림에 나는 마음이 상했다.

"말을 꼭 그렇게 해야겠어?"

"네가 준 기록과 그림 모두 간밤에 누가 훔쳐 갔어. 엄마 말로는 그래. 내 방에서 뭔가를 봤대. 여자처럼 보이기도 했고 나무 토막처럼 보이기도 했다는데, 형사는 처단자일 거라더라."

"열리가 기록과 그림을 훔쳐 갔다고?"

"그 기록과 그림이 내게 있다는 것을 개가 어떻게 알았을까?"

종목이 나를 빤히 쳐다보며 물었다. 그의 눈에는 불신과 의혹이 가득했다. 어이가 없었지만 이해할 수 있었다.

"내가 알려줬다고 생각해? 그럴 거면 애초에 너한테 넘겼을 리가 없잖아."

"궁금하다는 거야."

"가서 찾아올게."

"그러든가. 머리가 돌려달라는데 순순히 내놓겠지."

"종목아."

"너 좋을 대로 해. 다 알아서 하겠다며."

"그래, 내가 다 알아서 할게. 그러니까 화 좀 그만 내고 몸조리나 잘하고 있어. 그리고 부탁하는데 창아는 내버려둬. 너 혼자서 어떻게 할 수 있는 일이 아니야. 이런 식으로 네가 또 다치게 될까 봐 걱정돼."

"좀 솔직해지시지. 넌 내가 아니라 창아가 걱정되는 거야. 네가 없는 사이에 내가 또 창아를 어떻게 할까 봐. 걱정하지 마, 이 꼴로는 어차피 아무 데도 못 가."

"너와 창아 모두 걱정하고 있어."

"결국 네 입으로 창아를 걱정하고 있다고 털어놓는구나. 정신 차려. 그 앨 연서라고 생각해선 안 돼. 연서를 잡아먹은 요물이라 여기고 복수를 해야지. 애초에 네가 이 놀이를 시작한 이유는 복수였어. 재호의 복수는 끝났고 이제 연서의 복수를 할 차례야. 젠장, 어차피 네 귀에는 들리지도 않을 소릴 혼자 떠들고 있다. 그만 가봐, 피곤하니까. 네가 다 알아서 하는 동안 난 좀 자야겠어."

종목은 이불을 끌어당겨 얼굴까지 덮었다. 나는 불편한 마음으로 병실을 나섰다.

* * *

종목은 생각했다. 태이는 이제 가망이 없다. 냉정함을 잃었다. 하긴 복수를 위해 **그것**을 불러내겠다고 마음먹었을 때부터 이미 냉정을 잃은 것이니 새삼스러울 것도 없었다. 친구를 잃은 복수로 시작한 놀이였다. 그런데 이번엔 그보다 더 많은 친구를 잃었음에도 그는 복수는커녕 친구의 얼굴을 훔쳐 쓴 가해자의 편에 섰다.

이제 종목에게는 다른 이의 도움이 필요했다. 태이의 말대로 혼자서 어떻게 할 수 있는 일이 아니었다. 혼자서 어찌해보려다가 이렇게 당하지 않나. 천진하고 어린 여자의 모습에 속아서 쉽게 생각했다. 예쁘고 가녀린 외모는 그저 껍데기에 불과하다는 것을 잊었다. 그 속에 들어앉은 것이 수천 년 묵은 영악하고 요사스러운 나무토막인 것을. 다시 실수하면 더는 기회가 없으리라. 종목은 휴대전화를 집어 들었다.

차강효는 놀이 가담자가 아니다. 그러니 뭘 얼마나 알고 어디까지 믿건 여전히 많은 것을 이해할 수 없을 것이다. 하지만 그는 이 괴상한 사건을 해결하기 위해 최선을 다할 것 같았다. 적어도 그에겐 놀이를 끝장내려는 의지가 있었다.

종목의 전화를 받은 차강효가 말했다.

"그렇잖아도 전화하려던 참이었는데, 박태이 씨를 설득하는 건 아무래도 어렵겠습니다."

"그런 것 같더군요."

"박태이 씨와 이야기해봤어요? 지금 어디 있습니까?"

"열리를 만나러 다시 서울로 간다고 했어요."

"그럼 그사이에 여기서 우리가 여왕을 잡죠. 한데 여왕이 그 집에 있는 건 확실합니까? 암만 뒤져도 찾을 수가 없던데요."

"형사님이 놓친 거예요. 원래 아주 잘 숨는 것들이거든요."

차강효는 종목의 말이 무슨 뜻인지 알 것 같았다. 열여덟 살의 외삼촌을 바로 눈앞에서 보며 놓쳤다. 한번 숨어버리자 죽어도 보이지 않았다.

"머리가 없으면 여왕은 아무 데도 못 가죠. 그 집에 발이 묶였으니 반드시 거기 있어요. 사람들을 많이 데리고 가서 사방에서 수색하세요. 그럼 여왕은 은신처로 들어가 숨을 거예요."

"은신처요?"

"형사님이 저를 발견했던 작업장 가건물 지하요. 우물과 연결된 그곳에 은밀한 공간이 있어요. 여왕에게 숨을 시간을 준 후 그곳의 양쪽 출구를 모두 막으세요. 작업장 바닥 문에는 철창을 대고…… 아, 여왕은 힘이 아주 세고 무거우니까 어떤 충격에도 부서지지 않도록 단단히 설치해야 돼요. 그리고 우물 바닥의 틈은 콘크리트를 발라서 완전히 메워버리세요. 지금 바로 시작하실 수 있죠?"

"네, 그러죠. 그렇게 여왕을 가둔 다음은 뭡니까?"

"다음 일은 형사님 손으로는 할 수 없어요."

"그렇다고 노종목 씨가 직접 움직이기엔 몸이 아직 회복되지 않았습니다. 무리하지 마시고 어떻게 할 건지 그냥 제게 말해요."

종목은 잠시 망설이다가 말했다.

"내일 오후 2시쯤 병원 앞 카페에서 봬요."

"그냥 병실에서 뵙죠."

"아뇨. 어머니 때문에 여기선 좀 그래요. 제가 조심해서 움직일게요."

* * *

병원에서 나온 나는 그길로 다시 서울로 올라갔다. 종목에게는 무조건 내가 알아서 하겠다고 큰소리쳤지만 사실 열리를 어떻게 상대해야 할지 아무런 대책이 없었다. 일단 집으로 돌아와 이리저리 머리를 굴려보았지만 어차피 소용없다는 것을 깨달았다. 새벽 1시쯤 될 대로 되라는 심정으로 집을 나섰다. 공방은 이미 문을 닫았을 시각이었다. 상관없었다. 그녀는 아마도 날 기다리고 있을 것이다.

아니나 다를까, 도착해보니 골목 끄트머리에 있는 열리의 공방은 불이 켜져 있었다. 더럭 무서운 생각이 들었다. 나는 마음을 다잡았다. 겁낼 필요 없어. 난 머리야. 이 놀이의 우두머리라고. 내가 머리 나무를 두드려야 놀이가 시작돼. 그러니까 난 구성원 전부를 제압할 수 있어. 그게 처단자라 이름 붙은 존재라고 해도.

차를 멀찍이 세워놓고 골목길을 걸어가 공방 앞에 섰을 때 나는 식겁했다. 열리가 공방의 유리벽 너머에서 나를 바라보며 웃고 있었다. 머리끝이 쭈뼛 서고 심장이 조여들었다. 나도 모르게 주춤했다. 미치도록 도망치고 싶은 순간이었다. 열리가 공방 문을 활짝 열어젖히며 나를 맞았다.

"들어와. 좀 늦었네. 어쩌지, 네가 찾는 물건들 내가 다 태워버렸는데."

그녀는 더 이상 자신을 숨기지 않았다. 나는 굳은 표정으로 추궁했다.

"누구 마음대로! 그건 내 할아버지의 물건이야."

그녀가 비틀린 미소를 지으며 냉엄하게 말했다.

"규칙이지. 아주 세세하게 기록해뒀더라. 특히 김이알과 나에 대해서 말이야. 반칙을 하면 벌칙이 따르지."

"그 벌칙은 내가 이미 받은 걸로 아는데."

"그래, 그 벌칙으로 넌 머리 나무의 계승자가 되었지. 하지만 아직 표식을 새기지 않았잖아."

"표식이라니?"

"이런 게 있어야 너도 우리가 되는 거야."

열리는 제 손목을 묶은 매듭을 풀어 표식을 드러냈다. 실낱처럼 가는 흉터가 셀 수 없을 만큼 많았다. 그것은 마치 흐르는 물처럼 보이기도 했다.

"그래서 넌 아직 진짜 머리가 아니란 말이지. 물론 네 것은 이것과 달라. 훨씬 더 크고 깊지. 머리 나무의 표식을 새기면 그것이 더는 너에게 질문하지 않을 거야."

"그러고 나면 난 뭐가 되는 건데?"

"그 질문은 너 자신에게 해야지. 자신에게 물어봐, 네가 누구인지."

열리가 나를 향해 한 걸음 다가섰다. 갑자기 그녀의 키가 열 뼘쯤 커진 듯 느껴졌다. 거대한 압도감에 나도 모르게 움찔하며 뒤로 물러섰다. 그 순간 열리가 달려들었다. 육중한 힘이 나를 찍어 눌렀다. 나는 그녀에게서 빠져나가려고 필사적으로 몸부림쳤다. 육탄전이 벌어졌다. 벽에 붙어 있던 액자와 선반의 물건들이 떨어지고 깨졌다.

간신히 열리를 뿌리친 나는 밖으로 뛰쳐나갔다. 하지만 열리가 번개처럼 쫓아와 뒤에서 덮쳤다. 나는 길바닥에서 엎어지면서 열리에게 제압당했다. 몸을 빼려고 또다시 발버둥 쳤지만 등을 타고 앉은 열리가 바윗덩이처럼 무거웠다. 나는 콘크리트 바닥에 코를 처박은 채 옴짝달싹할 수 없었다. 콧속에서 진득한 액체가 흘러나오고 입안으로 핏덩어리가 왈칵왈칵 넘어왔다. 열리는 내 머리를 단단히 잡아 누른 채 말했다.

"금방 끝나."

"기다려, 내게 생각할 시간을 줘."

"시간은 충분히 줬어. 넌 이미 15년 전에 이 거래를 받아들였잖아. 잘 들어. 김이알이 우릴 버렸어. 우린 새로운 머리가 필요해."

"알 게 뭐야, 내가 이 놀이의 진짜 우두머리가 되면 너흴 전부 태워버릴 거야."

"협박도 할 줄 아네."

열리가 소리 내어 웃으며 말을 이었다.

"그러지 못할 거야. 너에게 막강한 힘이 생겼다는 것을 깨닫게 될 테니까. 그 힘이 너의 정의를 실현할 거야. 이빨들에게 벌을 준 것이 누군지 생각해봐, 너야, 아니면 너의 그것이야? 넌 비겁하게 달아났어."

"그만해."

나는 울고 싶어졌다.

"너에게 도와달라고 했는데 모른 척했지."

"닥치라고."

종목은 말했다. 재호가 친구들에게 도와달라는 말 한마디 없이 혼자 버틴 것은 멍청한 짓이었다고, 그래도 내겐 털어놨어야 했다고, 하지만 그러지 못한 것은 아마도 이빨들로부터 나를 보호하기 위한 배려였을 거라고.

그리고 종목은 나를 위로했다. 내가 무심해서가 아니라 재호가 말을 하지 않은 탓이라고, 그러니까 모두 재호의 잘못이라고, 재호에게 무슨 일이 생겼는지 알았더라면 나는 반드시 도왔을 거라고.

아니었다. 종목은 아무것도 몰랐다. 사실은 그렇지 않았다. 나는 이빨들에게 당하고 있던 재호를 보았다. 무릎이 꿇린 채 얻어맞고 있었다. 재호가 나를 보고 소리쳤다.

'도와줘. 태이야!'

할아버지는 기자였고 정의를 가르쳤다. 하지만 그 순간 나는 할아버지의 가르침을 실행하는 것이 결코 쉬운 일이 아님을 깨달았다. 이빨들은 모두 나보다 나이가 많았고 덩치도 컸다. 게다가 혼자서 다섯을 상대할 수는 없었다. 이빨들은 나를 위협했다.

'이 자식이랑 엮여서 너도 죽고 싶냐? 어디 가서 입만 뻥긋해봐. 그날로 우린 이 자식 버리고 널 가질 거야. 고택의 손자고 나발이고 신경 안 써. 어차피 네 할아버지 없으면 넌 아무것도 아니니까. 늙은이는 곧 늙어 죽어. 네 아버진 네가 어떻게 살건 관심 없잖아. 그러니까 우린 죽을 때까지 널 쫓아다니면서 개로 부릴 수 있단 말이지. 알아들었으면 꺼져.'

겁에 질린 나는 천천히 뒷걸음치다가 기어이 등을 돌리고 달아났다. 머릿속에서 나는 못이 잔뜩 박힌 작대기로 이빨들의 눈알을 터뜨리고 목을 찌르고 얼굴을 작살내고 있었다. 하지만 그건 상상일 뿐이었다. 실제의 나는 그 어떤 시도도 해보지 못한 채 나약하게 울기만 했다.

다음 날 재호를 만난 나는 고개를 들고 친구의 얼굴을 똑바로 볼 수가 없었다. 겉으로 재호는 멀쩡해 보였다. 아무도 그가 두들겨 맞았다는 것을 눈치채지 못했다. 영악한 이빨들이 그의 얼굴은 손대지 않았기 때문이다. 재호도 아무 말 하지 않았다. 평소처럼 나를 대했다. 그 후로도 우리는 그날 있었던 일에 대해 일언반구 꺼낸 적이 없었다. 재호는 아무 일도 없었던 것처럼 일상을 이야기하며 살았다. 그것이야말로 나를 위한 재호의 배려였던 것이다.

하지만 하루가 끝나고 어두운 골목길을 향해 돌아서는 재호의 뒷모습을 볼 때마다 나는 수치스러워 견딜 수가 없었다. 뼈가 으스러져라 주먹을 쥐었지만 그뿐이었다. 재호가 죽을 때까지 나는 그렇게 모른 척 묻고 지냈다. 어쩌면 재호의 죽음은 이빨들의 괴롭힘이 아니라 나의 외면 때문이었을지 모른다. 가장 믿었던 친구의 등을 보고 재호는 실망했으리라. 이제 세상 누구에게도 도움을 구할 수 없을 거라는 자포자기의 심정으로 목숨을 버린 것이다.

재호의 죽음으로 나는 정신이 번쩍 들었다. 하지만 아무것도 할 수 없었다. 그것이 없었다면 여전히 아무것도 할 수 없었을 것이다. 나는 비겁하고 아무짝에도 쓸모없었다. 그런 주제에 뻔뻔하게 내 자리를 지키고 있었다. 창피하고 부끄러웠다.

그때 나는 그러지 말았어야 했다. 종목의 아버지에게 겁 없이 맞서던 어린 시절의 나는 대체 어디로 간 걸까. 머릿속에 들어차기 시작한 생각들 속으로 숨어버렸을까. 어쩌다 그런 겁쟁이가 되어버렸을까. 나는 울기 시작했다.

열리가 내 머리를 쓰다듬으며 다정하게 말했다.

"괜찮아, 어쩔 수 없었잖아. 이젠 달라. 우릴 믿어. 우린 네 편이야. 너한텐 우리가 있어."

서늘한 금속성 소음이 지나갔다. 목덜미에 뜨거운 아픔을 느끼며 나는 정신을 잃었다.

* * *

이튿날 아침, 종목은 침상을 지키고 있는 어머니를 가게로 보냈다. 그녀는 장사를 하러 갈 생각이 전혀 없었지만 아들이 자신을 귀찮아하며 짜증을 내자 할 수 없이 병원을 나섰다. 조금 후에 종목은 옷을 갈아입고 병실을 나왔다. 처음 짚는 목발은 몹시 불편했고 깁스를 한 코끼리 발은 생각보다 무거웠다. 무엇보다 힘든 것은 가슴의 통증과 숨 쉬는 것이었다. 그럼에도 그가 직접 움직여야 했다.

타고 간 택시를 집 앞에 대기시켜놓은 종목은 휘발유 두 통이 담긴 상자를 실은 카트를 힘겹게 밀고 나왔다. 택시 기사는 안에 무엇이 들어 있는지 모른 채 상자를 카트와 함께 트렁크에 실어주었다.

김이알의 작업장 앞에서 내리며 종목은 택시 기사에게 저 아래 큰길에서 기다려달라고 말했다. 택시가 큰길로 내려간 후 종목은 목발에 의지해 절뚝거리며 가건물로 다가갔다. 출입구를 대강 가리고 있는 문짝을 옆으로 밀어 쓰러뜨리고 안으로 들어섰다. 그는 잠시 내부를 둘러보았다. 작업장은 절연재에 대한 개념이 없던 시절의 구조물이었다. 화재에 대비한 안전장치 같은 것도 없었다.

그의 기척을 들은 듯 바닥 쪽에서 덜컹덜컹 소리가 들려왔다. 판자문은 철창에 가로막혀 열리지 않았다. 그가 갇혀 있을 때 그랬던 것처럼 창아는 아마도 가랑비같이 새어 드는 감질나는 빛을 핥으며 밖으로 나오고자 안간힘을 쓰고 있을 것이다.

"오라버니, 내가 잘못했어. 나 좀 내보내줘."

창아가 울부짖었다.

"오라버니, 살려줘, 오라버니이……."

젠장, 종목은 이마를 찌푸렸다. 그의 귀에 창아의 목소리가 점점 연서의 목소리로 바뀌어 들렸다. 어릴 때 그와 태이와 연서는 여름이면 동계천에서 자주 물놀이를 했다. 키가 작았던 연서가 깊은 물에서 허우적거릴 때마다 태이와 종목이 번갈아 꺼내주었다. 그때 그들은 매번 이렇게 공치사를 했다. 살려줬으니까 생명의 은인이다, 앞으로 오라버니라고 불러.

종목의 눈시울이 뜨거워졌다. 창아는 연서가 아니다. 하지만 그녀의 일부는 어쩌면 연서일 것이다. 그래도 어쩔 수 없었다. 그는 카트를 끌고 와서 상자를 열었다. 휘발유 통 하나의 뚜껑을 열고 판자문 앞에 쓰러뜨렸다. 휘발유가 쏟아지면서 판자문을 적시고 그 틈새로 흘러내렸다.

"종목아, 네가 날 살렸잖아. 깊고 차가운 물에서 네가 날 꺼내 줬잖아. 근데 이제 뜨거운 불에 태워 죽이려고?"

목소리가 좀 전보다 멀어졌다. 그가 무슨 짓을 하려는지 깨달은 창아가 뒤로 물러난 것이다.

"그러지 마, 제발 그러지 마."

창아는 애원했지만 종목은 흔들리지 않았다. 위험한 액체가 지하의 나무 계단 아홉 개와 나무 벽을 타고 그 안쪽까지 흘러내려 깊숙이 적시는 동안, 종목은 다른 휘발유 통의 뚜껑을 열고 작업장 여기저기에 흘렸다. 이윽고 판자문 앞으로 다시 돌아온 그가 말했다.

"네가 태이는 홀릴 수 있어도 나한텐 어림없어. 너와 함께 여길 태워버릴 거야. 그것들이 다시 돌아왔을 때 아무것도 남아 있지 않도록 말이야."

"반칙이야."

"상관없어. 어차피 너만 없으면 이 놀이는 끝나."

끝끝내 종목의 마음을 움직이지 못한 창아는 선고를 내리듯 외쳤다.

"여왕을 제거하려는 자, 처단자가 그 목을 자른다."

"그러라고 해. 근데 그 전에 네가 먼저 재가 될 거야. 그때까지 너 혼자 그 안에서 실컷 여왕 놀이나 하고 있어."

종목은 라이터를 켠 채로 판자문에 떨어뜨렸다. 동시에 창아의 비명이 울렸다. 불꽃이 퍼지면서 그녀의 목소리가 황급히 멀어졌다. 우물 쪽으로 달아나봐야 소용없다. 그곳은 이미 막혔고 불길은 통로를 따라 용암처럼 쏟아져 들어가 그녀를 덮칠 것이다. 이제 다 끝났다. 잘 가라. 종목은 작업장을 나와 큰길 쪽으로 천천히 내려갔다.

* * *

눈을 떴다. 여기가 어딘가 싶었지만 곧 병원 응급실이라는 것을 알았다. 침상에서 일어나려다 신음을 내질렀다. 간호사가 커튼을 걷으며 말했다.

"움직이시면 안 됩니다. 선생님, 여기 좀 봐주세요."

젊은 남자 의사가 침상 쪽으로 다가왔다.

"마흔일곱 바늘 꿰맸어요. 과장 좀 보태서 하마터면 목이 잘릴 뻔했죠."

"그래요……."

나는 덤덤하게 대꾸했다. 차 형사가 이 놀이를 모가지 수수께끼라고 했다. 수수께끼의 답을 맞히지 못하면 모가지를 내놔야 하는 것이다. 나는 답을 말하지 않았다. 하지만 이제 그것은 내게 질문하지 않을 것이다. 열리는 내 모가지를 그대로 두는 대신 모가지를 자르려고 했던 표식을 남겼다.

왜냐하면 나는 머리이기 때문이다. 명색이 머리인데 머리가 없다면 그렇게 불리는 것도 웃길 테니까. 나의 그것은 어디로 갔을까? 표식과 함께 내 안으로 들어와버린 걸까. 뭐가 달라졌는지 아직 알 수 없었다.

"아는 여자예요?"

의사가 내 상처를 살펴보며 물었다.

"그런 줄 알았는데 아니었나 봐요."

"요즘 인간관계 살벌하죠? 안정하고 계세요, 이따가 경찰이 올 거예요."

의사가 물러가고 난 후 나는 링거 바늘을 뽑았다. 목을 제대로 움직일 수 없어 불편했지만 이러고 누워 있을 시간이 없었다. 침상에서 내려서자마자 눈앞이 까마득해졌다. 가만히 서 있는데도 다리가 절로 휘청거렸다. 어지러웠지만 나는 일단 신발을 찾아 신었다.

"환자분, 지금 뭐 하시는 거예요?"

간호사가 손짓하며 다가왔다.

"괜찮아요, 제가 지금 급한 일이 있어서 가봐야 해요."

"경찰이 금방 올 거라니까요."

"경찰엔 제가 직접 가서 말할게요."

"안 돼요. 잠깐만요!"

나는 기어이 간호사를 뿌리치고 병원을 나섰다.

열리의 공방으로 돌아가보니 난장판이었다. 열리는 피를 흘리며 정신을 잃은 나를 대로변에 버리고 달아났다. 경찰은 결코 열리를 찾을 수 없을 테지만 나는 곧 다시 만나게 될 것이다.

마취가 풀리면서 상처 부위가 심하게 욱신거렸다. 이러다 꿰맨 자리가 터져 모가지가 떨어질 수도 있겠다는 생각이 들었다.

그러든지 말든지. 심장이 과다 출혈로 비어버린 혈관을 쥐고 흔들며 피를 내놓으라고 졸랐다.

병원비를 계산하고 받은 처방전을 분명 주머니에 넣었는데 도통 찾을 수가 없었다. 급하게 움직이느라 어디서 흘린 모양이었다. 일단 보이는 약국으로 들어가 대강 증상을 말하고 진통제를 사먹은 후 지난밤 공방 근처에 세워둔 내 차를 찾았다.

도동 마을로 가는 길 내내 종목에게 전화를 했지만 받지 않았다. 불길한 예감이 들었다.

종목의 병실에 들어서자 어머니 혼자 멍한 얼굴로 빈 침상을 지키고 있었다. 그녀는 나를 보더니 울음을 터뜨렸다.

"무슨 일이에요? 종목이는요?"

"모르겠다. 형사도 지금 종목이랑 연락이 안 된다며 찾고 있어. 걔가 대체 어딜 갔다니? 이러다 그 없어진 애들처럼 우리 종목이도 사라져버리는 건 아니겠지? 나는 무섭다. 그것이…… 그 흉측한 것이 우리 종목이를 데려갔을까 봐……."

"아뇨, 그런 일은 없어요. 걱정 마세요, 제가 책임지고 종목이 얼굴 다시 보게 해드릴게요."

아들의 안전을 약속받은 어머니의 눈에 그제야 내 상처가 보인 모양이었다.

"목이 왜 그러니? 다쳤어?"

"별거 아니에요."

어머니는 내 이마에 손을 얹었다.

"열이 높아. 어떻게 된 거니?"

"그냥 좀 긁혔어요. 좀 전에 약 먹었으니까 괜찮아질 거예요."

어머니는 내가 거짓말을 하고 있다는 것을 알아차렸다. 그녀의 눈동자가 다시 불안하게 흔들렸다.

"대체 무슨 일이 벌어지고 있는 거니? 말해봐, 너도 지금 위험한 거지?"

"전 괜찮아요. 기다리세요, 제가 종목이 찾아올게요."

어디로 갔을지는 뻔했다. 제발 둘 다 무사해야 할 텐데.

돌내리로 가는 길에 북쪽 외산에서 올라오는 검은 연기를 보았다. 김이알의 작업장이 있는 쪽이었다. 마음이 다급해졌다. 돌내리 입구 당산나무 근처에 이르니 이미 마을 사람들이 나와서 외산 쪽 연기를 보며 수군대고 있었다. 우회로로 들어가는 내 차를 향해 누군가 소리쳤다.

"산불 난 거 같아요. 위험하니까 돌아가요."

나는 상관하지 않고 속도를 냈다. 작업장에 도착했을 때 그곳은 이미 엄청난 불길에 휩싸여 있었다. 방수포와 비닐이 타면서 고약한 냄새를 풍겼다. 가건물 밖의 석물들은 불길에 새까맣게 그슬렸다. 아직 불길이 옮겨붙지 않은 본채의 대문은 굳게 닫혀 있었다. 창아는 언제나 내가 오는 것을 미리 알고 대문을 열어뒀다. 설마……?

불길에 휩싸인 가건물 쪽으로 다급히 뛰어갔다. 다가가기 힘들 정도로 뜨거웠지만 아랑곳하지 않고 불길 속으로 들어섰다. 불꽃이 터지는 처참한 소리와 함께 어디선가 창아의 노랫소리가 들려왔다.

"······아홉이 여덟이 되고 여덟이 일곱이 되고 일곱이 하나가 되고 기어이 나만 남았네. 그래도 나는 사네, 살아야지······."

창아의 목소리를 따라가니 철창으로 막힌 바닥 구멍이 있었다. 구멍 안쪽은 불길에 휩싸여 아무것도 보이지 않았다. 작업장 바닥에 이런 지하 공간이 있는 줄 몰랐다. 내가 창아의 이름을 부르자 노랫소리가 끊겼다. 불구덩이 속에서 창아의 목소리가 절규했다.

"오라버니! 살려줘, 오라버니! 나 좀 꺼내줘!"

철창은 바닥에 박아 넣은 쇠막대 구조물에 단단히 용접되어 있었다. 그것은 창아를 가두고 불을 지르기 위한 설치물이었다. 누가 그랬는지는 새삼 의심할 필요도 없었다. 기침이 쏟아졌다. 코와 목으로 넘어드는 연기가 뜨겁고 아팠다. 목덜미에는 불덩이가 내려앉는 것 같았다. 진통제의 효과가 떨어진 데다 사방에서 밀려드는 열기 때문이었다.

나는 불길과 연기를 헤치고 사무실 쪽으로 갔다. 김이알의 연장들을 뒤져 절단기를 찾아 들고 돌아와 철창을 잘라내기 시작했다. 사방이 허물어지고 있었지만 나는 눈 하나 깜짝이지 않고 하던 일을 계속했다. 마침내 잘라낸 철창을 치웠지만 계단이 모두 타버려 밑으로 내려갈 수가 없었다. 나는 날름거리며 불길을 토해내는 구멍 안으로 몸을 숙이고 더 안쪽을 들여다보았다.

10여 미터 깊이의 바닥에서 간절히 손을 내밀고 있는 창아가 얼핏 보였다. 그 모습이 너무도 흉측해 나는 충격을 받았다. 순식간에 화덕으로 변해버린 불구멍 속에서 심각한 화상을 입은 그녀의 모습은 그을린 고깃덩이처럼 보였다. 창아를 위로 끌어 올릴 도구가 필요했지만 그런 것을 구하러 가기엔 이미 늦었다. 나는 그녀를 향해 손을 뻗으며 외쳤다.

"내 손 잡아!"

나는 소리나무들이 돌 구르는 소리를 내며 얼마나 높이 뛰어오르는지 보았다. 그러니 할 수 있을 것이다. 다른 방법은 없었다. 창아의 뜨거운 손이 와 닿았다가 떨어질 때마다 심장이 오그라들었다. 살면서 지금처럼 간절했던 적이 없었다. 제발, 제발 저 손을 잡게 해줘. 수없는 실패 끝에 기어이 창아의 손을 낚아챘다. 벌겋게 달아오른 숯을 쥔 것 같았다. 손이 녹아내리는 듯한 아픔에도 나는 그녀의 손을 더 꽉 움켜잡았다.

"가자."

그 말의 의미가 살자는 건지 죽자는 건지 나도 알 수 없었다. 그저 함께하자는 마음뿐이었다. 이 손을 다시는 놓지 않겠다고 생각했다. 그 끝이 죽음이라면 죽을 작정이었다. 세상에서 소외된 삶으로 내쫓긴다면 영원히 그리 살 것이다. 재호를 보낸 것처럼 창아를 버릴 수 없었다. 창아의 잘못이 아니었다. 잘못은 내게 있었다.

나는 **그것**을 불러온 것을 후회했지만 **그것**이 한 일이 틀렸다고 생각한 적은 없었다. **그것**은 부당함을 제거했다. 비겁했던 나보다 이 세상에 존재할 가치가 있는 놈이었다. 그러므로 내 자리를 요구할 자격도 있었다.

나는 온 힘을 다해봤지만 창아를 끌어 올릴 수 없었다. 그녀는 너무도 무거웠다. 팔이 떨어져 나갈 것 같았다. 바로 그때 머리 위에서 불붙은 천장의 나무 지지대가 기울기 시작했다. 창아는 내 손에 매달린 채 버둥거리며 애원했다.

"내 손 놓지 마."

"안 놔, 차라리 너랑 타 죽고 말 거야."

눈앞이 아득해졌다. 연기를 너무 많이 마셨다. 목구멍 속에 죽음의 그림자가 가득 찼다. 손에서 점점 힘이 빠져나갔다. 당장이라도 내쉬는 숨이 마지막 숨이 될 것 같았다. 불구멍을 향해 몸이 와락 기우는 순간 누군가의 손이 우리 둘의 손을 함께 그러잡았다. 익숙하게 느껴지는 크고 단단하고 강한 손. 그 손이 우리를 확 잡아당겼다. 동시에 천장의 나무 지지대가 내려앉으며 그 자리를 덮쳤다.

그 손이 잡아끄는 강력한 반동으로 창아는 구멍 밖으로 튀어나오면서 한쪽으로 던져졌다. 하지만 나와 그 손의 주인은 미처 피할 겨를 없이 나무 지지대에 깔렸다. 어깨 위로 쏟아진 고통이 목덜미의 상처를 자극했다. 나는 비명을 내질렀지만 다행히 정신을 잃지는 않았다. 불길과 연기 너머로 누군가 나를 향해 희미하게 웃어 보였다. 김이알이었다.

상처가 터지고 어깨가 짓눌리는 고통 따위는 그를 향한 원망에 비하면 아무것도 아니었다. 전혀 늙지 않은 그 얼굴. 이제 그와 나는 같은 연배가 되었다. 하지만 그건 겉모습일 뿐이었다. 김이알 앞에서 나는 여전히 열일곱 소년일 수밖에 없었다.

"형…… 어디 있다가 이제 나타난 거예요?"

"이 순간을 기다리고 있었지."

김이알이 담담히 말했다. 그는 머리만 간신히 내놓은 채였다. 그의 몸은 불붙은 나무 지지대와 그 주변에서 함께 무너져 내린 잔재에 파묻혔다. 불길이 금방이라도 그를 집어삼킬 듯 커지고 있었다.

"형은 우릴 속였어. 우릴 함정으로 몰아넣었다고."

"네가 원했던 거야. 너의 선택이었지."

눈앞으로 앞코가 뾰족하게 들린 세 개의 검은 발이 사부작사부작 다가왔다. 나는 목덜미의 상처 때문에 고개를 젖혀 위를 볼 수가 없었다. 하지만 그게 누구의 발인지 알았다. 창아였다. 그녀가 내게 손을 내밀었다. 그 손은 사람의 손이 아니라 기이하게 휘어진 나뭇가지처럼 보였다.

김이알이 그녀를 향해 말했다.

"너는 여전히 이기적이구나. 그래, 오직 살아남을 궁리만 하는 네 눈엔 이제 너와 함께할 새 머리 나무만 보이겠지. 하지만 기다려. 아직은 내가 너의 머리니까."

그의 말에 분노나 원망 같은 감정은 실려 있지 않았다. 그는 다만 사실을 말하고 싶어 하는 것 같았다.

창아가 내게 내민 손을 거두며 김이알에게 말했다.

"넌 반칙을 했어."

"선택을 한 거야."

"배신을 했지."

"사랑을 했어."

"나를 사랑했잖아."

"네가 아니라 네가 허수아비로 삼았던 그녀를 사랑했지."

"그녀가 나야."

"지금은 아니야."

"그래서 나를 버렸다고?"

"미안하다. 하지만 나는 여전히 인간이야. 너희는 인간을 따라 움직이지만 인간은 스스로 움직이지. 내가 느끼는 것을 너에게 이해시킬 수 없었어."

"우리는 오랫동안 인간의 얼굴을 훔치고 감정을 흉내 냈지. 가끔은 흉내 내던 것이 나도 모르게 내 것이 되어 있기도 해. 네가 느끼는 것에 대해서 아주 조금은 알 것도 같아. 너는 그녀에게 마음이 움직였어. 그 마음은 내가 오라버니를 처음 봤을 때 가졌던 어떤 것과 비슷했던 것 같아. 너는 내가 있어서 그녀를 잡지 못했지만 나는 네가 없으니 오라버니를 잡을 거야. 이제 너는 가도 좋아. 나는 오라버니와 사랑을 할 거야."

나와 사랑을 하겠다고? 사랑이라니, 그게 무슨……?

"나도 너처럼 사랑을 하고 싶어. 둘이서 함께하는 그런 거."

창아가 천진난만하게 말했다. 김이알이 나지막하게 웃더니 말했다.

"이제 사랑도 흉내 낼 지경에 이르렀구나. 하지만 만약 그것이 진짜라면 넌 이제부터 막연한 공허함을 고통으로 채우게 될 거야."

그리고 내게 물었다.

"넌 어때? 너에게도 창아가 진짜야?"

나는 대답할 수 없었다. 15년 전 동계천 석교 위에서 창아를 처음 보자마자 가슴이 덜컥 내려앉았다. 이게 무슨 감정인가 싶었다. 어린 시절부터 줄곧 연서뿐이었던 내 마음속으로 낯설고 이상한 여자가 불쑥 들어왔다. 그때 나는 그저 혼란스러웠을 뿐이다. 그리고 지금도 여전히 혼란스럽다.

김이알은 이해한다는 듯 말했다.

"시간이 말해줄 거야. 나에겐 진짜가 아니었지만 너에겐 진짜가 될 수도 있겠지. 그래도 그렇게 나쁘진 않았어. 좋았던 적도 있었고. 난 최선을 다했어. 하지만 두 여자에게 사로잡힌 머리나무는 햇볕을 쬘 수 없어 시들시들 말라 죽어가니 천년만년 놀아주기엔 힘이 부친다. 자, 지금부터는 네가 저들의 머리다. 이제 여왕은 네 것이야."

김이알의 허락이 떨어지자 창아가 다시 내게 손을 내밀었다. 나는 그 손을 잡는 것이 생각했던 것보다 훨씬 무거운 굴레라는 것을 깨달았다. 내 속을 헤아린 듯 김이알이 말했다.

"잡기 싫으면 잡지 않아도 돼. 그럼 넌 여기서 죽는다. 네가 죽은 후에 저들이 어떻게 되든 알 바 아니지. 어차피 너에겐 저들이 복수해줄 대상도 남아 있지 않으니까. 그런데 말이야, 죽는 건 나중이어도 되잖아. 너와 내가 모두 가버리면 창아는 어떻게 될까."

"그렇게 말하는 형도 결국 버렸잖아."

"2백 년 이상 지켰어. 할 만큼 했지."

그는 처연한 얼굴로 말했다.

"부탁한다. 모든 걸 놔버린 마당이지만, 그래도……."

"그래도 여왕이 마음에 걸려? 여왕을 사랑하지도 않으면서? 여왕이 있으면 놀이는 끝나지 않아. 또 다른 희생자들이 생긴다고."

"이 놀이를 시작하고 끝내는 건 여왕이 아니라 머리야. 우리 중 인간의 마음을 가진 건 머리뿐이지. 그래서 머리가 여왕을 지키는 거야. 여왕에겐 선택권이 없어. 선택은 언제나 우리가 했지."

"인간의 욕망이 놀이를 택한다고?"

"호기심도 있지. 너의 선택은 끝났어. 다른 사람들의 선택은 그들 몫이고. 우린 모두 선택의 기회를 잘 쓰고 싶어 하지만 내가 한 선택이 옳았는지는 알 수 없어. 다만 그 순간 옳다고 믿는 것을 선택할 뿐이지. 그게 의지를 가진 우리가 사는 방식이야. 아무리 머리라고 해도 그걸 끊을 권한은 없지."

나는 김이알의 목에 선명하게 새겨진 머리 나무의 표식을 보았다. 내 목덜미에 난 상처가 아물면 틀림없이 그것과 똑같은 모양이 될 것이다. 사람의 마음은 처음처럼 늘 한결같을 수 없다. 내가 지금 창아의 손을 잡는다 해도 언젠가는 시간의 미궁을 헤매다가 다른 곳을 바라보는 순간이 올 것이다. 그때 창아가 내 앞으로 몸을 숙이며 고개를 기울였다.

"가자, 태이야."

내 이름을 부르는 그녀의 얼굴을 보는 순간 나는 창아의 손을 잡아야 했다. 그러지 않으면 그녀를 두 번 죽이는 셈이 될 테니까. 창아의 다른 손이 내 어깨를 누르고 있는 지지대의 한쪽을 들어 올렸다. 나는 지지대 밖으로 힘겹게 기어 나왔다. 창아가 몸을 제대로 가눌 수 없어 비틀거리는 나를 부축해주었다. 탈출로는 이미 보이지 않았다. 그래도 무작정 걸음을 옮겼다. 내 뒤에서 거대한 불길이 침묵하는 김이알을 집어삼켰다.

10

이웃집 화랑을 사모했던 자매는 그 화랑이 죽자 연못에 뛰어든다. 자매는 죽어 등나무가 되고 등나무는 팽나무가 된 화랑의 몸을 칭칭 감아 오른다. 너무 은애하여 떨어질 수 없기 때문이다. 광합성을 하지 못하게 된 팽나무는 점점 말라 죽는다. 그래서 사람들이 억지로 떼어놓았다. 경주시 오류리 천연기념물 89호에 그와 같은 전설이 있다. 등나무의 잘못이 아니다. 등나무는 다른 나무에 기대지 않으면 살 수 없다. 그것은 등나무의 생존 방식일 뿐이다.

김이알은 놀이의 모든 답을 알고 있다. 하지만 **그것**은 머리인 그에게는 질문하지 않는다. **그것**이 질문을 해야 대답하고 놀이에서 빠져나갈 수 있다. 그러므로 머리가 자신의 놀이를 끝내는 방법은 하나뿐이다. 다른 머리로 대체하는 것, 그렇게 해서 놀이를 계승하는 것.

나는 떠나기 전에 완화수방으로 아버지를 보러 갔다.

"아주 어릴 때 나도 다른 애들처럼 아버지와 같이 살고 싶었어요. 하지만 아버진 집에 있기 싫어했죠. 어쨌든 그것이 제 얼굴을 하고 있었으니 지난 15년간 저는 아버지와 함께 산 셈이에요. 그걸로 됐어요."

"하지만 그건……."

아버지는 말을 잇지 못했다. 아버지도 잘 알고 있었다. 그건 내가 아니라는 것을. 그는 지난 15년간 내 얼굴을 한 그것을 두려워하며 살았다. 나는 아버지의 앙상함이 어디에서 기인했는지 알 것 같았다. 젊은 날의 공허함 대신 모호한 공포와 매일 직면해야 했던 아버지는 버티기 위해 늘 술에 절어 있을 수밖에 없었다. 아버지는 원래 방랑자였지 술꾼은 아니었다. 억지로 주저앉게 된 아버지의 자리였지만 그도 아버지였다. 그리고 왜 지난 시절의 회한과 가책이 없었겠는가.

"이제 다 끝났어요. 아버진 다시 옛날처럼 자유롭게 살아요."

"태이야!"

"앞으로 그 이름 부를 일 없을 거예요. 잘 봐둬요, 제 얼굴. 아버지가 마지막으로 보는 제 얼굴일 테니까요. 이제 이렇게 생긴 얼굴이 아버질 찾아와서 뭘 묻는 일은 없을 거예요."

"미안하다."

아버지가 고개를 숙였다. 그는 평생 어디선가 그럴듯한 운이 떨어지기만을 기다리며 하염없이 시간을 흘려보냈다. 운만 주우면 뭐라도 될 줄 알았다. 하지만 운은 그렇게 줍는 것이 아니라는 것을 다 늙어 깨달았다.

"아뇨, 제가 미안해요. 어머니도 그렇게 생각하셨죠. 아버지가 그렇게 된 건 모두 어머니와 저 때문이에요."

"아니다, 나 때문이야."

"우리 때문이에요. 아버진 기억 못 하실 테지만 제가 어릴 때…… 그러니까 초등학교 들어가기 전이었는데, 늑막염으로 앓았던 적이 있어요. 열이 펄펄 끓던 제가 아버지를 찾자 어머니는 아버지를 찾아 나섰죠. 하지만 데려올 수가 없었어요. 멀리 있어서도, 어디 있는지 몰라서도 아니었어요. 아버진 길바닥에 앉아 혼자 술을 마시며 어머니와 저에게 발목 잡힌 자기 처지를 한탄하고 있었어요. 어머니는 신세 한탄에 취한 아버지를 일으켜 세울 수가 없었죠. 아버지의 신세를 그리 만든 것이 어머니와 저라는 소리를 들었으니까요. 어머니가 그렇게 우시는 건 처음 봤어요. 그땐 제가 아파서 슬퍼하시는 줄로만 알았는데, 나중에 오씨 아주머니가 말해줬죠, 그날 어머니가 왜 그렇게 우셨는지."

"내가, 내가 정말 잘못 생각했다."

"어머니와 저에게 남편과 아버지가 필요했을 때 아버지는 아직 어른이 아니었어요. 그냥 시간이 어긋난 것뿐이에요."

"태이야, 가지 마라. 아직 돌이킬 시간이 있어."

"제겐 이제 없어요."

아버지에게 작별을 고하고 완화수방의 대문을 넘자마자 휴대전화가 울렸다. 김 부장이었다.

"박 팀장? 나야, 요즘 뭐 하나?"

"아무것도요."

"그럼 회사에 좀 들르지."

"아직 수습할 게 남았어요?"

"그게 아니라 대표가 자넬 찾아. 사실 내가 생각해도 자네만 한 인재가 없긴 해. 미안하게 됐네, 자네 말고 딴 사람을 죽일걸, 하필 피해자 측이 자넬 지명하는 바람에. 내가 생각이 짧았어, 박 팀장. 나 한 번만 살려줘. 대표가 자넬 다시 데려오지 않으면 날 자르겠대. 손해를 만회하려면 올 하반기 영업 매출을 자네 같은 머리에게 맡겨야 하는데……."

전화를 끊었다. 내가 부당함을 외칠 때 모두 외면했던 자들이다. 이제 그 대가를 치러야 한다. 이번엔 그것이 나서서 김 부장을 죽이지 않아도 김 부장 스스로 죽게 생겼다. 알 게 뭔가.

완화수방의 구부러진 안길을 걸어 나오던 나는 잠시 멈춰 서서 집을 돌아보았다. 내 기억이 시작되는 곳은 어머니의 자궁이 아니라 바로 저 집이었다. 나는 눈을 감고 집의 정경을 떠올렸다. 이렇게 머릿속에 단단히 담고 갈 것이다. 그럼 한 2백 년은 잊지 않을 수 있겠지.

* * *

종목은 작업장에서 나온 후 태이로부터 온 수십 통의 전화를 확인했다. 창아에게 무슨 일이 생긴 것을 느낀 걸까. 그럴지도 모른다. 그 둘의 관계는 이미 합리적인 설명이 불가능했다. 그렇다 해도 이제 끝났다. 열리와의 일은 어떻게 처리했을까. 궁금했지만 전화하지 않았다. 어차피 여왕을 제거하면 나머지는 저절로 정리될 것이다.

병원으로 돌아온 종목은 예상대로 태이가 다녀갔다는 것을 알았다. 태이가 자신의 결단을 이해해주기를 바랐지만 아니어도 상관없었다. 여왕을 잃은 머리의 슬픔 따위 알 게 뭔가.

종목은 짝을 잃은 머리가 복수하러 오기를 기다렸다. 하지만 해가 넘어가도록 소식이 없자 불길한 기분에 휩싸였다. 그제야 태이에게 전화를 해보았다. 받지 않았다. 설마 같이 죽어버린 건 아니겠지. 그는 서둘러 택시를 잡아타고 돌내리로 향했다. 가는 길에 혹시나 해서 완화수방에 들렀다. 그리고 술에 취하지 않은 멀쩡한 박한주의 모습을 아주 오랜만에 보았다. 툇마루에 걸터앉아 있던 박한주는 목발을 짚으며 들어서는 종목을 공허한 눈으로 바라보며 말했다.

"가버렸다, 아주 가버렸어. 다시는 돌아오지 않을 얼굴로 가버렸지."

다행이다. 살아 있었구나.

"어디로 갔는데요? 서울 갔어요?"

"아니, 어딘가 먼 곳으로 가버렸어."

종목은 생각했다. 당장 자신에게 달려와 따지려 했다간 일낼 것 같아서 잠시 마음을 추스르기 위해 떠난 모양이라고, 시간이 지나면 태이도 예전으로 돌아올 것이라고. 하지만 작업장 가건물 잔해 속에서 절단기에 의해 잘려 나간 철창을 발견한 그는 자기 생각이 틀렸다는 것을 알았다.

"빌어먹을 자식……."

"여왕을 놓친 거죠?"

뒤에서 차강효의 목소리가 들렸다.

"경찰이 방화범을 찾고 있습니다. 여긴 그 범행 현장이고요."

"금방 잡히겠네요. 절 태웠던 택시 운전사가 기억하고 있을 테니까요."

"제가 방화범이 될 수도 있었습니다."

여왕을 가둔 다음 어떻게 할지에 대해서 차강효가 물었을 때 종목은 말했다. 형사님 손으로는 할 수 없는 일이에요. 작업장 화재 소식을 듣고서야 차강효는 그 말의 의미를 깨달았다. 여왕을 건물과 함께 태워 죽인다는 것이었다. 여왕이 사람이든 아니든 살인과 방화다. 경찰이 할 수 있는 일이 아니다.

"태이의 발목을 확실하게 붙잡아뒀어야 했어요. 정말 이해할 수가 없네요."

종목은 머리를 먼저 죽였어야 하는 게 아닌가 싶을 정도로 화가 났다. 그때 그의 휴대전화로 사진 한 장이 들어왔다. 세 발을 달고 누워 있는 장롱이었다. 그걸 보는 순간 종목은 자신의 답이 무엇인지 알았다. 이어 태이의 문자가 도착했다.

나머진 나한테 맡기고 넌 이제 놀이에서 나가.

웃기고 있네. 종목은 코웃음을 치며 통화 버튼을 눌렀다. 역시 받지 않았다. 아마 영원히 받지 않을 것이다. 태이의 휴대전화 번호는 곧 없는 번호가 될 것이다.

"나만 빼고 모두 그것이 되어버렸군."

어머니는 늘 그에게 떠나고 싶다면 언제든 친구들처럼 떠나라고 말했다. 그도 언젠가는 고향을 떠나 자유롭게 살아보고 싶었다. 그 언젠가가 바로 지금이라는 것을 깨달았다. 이제 자신을 위해 살아야 할 때가 된 것이다.

누군가를 돌볼 필요가 없었던 태이는 오직 자신만을 위해 살았다. 하지만 그에게 돌봐야 하는 누군가가 생겼다. 종목이 여태 어머니의 곁을 지켜야만 했던 것처럼 태이는 이제 여왕의 곁을 지킬 수밖에 없다. 그녀를 향한 질척하고 끈끈한 마음을 떼어내는 것이 그리 쉽지는 않을 것이다. 종목의 표정을 본 차강효가 물었다.

"박태이 씨로군요. 지금 어디랍니까? 여왕은요?"

"같이 있겠죠. 그 둘이 어디 있는지는 이제부터 알아내야 하고요. 도와주실 거죠?"

"그래야죠. 갑시다, 수수께끼 전문가인 제 동료를 소개해드릴 테니. 다른 것에도 두루두루 전문가라서 아주 쓸모 있을 겁니다."

"그러죠, 앞으로 어떻게 할 건지 계획을 짜야겠어요."

종목은 절뚝거리며 목발에 의지해 걸어 나갔다. 그가 넘어지려는 순간 차강효가 부축해주었다. 종목은 그에게 의지한 채 다시 걸음을 옮겼다. 태이의 바람과 달리 종목은 자신의 답을 말하고 놀이에서 나갈 수 없었다. 여왕을 제거하려는 자, 그 목이 잘린다고 했다. 종목은 다른 방식으로 놀이를 끝내려고 했다. 그러다 반칙을 했고 여왕의 선고를 들었다.

'좋아! 어디 한번 해보자, 누가 이기는지. 처단자가 나를 쫓는 동안 나는 네 뒤를 쫓을 거야. 네 옆에 여왕이 붙어 있겠지.'

종목의 휴대전화가 울렸다. 모르는 번호였다. 혹시나 태이일까 싶어 얼른 받았다.

"나야, 잘 있었어?"

"명진이? 네가 웬일이야?"

"놀랐구나? 여기 공항이야, 지금 너한테 가려고. 놀이가 시작됐어."

아무리 멀리 떠나 있어도 결국은 찾아낸다. 그러므로 영원히 숨어 있을 수는 없다. 질문에 대답하지 않으면 놀이는 끝나지 않는다. 모두 그것이 되어버렸다고 생각했던 종목은 아직 남은 친구가 있고 혼자가 아니라는 사실에 조금 기분이 나아졌다.

* * *

저 앞에서 챙 넓은 모자를 눌러쓴 소녀가 나를 기다리고 있었다. 나를 본 그녀는 얼굴을 가린 챙을 들어 올리며 환하게 웃었다. 외까풀의 길쭉한 눈이 부드럽게 휘어지고 귀여운 보조개가 생겼다. 그 미소가 나를 무방비로 만들었다.

나는 이제 저들의 정체에 관해 생각하지 않기로 했다. 익숙한 것도 멀어지면 낯선 것이 되고 낯선 것도 시간이 지나면 익숙한 것이 된다. 머리가 되면 나는 뭐가 되는 거냐고 물었을 때 열리는 말했다. 스스로에게 물어봐.

나는 여전히 나였다. 다만 내 안에 맥동하는 낯선 것이 있었다. 그것은 땅이 숨을 쉬는 것처럼 고요하고 뜨거웠다. 또한 하늘의 바람처럼 거칠고 차가웠다. 그것은 내가 할 수 없는 일을 해낸 나였다. 나의 정의를 실현해준 나. 그러므로 세상이 거부해도 나는 받아들여야 했다. 나는 오직 나의 인정으로만 존재할 수 있기 때문이다.

나는 또 다른 나의 껍데기가 된 것 같았다. 아니, 또 다른 내가 나의 껍데기가 된 것 같기도 했다. 그런 식으로 머잖아 나는 내가 원래 나인지 또 다른 나인지 구분할 수 없게 될 것이다.

창아…… 아니, 연서가 말했다.

"이번엔 널 위해 이 얼굴을 오래도록 가질 수 있으면 좋겠는데, 이 얼굴이 가버려도 넌 변하면 안 돼, 응?"

나는 연서의 얼굴을 바라보면서 창아의 얼굴을 떠올렸다. 그리고 대답 대신 연서의 손을 잡았다. 그녀의 서늘한 손에서는 따뜻한 사람의 체온이 느껴지지 않았다. 하지만 내가 느끼고자 한다면 얼마든지 따뜻해질 수 있었다.

"왜 대답 안 해?"

"네가 그 얼굴을 보낼 때가 되면 나도 나를 붙들고 있는 연서의 기억을 놔줄 거야."

그녀가 무슨 말인지 이해할 수 없다는 듯 나를 빤히 쳐다보았다.

"언젠가 그 얼굴이 아니어도 나는 여전히 너를 좋아하고 있을 거란 뜻이야."

그녀는 고개를 끄덕이며 노래를 부르기 시작했다.

　　바람도 구름도 물도 흘러가고
　　낯선 얼굴도 정들면 가버리네
　　그래도 나는 사네, 살아야지

　　아홉이 여덟이 되고 여덟이 일곱이 되고
　　일곱이 하나가 되고 기어이 나만 남네
　　그래도 나는 사네, 살아야지

　　하나가 둘이 되고 둘이 셋이 되고
　　셋이 아홉이 될 때까지 나 혼자 남아 제자리를 맴도네
　　그래도 나는 사네, 살아야지

해가 넘어가고 있었다.

아홉 소리나무가 물었다

© 조선희, 2018

초판 1쇄 인쇄일 2018년 11월 2일
초판 1쇄 발행일 2018년 11월 23일

지은이   조선희
펴낸이   정은영
편집   김정은 안태운 손수지
마케팅   한승훈 이혜원 최지은
디자인   배현정 서은영 김혜원
제작   이재욱 박규태

펴낸곳   (주)자음과모음
출판등록   2001년 11월 28일 제2001-000259호
주소   04047 서울시 마포구 양화로6길 49
전화   편집부 (02)324-2347, 경영지원부 (02)325-6047
팩스   편집부 (02)324-2348, 경영지원부 (02)2648-1311
이메일   neofiction@jamobook.com

ISBN 978-89-544-3916-9 (03810)

이 책의 판권은 지은이와 (주)자음과모음에 있습니다.
이 책 내용의 전부 또는 일부를 사용하려면 반드시 양측의 서면 동의를 받아야 합니다.

이 도서의 국립중앙도서관 출판시도서목록(CIP)은 서지정보유통지원시스템 홈페이지
(http://seoji.nl.go.kr)와 국가자료공동목록시스템(http://www.nl.go.kr/kolisnet)에서
이용하실 수 있습니다.(CIP제어번호: CIP2018031158)